SVEA TORNOW
eXXXit

SVEA TORNOW

EXXIT

Roman

LYX
EGMONT

Originalausgabe März 2015 bei LYX
verlegt durch EGMONT Verlagsgesellschaften mbH,
Gertrudenstr. 30–36, 50667 Köln

Dieses Werk wurde vermittelt durch die Montasser Medienagentur, München

1. Auflage
Redaktion: Stefanie Zeller und Maike Hallmann
Satz: Greiner & Reichel, Köln
Printed in Germany (670421)
ISBN 978-3-8025-9592-9

www.egmont-lyx.de

MIX
Papier
FSC FSC® C083411

1

Michelle kannte nur den Vornamen ihres Tanzpartners und wusste nicht einmal, welchen Beruf er ausübte. Aber das störte sie nicht. Er zahlte den üblichen Satz, da konnte sie genauso gut mit ihm tanzen gehen.

Für Michelle war es das erste Mal. Das erste Mal, dass jemand sie nicht für Sex bezahlte, sondern für … ihre Gegenwart.

Paul war ein ausgezeichneter Tänzer. Letzte Woche hatte er beiläufig erwähnt, dass er gern in die neu eröffnete Salsa-Bar am Neuen Pferdemarkt gehen wollte … aber mit wem?

Im Scherz hatte sie geantwortet: »Mit mir natürlich – ich hab sogar mal einen Salsa-Kurs gemacht.«

Sie hatte nicht damit gerechnet, dass er auf ihr Angebot eingehen würde. Oder doch? Warum sonst hätte sie den Vorschlag gemacht – diese Tür geöffnet? Michelle wusste ganz genau, dass man sich niemals privat mit Kunden einlassen sollte. Und bislang hatte sie sich immer an diese Regel gehalten. Aber Paul war … anders.

Jedenfalls hatte er spontan gesagt: »Ja, gern! Nächsten Freitag um neun?« Und ohne auch nur zu zögern, hatte er hinzugefügt: »Keine Angst – es ist kein Date. Ich bezahle dich für deine Zeit, genau wie immer.«

Es war kein Date, aber es machte Spaß. Paul war ein guter Tänzer, und der DJ wusste, was er tat. Neun Uhr war zu früh für das Partyvolk, aber die neue Location hatte sich offenbar in der Salsa-Szene bereits herumgesprochen. Etwa zehn weitere

Paare wirbelten um sie herum. Hier trug niemand hochhackige Schuhe oder Angeber-Jacketts – die Leute waren zum Tanzen hier, mit ihrem Partner oder Tanzpartner, sie verloren sich in der Musik. Die meisten Männer waren dunkelhäutig; Charaktergesichter von Kerlen, die hart arbeiten mussten, um über die Runden zu kommen. Aber im schnellen Rhythmus des Tanzes, im flackernden Stroboskoplicht, mischten sich die fröhlich bunten Kleider der Frauen und die flirrenden Melodien aus Südamerika zu einem halluzinogenen Kaleidoskop. In der Luft lag die Freude an der Musik, am Tanz, am Leben. Dazu kam der Duft nach Limetten, Rum und Rohrzucker. Der Barkeeper kam kaum nach mit Mojitos und Cuba Libres. Ab und zu steckten typische Pistengänger die Köpfe zur Tür herein, verschwanden aber schnell wieder. Hier wurde heute kein Pop gespielt, hier waren nicht die bekannten Hits zu hören. Die Musik war ebenso eigenwillig wie verzaubernd – wer dem atemlosen Salsa-Takt einmal verfallen war, kam davon nie wieder los.

Michelle hatte keine Ahnung, wovon die Texte der Lieder handelten. Sicher waren sie nicht so fröhlich, wie sie klangen. Die Songs kamen aus einigen der ärmsten Gegenden der Welt.

Paul wirbelte sie über den Betonboden, fing sie auf, schob sie fort, hielt sie fest. Er zog sie dicht an seine Brust, ließ sie dann von sich schnellen wie ein Jojo. Sie musste nichts tun, außer die Füße im rasanten Takt aufzusetzen, er führte souverän. Bei ihm fühlte sie sich sicher, federleicht, und eine unbefangene Fröhlichkeit, die sie lange nicht mehr verspürt hatte, ergriff von ihr Besitz. »Ich hab heut Nachtschicht, muss um halb elf los«, hatte er gleich zu Anfang angekündigt, als sie an der Bar standen.

Auch Michelle musste noch arbeiten. Doch jetzt, für eine kurze, unerwartete Stunde, gab sie sich dem Moment hin, den Lichtern und der Musik. Sie durfte bloß nicht anfangen, etwas für Paul zu empfinden. Nur für den Bruchteil einer Sekunde lächelte sie ihn an. Unmöglich zu sagen, ob er es sehen konnte, so schnell drehten sie sich umeinander. Michelle genoss den Augenblick. Sie dachte nicht weiter darüber nach, weil sie es nicht wahrhaben wollte, schon gar nicht im Zusammenhang mit einem Kunden, aber sie war glücklich.

2

Michelle war die Einzige im *Pretty Woman*, die unrasiert war. Landing Strips, Brazilian, Hollywood Cut, Pfeile, Triangles, verspielte Schmetterlinge, der typische europäische Puschel auf dem Venushügel, alles im Überangebot. Aber den guten, alten Busch, den gab es nur bei ihr. Das war gar nicht schlecht im Sinne von Angebot und Nachfrage, weil sie etwas zu bieten hatte, was es bei den anderen nicht gab. Vor allem aber ermöglichte die Nicht-Rasur ihr eine gezielte Definition des Kundensegments. Ihre Männer waren älter, gesettled, grundanständig. Die wollten keine Sperenzchen, die wollten nur mal wieder ordentlich vögeln.

Manche dieser Typen hatten einen Bauch und andere Mundgeruch, aber das war allemal besser als ständig Analverkehr.

Der Kerl über ihr war deutscher Durchschnitt. Nicht zu groß, nicht zu klein, nicht wirklich selbstsicher, aber auch keiner, der im Bett den Rambo machen musste. Bisschen übergewichtig, aber ging noch. Jeansjacke, Karohemd, Baseballmütze, Kordhose, Boxershorts, Fußbettschuhe.

Im *Pretty Woman* reichte das Angebot von/bis, und sie war da für das »von«: angstfreier Blümchensex mit dem freundlichen Mädchen von nebenan. Schulterlanges, leicht gewelltes honigblondes Haar, ein natürliches Lächeln. Kein Make-up. Jetzt im Sommer trug sie High Heels, Hotpants und karierte ärmellose Tops – in dem Outfit könnte sie jede Gartenparty in der Stadt crashen, und keiner würde sich beschweren. Im Winter sah man Michelle in Thermohosen und einem Daunenblouson von Napapijri. Der Marketingaufwand lohnte sich, ihre Zielgruppe suchte Geborgenheit. Sie hatte in den wenigen BWL-Vorlesungen, die sie besucht hatte, gut genug aufgepasst, um sich von Anfang an geschickt zu positionieren: grundsolide, eine sichere Sache, der VW Golf unter den Mädchen für eine Nacht.

»Ja, Baby, ja – genau so, gib's mir, du bist so gut!«, murmelte sie, ohne bei der Sache zu sein.

3

»Fuckscheiße!«

Gordons Lieblingswort. Es konnte alles bedeuten, von Desinteresse bis zu heller Begeisterung. In diesem Fall war es ein Ausdruck seiner Unzufriedenheit.

»Sieh dir das an! Das geht so nicht!« Vorwurfsvoll deutete er auf die nackte Fleur.

Gordon trug ein Daft-Punk-T-Shirt, *vintage* vom ersten Album, obwohl er vermutlich gar nicht wusste, was er da für ein Sammlerstück anhatte. Darüber eine Lederjacke. Der Hosenboden seiner Levi's hing tief, dazu weiße Socken und Adidas.

Michelle stand in ihrem Bademantel neben ihm und starrte die Tote an. Sie hatte bei ihrer Freundin geklopft, um ein wenig zu plaudern. Dann war sie ins Zimmer nebenan zurückgekehrt und hatte Gordon gerufen. Ganz ruhig, ohne etwas zu fühlen. Sie fühlte noch immer nichts, außer ihrem zu raschen Herzschlag.

Fleur lag mit offenen Augen auf dem Bett. Der Radiowecker auf dem Nachttisch spielte leise Radio Hamburg: »… lange nicht gehört: *Angel* von Robbie Williams!«, freute sich der Moderator.

Lange Wimpern berührten fein gezupfte Augenbrauen. Die Nase war seit einer Operation im letzten Jahr von unmerklich irritierender Gleichmäßigkeit.

Auf Fleurs Lippen war noch ein Rest des Lippenstifts zu ahnen, überraschendes Dunkelblau mit einem Stich ins Violette. Ein Hauch ihres Parfüms lag in der Luft.

Ihre kleinen Brüste ragten wie makellose Pfirsiche auf, die Brustwarzen von einem faszinierend dunklen Braun. Der Torso der jungen Thailänderin war knabenhaft schlank und wirkte biegsam wie der einer Tänzerin. Deutlich zeichneten sich ihre unteren Rippen und das Becken unter der Haut ab, ohne dass sie knochig gewirkt hätte. Um diese zeitlose Schönheit hatte Michelle Fleur vom ersten Tag an beneidet.

Ihr Körper war zart und elfenhaft wie der einer Puppe oder eines Models. Nur der linke Knöchel war nach einem Brandunfall auf der Innenseite mit knotigem Narbengewebe überzogen. Die Haut spannte sich an dieser Stelle so straff, dass sie fast durchsichtig wirkte. Und hinter ihrem rechten Ohr, in dieser Position nicht sichtbar, hatte Fleur eine geschwungene Tätowierung – den stilisierten Flügel eines Phönix, der sich aus der Asche erhebt. Weil sie in ihrem kurzen Leben bereits so viel durchgemacht und überstanden hatte und trotz allem fest daran glaubte, dass eine goldene Zukunft auf sie wartete.

Doch da hatte sie sich geirrt. Denn Fleur atmete nicht mehr.

Michelle war wie betäubt. Wusste nicht, was sie tun sollte.

Sie bemerkte einen eigenartigen Geschmack in ihrem Mund. Ein ganz leichter Hauch nur. Metallisch. Als hätte ihr jemand im Schlaf eine Centmünze unter die Zunge geschoben. Absurd.

Plötzlich verspürte Michelle den eigenartigen Drang zu lachen, obwohl an der Situation nun wirklich nichts komisch war.

Gordon neben ihr schien sich wie im Zeitraffer zu bewegen, auch der Radiomoderator hörte sich an wie Micky Maus. Wie war es ihr eigentlich eben gelungen, Fleurs Zimmer zu verlassen und ihren Boss zu verständigen? Sie konnte sich nicht erinnern. Sie konnte sich auch nicht daran erinnern, wann sie Fleur das letzte Mal lebend gesehen hatte. Worüber sie gesprochen hatten. An die letzten Worte, die ihre Freundin zu ihr gesagt hatte. Sie konnte sich nicht erinnern, sie konnte …

Sie starrte Fleurs Mund an.

Ihre Freundin war tot. Was hatte sie zuletzt zu ihr gesagt?

Michelle schloss die Augen und versuchte zurückzudenken. Wann hatte sie … wo … wann … was hatte sie …

Dann riss sie die Augen wieder auf. Mit einem Mal schienen die Reize auf sie einzustürzen. Farben. Licht. Töne. Bewegung.

Fleur war tot.

Nein, Fleur war nicht einfach tot, sie war *ermordet* worden. Vielleicht absichtlich, vielleicht unabsichtlich – ihr Job war nicht ungefährlich, das war auch Michelle klar. Aber Fleur war viel zu jung gewesen, um einfach so zu sterben.

»Wir müssen die Polizei …«, setzte sie an. Ihre Stimme klang unsicher.

Im selben Moment sagte Gordon: »Ich kenne jemanden, der bringt …«

Sie starrten einander an.

»Nein, nein, nein!« Gordon schüttelte den Kopf. »Das ist ganz schlecht fürs …«, aber Michelle ließ ihn nicht ausreden.

»Polizei«, sagte sie. Diesmal lag Entschlossenheit in ihrer Stimme.

Gordon stöhnte genervt. Dann zog er ein platt gesessenes Tütchen Koks aus einer Gesäßtasche, wischte es von beiden Seiten am T-Shirt ab, vermutlich um seine Fingerabdrücke zu entfernen, und ließ es in die geöffnete Nachttischschublade fallen. »So haben die Bullen wenigstens ein bisschen Spaß. Vielleicht sehen sie die Sache dann etwas lockerer.«

Michelle biss die Zähne zusammen. Sie konnte Gordons Misstrauen verstehen. Auch sie war keine große Anhängerin offizieller Vorgehensweisen. Aber sie war es Fleur schuldig. Wenigstens das.

Möglicherweise hatte der Täter Fleur nicht als junge Frau gesehen, die den Großteil ihres Lebens noch vor sich hatte – sondern als Ware, die kaputt gegangen war. Und dann hatte er sie im Laden liegen gelassen, in der Hoffnung, die Geschäftsführung würde schon sauber machen. Polizei und Skandale waren schlecht fürs Geschäft.

Krank, aber von einer gewissen Logik. Sie selbst zog andere Männer an als die exotische Fleur. Mit ihren biederen Freiern hatte sie noch nie wirklich beängstigende Momente erleben müssen. Aber die Kerle, die auf ein zartes Thaigirl standen, waren ein anderes Kaliber.

Michelle konnte sich einfach nicht vorstellen, dass irgendwer Fleur absichtlich getötet hatte. Warum? Aber andererseits … es waren keine Würgemale zu sehen, keine Kampfspuren, keine Hinweise auf schiefgelaufene Sadomaso-Experimente.

»Was noch?« Gordon sah sich um. Wütend stapfte er ins Bad. »Fuckscheiße!«, grummelte er wieder und kam mit einem benutzten Handtuch zurück. In der anderen Hand hielt er einen kleinen grünen Mülleimer. Michelle hatte genau so einen, nur in Blau. »Da, nimm.« Er hielt ihr die Sachen hin, unwillkürlich griff sie zu. Auf dem Boden des Mülleimers lagen zwei benutzte Kondome.

»Du hast nichts gesehen. Niemand hat was gesehen. Nur ich, klar?« Gordon zuckte einmal mit dem Kinn, um ihr zu bedeuten, das Zimmer zu verlassen, dann ging er selbst hinaus und ließ sie einfach stehen.

Michelle schüttelte den Kopf. Der würde sich schon wieder einkriegen. Wortlos stellte sie den Mülleimer wieder zurück ins Bad. Da drin waren wichtige Spuren für die Ermittler. Sie würde nicht zulassen, dass der Mord an Fleur unter den Teppich gekehrt wurde.

Auf keinen Fall.

Was, wenn es sich um die Tat eines durchgedrehten Kunden handelte? Vielleicht würde er wiederkommen.

Sie mussten die Polizei rufen und bei den Ermittlungen unterstützen. Egal, wie Gordon es fand. Da musste er durch. Er würde es überleben.

Im Gegensatz zu …

Sie warf einen letzten Blick auf Fleur. Ihr aufklaffender Mund, ihre glatt rasierte Scham. Die nackte Unschuld. Ihre Augen, dunkel wie schwarze Murmeln, waren im Tod milchig geworden, wie von Frost überzogen.

Unwillkürlich berührte Michelle die Stelle hinter ihrem rechten Ohr, wo sie dieselbe Tätowierung trug wie Fleur.

4

Im Flur stand Mina-Cheyenne mit ihrem vierjährigen Sohn Raven. »Er kann nicht schlafen, er hat ein bisschen Fieber«, sagte sie verzweifelt. »Eigentlich sollte er heute bei seinem Vater sein, aber der ist nicht gekommen.«

Mina-Cheyenne brauchte das Geld noch viel nötiger als Michelle. Ravens Vater war ein arbeitsloser Gitarrist, der sich so wenig wie möglich um seinen Sohn kümmerte. Michelle hatte ihn einmal kennengelernt und konnte verstehen, was ihre Kollegin an ihm gefunden hatte. Er war charmant, unzuverlässig und unbekümmert, wie es nur Kleinkinder und Musiker sein können.

»Komm mit«, sagte Michelle und nahm Ravens Hand. Sie wunderte sich, wie normal ihre Stimme klang. Erstaunlich, zu was der Mensch fähig ist, wenn es sein muss. Der Junge trug einen Schlafanzug mit »Star Wars«-Motiv. »Soll ich dir was vorlesen?«

Raven nickte. Michelle hatte selbst keine Kinder, aber sogar sie konnte sehen, wie übermüdet er war.

»Seine Sachen sind in Steffis Zimmer, wir haben auch ein paar Bücher mitgebracht«, sagte Mina-Cheyenne, während sie schon rückwärts Richtung Treppe lief. Sie trug Hotpants, weiße Turnschuhe, ein transparentes Top und einen neonpinken BH darunter. Ihr Haar war zwei Drittel blond, ein Drittel violett. »Danke, danke, danke, du bist wirklich ein Schatz!« Sie verschwand um die Ecke.

Brav ging Raven neben Michelle her. Steffis Zimmer befand

sich am Ende des Gangs, es war das ruhigste von allen im *Pretty Woman*. Michelle fragte sich, wer darauf gekommen war, den Jungen Raven zu nennen – mit seinen weichen, freundlichen Zügen, den kinnlangen blonden Locken und Pausbacken sah er eher nach Rauschgoldengel als nach Rabe aus.

»Hier, willst du dich hinlegen?«, fragte sie und klopfte auf das Bett. Neben dem Kopfkissen lagen zwei Stofftiere, ein Hund und eine Katze.

Sie deutete auf die beiden Tiere. »Sind die beiden Freunde?«, fragte sie.

Raven nickte ernst. »Die besten«, sagte er. »Die allerbesten.« Dann zog er seine Hausschuhe aus und schlüpfte unter die Decke. »Bärenstern«, sagte er.

»Bärenstern?«

Raven nickte. »Bärenstern!«

Michelle griff nach einem kleinen Rucksack mit einem Piratenkopf auf der Klappe, der neben dem Bett stand. Darin steckten Ravens Klamotten, außerdem ein Raumschiff aus Legosteinen und zwei Bücher. Eines handelte von Piloten, in dem anderen suchten ein Bär und seine Freunde den Abendstern.

Sie hielt das Buch hoch. Raven nickte erneut. »Bärenstern.« Zufrieden schloss er die Augen. Ein Lächeln erhellte sein Gesicht. Glücklicherweise verstand Raven noch nicht, wo er war – er machte einfach nur die Erfahrung, dass seine Mutter und ihre Freundinnen sich gut um ihn kümmerten, wenn es ihm schlecht ging.

Mit sanfter Stimme begann Michelle vorzulesen. Sie fragte sich, ob ihr jemals jemand vorgelesen hatte. Aber sie konnte sich nicht erinnern. Ihr Vater … sie hatte alle Erinnerungen an ihren Vater verdrängt. Und ihre Mutter … irgendwann bestimmt einmal.

»… und schließlich saßen die Tiere des Waldes dicht aneinandergekuschelt auf der Lichtung und sahen hinauf zu den Sternen. Und einer von ihnen strahlte ganz besonders hell und beschützte sie. Er nahm ihnen die Angst und machte ihnen Mut. Und so schliefen sie ein und träumten von all den schönen Dingen, die sie am nächsten Tag miteinander unternehmen würden.«

Michelle klappte das Buch zu. Raven atmete ruhig und tief. Er war eingeschlafen.

Sie würde nie wieder mit Fleur unter dem Sternenhimmel sitzen und von der Zukunft träumen.

Wann kam endlich die Polizei?

5

»Ich hab Fleurs Zimmer abgeschlossen, aber ansonsten geht alles seinen Gang«, sagte Gordon. »Die anderen wissen noch gar nichts.«

Michelle presste die Lippen aufeinander. Es hatte gutgetan, Raven vorzulesen, aber jetzt traf die Realität sie wieder mit voller Wucht. Sie ließ sich auf ihre Bettkante sinken und starrte gegen die Tür. Nicht mal ihr Handy hatte sie, um sich abzulenken.

»Verdammte Fuckscheiße«, sagte Gordon noch einmal. Aber es klang müde und nicht so, als wäre er noch ernsthaft empört. Ausnahmsweise traf sein Spruch die Sachlage ja sogar perfekt.

Er ging. Sie musste unbedingt den Geschmack dieser Nacht aus dem Mund bekommen. Im Nachttisch lagen noch ein paar alte Zigaretten. Michelle trat an das gekippte Fenster. Drei Züge lang half das, dann begann sie zu husten und schmiss die noch brennende Kippe nach draußen. Ein Funkenbogen stob durch die Nacht, unbemerkt im Neonfeuerwerk der Reeperbahn.

Als sie die Augen zusammenkniff, weil der Hustenanfall schlimmer wurde, spürte sie das Brennen der Tränen. Schnell schlang sie die Arme um sich selbst, kniff fest in ihre Oberarme. Der Schmerz vertrieb die Trauer.

Das Schlimme am Weinen waren nicht die Tränen, sondern das Gefühl zu ersticken. Deshalb hatte sie vor vierzehn Jahren für immer aufgehört zu weinen. Und sie würde jetzt nicht wieder damit anfangen. Ganz sicher nicht.

Verdammt! Sie war wütend auf sich, wütend auf Fleur – dass die sie auch einfach so im Stich gelassen hatte. Wütend auf alle.

6

Paul Hinnerken und Svenja Meißen betrachteten die nackte Frau, die ausgestreckt auf einem Bett im dritten Stock des Hamburger Bordells *Pretty Woman* lag.

Meißen seufzte und schüttelte den Kopf. »Was für Männer kommen nur hierher?«, fragte sie ihren Partner, während sie Fotos mit der digitalen Spiegelreflexkamera schoss, die um ihren Hals hing – Fotos von vorne, von der Seite, aus jedem nur denkbaren Winkel.

Schamlos, dachte Hinnerken, obwohl ihm klar war, dass Meißen nur ihre Arbeit tat. Und zwar sehr gut und gründlich.

Er wusste, im Verlauf der Ermittlungen würde er dankbar sein für ihre Aufnahmen. Aber jetzt …

Und dann auch noch diese Bemerkung. Ganz normale Männer kamen hierher. Männer wie *er*.

»Und was muss im Leben einer Frau geschehen sein, damit sie hier arbeitet?«, fuhr Meißen fort, während sie sich hinkniete und unter das Bett sah. Dann machte sie von den Staubmäusen ein Foto. »Ich weiß, Sex gehört zum Leben, und in der Großstadt ist es ein Business wie alle anderen auch. Aber trotzdem.«

Sie richtete sich auf und zuckte ratlos mit den Schultern.

Eine einfache Energiesparbirne tauchte das Zimmer in bläulich kaltes Licht. Das Bett war ein Prunkstück. Massivholz, deutsche Buche, handgewachst, Überbreite. Durchaus einladend. Auf dem Nachttisch stand eine Digitaluhr mit Weck- und Projektionsfunktion sowie integriertem iPod-Dock, davor lag der rote Drücker für Notfälle. Die Schublade unter der Tischplatte war nicht ganz geschlossen. Der Radiowecker auf dem Nachttisch spielte leise Reamonns »Supergirl«. Das Display zeigte 01:34. So spät nachts war Hinnerken noch nie hier gewesen.

Unter dem Bett standen Hausschuhe ordentlich nebeneinander. Das flauschige Rosa biss sich mit dem Dunkelrot des Vorhangs.

Die Scham der Frau war glatt rasiert, sie hatte die Beine gespreizt. Ihre Arme lagen seitlich neben dem Körper, die Handflächen nach oben gerichtet, die Finger leicht gekrümmt. Auch die Achselhöhlen waren sorgfältig enthaart, ebenso die Beine. Die Spitzen der schillernd blau lackierten Nägel zeigten zur Zimmerdecke. Ein kleines weißes Blümchen klebte auf dem rechten großen Zehennagel.

Hinnerken presste die Lippen aufeinander. Er hatte nichts Verbotenes getan. Er kannte die Frau auf dem Bett nicht. Vielleicht hatte er sie einmal gesehen, zufällig im Flur. Wenn überhaupt. Aber wahrscheinlich nicht.

Also kein Interessenskonflikt. Ganz klar.

Meißen ging ins Badezimmer und fotografierte weiter. Duschkabine, Toilette, Waschbecken, Spiegel. In der Ecke stand ein kleiner grüner Mülleimer. Das Bad war weiß gefliest und in gutem Zustand, die Fugen hell.

Auf einem rechteckigen Hocker neben der Duschkabine lagen mehrere gestreifte Handtücher, ordentlich gefaltet. Neben dem Waschbecken hingen zwei kleinere Handtücher auf dem Handtuchhalter, ebenfalls gestreift, aber aus einer anderen Serie. Ein großes Handtuch war nach der Benutzung achtlos auf den Boden vor der Duschkabine geworfen worden.

Ein trockenes, leicht rissiges Stück Seife fand sich auf der Ablage des Waschbeckens. Es gab kein Bord unterhalb des

Spiegels, obwohl Löcher in die Fliesen gebohrt worden waren, in denen rote Dübel steckten. Ein kleiner rechteckiger Kosmetikspiegel stand hochkant an die Wand gelehnt hinter dem Wasserhahn.

Hinnerken hatte nie hier geduscht, und er ging davon aus, dass es auch keiner der übrigen Kunden tat. Ein Puff war schließlich kein Sportclub.

»Können Sie die Tote identifizieren?«, fragte Hinnerken den Mann, der abwartend in der Tür stand.

»Was?«, fragte der.

»Wissen Sie, wie sie heißt?« Der Polizist deutete auf die Frau auf dem Bett.

»Na logo. Das ist Fleur. Aus Thailand, wenn Sie wissen, was ich meine!«, posaunte der Mann und zog gleichzeitig die Nase und seine zu tief hängende Hose hoch.

»Nein, ich weiß nicht, was Sie damit meinen«, schnappte Hinnerken verärgert, während Meißen hinter ihm unaufhörlich klick-, klick-, klickte. »Wenn Sie mich bitte aufklären würden?«

Tolle Wortwahl, dachte er. Aber außer ihm merkte es keiner.

»Das weiß doch jeder. Die Thaimädchen, die haben's drauf. Alles, meine ich. Und sie sind schön eng. Weil sie so klein sind. Da stehen viele drauf. Gerade Männer, denen man es nicht ansieht.«

Er zwinkerte Paul Hinnerken zu.

Scheiße, dachte der Kommissar der Mordkommission. *Der erinnert sich an mich.*

Oder?

7

Unsere Leben sind keine Geraden, die sich mit mathematischer Genauigkeit von der Geburt bis zum Tod durch Raum und Zeit erstrecken. Nein, unsere Lebensläufe gleichen wilden Kritzeleien. Linien laufen im spitzesten Winkel aufeinander zu, von außen betrachtet kann man schon ahnen, was gleich passiert. Doch dann schießt eine weitere Lebenslinie scheinbar aus dem Nichts heran, durchschneidet gleißend die beiden anderen, die gerade im Begriff standen, zu einer dickeren Linie zu verschmelzen, reißt eine mit sich davon, lässt die andere zurück …

Rückblickend mag manches im Leben uns unausweichlich erscheinen. Doch auch wenn wir dann denken, wir hätten es besser wissen müssen, in Wahrheit taumeln wir alle nur orientierungslos durch das Dunkel. Es ist nun einmal unmöglich, in die Zukunft zu schauen.

Sieht man genau hin, so scheinen sich die meisten Linien irgendwann mit anderen zu vereinigen, zu umschlingen, zu verknoten, um dann gemeinsam, als wäre ihr Gewicht zu groß geworden für die bisherigen Flugbahnen, in die Tiefe zu sinken. Mal fällt der dicke gemeinsame Strich steil ab, mal vollzieht sich die Bewegung langsam, dennoch unaufhaltsam. Manchmal lösen sich zwei Lebenslinien wieder voneinander, doch wenn sie das tun, so hebt sich meist nur eine von ihnen wieder in die Höhe, oft mitgerissen von einer weiteren, die sie magnetisch angezogen zu haben scheint. Alles auf Anfang, auch das kommt vor.

Das Schlimmste aber, was man auf einem derartigen Abbild unserer Lebenslinien entdecken kann, das Traurigste, sind die kurzen Linien, die nur wenige Jahre repräsentieren, vielleicht fünf oder nur drei. Linien, die so kurz sind, dass sie Punkten gleichen, die wenige Monate, Wochen oder Tage markieren. Ein Hauch von Leben, das viel zu früh zu Sternenstaub zerfiel.

Und genauso furchtbar ist das brutale Zusammentreffen von Linien, die wie mit dickem Filzer hingeschmierte Graffiti aussehen – eine Linie zuckt kurz in Richtung einer anderen, die am Berührungspunkt endet, für immer.

Der gewaltsame Tod.

8

Michelle kannte die Stimme im Flur.

»Bitte erstellen Sie eine Liste aller Personen, die sich in den letzten zwölf Stunden im Gebäude aufgehalten haben.«

Ihre Tür war nur angelehnt. Nebenan war inzwischen offenbar die Polizei bei der Arbeit.

Die Stimme klang streng, anders als sonst.

Michelle schlich zur Tür.

Wessen Stimme war das? Woher kannte sie sie?

Ein kalter Luftzug fuhr durch den Spalt, als sie den Griff packte und die Tür ein wenig weiter aufzog. Sie presste ihr Gesicht an den Türrahmen.

Im *Pretty Woman* war Wegschauen meist besser als Hinsehen. Darin glichen sich der Puff, der Kiez, die Stadt.

Drei Personen standen im Flur. Ein Polizist, eine Polizistin, Gordon. Die Polizistin hatte eine Kamera in der Hand und knipste den Flur. Erst von Michelle weg, Richtung Treppe. Dann drehte sie sich um. Michelle zuckte zurück. Auf einem hochauflösenden Digitalbild wäre sicher zu sehen, dass sie durch den Spalt spähte. Sie wagte es jedoch nicht, die Tür zu schließen, aus Angst, durch die Bewegung auf sich aufmerksam zu machen. Es blitzte. Einmal. Zweimal. Pause, dann noch mal, aber jetzt weniger hell.

Michelle beugte sich wieder vor.

Die Polizistin mit der Kamera hatte schulterlange blonde Haare, zu zwei Zöpfen geflochten, die unter ihrer Mütze hervorhingen.

Gordon deutete jetzt in Michelles Richtung.

Der zweite Polizist drehte sich um.

Es war seine Stimme gewesen, die sie erkannt hatte.

Sie wusste, wer dieser Mann war.

Paul.

Gerade waren sie Salsa tanzen gewesen. Er gehörte zu ihren regelmäßigen Kunden.

Allerdings hatte sie nicht gewusst, dass er Polizist ist.

Verdammt! Was jetzt?

Ihre Gedanken wirbelten durcheinander. Würde er gründlicher ermitteln, weil er selbst Kunde hier war? Oder erst recht versuchen, die Sache schnell abzuwickeln, um nicht selbst ins Zwielicht zu geraten?

Würde er sie verhören? Und wenn ja, was sollte sie am besten sagen?

9

Dorothea Hagen trat auf das Gaspedal ihres Siebeners. Wagner dröhnte aus den Lautsprechern und ließ die Innenverkleidung des Batmobils beben.

Die Vorstandsvorsitzende der Deutschen Versicherungs-AG brauchte für die Strecke Hamburg–Potsdam regelmäßig unter zwei Stunden. Aber heute stand sie kurz davor, ihren eigenen Rekord zu brechen.

Sie war high wie nie.

Rote Locken gaben ihrer blassen Haut mit den zahlreichen zarten Sommersprossen, die sie schon als Kind gehasst hatte, einen strahlenden Rahmen. Ihre Lippen waren schmal, das grelle Rot des Lippenstifts biss sich mit ihrer Haarfarbe, aber einer Frau ihres Kalibers konnte das egal sein. Die Zähne waren von einem unnatürlich strahlenden Weiß. Und wenn sie die zeigte, dann war es zu spät.

Sie war stolz darauf, auch mit Anfang fünfzig noch Röcke tragen zu können, in denen Frauen, die halb so alt waren wie sie, nur peinlich aussahen. Dass ihr Rock von Chanel war, die Strümpfe von Agent Provocateur, ihre Unterwäsche von Lise Charmel und dass ihr Busen mittlerweile mehr gekostet hatte als ein Mittelklassewagen, schadete ihrem Selbstbewusstsein nicht.

Dorothea Hagen hatte über den Abend verteilt reichlich Kokain zu sich genommen, dessen Wirkung nun langsam nachließ. Als viel prickelnder empfand sie jedoch die Wirkung des körpereigenen Adrenalins. Die war um Längen besser als jede andere Droge, aber leider nur zu erarbeiten, nicht zu kaufen. Hätte einer ihrer Ärzte oder Dealer etwas entsprechendes im Angebot – sie hätte ihn längst zum Millionär gemacht. Schade, wirklich schade.

Hagen trug ein kurzes, schwarzes, recht konservatives Kleid und eine Kette aus schwarzen hawaiianischen Perlen. Ein Geschenk ihres Mannes, ebenso wie die preislich vergleichbare Platin-Rolex. Das Kribbeln zwischen ihren Beinen nahm langsam ab, und sie genoss jede Sekunde, die es noch anhielt.

Sie beschleunigte und blendete auf, denn weiter vorne war auf der linken Spur ein Hindernis aufgetaucht. Dass sie noch nie im Leben Angst empfunden hatte, betrachtete sie als Stärke, nicht als psychologischen Defekt.

Während sich die Walküren in Hysterie steigerten, war ihr, als erfüllte das gierige Vibrieren des Motors ihren ganzen Körper. Solange sie sich zurückerinnern konnte, hatte sie immer das Gefühl gehabt, auf Hochtouren zu laufen. Dorothea Hagen kannte nur »Vollgas« oder »Aus«. Beinahe hätte sie den braunen Audi touchiert, der dann im letzten Augenblick nach rechts zog. Die Bahn vor ihr war frei, und sie blieb auf der linken Spur, wo sie hingehörte.

Dorotheas schmale, eisgraue Augen huschten zur Digitalanzeige auf dem Armaturenbrett. Vor etwas mehr als einer Stunde hatte sie eine Frau getötet. Und jetzt war sie schon an der Abfahrt Schwerin vorbei.

Es war mit Abstand das Geilste, was sie je erlebt hatte.

Selbst Dorothea Hagen wusste, sie sollte Abscheu vor den Gefühlen empfinden, die sie erfüllten. Aber das wäre verlogen. Und wenn sie eines war, dann ehrlich zu sich selbst. Zudem gab es keinen Grund zur Scham. Die Schlampe hatte es verdient.

Das Einzige, was ihr Sorgen bereitete, war Torben. Er war schwach. Doch wenn er sie ansah, hatte sie dieses eigenartige, fast ein wenig unheimliche Gefühl, geliebt zu werden. Zum ersten Mal in ihrem Leben.

Es war ein Risiko, aber seit sie dieses Gefühl kennengelernt hatte, wollte sie auf keinen Fall mehr darauf verzichten.

Sie setzte ihr gewinnendstes Lächeln auf, da blitzte auch schon die Radarfalle. Sie lebte in Berlin, ihr Lover in Hamburg, sie fuhr diese Strecke im Schlaf.

10

Paul Hinnerken war nie zuvor in diesem Zimmer gewesen. Aber schon öfter in einem der anderen. Hatte dieser dicke Manager ihn erkannt? Sah nicht so aus. Oder es kümmerte ihn nicht. Vielleicht würde er ihm auch später noch die Rechnung präsentieren. Er würde es abwarten müssen.

Michelle wusste es natürlich – er würde entscheiden müssen, ob ihre »Beziehung«, wenn man es so nennen konnte, einen Interessenskonflikt bei der Befragung darstellte.

Im Zweifelsfall würde er sich eine gute Begründung einfallen lassen müssen, die Wahrheit war in dieser Hinsicht wenig hilfreich. *Ich bin eben manchmal einsam, seit meine Frau nach Spanien zurückgegangen ist* … So machohafte Sprüche die Kollegen auch spuckten, dafür hätten sie bestimmt kein Verständnis. Das würden sie ihn nie vergessen lassen. Dabei fand er einen Besuch im Puff ehrlicher, als irgendwem in der Disco drei Cocktails auszugeben, und der Deal war im Grunde genauso klar.

Meißen hatte alles dokumentiert, als wollte sie ihre Fotoreportage einem Wochenmagazin anbieten. Aber seine Erfahrung war, dass Fotos und Videos dem Tatort nie gerecht wurden. Je genauer und umfangreicher das Bildmaterial, desto schneller ließ man sich vom Wesentlichen ablenken: dem Grauen, das in die Welt gekommen war. Dem absolut Bösen, das Gestalt angenommen hatte. Wie eine tiefschwarze Wolke, die sich an einem der wenigen wirklich warmen Sommertage in der Hansestadt unerwartet vor die Sonne schiebt. Man sieht sie nicht kommen, und wenn man schließlich aufschaut, ist es eiskalt und regnet.

Wenn er oder seine Kollegen gerufen wurden, war es jedes Mal bereits zu spät, das war sein Job, doch diese Last zu tragen fiel ihm zunehmend schwerer. Er war Mitte vierzig, aber an manchen Tagen hatte er das Gefühl, selbst nur noch von Tiefschwarz erfüllt zu sein. Ein Kind, das singend zum Kindergarten hopste, ein Liebespaar Hand in Hand am Hafen, für ihn alles nur die Toten von morgen. Als trübte ein fauliger Gestank seine Sinne. An manchen Tagen war der Eindruck derart intensiv, dass es ihm fast den Atem nahm. Er wollte nicht Luft holen. In der Luft lag der Tod.

Reglos stand Hinnerken im Zimmer und starrte mit leicht zusammengekniffenen Augen die nackte Leiche auf dem Bett an.

Irgendetwas störte ihn an der Sache. Vielleicht nur, dass sie so friedlich aussah. Die junge Thailänderin machte ihrem Vornamen Ehre. Sie war eine bezaubernde Blume der Nacht. Immer noch, selbst im Tod.

Paul fand, eine junge Frau, die gewaltsam zu Tode gekommen war, durfte nicht so friedlich aussehen. Beinahe glücklich. Zumal man davon ausgehen konnte, dass eine Thailänderin, die in einem deutschen Bordell anschaffte, nicht glücklich war. Nicht *wirklich*.

Vielleicht war es ein Sexunfall gewesen. Ein bisschen zu viel Sadomaso. Berufsrisiko. Polizisten kamen ja auch im Dienst ums Leben. Nicht auszuschließen.

Aber auf ihn wirkte das Ganze nicht, als wäre ein panischer Freier einfach abgehauen, sondern eher, als machte ein eiskalter Täter sich noch im Nachhinein über sein Opfer lustig.

Hinnerken ließ den Anblick auf sich wirken. Ihre Brüste. Ihre Scham. Ihr flacher Bauch. Das aufgefächerte schwarze Haar. Was war geschehen?

Seufzend strich er sich über die stoppelkurzen Haare auf seinem markanten Quadratschädel, der fast ansatzlos in einen muskulösen Oberkörper überging. Paul Hinnerken war schon über zwanzig Jahre bei der Polizei. Umso irritierender fand es dieser Schrank von Mann, wie sehr ihn die zarte Frau auf dem Bett anrührte.

Zwei junge Kollegen der Spurensicherung waren still in der Tür stehen geblieben und beobachteten, wie Hinnerken die nackte Tote anstarrte. Sie wussten nicht recht, ob der Kriminalwachtmeister bemerkenswert gründlich war. Oder pervers.

11

Polizei und Spurensicherung hatten den Betrieb für den Rest der Nacht zum Erliegen gebracht. Außer Fleurs Zimmer hatte zwar vorläufig nichts abgesperrt werden müssen, aber drei Streifenwagen vor dem Haus waren eben keine Werbung für einen Puff.

Andererseits würde morgen früh das Foto des roten Schilds über der Tür, mit der geschwungenen Schreibschrift und dem stilisierten Lockenkopf einer jungen Schönheit, in der *Morgenpost* auf der Titelseite prangen und von Tausenden potenzieller Neukunden auf dem Weg zur Arbeit neugierig betrachtet werden. Und wenn sie dann ein paar Tage oder Wochen oder Monate später über die sündige Meile bummelten, dann gab es in ihrem Kopf zwischen lauter unbekannten, austauschbaren Bars und Kaschemmen einen vertrauten Anker: das *Pretty Woman* an der Ecke Reeperbahn/Große Freiheit.

Gordon knurrte ärgerlich: »Die Bullenparade vor der Tür ist höchstens was für ganz harte Fetischisten – aber die wollen ja lieber gleich Hakenkreuze.«

Michelle musste lachen. Augenblicklich schämte sie sich dafür. Sie war noch am Leben. Und Fleur nicht mehr.

Sie sah das Gesicht ihrer Freundin vor sich. Das seidige Haar auf dem Kissen. Der Blick ins Nichts. Der offen stehende Mund. Hatte Entsetzen in ihren Zügen gelegen? Fleur gehörte zu denen, die alles gesehen hatten. Die alles mitmachten, wenn die Kohle stimmte, weil sie in ihrem Innersten eine Zelle gefunden hatten, in der sie ihre Seele einsperren konnten.

Was hatten ihre Augen zuletzt gesehen? *Wen* hatte sie gesehen? Hatte ein Schrei in ihrer Kehle gebrannt?

Was würde Michelle tun, wenn ein Mann sie plötzlich würgte, ihr den Mund zuhielt oder das Kissen aufs Gesicht drückte? Natürlich würde sie sich wehren, aber hätte sie genug Kraft, oder wäre sie ihm ausgeliefert? War Fleur vielleicht tot und sie am Leben, nur weil sie langweiliger und bürgerlicher aussah als die gertenschlanke Fleur mit ihren dunklen Bambi-Augen und der verlockend braunen Haut?

Der falsche Mann zur falschen Zeit – Pech gehabt. War es so einfach und zugleich so schrecklich gewesen? So unpersönlich?

Unwillkürlich berührte sie das Tattoo hinter ihrem rechten Ohr, die Schwinge des Phönix, das Symbol der Wiederauferstehung aus der eigenen Asche. Wie Fleur es sich erträumt hatte. Wie sie selbst es vorhatte, später. Sie wollte nicht als MILF oder GILF enden – als *Mother I'd Like to Fuck* oder gar *Grandmother I'd Like to Fuck* …

Es klopfte. Sie wirbelte herum. Paul stand in ihrer Tür.

12

»Hallo«, sagte Paul.

Michelle wusste nicht recht, wie sie auf ihn reagieren sollte. Er war nicht anders gekleidet als sonst, wenn er zu ihr kam. Genau genommen trug er sogar noch dieselben Sachen wie vor ein paar Stunden in der Salsa-Bar, nur andere Schuhe und ein dunkles Jackett.

»Hallo«, sagte sie so neutral wie möglich.

Sie war erschüttert, dass Paul Polizist war. Das hätte sie nie von ihm gedacht. Natürlich gingen auch Polizisten in den Puff. Männer waren in dieser Hinsicht alle gleich, egal ob reich oder arm, verheiratet oder Single, jung oder alt. Aber irgendwie … sie hatte sich immer vorgestellt, dass er in einem Krankenhaus arbeitete, oder als Teamleiter in irgendeiner Firma. Nicht zu viel Führungsverantwortung, dafür war er zu weich, aber auch kein kleines Licht, dafür war er zu hart.

»Darf ich reinkommen?«

Sie nickte.

»Mein Name ist Paul Hinnerken von der Kripo Hamburg. Ihr Kollege sagte, Sie wären diejenige gewesen, die die Tote gefunden hat?«

Aha, so wollte er die Sache spielen. Sie kannten einander nicht und waren auch nicht per Du. Vielleicht war das besser so, aber trotzdem fand sie es feige von ihm.

Kein guter Anfang, wenn der Bulle, der Fleurs Tod aufklären sollte, ein feiger Hund war.

»Michelle Müller«, sagte Michelle. Das Spiel konnten zwei

spielen. Sie blieb am Fenster stehen. »Setzen Sie sich doch«, sagte sie und deutete auf das Bett, in dem sie sonst gemeinsam lagen.

»Nein, danke.« Sein Mund zuckte, aber sie konnte den Ausdruck nicht deuten. »Ich wollte nur …« Er zögerte, sah über die Schulter zur Tür, zuckte dann mit den Schultern. »Ihr Kollege sagt, Sie kannten die Tote gut?«

»Fleur. Sie heißt Fleur. Und – ja, ich kannte sie gut. Wir arbeiteten Wand an Wand, wie Sie sehen. Außerdem waren wir befreundet. Ganz normal, wie andere Leute auch.« Wieso verspürte sie diesen Drang, sich zu verteidigen? Fühlte sie sich von Paul angegriffen, weil er es offenbar okay fand, seine Bedürfnisse von ihr befriedigen zu lassen – aber jetzt doch lieber so tat, als hätte er sie noch nie gesehen? In gewisser Weise war das aus ihrer Sicht ein Verrat. Er tat, als wäre er etwas Besseres als sie.

Dabei waren sie beide nur Dienstleister an der Gesellschaft.

Michelle riss sich zusammen. Sie trat zwei Schritte vor und setzte sich aufs Bett. Stützte die Hände auf die Knie. »Fleur und ich waren Freundinnen. Sie ist vor ein paar Jahren aus Thailand hergekommen. Ich weiß nicht viel über sie, aber sie hatte keine schöne Kindheit. Hier fühlte sie sich viel wohler. Sie ist … sie war ein bisschen verschlossen, aber sehr nett. Ich kenne eigentlich niemanden, der so – der es so wenig verdient hat zu …« Jetzt hatte sie doch wieder einen Kloß im Hals und konnte nicht weitersprechen.

»Wissen Sie, ob die … ob Fleur Feinde hatte? Streit mit jemandem? Oder vielleicht gab es Probleme mit einem Kunden, möglicherweise waren unerwiderte Gefühle im Spiel?«

Bildete sie es sich ein, oder hatte sich bei seinen letzten Worten sein Blick verändert? Jedenfalls sah er sie auf einmal forschend an, das war ihr unangenehm.

Michelle zuckte mit den Schultern. »Sie hat jedenfalls nichts gesagt. Und im *Pretty Woman* gibt's keine Kundenliste – wir sind alle offiziell selbstständige Unternehmerinnen, die hier nur Räume mieten. Höchste Diskretion, das wissen unsere Kunden zu schätzen.«

Sie schaute ihn herausfordernd an.

Leise sagte Paul: »Das kann ich mir vorstellen. Aber vielleicht können Sie sich ja doch an jemanden erinnern, der Fleur besucht hat?«

»Ach, wissen Sie, hier herrscht so ein Kommen und Gehen, ich kann mir wirklich nicht alle Männer merken, die hierherkommen. Tut mir leid.«

Paul senkte den Blick.

Treffer, versenkt.

Dann zog er eine Visitenkarte aus der Tasche und hielt sie ihr hin. »Wenn Ihnen noch etwas einfällt, melden Sie sich bitte bei uns, okay?«

»Natürlich«, sagte Michelle. »Ganz klar. Mache ich.«

13

»Svenja Meißen von der Kripo Hamburg. Leider muss ich Ihnen mitteilen, dass eine Ihrer Kolleginnen tot aufgefunden wurde.« Meißen schaute in ihr Notizbuch, um nicht den falschen Namen zu nennen. »Fleur Sutha. Ich würde Ihnen gern ein paar Fragen stellen.«

»Oh mein Gott!«, sagte die junge Frau und schlug die Hand vor den Mund. »Ich muss sofort nach Raven sehen!«

Sie wandte sich ab und wollte davonlaufen. Svenja Meißen packte sie am Arm. »Hey, ich habe Sie etwas gefragt!«

»Ich … mein Sohn schläft dort hinten im Zimmer. Ich würde es nicht überleben, wenn ihm etwas passiert ist.«

»Ihr *Sohn?*«

Meißen hätte sich ohrfeigen können. Abschätzige Kommentare machten mögliche Zeugen nicht auskunftsfreudiger. Aber die Frau mit den zweifarbigen Haaren war offenbar viel zu besorgt, um auf solche Feinheiten zu achten. Oder sie war derartige Reaktionen gewohnt und entsprechend abgestumpft.

»Sie können gern mitkommen, ich will nur sicher sein, dass alles okay ist, dann reden wir.« Sie lief voraus, Meißen hinterher. Vor der letzten Tür im Gang blieb die Frau stehen, drückte langsam die Klinke herunter, öffnete die Tür einen Spaltbreit. Auf dem Bett lag ein kleiner Junge mit blonden Locken. Er lächelte im Schlaf, zwei Stofftiere fest an sich gedrückt.

Meißen konnte sehen, wie sich die Decke hob und senkte.

Die Mutter des Jungen wollte gerade die Tür wieder schließen, da trat Meißen vor. Sie warf der Mutter einen warnenden

Blick zu, zog ihre Pistole, schob die junge Frau beiseite. Mit der freien Hand drückte sie langsam die Tür weiter auf, bis sie ins Zimmer treten konnte. Sie sah sich um. Bett, Nachttisch, Schrank, Bad. Genau wie die anderen Zimmer. Die Tür zum Bad stand offen. Mit zwei Schritten war sie dort, schaute hinein, niemand. Dann stellte sie sich seitlich neben den Schrank, zog mit der Linken die Tür auf. Leer.

Leise schloss sie die Tür wieder, warf einen letzten Blick auf den schlafenden Jungen, verließ das Zimmer.

»Danke«, flüsterte die Mutter des Jungen, die offenbar begriffen hatte, wonach Meißen suchte.

Die Kripobeamtin steckte ihre Pistole weg.

»Wir können in mein Zimmer gehen«, sagte die junge Frau. »Ich bin übrigens Mina-Cheyenne.« Sie ging voraus in das Zimmer neben dem, in dem ihr Sohn schlief, und setzte sich auf das Bett. Auf einmal schien ihr etwas einzufallen, und sie starrte Meißen voller Angst an. »Ich krieg doch jetzt keinen Ärger, oder? Raven ist wirklich nur ganz selten hier. Er wird sich später gar nicht mehr daran erinnern können. Das Langzeitgedächtnis setzt nämlich erst mit fünf ein. Aber sein Vater – Sie müssen wissen, auf seinen Vater ist einfach überhaupt kein Verlass. Er sollte heute eigentlich bei ihm sein, aber er ist einfach nicht gekommen. Sein Vater ist Musiker, verstehen Sie, aber trotzdem, man kann doch nicht einfach …«

Meißen hob die Hand. »Ich bin bei der Kripo, nicht beim Jugendamt«, sagte sie. Die junge Frau tat ihr leid. Der Junge auch, aber seine Mutter gab sich erkennbar Mühe. Was mehr war, als man über manche Vorstadtmütter sagen konnte.

In ihrem Job sah sie alles – und erfuhr viel mehr über die Menschen, als sie wissen wollte.

Mina-Cheyenne seufzte erleichtert und entspannte sich für einen Augenblick. Dann fiel ihr offenbar wieder ein, warum

Meißen sie angesprochen hatte. »Und was ist jetzt mit Fleur passiert?«

»Ihre Kollegin ist … sie wurde tot aufgefunden. Es besteht Verdacht auf Fremdeinwirkung – versehentlich oder absichtlich. Deswegen ermitteln wir.« Meißen hatte ihr Notizbuch aufgeschlagen. »Bitte nennen Sie mir zuerst einmal Ihren vollständigen Namen, Ihre Anschrift und eine Telefonnummer, unter der wir Sie gegebenenfalls erreichen können.«

Sie schrieb Mina-Cheyennes Angaben mit. Dann fragte sie: »Können Sie sich erinnern, wann Fleur heute zur Arbeit kam?«

Die junge Prostituierte schüttelte den Kopf. »Ich hatte heute solchen Stress wegen Raven. Sein Vater sollte ihn abholen, wir haben gewartet, seine Sachen waren gepackt, er hat sich auch so gefreut. Aber der Dreckskerl ist einfach nicht gekommen. Ist auch nicht ans Handy gegangen. Und Raven hat ein bisschen Fieber, nicht schlimm, aber ich konnte ihn doch nicht einfach zu Hause lassen!«

»Und können Sie sich denn vielleicht erinnern, ob Sie Ihrer Kollegin begegnet sind, als Sie kamen?«, unterbrach Meißen.

»Also, ich glaube, sie war schon da. Sie müssten da mal Gordon fragen. Vielleicht ist sie auch nach mir gekommen. Ich bin wirklich nicht ganz sicher. Erst einmal habe ich Raven in Steffis Zimmer gebracht, die hat freitags nämlich immer frei, und letztes Mal hat sie mir auch erlaubt, dass Raven bei ihr schläft, Steffi ist wirklich eine ganz, ganz Süße. Und er ist dann auch eingeschlafen, aber nach einer halben oder Dreiviertelstunde ist er wieder aufgewacht, und ich muss doch arbeiten, aber Michelle war so lieb und hat ihm vorgelesen. Es ist komisch, bei jedem anderen beruhigt er sich, nur bei mir nicht, da will er einfach nicht schlafen. Deshalb war ich Michelle sehr dankbar, und …«

»Sie können mir also nicht sagen, ob Fleur schon hier war, als Sie zur Arbeit kamen?«

Mina-Cheyenne schüttelte den Kopf. »Wissen Sie, jetzt, wo Sie so fragen, bin ich nicht mal sicher, dass ich sie überhaupt gesehen habe, heute. Vielleicht war das auch gestern. Ja, ich glaube, das war eher gestern. Aber es kann auch heute gewesen sein. Ich weiß es wirklich nicht. Haben Sie denn schon mit Michelle gesprochen? Michelle weiß das sicher, sie ist mit Fleur befreundet … oh, das muss ja ganz schrecklich für sie sein, und dabei ist Michelle so eine Liebe!«

»Hatten Sie denn Schwierigkeiten im Umgang mit Fleur?«

»Nein, überhaupt gar nicht. Im Gegenteil! Also, das soll jetzt nicht rassistisch klingen oder so, aber die Kunden, die Fleur wollten, die haben sich sowieso nicht für mich interessiert. Wissen Sie, sie war ja Thai. Das sind ganz andere Männer, die auf so was stehen. Da gab es keine Probleme. Und persönlich … also, wir haben nicht viel geredet. Ich weiß nicht, was Michelle an ihr fand. Aber sie war immer freundlich, und ich auch. Das muss auch sein. Solidarität. Frauenpower. Das können Sie sicher auch nachvollziehen, oder?«

»Hm«, machte Meißen. Sie war für Gleichberechtigung, hielt aber nicht viel von Feminismus und Frauenquoten. »Können Sie mir sagen, ob Fleur vielleicht Stammkunden hatte? Oder wissen Sie, ob es möglicherweise einmal zu Problemen gekommen ist – ein unzufriedener Kunde oder jemand, der gern Grenzen überschreitet? Ihr Beruf ist ja nicht ganz ungefährlich.«

»Das würde ich nicht sagen. Ich habe eine Schulfreundin gehabt, die ist Verlagskauffrau geworden, und auf einem Firmenempfang ist sie über so ein Geländer gefallen, aus dem zweiten Stock. Schädelbasisbruch. Schrecklich, wirklich schrecklich.«

Meißen begann die Geduld zu verlieren. »Wissen Sie, ob Fleur jemals Probleme mit Kunden hatte?«

Mina-Cheyenne schüttelte den Kopf. »Wie gesagt, wir hatten nicht viel miteinander zu tun. Wenn, dann wüsste Michelle das. Aber das *Pretty Woman* hat Niveau, das darf man nicht unterschätzen. Viele Probleme, die andere Läden haben, kennen wir gar nicht.«

»Und kennen Sie vielleicht Stammkunden von Fleur?«

Jetzt schüttelte die junge Frau den Kopf. »Nein. Jede von uns macht ihre eigenen Termine. Entweder vorab, oder wir warten draußen. So läuft das Geschäft. Ich bin sicher, es gab Männer, die gern wieder zu ihr kamen. Gerade weil sie – wie gesagt, ich meine das überhaupt nicht negativ – eine andere Hautfarbe hatte. Aber andererseits findet man das natürlich auch anderswo.«

»Ist Ihnen vielleicht mal im Vorbeigehen jemand aufgefallen, an den Sie sich erinnern können?«

Wieder Kopfschütteln. »Nein. Aber ich muss zugeben, ich habe auch nie darauf geachtet. Wozu auch? Fleur und ich waren keine Konkurrentinnen, verstehen Sie?«

Meißen klappte ihr Notizbuch zu und zog eine Visitenkarte aus der Tasche. »Wenn Ihnen noch etwas einfällt …«

Mina-Cheyenne nahm die Karte und nickte. »Klar. Wie im Fernsehen. Dann rufe ich Sie an. Aber keine Sorge. Ich bin sicher, mir fällt nichts ein.«

14

Svenja Meißen beugte sich zu ihrem Kollegen Paul Hinnerken hinüber und flüsterte: »Der *muss* doch mehr wissen.«

Streng musterte Hinnerken Gordon, der total entspannt hinter seinem Schreibtisch saß. Geistesabwesend zwirbelte er das Ende seines fusseligen Pferdeschwanzes um die Finger.

»Jetzt hören Sie mal auf, die Unschuld vom Lande zu spielen, und sagen Sie uns, was Sie wissen!«, befahl Hinnerken.

»Hab ich doch schon. Und ich bin vom Land. Aus dem Wendland. Da weiß man noch, was richtig und was falsch ist.« Er schaute trotzig.

Hinnerken dachte zurück an einen Einsatz im Wendland. Im strömenden Regen hatten sie gewaltfreie Atomkraftgegner von den Gleisen tragen müssen, die einfach dort gesessen und in Endlosschleife »Imagine« und »Give Peace a Chance« gesungen hatten. Ihm war eigentlich egal gewesen, ob der blöde Zug mit den Atommüllfässern nun durchkam oder nicht. Er hatte nur nach Hause in die heiße Badewanne gewollt. Und zu Carmen.

Die Typen dort hatten alle so ausgesehen wie dieser Gordon. Bisschen ungepflegt, aber grundsolide. Unter anderen Umständen hätten sie gut ein Bier miteinander trinken können.

»Auf jeden Fall ist doch wohl falsch, was Ihrer Mitarbeiterin Fleur Sutha widerfahren ist«, sagte Hinnerken. »Oder sind Sie etwas anderer Meinung.«

»Fleur war nicht meine *Mitarbeiterin*. Sie war selbstständige Sexualdienstleisterin, die von der Firma meiner Vorgesetzten nur eine Immobiliendienstleistung in Anspruch genommen hat.«

»Was?«, fragte Meißen entgeistert.

»Der Puff hier ist gar kein Puff, sondern so 'ne Art Bürogebäude«, übersetzte Paul. »Gehört vermutlich auch noch irgendeinem internationalen Investorkonsortium.« Er sah Gordon an. »So viel schon mal zu Richtig und Falsch, Gut und Böse, Schwarz und Weiß – Sie wissen auch ganz genau, auf welcher Seite Ihr Brötchen gebuttert ist.« Dann wandte er sich wieder Meißen zu. »Die Frauen hier arbeiten auf eigene Rechnung, sie zahlen nur Miete – stundenweise, tageweise, irgendwie so. Und unser Freund hier« – er deutete auf Gordon – »ist nicht etwa der Chef des Ganzen, sondern wohl eher so eine Art Faktotum.«

»Was?«, fragten Meißen und Gordon gleichzeitig.

»Hausmeister. Ein Faktotum ist ein Hausmeister«, erklärte Hinnerken.

Daraufhin nickte Gordon. »Genau. Und es ist ein fester Betrag pro Woche. Das erhöht die beiderseitige Planungssicherheit«.

Großartig. Sah aus wie der Weihnachtsmann auf Hartz IV und hörte sich an wie so ein Immobilienwichser.

»Okay, lassen wir das«, sagte Hinnerken. »Ehrlich gesagt, ist mir völlig egal, von wem Sie Ihr Geld kriegen und wem die Hütte hier gehört. Was mich interessiert, ist: Wer war heute bei Fleur?«

Gordon zuckte mit den Schultern. »Keine Ahnung. Männer halt.« Er kniff die Augen zusammen, als würde er Paul ein wenig genauer mustern. Dann sagte er: »Irgendwann sehen die alle gleich aus.«

Paul fürchtete schon, Gordon würde irgendwelche Anspielungen machen oder ihm drohen. Er war immer noch nicht sicher, ob sein Gegenüber ihn wiedererkannte oder nicht.

»Außerdem«, setzte Gordon hinzu, »ist Diskretion schließlich Ehrensache.« Er grinste, dann wurde er wieder ernst. »Aber ich weiß es wirklich nicht. Hab einfach nicht drauf geachtet. Die Mädchen sind für sich allein verantwortlich. Davon kann man halten, was man will, aber so isses.«

»Und die Videoaufzeichnungen?«, fragte Meißen und sah sich nach Kameras um.

Gordon schnaufte. »Datenschutz, Süße – dafür kannste deinen Chefs danken.«

Hinnerken schüttelte den Kopf. Die gespielte Leutseligkeit des Langhaaraffens ging ihm auf die Nerven. Aber egal. Es gab keine Aufnahmen, niemand hatte etwas gesehen – viel Spaß bei den Ermittlungen. Typisch: Auf dem Hamburger Kiez waren immer alle noch ein kleines bisschen weniger hilfreich als anderswo in der Stadt. Aber davon würde Hinnerken sich nicht aufhalten lassen. Ganz sicher nicht.

Gordon wollte nun seinerseits wissen: »Wann können wir eigentlich das Zimmer sauber machen lassen? Sonst nimmt das keiner.«

»Wenn wir fertig sind«, sagte Meißen barsch. »Wir sagen Ihnen Bescheid.«

»Ist ja gut. Aber wir haben … gute Nutten finden Sie echt leichter als 'ne gute Putzfrau. Wir haben da momentan einen kleinen Engpass, sagen wir mal so, und die werden mir was erzählen, wenn sie 'ne Sonderschicht schieben sollen. Oder eher, die werden mir gar nichts erzählen, weil ich nicht ihre Sprache spreche … ich weiß noch nicht mal, *welche* Sprache die sprechen … aber sie kommen einfach nicht wieder, wenn ihnen die Arbeit nicht passt. Und das ist dann ganz und gar nicht in meinem Sinne.«

»Aha«, erwiderte Meißen nüchtern. »Und Sie glauben, das interessiert mich?« Sie sah Gordon direkt in die Augen. Der hielt ihrem Blick eine Weile stand, sah dann aber doch weg. Es war klar, er hatte etwas zu verlieren, sie nicht.

Meißen legte nach: »Übrigens – im Zimmer der Toten haben wir ihre Bekleidung und etwas Bargeld sicherstellen können – sie wird von der Spurensicherung mit abtransportiert. Aber wir haben keine Wertsachen gefunden, Kreditkarten, Handy, Schlüssel. Können Sie uns sagen, wo die aufbewahrt werden?«

Gordon zuckte mit den Schultern, entgegnete dann aber: »Unten im Keller haben wir Schließfächer. Da können unsere Mieterinnen ihre Handtaschen und so lassen.«

»Haben Sie einen Schlüssel dafür?«

»Die Dinger funktionieren mit Transpondern. Vermutlich steckt Fleurs in ihrer Hosentasche. Aber ich kann das Fach von hier aus öffnen, Moment.«

Er vollführte auf seinem Bürostuhl eine Vierteldrehung zum Computer, rief ein Programm auf und klickte einige Male mit der Maus. »So«, sagte er dann. »Kommen Sie.«

Gordon voraus, gingen sie die Treppe hinunter in den Keller. Die Wände waren weiß gestrichen, vor einer Tür hing ein roter Vorhang, an der Decke Neonröhren. Die zweite Tür führte in einen kleinen Raum mit einer Bank in der Mitte. Mit dicken Schrauben war ein flacher, mannshoher Schrank mit kleinen Türchen an der Wand befestigt. Eine davon war nur angelehnt.

»Das ist Fleurs«, sagte Gordon.

Paul Hinnerken zog einen Kugelschreiber aus der Brusttasche seiner Jacke und stupste mit dessen Hilfe die Tür auf. Alle drei starrten in das Fach hinein – doch es war leer.

15

Torben Krahl, der hochgewachsene Gründer und Geschäftsführer der Hamburger Onlinebank *HanseGeld*, besaß eine frisch renovierte Villa mit Elbblick, doppelt so viel Geld wie die einige Straßen weiter wohnenden Eltern seiner teuren Frau, einen missratenen Stiefsohn, eine missratene Stieftochter und einen missratenen Stiefmops. Täglich sah eine Haushälterin nach dem Rechten und wischte Staub.

Dem Anschein nach war alles in bester Ordnung.

Vor allem aber hatte Torben Krahl Freunde. Er hatte sie lange nicht mehr getroffen, aber es waren echte Freunde aus Schulzeit und Studium, dazu verlässliche virtuelle Netzwerk-Freunde aus der Gamer- und Programmiererszene. Natürlich war er auch Mitglied in allen möglichen angesehenen Clubs und Unternehmerzirkeln. Es wurde von ihm erwartet, gehörte zum Job, er glänzte mit unterhaltsamem Small Talk und machte eine gute Figur, langweilte sich aber entsetzlich. Für diese Leute zählten nur Geld, Profit, Strategien.

Sie hielten seine linken Ansichten und das lange, zerzauste Surferhaar für amüsant. Er hielt sie für Arschlöcher, die an ihrer eigenen Gier zugrunde gehen würden. Im Moment war er einer von ihnen – aber nicht mehr lange. Nicht mehr lange!

Krahl war eine Kreuzung aus Emo und Ethno. Zu den feinen Zügen und den traurigen Augen eines schwindsüchtigen französischen Poeten verfügte er über die gesunde Hautfarbe und die robuste Gesundheit eines griechischen Olivenbauern. Der Verkäufer hatte ihn den Porsche nicht Probe fahren lassen wollen, weil er überzeugt gewesen war, einen Schnorrer oder Blender vor sich zu haben. Dann eben Bentley.

Seine Kumpel waren mittlerweile über die ganze Welt verstreut. Einer trampte durch Australien, einer war Manager in Stuttgart, ein paar hatten Kinder, andere tranken zu viel und vögelten sich durch die Gegend. Was Mittdreißiger eben so trieben. Vor zwei Jahren hatte er seine Onlinenamen geändert und aufgehört, Echtfotos zu posten – Entführungsgefahr.

Es war still im Haus. Er starrte über seinen Bildschirm hinweg. Auf der anderen Seite der Elbe blinkten irgendwelche Lichter.

Die Welt lag ihm zu Füßen. Er hatte es geschafft. Haus, Frau, Firma, Geliebte, alles. Wenn er wollte, hätte er verkaufen können, aussteigen, mit dem Rad nach Indien fahren. Sich einen Bungalow auf Mauritius kaufen und Mick Jagger zum Geburtstag auftreten lassen.

Das Leben war schrecklich langweilig geworden, der Reichtum machte unfrei.

HanseGeld war eine zynische Schnapsidee gewesen. Mit Aktien zocken wie in einem Computerspiel. Gegen andere Händler antreten. Und dabei immer von den Reichen kassieren. Das in Sekundenbruchteilen gewonnene Geld meistbietend auf die Sparkonten der Welt schieben: Bei *HanseGeld* konnten Banken aus der Schweiz, Luxemburg oder den Antillen auf die größten Anlagevermögen bieten. Revolutionär idiotisch, und die alten Player rissen sich darum, ihm zu Füßen zu liegen. Sein Portal war der heiße Scheiß. Russische Ölmilliardäre, afrikanische Minenbesitzer, chinesische Urheberrechtsverletzer, die letzten fünf reichen Deutschen (außer ihm) saßen allnächtlich in der virtuellen Börse und forderten einander heraus.

Manchmal las er ihre Chats mit, das höhnische Großgetue. Arrogante Idioten.

Das Spiel war manipuliert. Er selbst hatte den Kern programmiert. Von jedem Geldtransfer wurden 0,1 Promille abgeschöpft. Viel zu wenig, um aufzufallen in der ständigen Bewegung, dem andauernden Umrechnen, Kaufen, Verkaufen, Zwischenlagern, Verstecken vor der Steuer. *HanseGeld* nahm Gebühren, klar, weswegen die Firma florierte. Er persönlich erhob eine Art Tobin-Steuer auf diesen Schwachsinn. Eine bescheuerte Idee, so simpel. Bau ein Portal, dessen Verlockungen die Reichsten nicht widerstehen können. Stiehl unbemerkt von ihnen, so viel du kannst.

Robin Hood.

Wie einfach.

Er hatte gar nicht gewusst, was er mit so viel Geld anfangen sollte.

Mit Dorothea zusammen hatte er das Geschäft erweitert. Sie ließ von ihrem Aufsichtsrat eine teure Werbekampagne absegnen – und schickte ihm ein paar Tage vorher die Details. Er stellte ein Online-Versicherungspaket zusammen, das ein paar Prozent günstiger war, und nahm den Traffic der Vergleichsportale mit.

Genial.

Die Firma stieg rasant im Wert, auf dem Papier war er noch reicher.

Er hatte alles. Und doch nichts. Was sollte noch kommen? Die Sinnlosigkeit des Lebens machte ihn fertig. Außer wenn er mit Dorothea zusammen war. Sie war eine Art Kurzschluss für seine Grübeleien. Endlich Frieden in seinem Kopf.

Krahl sah die neuesten Statusmeldungen und Nachrichten durch. Fühlte sich geborgen in seiner virtuellen Welt.

Halb versuchte er zu verdrängen, was gerade geschehen war, halb genoss er es, den Film immer wieder in seinem Hirn ablaufen zu lassen. Er erkannte sich selbst nicht wieder. Das Zucken, dieses letzte Zucken, kaum noch wahrnehmbar und doch Leben pur …

Er rückte die Stifte in der Ablage gerade und starrte zum Fenster hinaus. Die breite, schwarze Elbe floss reglos zum Meer hin wie eine finstere Lavawalze, die alles fraß, was sich ihr in den Weg stellte.

16

Michelle vermisste ihre Freundin. Sie waren geheime Verbündete gewesen – hatten einander im Flur zugezwinkert oder hinter dem Rücken der Männer die Augen verdreht. Aber sie hatten sich auch in ihrer Freizeit getroffen und gut verstanden. Sie waren gemeinsam ins Kino gegangen, ins Fitnessstudio. Und jetzt würde der Leichenbeschauer Fleur untersuchen, in einen Leichensack stecken, auf seinem Edelstahltisch in Stücke schneiden … besser nicht darüber nachdenken.

Fleur war die einzige ihrer Freundinnen gewesen, die wusste, welcher Arbeit Michelle nachging. Allen anderen, die sie privat kannte, erzählte sie etwas von »Kundenberaterin in der Nachtschicht bei einer Direktversicherung«. Keiner sonst wusste, was sie wirklich tat. Ihre paar Freunde und Bekannten aus der Schule oder Uni hätten sich vermutlich entsetzt von ihr abgewandt. Dabei war es doch viel kranker und schädlicher für die Psyche, sich Tag für Tag mit Verbrechen und Tod zu beschäftigen, Leichen auf Gewalteinwirkung zu untersuchen, Tatorte menschenverachtender Verbrechen zu begutachten, als mit Männern zu schlafen, denen nur ein wenig Liebe fehlte.

Leise schob sie sich an Fleurs Tür vorbei und beneidete Paul und seine Kollegen nicht um deren Job. Sie konnte die Stimme der Polizistin aus Fleurs Zimmer hören – sie gab irgendwem Anweisungen.

Unten im Keller hielt Michelle ihren Transponder vor den Sensor und nahm Geldbörse, Schlüssel und Handy aus dem Fach. Dann drückte sie die Tür wieder zu.

Sie blickte sich um. Entdeckte ihr eigenes Gesicht im Spiegel über dem Waschbecken, erkannte sich kaum. Zu ihrem eigenen Schrecken sah sie eher konzentriert als traurig aus. Wie kam das? Sie hatte gerade die Leiche ihrer besten Freundin gefunden. Noch hatte Michelle nicht richtig verarbeitet, was das bedeutete. Dass sie Fleur nie wiedersehen würde. Nie mehr mit ihrer Freundin lachen oder einfach nur beisammensitzen. Und dass irgendwer die Verantwortung trug für Fleurs Tod. Unmöglich konnte ihr Herz einfach stehen geblieben sein. Jemand hatte etwas damit zu tun.

Michelle konnte sich nicht vorstellen, dass Fleur Feinde hatte. Aber andererseits hatte sie im *Pretty Woman* auch noch nie eine gefährliche Situation erlebt. Ein paar Leute zahlten extra für den Keller, um sich dort auspeitschen zu lassen. Na gut. Aber das war alles Spiel. Und Fleur ... hatte so friedlich ausgesehen.

Irgendetwas stimmte nicht an der ganzen Sache. Michelle hatte das Gefühl, als könnte sie die Geschehnisse der Nacht noch gar nicht ganz erfassen.

Einerseits war es ihr beinahe peinlich, keine Trauer zu empfinden, sondern nur Ärger und Wut. Und andererseits wusste sie ganz genau, warum. Trauer war einfach nicht ihr Ding. Sie hatte genug getrauert im Leben, sie kam damit nicht klar. Also musste sie das unerträgliche Gefühl des Verlustes ersetzen durch den Zorn darüber, wieder einmal im Stich gelassen worden zu sein – und ihren Hass auf denjenigen, der dafür verantwortlich war.

Durch den Lüftungsschacht drangen das gedämpfte Brummen der Klimaanlage und der übliche Kiezlärm: Hupen, Bremsen, Fluchen, die ewig gleiche Mischung aus dumpfen Beats, Oldies und Schlagern.

Als sie sich gerade zum Gehen wandte, kam Mina-Cheyenne

herein. »Gordon hat gesagt, er macht für heute zu«, sagte sie unglücklich. Michelle konnte es verstehen – sie hatte Raven extra hierhergeschleppt, obwohl es dem Jungen nicht gut ging, und nun war ihr Arbeitstag bloß halb so lang, also verdiente sie auch nur halb so viel.

»Oh«, sagte Mina-Cheyenne unvermittelt. »Warte mal.« Sie öffnete ihre Schließfachtür, griff hinein und hielt Michelle ein Handy und einen Schlüsselbund hin. »Fleur hatte ihren Transponder vergessen und hat ihre Sachen bei mir reingelegt. Aber was soll ich damit?«

»Du musst doch sowieso noch mal hoch, Raven holen. Dann kannst du die der Polizei geben – die müssen zumindest das Handy untersuchen.«

»Dann wollen die nur wieder wissen, woher ich die Sachen habe. Und warum ich nicht früher schon was gesagt habe. Wenn ich schon kein Geld verdienen kann, will ich wenigstens nach Hause. Kannst du es ihnen nicht geben? Sag doch einfach, Fleur hätte ihr Zeug in dein Fach gelegt. Ist doch egal.«

»Okay«, sagte Michelle. »Meinetwegen.«

Mina-Cheyenne beugte sich vor und hauchte ihr einen kaum spürbaren Kuss auf die Wange. »Du bist wirklich die Beste! Danke noch mal!«

In diesem Moment ertönte draußen auf der Straße ein Schrei, dicht gefolgt von einem Geräusch, das wie splitterndes Glas klang. »Nein, nein, nein!«, rief eine Männerstimme, während sich im Hintergrund ein Chor zusammenfand: »Zeig's ihm! Zeig's ihm! Zeig's ihm!«

Michelle warf einen Blick auf die Uhr über der Tür zum Flur. Kurz vor halb zwei. Eine ganz normale Nacht auf der Reeperbahn.

17

Paul Hinnerken sah zu, wie die Kollegen der Spurensicherung die Tote vorsichtig auf eine Trage hoben. Da hörte er auf einmal ein leises Klirren.

Das Verbot von Glasflaschen auf dem Kiez war schon einige Jahre alt und schied den Nachwuchs von den Profis. Einer wie Paul nahm das Geräusch von splitterndem Glas, mit dem sich eine einfache Bierflasche in eine gefährliche Waffe verwandelte, noch tief im Rückenmark wahr. Sieben Jahre Streife wurde man nie wieder los.

Sofort wandte er sich von der Toten ab, riss seine Waffe aus dem Holster und sprintete zum Fenster. Doch das ließ sich wegen eines Außengitters nur kippen, nicht öffnen.

»Zeig's ihm! Zeig's ihm! Zeig's ihm!«, hallte der Chor der blutgeilen Gaffer bereits durch die Große Freiheit.

»Scheiße«, stieß er hervor. »Scheiße!« Suchend sah er sich um.

Vier schnelle Schritte zur Tür. Am Ende des Flurs ein grünweißes Schild: »Exit«. Er sprintete los. Svenja Meißen folgte ihm in den Flur, lief aber in die entgegengesetzte Richtung, zur Treppe.

Ohne abzubremsen, warf sich Paul Hinnerken mit der rechten Schulter voran gegen die Notausgangstür. Sie schwang auf, und augenblicklich begann hinter ihm eine Alarmsirene zu schrillen. Er hatte mit einer außen angebrachten Nottreppe gerechnet – hier auf dem Kiez war jeder Quadratmeter Gewerbefläche Gold wert. Stattdessen stand er in einem halbherzig beleuchteten Treppenhaus. An der Wand stand: »Wer das liest, fickt auch Ziegen!« Darunter, in einer anderen Handschrift: »Selber Ziege!«

Hinnerken hastete die Stufen hinab. Zwei Stockwerke tiefer eine Metalltür mit einer großen Klinke. Diesmal bremste er ab – es wäre nicht der erste abgeschlossene Notausgang, kein Grund, sich das Schulterblatt zu brechen.

Von draußen konnte er das Geschrei und Gejohle der Menge hören. Ein wilder Mob übertönte seiner Erfahrung nach alles, sogar Polizeisirenen oder eine Entschuldigung. Adrenalin und Testosteron waren weitaus gefährlichere Drogen als Alkohol und Heroin.

Die Tür ließ sich öffnen und traf einen der Zuschauer in den Rücken. Der wirbelte sofort herum und schnauzte: »Willste was, Arschloch?«

Er hatte breite Schultern, den glasigen Blick eines Pinnebergers und trug eine zu enge Jeans, die seine Männlichkeit zur Schau stellte.

Hinnerken hob mit einer beinahe entschuldigend wirkenden Geste seine Pistole. Erwartungsgemäß gab der eben noch gewaltbereite Vorstädter sofort klein bei. »Schon okay, war nicht so gemeint, ist ja nichts passiert …« Bereits im Sprechen bewegte er sich rückwärts, innerhalb von Sekunden verschmolz er mit der Menge, verschwand.

Das konnten diese Typen echt am besten: sich geschickt verpissen, wenn's drauf ankam.

»Polizei! Lassen Sie mich durch!«, forderte Hinnerken laut. Drei weitere Schaulustige wandten sich zu ihm um. Es war eine erkennbar ernüchternde Erfahrung für sie, nicht, wie erwartet, verarscht zu werden.

Wortlos traten sie zur Seite.

Die Menschen in Deutschland waren so verdammt feige

und autoritätshörig. Da hatte er in Valencia ganz andere Sachen erlebt. Dort waren die Kollegen Freiwild, und nach einer epischen Schlägerei im Knast aufzuwachen galt unter den Jugendlichen als Auszeichnung.

»Aufhören! Polizei!«, bellte er, als er den inneren Kreis erreichte.

Insgesamt sechs Jugendliche standen einander gegenüber. Hinnerken kam sich vor wie in einer Schulaufführung der »West Side Story«: Drei der jungen Leute entsprachen dem Klischeebild schwuler Touristen, die einmal das Nachtleben der City erleben wollten. Sie waren unrasiert, durchtrainiert, top frisiert. Ihnen gegenüber standen die Vertreter des städtischen Untergrundes: ein Asiate, ein Osteuropäer, ein … man weiß es nicht. Ein jugendlicher Mitbürger vermutlich afroamerikanischer Abstammung. Hautfarbe irgendwo zwischen Türkei und Kenia. Drei echte Schlägerfressen und drei Leder-Gays.

Der Osteuropäer – vermutlich ein Kroate oder Albanier, wenn man die Machtverhältnisse hier im Viertel kannte – hielt eine zerschlagene Bierflasche am Hals und ging langsam auf die drei anderen zu. »Erst die große Klappe, aber dann nix in der Hose, oder was?«, pöbelte er.

»Hey! Seid ihr taub? Sofort aufhören! Auseinander! Weg mit der Flasche! Polizei!«, rief Hinnerken noch lauter als eben.

Diesmal gelang es ihm, das Gejohle und den Jubel der Menge wenigstens kurz zu übertönen. Der Junge warf jedoch nur einen kurzen, verächtlichen Blick auf Paul, dann konzentrierte er sich wieder ganz auf seine Beute. Er schien für die filmenden Zuschauer zu posieren.

So lief die soziale Integration des neuen Jahrtausends: Du bist wer, wenn der Upload deiner Kiezschlägerei ein paar zehntausend Views hat. Scheiß auf die Schule, wer muss schon lesen können, wenn man ein Klappmesser oder einen Wurfstern hat.

Svenja Meißen kam von der anderen Seite. Sie leuchtete dem Angreifer direkt ins Gesicht. »Hast du nicht gehört? Leg die Flasche weg!«, befahl sie. Offenbar war eine Frau, die ohne Zittern in der Stimme mit ihm sprach, für ihn durchaus bemerkenswert. Der Junge zögerte einen Moment, warf einen Blick zurück auf Hinnerken – und stürzte sich dann doch auf seinen Gegner. Er riss die zerschlagene Bierflasche in die Höhe und rammte sie dem anderen direkt ins Gesicht. Sofort spritzte Blut. Die Zuschauer kreischten Oh und Ah, und ein paar schalteten nun doch endlich die Handykameras aus und riefen einen Krankenwagen.

Svenja Meißen war erkennbar hin- und hergerissen: An die Dienstanweisung halten und erst eingreifen, wenn genug Kollegen vor Ort sind – oder dem gesunden Menschenverstand folgen und helfen, so gut man kann?

Hinnerken mit seiner Pistole kam sich noch nutzloser vor. Was sollte er machen, dem Schläger den Schädel wegblasen? Ihn ins Bein schießen? Alles nicht erlaubt.

Meißen trat einen Schritt vor, noch unentschlossen, da flog auf einmal eine Bierdose von irgendwo aus der Menge in Richtung der Streitenden. Sie zog einen Tröpfchenstrahl hinter sich her, landete vor dem Asiaten auf dem Asphalt und spritzte dessen Hosenbeine voll.

»Haut doch ab nach Hause, ihr Penner!«, war zu hören.

Zuschauer auf der anderen Seite begannen zu rufen: »Schwule raus! Schwule raus! Haut die Schwulen, bis sie bluten!«

Und dann stürzten sich alle auf alle. Nicht nur die sechs, die den Streit angefangen hatten, die komplette Meute rastete aus. Trotz gezogener Waffe hatte Paul große Mühe, sich zu dem Angreifer mit der Flasche durchzukämpfen, um ihn herum ging es auf einmal zu wie sonst nur in der Schanze. Der Frust und der Hass und die Einsamkeit eines Lebens, das einen die Nächte ziellos auf dem Kiez verbringen ließ, auf der Suche nach Liebe oder wenigstens Abenteuer, entluden sich explosionsartig. Wer bei der Polizei war, brauchte kein Psychologiestudium mehr. Keiner dieser jungen Männer hatte im Leben noch mehr zu verlieren als ein paar Backen- oder Schneidezähne.

Hinnerken sah noch, wie das erste blutverschmierte Opfer zu Boden ging. Der Kroate oder Albaner, oder was auch immer er war, wollte erneut mit der Flasche zustechen, da stürzten sich die beiden Freunde des Angegriffenen auf ihn. Im selben Moment packte irgendwer Meißen von hinten an einem Zopf und riss daran, sodass ihr Kopf in den Nacken schnappte, Paul spürte einen heftigen Schlag auf dem Handrücken, zugleich sichelte man ihm die Beine weg, jemand packte seine Dienstwaffe, riss sie ihm aus der Hand, er kippte zur Seite, versuchte sich noch in Richtung des Täters zu drehen, aber es gelang ihm nicht – dann Bordsteinkante, Dunkelheit.

18

Das Klingeln der Alarmanlage war durch die geschlossene Tür zum Umkleideraum zu hören. Und die Menschenmenge draußen auf der Großen Freiheit verwandelte sich offenbar gerade in eine Horde blutrünstiger Tiere. Unverständliches Gebrüll, Getrampel, dumpfe Schläge. Mina-Cheyenne war sofort zu Raven hochgelaufen. Und Michelle beschloss, den Augenblick der Verwirrung zu nutzen und abzuhauen.

Sie stopfte Fleurs Handy und den Schlüsselbund in ihre Jackentasche, ging in den Flur, hoch ins Erdgeschoss, und verließ das *Pretty Woman* durch die Hintertür. Die war zwar alarmgesichert, aber der Alarm schrillte ja sowieso. Michelle hatte einen Anwohnerparkplatz in der Talstraße. Genau genommen besaß sie eine Kopie des Parkausweises eines Hafen-Schichtarbeiters in der Talstraße … ihrer Ansicht nach war das sogar durchaus im Sinne des Gesetzes, schließlich wurde der Platz auf diese Weise optimal genutzt, fast vierundzwanzig Stunden am Tag.

Handy und Schlüsselbund konnte sie Paul & Co. auch morgen noch geben, sie musste jetzt einfach weg hier. Was für ein Scheißtag! Dabei war es mit Paul beim Tanzen so nett gewesen.

Michelle warf ihre Jacke auf den Beifahrersitz ihres 928. Vielleicht hatte sie sich jetzt strafbar gemacht – was ihr ziemlich egal war, solange man sie nicht erwischte. Aber es gab da ein Problem: Wenn bei Fleurs Sachen irgendwas Wichtiges war, wie sollte sie dann erklären, wo sie die herhatte?

Darüber würde sie nachdenken müssen. Zumindest, wenn es so weit kam. Aber bevor sie loskonnte, war noch etwas zu erledigen. Sie knallte die Wagentür wieder zu, schlängelte sich zwischen zwei Kneipen hindurch, überquerte einen Hinterhof, drückte eine defekte Metalltür auf und stand am oberen Ende der Großen Freiheit. Hundert Meter die Straße runter kloppten sich die Bekloppten. Jeder gegen jeden. Dabei ist Gewalt niemals eine Lösung.

Aber viele wussten es nicht besser oder konnten nicht anders. Wie sich ja auch bei Fleur gezeigt hatte.

Auf der gegenüberliegenden Straßenseite befand sich die barocke Fassade der katholischen St.-Joseph-Kirche. Zum Schutz vor betrunkenen Touristen und Randalierern war sie nicht mehr Tag und Nacht geöffnet. Aber wer sich auskannte, wusste von der unscheinbaren Seitentür, die jederzeit jedem offenstand.

Im Dämmerlicht des Innenraums trafen sich nachts um drei oder vier die Huren nach dem Dienst, die Fischverkäufer vor der Arbeit. Hierher kamen die Polen, die Albaner, die Deutschen. Sogar ein paar Kiezbosse sah man hin und wieder, denn auch die hatten Sorgen, die mit Gewalt oder Geld nicht zu lösen waren.

In der Kirche herrschte Waffenstillstand. Man tat einfach, als hätte man den anderen nicht bemerkt.

Michelle musste einen Augenblick stehen bleiben, bis ihre Augen sich ans Dämmerlicht gewöhnt hatten. War noch jemand hier? Oder war sie allein? Schwer zu sagen.

Ein paar Teelichter flackerten vor einem der Seitenaltäre.

Obwohl sie wusste, dass es keinen Gott gab, fühlte sie sich in dieser Kirche wohl. Langsam und respektvoll ging sie auf das Licht zu und ließ eine Münze in die Kollekte fallen. Das Klirren hallte laut durch den Raum. Dann nahm sie eine der Kerzen aus der Schachtel unter dem Metallbehälter und entzündete den Docht an einer anderen Flamme.

Sie platzierte das Licht in der obersten Reihe. *Näher mein Gott zu dir.*

Für Fleur. Bis wir uns wiedersehen.

Sie kniff die Augen fest zusammen, um die Bilder zu verdrängen und um sich nicht die Tränen wegwischen zu müssen.

Verdammte Scheiße! Nicht weinen. Bloß nicht weinen.

Wut übertönte ihre Trauer. Wut auf sich selbst. Sie hätte nicht hierherkommen sollen, brachte ja doch nichts. Wut auf eine Welt, in der immer die Falschen starben. Mühelos hätte sie fünf bis zehn Leute aufzählen können, die keiner vermissen würde. Ihr Nachbar oben, ihre Nachbarin unten. Der Typ, der mit dem Autoschlüssel die Fahrerseite ihres Wagens verkratzt hatte. Fleurs Eltern. Und so viele mehr. Nazis. Die Typen, die sich vor dem *Pretty Woman* die Fresse einschlugen. Auf Nimmerwiedersehen.

Stattdessen Fleur. Scheiße! Scheiße, Scheiße!

Sie musste hier raus. Sie musste nach Hause.

Nachdenken. Rausfinden, was geschehen war.

Und Fleur rächen, wenn es kein anderer tat. Sie konnte nicht einfach so ihren letzten Atemzug getan haben. So profan durfte ihre Geschichte nicht enden.

19

Der Mob nahm keine Rücksicht. Kampflust hatte die jungen Leute übermannt. Paul Hinnerken erhielt Tritte in den Rücken und gegen die Beine. Mehrere der Schläger stolperten über den bewusstlosen Polizisten und stürzten ihrerseits. Einer der bereits am Boden Liegenden bekam einen derart heftigen Tritt zwischen die Beine, dass ihm ein Hoden platzte. Sein Schrei, schrill vor Schmerz und Angst, wurde von den Sirenen der näher kommenden Streifen- und Krankenwagen übertönt.

Aus zwei Mannschaftswagen sprangen insgesamt vierzehn Beamte des Mobilen Einsatzkommandos und gingen mit Reizgas und Schlagstöcken gegen die Schläger vor. Ebenso schnell, wie die Gewalt ausgebrochen war, ebbte sie wieder ab. Wer noch bei Verstand war und rennen konnte, rannte. Die Profis tauchten ab in den Eingang der S-Bahn, hinkten den Bahnsteig entlang, sprangen an Bord des einfahrenden Zuges, weg waren sie. Die anderen erschreckten mit ihren demolierten Fressen die letzten Kieztouristen. Es wurden keine Verhaftungen vorgenommen, da das gesamte Personal zur Versorgung der Verletzten benötigt wurde, die Priorität hatte.

Paul Hinnerken und Svenja Meißen wurden in die ersten beiden Krankenwagen verfrachtet. Hinnerken hatte das Bewusstsein verloren, Meißen klagte über Schmerzen in Handgelenk und Knöchel.

Es folgten der junge Mann mit der im Schritt blutgetränkten Hose und das erste Opfer des Gewaltausbruchs, ein junger Mann mit mehreren tiefen Schnitten im Gesicht, von denen unter Umständen einer das linke Auge verletzt hatte, dann zwei junge Frauen, die ihre Freunde angefeuert und sich genau im falschen Moment direkt in den Reizgas-Strahl gedreht hatten. Sie hörten nicht mehr auf zu husten; der Notarzt spritzte beiden Cortison, um ihre Bronchien zu weiten. Jetzt, wo sie auf Hilfe angewiesen waren, hatten sie gar nicht mehr so viel gegen Recht und Gesetz, Freunde und Helfer. Ihre Freunde hatten sich längst aus dem Staub gemacht und die beiden sich selbst überlassen.

Die »entsetzliche Eskalation grundloser Gewalt«, wie die Mopo es garantiert morgen nennen würde, hatte keine zehn Minuten gedauert. Zurück blieben Blutspuren auf dem Gehsteig, Scherben auf dem Asphalt, zwei abgebrochene Schneidezähne im Rinnstein, eine Jeansjacke sowie ein zerschmettertes Handy.

Als sie Hinnerken in den Krankenwagen schoben, erlangte er für einen kurzen Augenblick das Bewusstsein wieder. Und fragte sich, warum die Welt immer brutaler zu werden schien. Er fühlte sich schrecklich machtlos. Und da war noch etwas, etwas Wichtiges. Es bereitete ihm Kopfschmerzen, daher war er froh, als ihn das Nichts zurückholte.

20

Erst jetzt im Nachhinein begriff Michelle, dass Gordon sich zwar dagegen entschieden hatte, einfach so eine Leiche zu entsorgen. Aber für die Polizei wollte er die Sache als Überdosis darstellen. Durchaus glaubwürdig. Denn auch Fleurs Seelengefängnis war nicht ausbruchssicher gewesen. Eines Nachts hatte sie Michelle erzählt, warum sie aus ihrer Heimat geflohen war. Sie hatte so viel ertragen müssen ... die Narben an ihrem Knöchel stammten von einem Feuer ...

In der Woche danach hatten sie sich die Tattoos stechen lassen.

Fleur war keine Drogensüchtige gewesen, aber auch keine Unschuld vom Lande. Ein Tütchen Koks, eine tote Hure, da würden die Beamten möglicherweise sehr schnell zwei und zwei zusammenzählen und vier herausbekommen.

Es war noch nicht einmal unmöglich, dass sie recht hatten. Vielleicht war heute wirklich einer der Tage gewesen, an denen Fleur die Welt nicht mehr ertragen konnte, vielleicht hatte sie etwas genommen, geschluckt, geraucht, und war wenig später bei der Arbeit an ihrem überlasteten Herzen gestorben.

Warum war sie nicht zu ihr gekommen, wenn es so gewesen war? Hatte sich bei ihr ausgeheult und neue Kraft getankt? Sie waren doch füreinander da gewesen!

Fleurs Eltern hatten sie mit acht Jahren verkauft. »Das ist immer noch üblich auf dem Land«, hatte Fleur ihrer Freundin erklärt und dabei so neutral geklungen, dass Michelle ein Schauer über den Rücken lief.

Sie war einmal abgehauen, hatte später ihre Heimat für immer verlassen. Und war dann hier gelandet. Was hatte sie auch für Alternativen gehabt? Die Thailänderin hatte ihren Job gehasst. Sie hatte Männer gehasst, »diese verschwitzten, geilen Schweine«, wie sie sie genannt hatte. »Für die bin ich nur Fleisch, ein Mettbrötchen zum Ficken.«

Kein Wunder, dass Fleur mit ihrer Familie nichts mehr hatte zu tun haben wollen und auch möglichst nicht über sie oder ihre Vergangenheit sprach. Vergessen, vergessen! Nur zu ihrem Bruder Wasi hatte sie Kontakt gehalten. »Er kann ja nichts dafür, was damals passiert ist, er war ja selbst noch ein Kind.«

Michelles eigene Situation war das genaue Gegenteil. Eine kleinbürgerliche Kindheit. Natürlich war auch bei ihr nicht alles glattgelaufen, aber das war ja bei allen so. Partys, mittelprächtiges Abitur, Studium der Betriebswirtschaftslehre. Offiziell war sie bis heute als Studentin eingeschrieben und krankenversichert.

In ihren Job war sie hineingeschlittert. Sie war mit ihrem damaligen Freund in der Spielbank gewesen und hatte betrunken all seine Chips auf Rot gesetzt, wie die Liebe. Er verlor über vierzigtausend Euro. Sie hatte gar nicht gewusst, dass es Zehntausender-Chips gab. Jedenfalls wollte er sein Geld von ihr zurück … und er wusste auch schon, wie.

Michelle sah Fleur vor sich, als geschähe es genau jetzt: Sie saßen auf der gemütlichen Ledercouch in Fleurs Wohnzimmer. Der war das Gespräch über ihre Vergangenheit sichtlich unangenehm. Sie griff nach ihrem Drink, einem selbst gemixten Piña Colada, und trank einen großen Schluck. Dann nahm sie den Joint aus dem Aschenbecher und ließ die Spitze gierig aufflammen. Eine kleine Ewigkeit hielt sie mit geschlossenen Augen die Luft an. Bis Michelle schon Angst bekam, sie wollte sich ersticken. Da schossen zwei feine Rauchstrahlen aus

Fleurs Nase wie bei einem Drachen. Sie holte Luft, legte den Kopf in den Nacken und sagte: »Lass uns über was anderes reden.«

Michelle hatte damals zum Joint gegriffen, statt nachzufragen. Jetzt machte sie sich dafür Vorwürfe. Was für Geheimnisse hatte Fleur mit in den Tod genommen?

Und Paul? Würde er bei einer toten Prostituierten genauso gründlich ermitteln wie bei jedem anderen Opfer dieser Stadt?

Michelle bezweifelte es.

21

Torben Krahl pinkelte Blut. Zuerst bemerkte er es gar nicht. Er stand einfach nur da und starrte geradeaus. Seine Frau hatte einen Bilderrahmen mit Muscheln und Sand ins Gästeklo neben seinem Home-Office gehängt. Fertig gekauft, sicher auf einem ihrer Wohltätigkeitsbasare, von Behinderten mit dem Mund gemalt.

Blöder Kitsch. Das ganze Haus war voll mit Muscheln und Schälchen und Bordüren, mit Treibholz und Duft-Potpourris, an denen sich Lorettas Mops schon einmal richtig gründlich den Magen verdorben hatte: duftende Mopskotze auf echtem Orientteppich, eine Installation von Mopsi Krahl.

Er schüttelte ab, und als er spülen wollte, sah er, dass die Flüssigkeit in der Schüssel dunkelrot schimmerte.

Irritiert betrachtete er sein Glied. Er spürte weder ein Brennen noch sonst irgendwas. Das weiße Würstchen fühlte sich kalt und leblos an in seiner Hand, aber das war er gewohnt. Das lag an den Pillen. Sie machten ihn hart, aber praktisch gefühllos, auch noch ein paar Stunden danach.

Loretta hatte schon nach dem ersten Versuch gesagt, nie wieder. Sie war wund gewesen und tagelang vorwurfsvoll breitbeinig durchs Haus gestakst wie ein Cowboy.

Dorothea gefiel es, weil er mit den Pillen ewig durchhielt.

Krahl zog seine Vorhaut zurück und bog die Eichel in die Höhe. Sein Prince Albert fehlte.

Vor ein paar Jahren hatte er sich das Piercing stechen lassen – sein letzter Akt revolutionärer Coolness, bevor er endgültig zum Businessman geworden war. Die Kinder hielten den großformatigen Schwarz-Weiß-Print des Piercings an der Wand im Flur für lässige Erotic-Art und hatten keine Ahnung, dass sie und ihre Schulfreunde täglich am Schwanz ihres Stiefvaters vorbeigingen.

Der Ring hatte sich offenbar geöffnet und dabei seine Harnröhre verletzt.

Er drehte den Kopf, um die Unterseite der Eichel zu betrachten. Ein kleiner Blutstropfen trat aus dem hinteren Stechkanal aus. Torben gab ein ärgerliches Grunzen von sich, riss ein Blatt Klopapier ab und tupfte das Blut weg. Er warf das Papier in die Schüssel und spülte.

Dann wusch er sich die Hände und putzte sich die Zähne.

Eigenartig, dass es nicht wehtat. Aber eher gut als schlecht.

Es musste passiert sein, als sie versucht hatten, die Nutte dazu zu bewegen, ihr Geld wieder rauszurücken. Aber die blöde Fotze hatte einfach nicht begriffen, was auf dem Spiel stand. Die dachte, sie blufften.

Pech gehabt. Echte Player bluffen nie.

Musste er sich jetzt Sorgen machen? Er spuckte aus. Ach was, seine DNA war nirgendwo gespeichert. Er hatte sich noch nie etwas zuschulden kommen lassen. Bei dem Gedanken hätte er beinahe laut aufgelacht. Er hatte sich jede Menge zuschulden kommen lassen, er war nur noch nie erwischt worden. Allerdings war das meiste zwar unmoralisch gewesen, aber ganz legal.

Krank.

Er betrachtete sich im Spiegel. Es fiel ihm schwer, die Augen offen zu halten. Aber was er durch die Schlitze seiner Lider sah, gefiel ihm. Er war schlank, er war clever, die dunklen Haare trug er lässig lang, und sein Lächeln war ein wenig schief, wie bei allen coolen Typen.

22

Michelle hatte den Porsche von ihrem Vater übernommen. Er hatte den Wagen geliebt. Sie wusste, es war spießig, aber sie war immer wieder froh über ihren Tiefgaragenstellplatz. Nicht auszudenken, wenn der 928 geknackt oder gestohlen würde.

Sie war völlig erledigt, fertig, zu nichts mehr fähig. Erschöpft ließ sie den Kopf auf das Lenkrad sinken. Das Licht in der Garage erlosch. Wenn sie jetzt hier sitzen blieb, würde sie einschlafen. Besser, sich noch die drei Stockwerke hoch ins Bett zu quälen.

Sie holte tief Luft, setzte sich halb auf und legte die Hände auf das Armaturenbrett. In dieser Haltung verharrte sie für einen langen Augenblick – als könnte sie auf diese Weise wenigstens ein bisschen Kraft tanken.

Michelle strich über das Leder des Beifahrersitzes, ließ die Finger über die Innenverkleidung der Tür gleiten. Ein trauriges Lächeln breitete sich auf ihrem Gesicht aus. Sie konnte geradezu spüren, wie ihre überreizten Nerven zur Ruhe kamen.

Schließlich holte sie einmal tief Luft, nahm ihre Jacke und stieg aus.

Das Neonlicht im Treppenhaus sprang automatisch an. Missmutig kniff sie die Augen zusammen. Sie fühlte sich ausgelaugt, müder als sonst, obwohl es viel früher war.

Auf dem Treppenabsatz im zweiten Stock, in dem sich ihre Wohnung befand, saß ihre Mutter und schlief. Neben ihr standen eine Reisetasche mit YSL-Logo (die hatte Michelle ihr vor

Jahren aus der Türkei mitgebracht) und ein Aquarium. Darin schwebten drei Goldfische dumm vor sich hin.

Zwei Stufen vor dem Ende blieb sie stehen und schüttelte den Kopf. Ihre Mutter hatte ein blaues Auge.

Auch das noch.

Sie hatte ihr oft genug Asyl angeboten. Sie hatte ihre Mutter bestürmt, angefleht, zu überreden versucht, endlich abzuhauen.

Die Goldfische glotzten vorwurfsvoll. *Du missratene Tochter*, schienen sie zu denken, *sieh nur, wie es deiner Mama geht! Nur weil du sie nicht nachdrücklich genug gedrängt hast abzuhauen.*

Wie lange Monika hier wohl schon saß? Ihre Mutter glaubte, dass Michelle im Management einer Versicherung arbeitete – Überstunden inklusive. Also musste sie beschlossen haben, einfach ergeben auf ihre Tochter zu warten.

Warum hatte sie nicht angerufen? Schämte sie sich?

Michelle ließ sich ebenfalls auf den Fliesenboden sinken. Sie holte noch einmal tief Luft, dann rüttelte sie ihre Mutter sanft. Die schnorchelte einmal laut, dann öffnete sie das nicht zugeschwollene Auge und stöhnte.

»Alles okay«, murmelte Michelle und nahm ihre Mutter in die Arme. »Alles okay. Ich bin ja da.«

23

Zu oft schon war Michelle mit ihrer Mutter in der Notaufnahme gewesen. Beim ärztlichen Notdienst, bei wechselnden Hausärzten. Nie zweimal in Folge beim selben Mediziner, nicht häufiger als einmal pro Jahr in derselben Klinik oder Praxis.

Gegen die Tür gelaufen.

Von der Leiter gefallen.

Die Treppe hinuntergestürzt.

Beim Heimwerken gestoßen.

In der Autotür geklemmt.

Und immer guckten die Ärzte misstrauisch; ihr Blick wanderte von Monika zu Michelle, bat um Unterstützung. Sie wussten Bescheid, sie sahen so etwas täglich. Aber was hätte sie tun sollen? Ihre Mutter war erwachsen, und wenn sie sich dafür entschied, in einer solchen Beziehung zu leben, war das ihre Sache.

Er meint es nicht so.

Er hat versprochen, es kommt nicht wieder vor.

Er war nur aufgeregt, das ist alles.

Er hatte zu viel getrunken.

Er liebt mich so sehr, dass er eben schnell eifersüchtig wird.

Michelle hatte es alles schon gehört. Und auf eine merkwürdige Weise hatte sie Verständnis für ihre Mutter. Als gäbe es in deren Leben etwas, wofür sie Buße tun müsste.

Wenn sich dein Vater nicht umgebracht hätte, dann wäre ich jetzt nicht mit Raimund zusammen. Der Satz war der Hammer gewesen. Vor dreizehn Jahren hatte Monika ihr verboten, jemals wieder über den Tod ihres Vaters zu sprechen. Und dann das. Als wäre Michelles Vater schuld daran, dass sie sich so ein Arschloch angelacht hatte.

Die letzten Monate aber war Ruhe gewesen. Sie hatte schon gehofft, es wäre aus zwischen den beiden oder ihre Mutter hätte Raimund durch den Wolf gedreht und zu Fleischbällchen in Tomatensoße verarbeitet. Aber offenbar hatte er nur Kräfte gesammelt. Oder Monika war ohne ihre Tochter zum Arzt gefahren.

Nun hoffte Michelle – mal wieder –, dass sich ihre Mutter endgültig von Raimund getrennt hatte. Die Tatsache, dass sie ihr Aquarium dabeihatte, das Einzige, was ihr wirklich etwas bedeutete, sprach dafür.

»Alles okay, es wird alles gut, ich verspreche es dir«, log Michelle ihrer Mutter vor. Verkehrte Welt: Der Vater bringt sich um, als würde keiner von ihnen ihm etwas bedeuten, die Tochter tröstet die misshandelte Mutter, die beste Freundin der Tochter ist tot.

Sie starrte das Aquarium an. Die Fische schienen ihren Blick zu erwidern – diesmal ruhig, freundlich, gelassen. Das hatte fast etwas Tröstliches. Sie seufzte. Dann zog sie aus der Tüte, die ihre Mutter daneben abgestellt hatte, die Futterdose und streute Flocken aufs Wasser. Sie sah zu, wie die Fische heranschwammen, danach schnappten. Sie steckte den Zeigefinger ins Wasser und stupste dem kleinsten der Fische einen großen Brocken zu.

Sie würden die Fische wieder an den Strom anschließen und dann ins Bett gehen. Auch diese Nacht würden sie überstehen, Monika und sie, genau wie den nächsten Tag. Sie würden weiterleben, wenn auch mit neuen Narben an Körper und Seele. Und die Goldfische würden ihnen dabei zugucken. Wie seit Jahren.

Das Aquarium stammte noch von ihrem Vater. Michelle hatte den Verdacht, dass ihre Mutter immer, wenn eines der Tiere starb, einen neuen Fisch kaufte und so tat, als wäre nichts gewesen. Sie wünschte, sie wäre auch so einfach gestrickt.

»Komm, wir gehen schlafen«, sagte Michelle. Sie erhob sich und streckte ihrer Mutter die Hand hin.

Monika lächelte dankbar.

24

Der Porsche 928, in einem heute trendig retro anmutenden Schokoladenbraun, war 1977 auf den Markt gekommen und hatte das damalige Spitzenmodell 911 ablösen sollen. Obwohl der 928 technisch überlegen war – wassergekühlter Achtzylindermotor, Ventile mit Tassenstößeln, Zweischeibenkupplung, Weissach-Achse, Leichtmetall-Lochscheibenräder im Telefonwählscheibendesign, erhöhte Spursicherheit gerade bei hohen Geschwindigkeiten, blablabla –, konnte er dem 911 nie den Rang ablaufen. Trotz seines zeitlos eleganten Looks mit gewölbten hinteren Seitenscheiben und der stark gerundeten Heckpartie.

Wer damals Porsche fuhr, wollte einen harten Rennwagen, keinen Gran Turismo. Der originale 928 wurde nur bis 1982 gebaut, 1995 wurde die Produktion der gesamten 928-Reihe ganz eingestellt. Gut erhaltene Exemplare erzielten heute Liebhaberpreise auf dem Gebrauchtwagenmarkt.

Laut Familienüberlieferung hatte sich Michelles Vater den Wagen zu ihrer Geburt geschenkt. »Um nicht spießig zu werden, sondern immer jung zu bleiben.« Soweit sie sich an ihn erinnern konnte, hatte es geklappt. In ihren Erinnerungen lächelte er immer. Die Geschichten ihrer Mutter gingen anders, klar.

Manchmal bildete sie sich ein, dass in dem Wagen sogar noch ein Hauch kalter Asche in der Luft lag. Ihr Vater hatte Camel geraucht.

Er war mit ihr im Zoo gewesen, auf dem Dom. Was Väter

eben so machen. Er hatte sie auf dem Beifahrersitz mitgenommen, stolz.

Und dann, einen Monat nach ihrem siebten Geburtstag, hatte er sich in seinen geliebten 928 gesetzt, sich einen Revolver an die Schläfe gehalten und abgedrückt.

Es hatte Jahre gedauert, bis sie sich wieder in den Wagen setzen konnte. Heute noch war es jedes Mal ein wenig schrecklich und ein wenig schön zugleich. Aber besser, als eines Tages nicht mehr an ihn zu denken, ihm nicht mehr so nah zu sein, ihn zu vergessen.

25

Am frühen Morgen, als gerade die Sonne das diesige Grau des Hamburger Frühsommers zu zerstreuen begann, kam Paul Hinnerken mit einem Ruck zu sich.

Augen auf, Augen zu. Augen auf.

Fröhliches Vogelgezwitscher auf dem Balkon vor dem Fenster des Bundeswehrkrankenhauses, in das nach Möglichkeit alle im Dienst verletzten Polizisten gebracht wurden. Hinnerken war nicht zum ersten Mal hier.

Wer um Himmels willen hatte Vögel auf dem Krankenhausgelände erlaubt? Wie sollte man bei dem Lärm denn gesund werden?

Er rieb sich den Schädel. Die Stoppeln kratzten.

Das Bett neben ihm war leer. Aus irgendeinem Grund hatte er Meißen darin erwartet.

Er stützte sich hoch und schwang die Beine aus dem Bett. Geht doch. Wackeliger, als ihm recht war, schwankte er in das kleine Badezimmer. Pisste eine kleine Ewigkeit lang. Er brummte halb erleichtert, halb verärgert darüber, überhaupt hier zu sein.

Ein Schrank war leer, in dem zweiten lagen seine Klamotten von gestern. Einen Moment lang überlegte er, sich anzuziehen und abzuhauen. Aber Fleur Sutha wurde sicher nicht vor neun Uhr dreißig obduziert. Und gegen die Kiezschläger gab es auch nichts Aktuelles zu …

Schlagartig war die Erinnerung wieder da. Das Gewicht seiner Dienstwaffe in der rechten Hand. Ein Stoß, er begann sich zu drehen, jemand packte von hinten den Lauf der Waffe, zog daran, Hinnerken versuchte das verdammte Ding im Griff zu behalten, ging aber zu Boden, wollte sich abstützen, der Kantstein kam immer näher, dann nichts mehr. Keine weitere Erinnerung.

Hatte er die Waffe umklammert? Oder war sie ihm aus der Hand gerissen worden?

Und vorher – in ihm keimte das Gefühl, am Bett der toten Prostituierten einen entscheidenden Fehler begangen zu haben. Vielleicht aus Angst, dass herauskäme, dass auch er hin und wieder … also, fast schon regelmäßig … Kunde dort war. Gewesen war.

Der Nachtportier hatte wenig Erhellendes über die junge Frau beisteuern können. Ihren Nachnamen, eine Adresse in der Nähe, eine Handynummer. Unter der Nummer hatte sich niemand gemeldet, unter der Adresse hatte den Kollegen keiner die Tür geöffnet.

Mit der linken Hand tastete Hinnerken hinter seiner Schläfe über den Schädel. Da war, wie erwartet, eine dicke, fette Beule.

Er durchsuchte seine Taschen. Alles weg. Schlüssel, Handy, Geldbörse, Pistole. Alles geklaut? War da jetzt einer mit seinem Ausweis unterwegs? Oder hatte das Krankenhaus nur Vorsicht walten lassen? Gehirnerschütterung plus Pistole im Schrank war statistisch vermutlich keine optimale Kombination. Da konnte es dann schon mal vorkommen, dass einem Patienten das Frühstücksei nicht weich genug war, und schon ging es rund.

Aber Scheiße: Wenn die Knarre wirklich geklaut worden war …

26

Zu früh am nächsten Morgen – also kurz vor elf – klingelte Michelles Jacke, die neben ihrem Bett lag. Anfangs schlief sie weiter; das Unterbewusstsein integrierte das schrille Geräusch in ihren Traum. Als sie schließlich zu sich kam, war nichts mehr zu hören. Gegen das ewige Rauschen des Verkehrs auf dem Lokstedter Steindamm halfen schallisolierende Rollläden – ein Muss für alle Schichtarbeiter und Manager, hatte der Verkäufer behauptet. Sie hatte sich für den Rolls-Royce unter den Schallschutz-Rollläden entschieden und schlief seitdem tatsächlich besser.

In der Küche saß ihre Mutter am Frühstückstisch.

Mit einem Schlag kehrten die Erinnerungen zurück. Fleur. Und ihre Mutter im Hausflur.

Auf dem Tischchen standen Brötchen und Marmelade. Daneben lag ein Serviettenklumpen, in dem vermutlich ein gekochtes Ei steckte. Monika war einkaufen gewesen.

»Musst du gar nicht zur Arbeit? Ich hatte schon überlegt, dich zu wecken, aber dann dachte ich …« Ihre Mutter ließ den Satz unvollendet, aber einen Hauch vorwurfsvoll im Raum hängen. Michelle hatte keine Ahnung, was Monika dachte – aber sie musste ihr unbedingt weiterhin etwas vorlügen, woran sie sich festhalten konnte.

»Wir haben im Moment eine Schulung«, sagte sie schnell.

Na wunderbar. Und jetzt? Was für eine Schulung begann erst am Nachmittag und ging die halbe Nacht? Man sollte nicht vor der ersten Tasse Kaffee lügen müssen. Und sie konnte sich nicht daran erinnern, ob sie ihrer Mutter schon die Geschichte von der Kundenberatung in der Nachtschicht erzählt hatte. Die funktionierte gut bei Leuten ihres Alters, die tatsächlich erwarteten, dass Telefonhotlines auch nach Mitternacht besetzt waren. Aber für ihre Mutter war es vielleicht eher die falsche Story.

Monika schaute ihre Tochter interessiert an. Sie war offenbar durchaus willens, Michelle zu glauben.

»Wir … äh, wir schulen die neuen Mitarbeiter in … in Peru. Outsourcing. Fernarbeit. Der neueste Trend. Hast du bestimmt schon gelesen.« Das klang so absurd, dass es schon wieder stimmen könnte.

»In Peru?«

»Ja, die Dokumente werden bei uns automatisch erfasst und über das Internet dorthin übermittelt. Peru ist das neue Indien!«, behauptete Michelle. Das wurde ja immer besser.

»Raimund sagt, wir graben uns unser eigenes Grab!«, verkündete Monika daraufhin.

Raimund verpasste ihrer Mutter ja auch blaue Augen. Er stand auf Michelles Sympathieliste daher nicht besonders weit oben. Aber in dieser Sache hatte er vielleicht sogar recht: Michelle hörte von ihren Kunden immer wieder die gleichen schrecklichen Berichte aus den Unternehmen der Stadt: Jüngere, billigere, willigere Kräfte machten die gleiche Arbeit für weniger Geld. Und alles, was nicht niet- und nagelfest war, wurde sowieso im Ausland erledigt.

So gesehen war ihr Job sogar einigermaßen krisenfest. Bis auf das Nachrücken der jüngeren, billigeren, willigeren Kräfte … aber in dieser Hinsicht blieben ihr noch ein paar Jahre. Wenn sie das überhaupt wollte.

»Tja«, sagte Michelle unverbindlich. Sie schenkte sich einen Becher Kaffee ein und setzte sich ihrer Mutter gegenüber. Die schlauchförmige Küche war eigentlich zu klein für zwei, aber irgendwie hatte die Situation fast etwas Gemütliches. Brötchen, Kaffee, ein hart gekochtes Ei und ihre Mutter. Basilikum, Kresse und zwei Geranien auf der Fensterbank. Wer hätte das gedacht!

Da schob sich auf einmal mit voller Wucht das Bild von gestern Nacht wieder in ihr Bewusstsein. Fleur nackt auf dem Bett.

»Du bist ja auf einmal ganz blass«, rief ihre Mutter. Sie nahm ihre Hand, tätschelte sie. »Ich kann ja verstehen, dass du dir Sorgen machst. Das tun wir doch alle. Aber du hast wenigstens eine gute Ausbildung. Und du bist noch jung. Du wirst schon wieder etwas finden, wenn sie deinen Job nach Peru verlagern.«

Ach, so hatte sie das verstanden. Gut. Damit konnte man arbeiten.

Michelle würgte einen Schluck Kaffee herunter und verdrängte jeden Gedanken an ihre Freundin. »Ja, es ist wirklich hart«, bestätigte sie dann. »Sie haben versprochen, dass es keine Kündigungen gibt. Aber man kann ja keinem mehr trauen. Wahrscheinlich werden nur die Gruppenleiter in Hamburg bleiben, alles darunter könnten sogar dressierte Schimpansen erledigen …«

»Peruaner sind auch Menschen!«, unterbrach sie Monika scharf. »Die sind froh, eine Arbeit zu haben. Viele von ihnen leben in bitterster Armut!«

»Das ist auch wieder wahr.« Sie musste unbedingt etwas essen, bevor ihr dieses Gespräch endgültig entglitt. »Wie hast du denn geschlafen? Fühlst du dich besser? Willst du zum Arzt?«, fragte Michelle daher, während sie mit der Linken nach einem Brötchen griff. Mit der rechten Hand deutete sie auf ihr eigenes Auge.

Ihre Mutter strich vorsichtig über die dunkelviolette Haut unterhalb ihres Auges. Selbst diese hauchzarte Berührung tat offenbar weh, jedenfalls verengte sich ihr Auge für einen Moment. »Nein, das ist nichts, das ist nur …« Sie presste die Lippen aufeinander. »Das geht schon von alleine wieder weg, da kann man auch gar nichts machen.«

Du musst es wissen, du hast ja Erfahrung, dachte Michelle, sagte es aber lieber nicht laut.

Absurd – die Tochter seit Jahren unversehrt auf dem Strich, die Mutter misshandelt im gutbürgerlichen Reihenhaus ihres Lebensgefährten.

»Aber du bleibst jetzt erst mal hier?«, fragte Michelle kauend.

Monika wiegte einige Male den Kopf, dann zuckte sie mit den Schultern und sagte schließlich: »Ich denke, es ist vielleicht besser. Wenn es dir nichts ausmacht. Ein wenig Abstand …«

Wieder ließ sie den Satz unbeendet. Diese Angewohnheit machte Michelle wahnsinnig. Nie wusste man, was ihre Mutter meinte. Und dann war sie beleidigt, wenn man falsch riet.

Aber jetzt mit ihr darüber zu streiten wäre kontraproduktiv. Sie wollte, dass ihre Mutter die Beziehung zu Raimund beendete. Also musste sie, in BWL-Sprache gesagt, deren Opportunitätskosten minimieren: Je weniger Aufwand und Risiken das gewünschte Verhalten mit sich bringt, desto erstrebenswerter erscheint es. Einfacher gesagt: Mit Honig lockt man Fliegen.

»Ich freu mich«, log Michelle. »Platz ist auch genug da. *Und* du könntest mir mit den Pflanzen helfen, wenn du willst – weil ich im Moment ja einen ganz anderen Biorhythmus habe.« In ihrem Wohnzimmer standen beide Fensterbänke voller Blumentöpfe, hinzu kamen zwei Blumenampeln mit Orchideen und Farnen – plus Bogenhanf und Efeutute in ihrem Schlafzimmer, dazu eine große Birkenfeige und die Bromelie im Bad.

»Ja dann«, sagte ihre Mutter. Und schob gleich hinterher: »Ich kann mich wirklich gern nützlich machen. Auch im Haushalt. Gerade wenn du im Moment so viel zu tun hast!«

Ach so. Michelle hatte nur erklären wollen, warum sie erst nach zwölf ins Büro musste und weit nach Mitternacht heimkam. Aber wenn ihre Mutter heraushören wollte, dass sie überarbeitet war … auch gut. Das Halbsatzspiel konnte man auch zu zweit spielen.

»Das wäre natürlich …«, sagte Michelle und ließ nun ihrerseits den Satz unbeendet. Mal sehen, was ihre Mutter heraushören wollte. Weniger Arbeit, wenn sie sich selbst belog.

»Wirklich gern.«

»Und es macht dir nichts aus …« Sie deutete in Richtung des Wohnzimmers, wo ihre Mutter auf der Ausziehcouch geschlafen hatte.

»Im Gegenteil!«

»Wir könnten auch …« Sie vollführte eine Kreisbewegung mit der Hand, die alles und nichts bedeuten konnte.

»Nein, nein, bitte nicht.«

»Aber nur, wenn du …«

Langsam fand Michelle, dass es gar keine so schlechte Taktik war, um durch den Tag zu kommen. Und für ihre Mutter, die mit einem schlagkräftigen Idioten zusammenlebte, sicher erst recht.

»Auf jeden Fall! Mach dir keine Gedanken!«

Jetzt hatte sie den Faden verloren. Worüber sollte sie sich keine Gedanken machen?

»Okay. Dann ist das ja geklärt«, behauptete Michelle also, und Monika nickte lächelnd.

Dann zog sie ihr Handy aus der Hosentasche, vermutlich in der irrigen Hoffnung, dass Raimund ihr eine SMS geschickt hatte, in der er sich tausendfach entschuldigte. Und Michelle fiel auf einmal wieder ein, was sie geweckt hatte.

»Ich bin gleich wieder da«, sagte sie hastig und warf beim Aufspringen beinahe ihren Kaffeebecher um.

27

Ihr Assistent stellte lautlos den dritten Kaffee des Tages auf ihrem Schreibtisch ab. Dorothea Hagen sah weder auf, noch bemerkte sie, wie die Tür von außen geschlossen wurde.

Der Mann war nichts weiter als ein mühelos austauschbarer Dienstleister. Dass heutzutage alle als Menschen in ihrer grenzenlosen Individualität wahrgenommen werden wollten, war für sie nicht nachvollziehbar. Sollten sie sich doch erst mal als individuell profilieren, bevor sie Forderungen stellten.

So wie sie.

Vor Jahren war ihre panzerglatte Härte noch gespielt gewesen. Wer führen will, darf sich keine Blöße geben. Doch mittlerweile war ihr Desinteresse an allen anderen echt.

Sie arbeitete sich durch einen Stapel elektronischer Akten. Alle Versicherungsfälle mit Auszahlungen über hunderttausend sowie alle Fälle mit Toten oder Schwerverletzten mussten über ihren Schreibtisch gehen. Unglaublich, was die Leute alles anstellten. Wie unverfroren sie logen. Und dass ihre Sachbearbeiter sich so leicht aufs Glatteis führen ließen.

Aber das war nicht der wahre Grund, aus dem die Geschäftsführerin der Deutschen Versicherung sich diese Akten vorlegen ließ.

Hagens Blick ruhte beinahe zärtlich auf einem Tatortfoto. »Sie wollte bloß eine rauchen, und als ich mich umdrehte, konnte ich nur noch rufen: *Mutti, deine Haare brennen!*«, hatte der Ehemann der Toten, bei dem es sich zugleich um den Leistungsempfänger handelte, zu Protokoll gegeben. Dumm nur, dass seine Gattin wegen ihres Lungenkrebses über einen Schlauch mit Sauerstoff versorgt worden war.

Bumm, das war's!

Eigentlich ein Wunder, dass nicht gleich die ganze Bude in die Luft geflogen war. Vermutlich war die Flasche nicht mal mehr halb voll gewesen.

Fast ein wenig schade. Denn wer so eine Frau hatte, war selbst garantiert auch nicht der Hellste. Wenn diese Vollidioten sich gleich beide aus der Welt gebombt hätten, wäre das durchaus ein evolutiver Fortschritt gewesen.

Auf dem Foto sah man den dicklichen Oberkörper der Frau im Bett sitzen. Sie hatte die Rückenlehne hochgestellt und einen Aschenbecher im Schoß. Der linke Arm lag locker auf einer absolut unmöglich gemusterten Bettdecke. Was für ein Glück, dass dieser bizarre Wahnsinn nur in Schwarz-Weiß festgehalten worden war.

Die Zigarette hatte sie offenbar in der rechten Hand gehalten, der rechte Arm war jedenfalls von der Wucht der Explosion zur Seite geschleudert worden und hing schlaff herunter. Die Hand war ab.

Aber das Beste war der Schädel. Die Versicherte hatte es geschafft, den stetigen Sauerstoffstrom in Brand zu stecken, der ihr in die Nase gepustet wurde, weil sie ihre Lunge in den Jahren zuvor dermaßen asphaltiert hatte, dass es zum Atmen nicht mehr reichte. Dadurch hatten ihre fettigen Haare, die auf dem »Vorher«-Foto der Dame bis über die Schultern hingen, Feuer gefangen. Zugleich war der Plastikschlauch geschmolzen, durch den der Sauerstoff zugeführt wurde, sodass sich eine schöne Stichflamme bilden konnte, die praktisch die gesamte Haarpracht abflammte und die Haut backhähnchenkross auf die Schädelknochen schmolz.

Die Augen der Dame waren vor Entsetzen weit aufgerissen

gewesen, als der Tod kam. So sah sie nun aus, als hätte ein grausames Kind seine Puppe auf dem Grill vergessen.

Dorothea Hagen dachte zurück daran, wie sie als Kind mit dem Feuerzeug die Haare ihrer Barbie in Brand gesteckt hatte. Der Duft hing ihr heute noch in der Nase.

Sie lehnte sich zurück, schloss die Augen und atmete genüsslich ein. Ja, sie konnte es noch riechen, das verkohlte Plastik, und in ihrem Geiste mischte sich jetzt noch der Geruch nach verbranntem Fleisch dazu.

28

Das Herz ist ein wirklich eigenartiges Organ. Zweifellos überlebensnotwendig, so viel ist klar. Aber warum? Weil es Blut und damit Sauerstoff bis in die letzte Zelle unseres Körpers pumpt? Oder weil ein Leben ohne Herz, ohne Seele, ohne Liebe, es nicht wert ist, gelebt zu werden?

So oder so ist es erstaunlich, welchen Belastungen unsere Herzen standhalten. Was muss geschehen, bis eines bricht? Jeder kennt Herzschmerz, doch er vergeht. Nach manch einem Verlust glaubt man, sterben zu müssen, doch warum sollte ein Leben ohne eine bestimmte Person nicht oder auch nur weniger lebenswert sein?

Was für eine absurde Entwertung des Ichs. Nur wer der Überzeugung ist, selbst keinen ausreichenden Wert aufzuweisen, wird sich davor fürchten, mit sich allein zu sein. Also die meisten von uns.

Kein Lebewesen der Welt hat ein herzförmiges Herz. Nichts als Lügen.

Fände man – die Existenz der richtigen Untersuchungsmethoden vorausgesetzt – das, was jeden Einzelnen von uns ausmacht, in unseren Herzen? Nenn es Seele, Bewusstsein, Persönlichkeit – wo stecken diese Eigenschaften?

Sicher ist: Hört das Herz auf zu schlagen, bleiben unsere Körper auf der Welt. Tot und kalt, aber fassbar. Wohin verschwindet die Menschlichkeit, die uns zu dem gemacht hat, was wir waren? Löst sie sich auf? Wird sie wiedergeboren? Oder gab es sie nie? Ist unsere Sicht auf uns und die Mitmenschen nichts als arrogantes Wunschdenken oder die verzweifelte Suche nach einem Sinn? Sind Gefühle überbewertet?

Wie kann man ein Organ ernst nehmen, auf das so unterschiedliche Adjektive wie »herzlich« und »herzhaft« zurückgehen?

Ein knappes Pfund grotesk geformtes Muskelfleisch hält uns am Leben. Es schlägt, meist unbemerkt, oft unter Mühen. Ist es mehr wert als unser Gehirn?

Kann man ein Hirn ohne Herz am Leben erhalten?

Oder umgekehrt?

Wenn das Herz die Arbeit einstellt, was bleibt dann von einem Menschen? Und wenn die Erinnerungen anderer an uns gar nichts mit der Wahrheit zu tun haben? Stirbt man ein zweites Mal, wenn die Wahrheit ans Licht kommt?

29

Jetzt am Morgen tat ihm die Eichel doch empfindlich weh. Torben Krahl drehte sich in Richtung Nachttisch, zog die Schublade auf und tastete darin herum, bis er die kleine Metalldose mit dem Super-Mario-Aufdruck gefunden hatte. Er klickte den Deckel auf und steckte sich eine der weißen Pillen in den Mund.

Ein leicht säuerlicher Geschmack, fast schon schweißig, mit einem herben, bitteren Unterton breitete sich in seinem Mund aus. Binnen Sekunden wurde sein Zahnfleisch taub, und er wusste, in zehn Minuten würde er energiegeladen und schmerzfrei wie ein junger Gott aus dem Bett springen.

Er schloss die Augen und ließ sich zurück aufs Kissen sinken. Seine Gedanken wandten sich dem gestrigen Tag zu. Diese verfickte Nutte. Ihm ging es gar nicht so ums Geld, obwohl fünf Millionen auch nicht zu verachten waren. Ihn ärgerte es, ihr auf den Leim gegangen zu sein.

Er hätte ihr sogar Geld geliehen, wenn sie ihn gefragt hätte. Sie hatte ihm leidgetan. Aber wer einmal lügt … Sie hatte Dorothea und ihn bestohlen. Das konnte man nicht durchgehen lassen.

Sie hatten ihr nicht mehr vertrauen können.

Er spürte, wie sein Glied anschwoll, als der Schmerz nachließ. Es war auch geil, an gestern zu denken. Was ihn ärgerte, war, dass sein Schwanz nur von allein funktionierte, wenn Dorothea nicht da war. Er liebte sie so sehr, dass es ihn stresste, und dann versagte seine Männlichkeit.

Zu dritt mit Fleur hatten sie immer Spaß gehabt.

Gestern. Sie lag rücklings auf dem Bett, den Kopf am Fußende. Er stand davor und fickte sie ganz tief ins Mundloch. Dorothea saß auf der Nutte, stützte sich auf Fleurs kleine Mädchentitten, rieb sich an ihrer Fotze. Beugte sich vor und küsste ihn.

Es war so geil. Er konnte es riechen. Den Schweiß, die Gier, die Macht. Das und die Pillen machten ihn dick und prall und steif.

Sie küssten einander wieder und wieder, während Fleur zu bocken begann, ihre Knie schossen hoch, die Hände flogen suchend durch die Luft, sie stieß dumpfe Geräusche aus, und ihm wurde klar, irgendetwas stimmte nicht, aber das machte die Sache nur um so erregender.

Er sah Dorothea an, aber die grinste bloß, packte seine Hüften und zog ihn noch weiter in Fleurs Hals hinein. Da wurde ihm klar, was sie vorhatte. Und Fleur, diese verdammte Diebin, hatte es auch nicht anders verdient.

Tiefer, immer tiefer schob er ihr seinen Schwanz in den Schlund, bis zum Anschlag. Sie versuchte, ihn wegzuschieben, und auf einmal verkrampfte sich ihr Mund um sein bestes Stück. Reflexartig schlug er Fleur hart gegen den Kopf. »Hey, nicht beißen, du mieses Stück!«, schnauzte er.

Er wusste nicht, ob sie ihn gehört hatte, aber jedenfalls reagierte sie. Ein paarmal noch verengten sich ihre Halsmuskeln, dann erschlaffte sie.

Torben schaute Dorothea in die Augen, als es so weit war, er packte mit der linken Hand ihre Brust und drückte zu, er sah, wie sie mit einer Intensität kam, die keiner von ihnen bislang je erlebt hatte.

Der große und der kleine Tod.

30

Dr. Bonnhöfer sah aus wie Papa Schlumpf, nur braun gebrannt statt blauhäutig. Der Amtsarzt und Leichenbeschauer liebte sein Segelboot und seinen Schrebergarten. Einmal im Jahr lud er die Kollegen, die er mochte, zu einem Festmahl aus eigenem Anbau ein: Tomatensalat, der nach Tomaten schmeckte, selbst gemachtes Pesto, Apfelwein vom letzten Jahr, zum Nachtisch körbeweise Erdbeeren.

Sein buschiger weißer Bart und das wallende weiße Haar verliehen ihm eine Aura väterlicher Weisheit. Bonnhöfer war dem Leben sehr zugetan, er aß gern, trank gern und konnte nie über mangelndes weibliches Interesse klagen. Umso eigenartiger, dass er sich mit dem Tod so gut auskannte – Hinnerkens Ansicht nach war sein Gegenüber der mit Abstand beste und gründlichste Arzt im Dienste der Polizei der Hansestadt.

Bonnhöfer schüttelte den Kopf und biss in sein Franzbrötchen. Beim Sprechen krümelte Blätterteig auf den Schreibtisch. »Eine Schande. Die junge Frau hatte noch den Großteil ihres Lebens vor sich.« Er schob Hinnerken und Meißen das Blatt mit den persönlichen Informationen der Toten hin.

Fleur Sutha, thailändischer Pass, unbefristete Aufenthaltsgenehmigung, 23 Jahre alt.

»Tod durch Ersticken«, erklärte Bonnhöfer. »Eindeutig. Petechien – kleine, punktförmige Blutungen – in den Augenbindehäuten, der Mundschleimhaut sowie der Haut der Lunge. Blutleere Milz. Dunsung der Gesichtsweichteile, wenn auch nur in sehr geringem Maße. Eindeutige Dilatation der rechten

Herzhälfte. Aber es sind keinerlei Würgemale am Hals festzustellen. Somit war es vermutlich sozusagen ein *beruflich bedingter* Unfall. Aber auch gezielte Fremdeinwirkung ist nicht auszuschließen.«

Für Meißen und Hinnerken war damit endgültig klar, dass die Ermittlungen weitergeführt werden mussten. Erst am Ende würde sich zeigen, ob die Anklage auf Totschlag oder Mord lauten musste.

Bonnhöfer aß ungerührt weiter, während er auf dem Computer durch die Digitalbilder der Obduktion klickte. Y-Schnitt am Brustbein. Geöffnete Lunge. Längsschnitt der Luft- und der Speiseröhre. Das aus dem Brustkorb entnommene Herz auf der Waagschale. Danach Magen, Galle, Leber, Niere. Darminhalt. Mageninhalt. Und schließlich der rasierte Kopf mit abgehobener Schädeldecke. Im Anschnitt waren die immer noch blicklos offen stehenden Augen der Toten zu sehen. Hinnerken war froh, das Krankenhausfrühstück ausgeschlagen zu haben. Sonst wäre ihm jetzt garantiert die Jagdwurst hochgekommen.

Bonnhöfer kannte solche Empfindlichkeiten nicht, er kaute genüsslich. »Hier«, sagte er und hinterließ mit dem Zeigefinger einen Butterfleck auf seinem Bildschirm. »Einblutungen in den Bronchien. Und da« – er wechselte zum nächsten Bild – »feinste Risse in der Schleimhaut der Trachea. Außerdem sehr flüssiges Leichenblut.« Er öffnete eine Tabelle mit Blutwerten, die jedoch das dahinterliegende Foto nur halb verdeckte. »Alkohol und Kokain in nicht unerheblichem, aber in dieser Stadt und bei ihrem Beruf auch nicht ungewöhnlichem Umfang. Sicher nicht akut lebensgefährlich.«

Er biss erneut von seinem Franzbrötchen ab. »Außerdem haben wir einen Ball-Closure-Ring sehr tief in der Speiseröhre gefunden. Diese sogenannten Klemmkugelringe werden häufig bei Penis-Piercings eingesetzt. Daher ist davon auszugehen, dass die Verstorbene Fellatio ausgeübt hat – oder eigentlich müsste man sagen: dass an ihr Fellatio ausgeübt wurde. Konkret: *Deepthroating* oder sogar das sogenannte *Gagging*, über den Vagusnerv und den Punkt des Würgreizes hinweg. Tatsächlich wäre es sogar möglich, dass es sich hierbei um die Todesursache handelt. Es gibt mehrere derartige Fälle weltweit. Meist handelt es sich um Fetischisten, die im Rausch der Hormone ihren Penis nicht mehr aus dem Hals ihrer Partnerin gezogen haben. Zuerst erregen die Enge und der Luftmangel alle Beteiligten, dann nur noch den Mann, schließlich niemanden mehr …« Er räusperte sich, dann fuhr er mit neutraler Stimme fort. »Der Ring hat sich offenbar gelöst. Wir konnten äußerst geringe Gewebemengen sicherstellen, darüber hinaus wird er im Labor auf DNA-Spuren untersucht werden. Bei der Toten haben wir Sperma in allen Körperöffnungen feststellen können« – er wechselte wieder zur Bildanzeige und blätterte durch die zugehörigen Fotos, als wären Hinnerken und Meißen die Bezeichnungen nicht geläufig –, »Vagina, Anus, Mund, was natürlich bei der beruflichen Tätigkeit des Opfers nicht unbedingt ungewöhnlich oder bemerkenswert ist. Und sogar in einem ihrer Ohren, rechts. Wobei es sich in diesem Fall auch um eine Kontaktübertragung handeln könnte. Ach so, im Kopfhaar und auf dem Bettzeug haben wir natürlich auch Samenspuren gefunden. Alles nicht verwunderlich, natürlich. Sicher können wir nach dem Schnelltest bereits sagen, dass es sich um die DNA von mindestens fünf Personen handelt. Ich wage jedoch zu bezweifeln, dass die des Täters dabei ist – so dumm kann ja eigentlich keiner sein. Andererseits hat derjenige, von dem der Piercing-Ring stammt, ja offenbar kein Kondom benutzt, und die Wahrscheinlichkeit, dass es sich bei ihm um den Täter handelt, ist recht hoch.«

Auf dem Bildschirm erschien ein Bild des rechten Ohrs der Toten, an dem sich die Samenspuren gefunden hatten. Vielleicht ja auch ein neuer Fetisch, von dem Hinnerken noch nichts gehört hatte?

Das Foto war offenbar aufgenommen worden, bevor Bonnhöfer und seine Mitarbeiter Fleur das dunkle Haar abrasiert hatten, um ihr ungestört den Schädel aufzufräsen. Hinter der Ohrmuschel lugten einige feine Linien hervor.

Hinnerken kniff die Augen zusammen. »Ist das eine Tätowierung?«, fragte er.

Bonnhöfer nickte und wechselte zum Fotoindex, dann ließ er ein anderes Bild groß anzeigen. Diesmal waren die Haare geschoren, die Tote lag seitlich auf dem Edelstahltisch, den Rücken dem Betrachter zugewandt. Hinter dem rechten Ohr war nun deutlich ein etwas mehr als eurogroßes Tattoo zu sehen. »Ist das ein Engelsflügel?«, fragte Meißen. »Hinter dem Ohr? Ich kenne so was sonst immer nur auf dem Rücken.«

Der Leichenbeschauer vergrößerte die Darstellung, indem er in das Bild hineinzoomte.

»Hm«, machte Hinnerken.

Er wusste nicht, was die Tätowierung darstellen sollte. Aber er wusste, er hatte sie schon einmal gesehen. Allerdings nicht hinter Fleur Suthas Ohr.

31

Michelle schnappte sich ihre Jacke und verschwand im Badezimmer. Fleurs Haustür- und Briefkastenschlüssel waren an einem Ring befestigt, an dem als Anhänger der Plastikkopf von Tiwa Putpitya hing. *LaFlora, the Princess Academy,* war Fleurs Lieblingscomic gewesen. Die Heldin Tiwa, ein braves Thai-Mädchen, das von seinen Freunden »Monkey« genannt wurde, war auf der Suche nach ihrer verschwundenen Mutter – und sah Fleur durchaus ähnlich: lange schwarze Haare, lange sexy Beine, freches Mundwerk, bezaubernd große dunkle Augen.

Auf einmal kam es Michelle vor, als hielte sie einen Schrumpfkopf in der Hand, und sie bekam eine Gänsehaut.

Aber sie riss sich zusammen, legte den Schlüsselbund neben die Bromelie auf der Waschmaschine und griff nach dem Handy. Sie drückte den Einschaltknopf. Keine PIN – typisch Fleur. Das war ihr zu mühsam.

Die Akkuanzeige in der oberen Ecke leuchtete rot: noch 18 Prozent. Genug, um ein wenig herumzuschnüffeln.

Michelle öffnete zuerst das E-Mail-Programm. Acht ungelesene Nachrichten. Sie scrollte durch die Liste. Ein paar der Absenderinnen kannte sie vom Namen, dazu kamen Newsletter und Werbemails von etlichen Websites. Einige der älteren Mails waren von ihr, mehrmals entdeckte sie den Namen von Fleurs Bruder: Wasi Sutha.

Sie rief eine seiner Mails auf, aber sie war in Thai. Kurz überlegte sie, den Text zu markieren und in eine Übersetzungswebsite zu kopieren, dann entschied sie sich aber doch, erst die SMS zu überprüfen.

Unter den Kurznachrichten fanden sich einige von einem Sonnenstudio, dem Mobilfunkanbieter, wieder von ihr selbst. Nichts Auffälliges.

Das Adressbuch umfasste keine fünfzig Einträge. Ungewöhnlich wenig, andererseits war Fleur auch erst seit wenigen Jahren in Deutschland – sie schleppte keine lange Liste mit Kindergartenfreundinnen herum, die man sowieso nie im Leben wieder anrufen würde, die einem aber immer schön die neueste Handynummer schickten.

Anrufliste. Acht nicht angenommene Anrufe. Alle von »Unbekannt«. Hm. Andererseits: Die Festnetznummer ihrer Mutter wurde auch nicht angezeigt, weil Raimund paranoid war. Alle acht Anrufe zwischen gestern Abend 21 Uhr und heute Vormittag.

Konnte auch ein Kunde gewesen sein.

Davor zeigte die Liste irgendwelche Vornamen, die Michelle nichts sagten.

Einmal tauchte auch sie in der Liste auf, vor drei Tagen. Sie hatten sich verabredet, um vor der Arbeit ins Kino zu gehen.

Hatte Fleur damals irgendwie komisch gewirkt? Aufgeregt, besorgt, beunruhigt? Nein. Nicht, dass sie sich erinnern könnte. Jedenfalls war ihr nichts aufgefallen. Aber sie hatte natürlich nicht darauf geachtet, es gab ja auch keinen Grund. Fleur war wie immer gewesen. Freundlich, zurückhaltend, angenehme Gesellschaft.

Der Film war nichts Besonderes gewesen, aber auch nicht schlecht.

Im Nachhinein ärgerte sie sich, dass sie nur ihre Zeit totgeschlagen hatten, statt miteinander zu reden. Über die Welt, das Leben, einfach alles. Und jetzt war es zu spät.

32

»Die erkennungsdienstlichen Informationen von gestern Abend.« Svenja Meißen ließ eine gelbe Mappe auf Hinnerkens Tisch klatschen. »Und du glaubst es nicht – das waren nicht drei Jungs, das waren zwei Jungs und ein *Mädchen*. Alle drei polizeibekannt, klar, ellenlange Liste mit Jugendstrafen. Die beiden Jungs wohnen in einer WG in der Schanze. Die Miete zahlt einer der Väter. Immer pünktlich. Er hat's auch – berät Großkonzerne. Der Sohn ist hyperbegabt, musikalisches Wunderkind, aber mit sechzehneinhalb ist er einfach nicht mehr zur Schule gegangen, hing mit ›Freunden‹ in besetzten Häusern rum … der Vater denkt sich vermutlich, besser, er weiß, wo der Junge steckt, als dass er ganz untertaucht.«

Hinnerken schnaufte. »Und was haben die bisher so angestellt?«

»Gelangweilte Großstadtkids, gemeinsam sind sie stark. Die übliche Leier, Ladendiebstahl, Vandalismus, Sachbeschädigung, Körperverletzung, Erregung öffentlichen Ärgernisses – alles dabei. Interessanterweise keine Drogendelikte. Gar nichts. Nicht mal ein Hauch Hasch. Kann ich eigentlich kaum glauben. Der Mist an der Sache ist, dass die Kollegen nur einen von den dreien erwischt haben. Ich kann mich genau erinnern, dass es am Anfang drei gegen drei waren. Aber zwei von ihnen sind uns irgendwie durch die Lappen gegangen …«

Meißen trug heute nur einen Zopf. Er war nach vorn gerutscht, und sie schob ihn zurück über die Schulter.

»Wie geht's *dir* eigentlich?«, fragte Hinnerken, den die Bewegung an die Schlägerei gestern Abend erinnerte. Daran, wie jemand seine Kollegin an den Haaren gepackt und zu Boden gerissen hatte.

»Der Notarzt hat mir lange in die Augen geguckt, aber letztlich war da nichts, was eine ausgedehnte Fußmassage nicht in Ordnung bringen konnte.«

Svenjas Mann war Lehrer und seiner tatkräftigen Blondine hoffnungslos ergeben. Die Vorstellung, dass sie ihn mitten in der Nacht weckte, um sich nach einer Kiezschlägerei die Füße massieren zu lassen, fand Hinnerken rührend.

»Das freut mich. Und entschuldige, dass ich nicht früher gefragt habe. Ist irgendwie untergegangen.«

»Schon in Ordnung. Aber es kommt ja noch besser. Unser allerliebster Chef hat uns heute Morgen schon eine Mail geschrieben. Die anderen drei nämlich sind auch nicht ohne.« Sie deutete auf die weiteren Seiten in der Mappe. »Einer ist der Sohn eines Buxtehuder Vorstadtpolitikers, der natürlich gleich mächtig Druck aufbaut. Der Junge heißt Benedict Schürer und hat 'ne schöne neue Narbe, da kann man aktuell auch nix dran machen. Ansonsten geht es ihm gut. Das Auge ist glücklicherweise okay. Sie haben die Wunde genäht und ihn zur Beobachtung im Krankenhaus behalten. Ich habe vorhin mit ihm telefoniert. Klang sogar ganz nett. Komisch, als ob die sich alle um Mitternacht in Kürbisse verwandeln. Seine beiden Kumpel haben ein paar blaue Flecken, das war's. Na ja, jedenfalls haben wir die Dienstanweisung, im Fall Schürer bevorzugt zu ermitteln. Oder, anders formuliert, wer kräht schon nach einer toten Prostituierten?«

»Hm«, machte Paul. »Scheißpolitik.«

»Mir schmeckt das auch nicht, das kannst du mir glauben. Und so wie's aussieht, reicht es ohnehin nicht für mehr als eine Anzeige wegen gefährlicher Körperverletzung bei einem …«

Sie zögerte. »Wie heißt das eigentlich inzwischen? Männlicher Mitbürger mit gleichgeschlechtlicher sexueller Präferenz?«

Hinnerken prustete los. »Bestimmt nicht. Aber klingt ganz großartig.«

»Du weißt, was ich meine.«

»Ja, einen Schwulen.«

Meißen grinste und schüttelte den Kopf. »Ich bin sicher, es heißt nicht: ein Schwuler. Aber gut. Die Anzeige liegt jedenfalls vor. Der andere Junge hat gesagt, er wäre es nicht gewesen, und er hätte auch nichts gesehen. Der verkörpert echt alle drei Affen auf einmal. Trotzdem ist er wieder draußen – keine Fluchtgefahr, weil in der Stadt gemeldet, sozial integriert und so weiter. Und es gab noch einen weiteren Verletzten, der sich ebenfalls in ärztlicher Behandlung befindet. Wusstest du, dass Hoden platzen können?«

»Ich hab noch nie darüber nachgedacht. Warum nicht? Aber schön ist das bestimmt nicht.«

»Nee. Kommt offenbar gar nicht so selten vor, hat mir der Arzt erzählt. Typischer Fahrradunfall. Tut natürlich sauweh, aber der Arzt meinte, sie würden den Jungen schon wieder in Ordnung bringen. Im Moment ist er vollgepumpt mit Schmerzmitteln, die OP ist für heute Nachmittag angesetzt. In diesem Fall ist der Täter unbekannt und flüchtig, allerdings war der Verletzte auch noch nicht zu einer ausführlichen Aussage in der Lage. High von Schmerzmitteln. Vielleicht wird ja noch 'ne Fahndung daraus. Alle anderen haben sich verpisst.«

»Und mir hat auch noch jemand die Dienstwaffe aus der Hand gerissen«, sagte Hinnerken wütend. »Hab's schon gemeldet. Aber manchmal kommt wirklich alles zusammen.«

»Oh! Mist!«, sagte seine Kollegin.

»Das kannst du laut sagen.«

Kopfschüttelnd starrte er auf die Bilder in der Mappe, die aufgeschlagen vor ihm auf dem Tisch lag. Fotos der drei von gestern: ein Afrikaner, ein Albaner, ein Asiate … nein, eine Asiatin. Obwohl es wirklich nicht so aussah. Alle drei hatten lange Haare, breite Schultern, dicke Jacken und Gesichter wie drei Tage Regenwetter.

Ein Mädchen. Unglaublich. Die sah aus wie ein Kerl. Muskulöse Schultern, kräftiges Kinn, und aus den Frisuren wurde man heutzutage ja sowieso nicht mehr schlau.

Manchmal war Paul Hinnerken verdammt froh, dass er keine Kinder hatte.

»Also, ich schlage vor, wir bündeln unsere Kräfte, indem wir uns aufteilen«, sagte Meißen.

Paul sah fragend auf.

»Mit diesen drei Halbstarken«, sie tippte auf das Foto, »komme ich schon klar. Und du kümmerst dich um Fleur Sutha. Oder?«

Er grinste, dann nickte er. Seine letzte Beförderung lag bereits acht Jahre zurück. Das war eine sehr lange Zeit. Dafür gab es gute Gründe – wie diesen. Seiner Meinung nach missachteten sie die Dienstanweisung nicht wirklich, sondern *interpretierten* sie bloß.

33

Michelle ließ sich frustriert auf den geschlossenen Toilettendeckel sinken und lehnte sich gegen den Spülkasten. Kurz schloss sie die Augen, dann sah sie sich in ihrem kleinen Badezimmer um, als könnte irgendetwas hier sie auf eine Idee bringen.

Fleurs Handy war ein Flop. Okay, auf ihrem war vermutlich auch nicht mehr los. Aber trotzdem war es irgendwie traurig. Sie hatte sich mehr von dem Gerät versprochen. Irgendwie war sie davon ausgegangen, dass ihr das kleine Display alle noch verbliebenen Geheimnisse ihrer Freundin verraten würde. Las man doch immer, wie abhängig wir uns alle von der mobilen Technologie machten. Und dass angeblich alle gläsern waren. Spione und Betrüger konnten offenbar noch eine Menge von Prostituierten lernen. Deren Business fand noch ganz klassisch von Angesicht zu Angesicht statt.

Sie dachte nach. Hatte Fleurs Tod mit ihrer Vergangenheit zu tun? Hatte ihre Kindheit sie eingeholt? Mit acht war sie von ihren Eltern nach Bangkok verkauft worden. Mit elf war sie abgehauen und nach Hause zurückgekehrt, nur um gleich wieder in die Stadt zurückgeschickt zu werden.

Fleur hasste ihre Eltern, das war verständlich. Aber sie liebte ihren Zwillingsbruder Wasi. Sonst, vermutete Michelle, hätte sie sich kein zweites Mal in die Mädchenbordelle der Touristenstadt schicken lassen. Aber die Familie lebte von ihrem Geld. Gab sie sich nicht bierbäuchigen Touristen hin, hatte ihr Bruder nichts zu essen.

Fleur hatte darauf bestanden, dass Wasi die Schule besuchte, später die Universität. Stolz wie eine Mutter war sie auf ihn.

Konnte das alles irgendetwas mit ihrem Tod zu tun haben? Einmal hatte sie angedeutet, für einen Brand verantwortlich gewesen zu sein. Hatten etwa die Männer, die sie damals geschädigt hatte, sich nun an ihr gerächt?

Das schien selbst Michelle weit hergeholt. Niemand flog aus Thailand nach Deutschland, nur um einer jungen Frau etwas heimzuzahlen. Zumal wenn deren Bruder noch im Land war … hatte vielleicht jemand Wasi entführt und Fleur erpresst?

Aber dann wäre sie erst recht nicht tot.

Die Batterieanzeige rechts oben begann rot zu blinken. Nur noch zehn Prozent. Michelle öffnete hektisch Apps. Notizen: nichts. Facebook: Aufforderung zur Erstanmeldung. Twitter: das Gleiche. Die weiteren Social-Media-Dienste schenkte sie sich. Sie rief die letzten angesehenen Seiten im Internetbrowser auf. Ein Coupon-Angebot. Das Kinoprogramm. Amazon.

Nur noch acht Prozent Batterie. Sie klickte auf das Fotoalbum, erwartete aber nicht viel. Michelle war nicht sicher, ob sie ihre Freundin je ein Foto hatte machen sehen. Fleur wollte lieber vergessen, als sich zu erinnern.

Eine einsame Datei. Ein Video von einer Minute und dreizehn Sekunden Dauer. Sie tippte darauf. Der Bildschirm wurde schwarz, dann startete der Film. Michelle runzelte die Stirn. Was war das? Aus der Froschperspektive war der Keller des *Pretty Woman* zu sehen. Als hätte Fleur ihr Handy irgendwo in der Ecke angelehnt. Ein X-förmiges Kreuz, ein Block, an den Leute sich anschnallen lassen konnten, um ausgepeitscht zu werden. Im Hintergrund eine weiß gekachelte Wand.

Dann lief Fleur durchs Bild. Sie trug nur einen halb durchsichtigen Spitzenbody und schwarze, hochhackige Schuhe. Sie schien den Raum für die Benutzung vorzubereiten, sie rückte ein paar Peitschen zurecht, die wie Blumen aus einem Ständer aufragten, dann ging sie aus dem Bild, und es war ein Rascheln und Klacken zu hören.

Michelle runzelte die Stirn. Was sollte das? Und das Video lief sicher auch schon länger als eine Minute. Sie tippte auf das Bild, um die Zeitanzeige sichtbar zu machen. Oh! Jetzt wurde die Dauer mit einer *Stunde* und dreizehn *Minuten* angegeben …

Mit Hilfe des Scrollbalkens sprang sie in die Mitte des Films.

Auf einmal waren da zwei Leute zu sehen. Fleur stand vor dem Block, an den ein schlanker Mann geschnallt war. Er hatte etwa schulterlanges schwarzes Haar, war aber momentan nur von hinten zu sehen. Fleur schlug ihm mit einem Rohrstock auf Hintern und Rücken. Auf dem käsigen Weiß zeichneten sich die roten Striemen sogar auf dem Handyvideo deutlich erkennbar ab.

Wer war der Mann? Warum hatte Fleur das Video aufgenommen?

Michelle zog die Abspielmarke ein Stück zurück. Vielleicht konnte man zu einem früheren Zeitpunkt das Gesicht das Mannes sehen.

Das Bild leuchtete auf, sie konnte noch sehen, dass zwei Personen einander gegenüberstanden, da piepste das Handy laut, zeigte eine rot blinkende Batterie und darunter die Warnung »0%«. Dann schaltete sich das Gerät aus, ein letztes Mal vibrierend, als überliefe ein Schauer ein sterbendes Tier.

Scheiße!

Hektisch sah Michelle sich um, aber natürlich hatte sie im Bad kein Ladegerät für Fleurs Handy. Und es war ein anderer Hersteller als der von Michelles Mobiltelefon. War ja klar.

Und jetzt? Das Video musste irgendeine Bedeutung haben. Na ja, vielleicht auch nicht, aber es war *möglich*. Woher bekam sie jetzt ein Ladegerät für dieses verdammte Ding? Sie musterte das Handy. Was für einen Stecker brauchte sie überhaupt? Und wenn sie einen fand, der passte – gingen die alle? Oder konnte sie das Teil auch durchknallen lassen und damit wichtige Beweise vernichten?

Als Erstes würde sie mal ihre Mutter fragen, was die für ein Handy hatte.

Da klopfte es an der Badezimmertür, und sie hörte ihre Mutter rufen: »Michelle, bist du da drin? Ich muss auch mal!«

Hastig stopfte sie Fleurs Handy und Schlüsselbund zurück in ihre Jacke und rief: »Bin gleich fertig!«

Rasch betätigte sie die Spülung und ließ dann den Wasserhahn rauschen, als würde sie sich die Hände waschen.

34

Paul Hinnerken holte sich die Großaufnahme des Tattoos hinter dem rechten Ohr der Toten auf den eigenen Bildschirm. Er drehte es mehrfach um jeweils neunzig Grad, wurde dadurch aber auch nicht schlauer. Was sollte das sein? Und warum trug Michelle eine ebensolche Tätowierung? Sie war ihm einmal aufgefallen, als er … na gut, *von hinten* bedeutete in der pornografisierten Welt von heute ja etwas anderes, das war sogar bis zu ihm durchgedrungen. Jedenfalls hatte sie den Kopf in den Nacken geworfen und ihn angesehen, und dabei war ihr Haar zur Seite gefallen. Damals war er allerdings zu beschäftigt gewesen, um sich dafür zu interessieren, was das Symbol bedeuten sollte. Zumal sich die jungen Leute ja heutzutage alles Mögliche stechen ließen. Comicfiguren, ethnische Symbole, asiatische Schriftzeichen, auf den Handrücken, den Unterarm, den Hals … Aber es war nichts in dieser Richtung. Sicherheitshalber schlug er das thailändische Alphabet nach. Eine hübsch geschwungene, ornamentalisierte Schrift, die Buchstaben sehen aus wie verzierte Raupen, aber keinerlei Ähnlichkeit mit dem Bild hinter Fleurs Ohr.

Tatsächlich hatte seine Kollegin recht, es sah am ehesten noch wie ein Engelsflügel aus. Und was sollte das bedeuten? Und warum trugen *beide* Frauen das Tattoo?

War es vielleicht eine Art Brandzeichen des Bordells?

Hinnerken war gleichermaßen fasziniert und abgestoßen von seiner eigenen Idee. Möglicherweise trugen alle Mitarbeiterinnen des *Pretty Woman* dieses Tattoo. Vielleicht zeigte es an, dass sie einem bestimmten Zuhälterring gehörten. War Fleur Sutha etwa Opfer eines Bandenkrieges geworden? Dann konnten sie die Akte direkt bei der Sitte abgeben, und die mussten sich dann auch nicht an eine Dienstanweisung der Kripo halten. Das wäre also gar nicht schlecht.

Er rief die Website des *Pretty Woman* auf. »Willkommen in einer Wellness-Oase mitten in der City!« So konnte man einen Puff auch beschreiben.

Die Fotos hatten offensichtlich viel Geld gekostet, jedenfalls sah es da in Wahrheit kein bisschen so aus. Auf den Bildern standen sogar Pflanzenkübel in den Fluren! Wie beim Arbeitsamt.

»Relaxen Sie nach einem harten Arbeitstag in angenehmer Atmosphäre! Lassen Sie den Stress hinter sich und finden Sie Entspannung bei einem guten Glas Wein!«

Der Texter war ja wohl auch besoffen gewesen.

Dummerweise war das Logo des Bordells zwar auch schön schnörkelig, passte aber überhaupt nicht zu dem Tattoo.

Hinnerken klickte auf den Link »Unsere Mitarbeiterinnen und Mitarbeiter«. Die folgende Seite machte schon klarer, worin der Oasencharakter des *Pretty Woman* bestand. Die Übersicht war von frontaler Schnörkellosigkeit. Zehn Frauen, alle leicht bekleidet, alles eng anliegend, selbst wenn das nicht zwingend die richtige Wahl war. Die meisten blondiert, gesträhnt oder anderweitig farbmutiert.

Alle nur mit Vornamen unter dem Bild.

»Na, suchst du dein nächstes Opfer?«, fragte ein Kollege, der vom Flur aus den Kopf hereingesteckt hatte, und fing schallend an zu lachen. Hektisch klickte Paul Hinnerken das kleine rote X an, um die Seite zu schließen.

Etwas verspätet stimmte er in das Lachen ein. Er wusste auch nicht, warum es ihm peinlich gewesen war, auf der Seite des Puffs erwischt worden zu sein. Gehörte schließlich zur Ermittlung.

Vielleicht, weil sein Blick ein bisschen zu lange auf Michelle festgehangen hatte.

Er wusste, er musste sie wegen des Tattoos befragen. Sie war bestimmt noch nicht bei der Arbeit, also würde er sie anrufen müssen. Alles zweifellos Teil der Ermittlungsarbeit. Aber er freute sich auch darauf, ihre Stimme zu hören, und das beunruhigte ihn.

Und wie sollte er in der Akte erklären, warum er sie als Erste anrief und dass er von ihrem Körperschmuck wusste? Sie hatte zugegeben, mit der Toten befreundet gewesen zu sein. Aber jetzt ging er davon aus, dass ihre Beziehung vielleicht doch enger gewesen war.

Wusste sie etwas? Hatte sie deswegen gestern so getan, als wäre sie nur locker bekannt mit Fleur? Oder hatte es mit dem Tattoo etwas ganz anderes auf sich? War es einfach ein Trendmotiv unter jungen Frauen – reiner Zufall also?

Vielleicht konnte er behaupten, Michelles Tätowierung sei ihm gestern im Flur aufgefallen. Sonst müsste er sich alphabetisch bis zu ihr vorarbeiten … und dazu hatte er weder Lust noch Zeit.

35

Wasi Sutha ging in die Knie und wuchtete eine Rinderhälfte von der offenen Ladefläche des Lieferwagens. Als er die zweihundert Kilo stemmte, fuhr ein stechender Schmerz durch seine Schienbeine. Er biss die Zähne aufeinander und stapfte die drei, vier Schritte hinter den Tresen seines offenen Verkaufsstandes auf dem Mae Klong Railway Market.

Erleichtert ließ er das Fleisch auf den Tisch fallen.

Er winkte dem Händler zum Abschied zu, der in die Fahrerkabine seines kleinen Trucks stieg, auf dessen Ladefläche sich Frischfleisch häufte: ganze, halbe und geviertelte Schweine, ein Haufen Hühner, einige schon etwas zäh aussehende Enten, drei weitere Rinderhälften, eine Ziege und ein Schaf. Die Flügeltiere gerupft, die Huftiere bereits gehäutet.

In der Fahrerkabine, unter dem Beifahrersitz, befand sich zudem ein unscheinbarer Pappkarton mit Opium. Wasi war solche Routen früher selbst gefahren, abends, am Wochenende. Und hatte auch noch ganz andere Aufträge übernommen.

Aber er wusste, was Fleur davon gehalten hatte. Und sein zweites Leben – das er einzig und allein ihr verdankte – würde er nicht wegwerfen. Er würde etwas daraus machen. Diesmal würde er sauber bleiben. Sich aus allem raushalten.

Die Zeit im Krankenhaus hatte Wasi seine Stammkunden gekostet. Die Köche der umliegenden Stände und Hotels hatten sich andere Quellen gesucht – niemand wartete auf einen wie ihn. Er nahm es ihnen nicht mal übel, schließlich hätte er selbst an ihrer Stelle genauso handeln müssen.

Es war kurz nach vier Uhr nachmittags, die Temperatur war gerade unter dreißig Grad gesunken. Fette Fliegen summten durch die staubige Luft. Mit einer verärgerten Handbewegung scheuchte Wasi die Insekten beiseite. Sie übertrugen Krankheiten, und sein Ziel war, den Kunden bestmögliche Qualität zu bieten. Eines Tages würde er sich eine eigene Kühltheke leisten können, und er würde sie hier an seinem Stand aufstellen und an seine Leute verkaufen, zum halben Preis des überteuerten Internationalen Supermarktes in der Nähe.

Seine Schwester hatte ihm schon oft angeboten, ihm den nötigen Betrag zu leihen, aber er weigerte sich standhaft. Sie tat schon genug für ihn.

Und jetzt, nach dem Unfall, stand er ohnehin viel zu tief in ihrer Schuld. Die Kosten für Ärzte und Operationen, Krankenhaus und Rehabilitation würde er niemals im Leben zurückzahlen können. Sie hatten ihn mit dem Hubschrauber verlegt!

Er war ihr dankbar. Ohne ihre Unterstützung wäre er nur noch ein Krüppel, der am Straßenrand säße und bettelte, wie Tausende andere in der Stadt. Oder, besser vielleicht, bereits tot. Sicher hätte er auch seine Wohnung verloren. So armselig dieses Drecksloch in Soi Lat Phrao auch war, selbst dafür musste man regelmäßig Miete zahlen.

Bereits den ganzen Tag lagen hellgraue Wolken wie ein Deckel über der Stadt und hielten die Hitze am Boden. Es war nicht schwül, aber brütend – ein unangenehmer Zustand, der hoffentlich in einer oder zwei Stunden mit einem Regenguss ein Ende finden würde.

Wasi griff nach seinem traditionellen Blockmesser und begann das halbe Rind zu zerlegen. Nacken, Fehlrippe, Hochrippe, der Bug und das Filet, Brust und Querrippe, Roastbeef, Hüfte, Keule. Geschmeidig glitt sein frisch geschärftes Messer durch das Fleisch. Wenn nötig, teilte er mit einigen kraftvollen, präzisen Beilschlägen die Knochen.

Zwischendurch blieben immer wieder Kunden und Passanten vor seinem Stand stehen. Diejenigen, die ihn kannten, grüßten ihn und freuten sich, dass er nach mehreren Monaten wieder da war. Alle hatten sich schon anderswo mit Fleisch eingedeckt, versprachen jedoch, bald wieder zu ihm zu kommen.

Er wusste, was davon zu halten war, dennoch freuten ihn die Worte.

Immer kraftvoller erfolgten seine Bewegungen. Langsam kehrte die Muskelerinnerung zurück, mit jedem Schnitt des Messers und jedem Hieb des Beils legte er eine größere Wucht und Eleganz an den Tag.

Und der Schmerz in seinen mehrfach gebrochenen Beinen, in den kaum verheilten Schulterblättern sowie den Unterarmen und Händen trat in den Hintergrund. Selbst das scharfe Stechen unterhalb des rechten Auges, das er aufgrund der Jochbeinfraktur ständig verspürte, verblasste zumindest so weit, dass er sich ganz darauf konzentrieren konnte, das tote Tier auf dem Tisch fachgerecht zu zerlegen.

Sein Körper bestand jetzt halb aus Schrauben und Schellen, aus Verstärkungen und Verstrebungen, aus Titan und Stahl. Die andere Hälfte war Wasis unbezwingbarer Drang zu leben.

36

Dorothea Hagen hatte über mehrere Jahre eine Detektei beschäftigt, um endlich den Jungen ausfindig zu machen, den sie mit siebzehn zur Adoption freigegeben hatte. Damals war es eindeutig die richtige Entscheidung gewesen. Eine alleinerziehende Mutter wäre nie im Leben so weit gekommen.

Als sie erfuhr, dass ihr Sohn in Frankfurt Politologie studierte und Kontakte in die Hausbesetzerszene unterhielt, war sie gleichermaßen entsetzt und stolz gewesen. Die Unterlagen dokumentierten lückenlos den Aufenthalt des Jungen, dem sie damals nicht einmal einen Vornamen mit auf den Lebensweg gegeben hatte. Die Akte enthielt zudem mehrere schlecht formatierte Flugblätter, die Florian in der Fußgängerzone verteilt hatte. Florian – der Name gefiel ihr. Er ging zurück auf das lateinische Wort »flos«, die Blüte.

Sie las: »*So* hat Adam Smith das nicht gemeint!«, und: »Die Freiheit aller beginnt mit der Freiheit des Einzelnen!«, und schließlich sogar: »Wenn demokratische Maßnahmen nicht zum Erfolg führen, ist auch über außerparlamentarischen Widerstand nachzudenken.«

Erstaunlich, wozu die Genetik imstande war. Von den zahllosen Gutmenschen-Pflegefamilien, in denen Florian seine Jugend verbracht hatte, stammte dieses liberale Gedankengut sicher nicht.

Warum, hatte sie sich daraufhin gefragt, lebte der Junge in einer billigen kleinen Wohnung im Westend, statt seiner inneren Stimme zu folgen und an einer der Schaltstellen der Macht

Geld zu verdienen? Doch nach einigen Wochen begriff sie. Es ging Florian um mehr als Geld. Es ging ihm um Freiheit. Er kämpfte ehrlich für die Sache.

Jeder musste seines Glückes Schmied sein dürfen.

Sich dafür einzusetzen, und sei es vergebens, war ein weit höheres Gut, als nur der Schmied des eigenen Glückes zu sein. Sie hatte sich ihren Erfolg schließlich auch selbst erarbeitet.

Und so hatte sie eines Tages vor seiner Tür gestanden. Zunächst hatte er sie voller Misstrauen betrachtet, doch als sie ihre Visitenkarte zeigte, ließ er sie herein. Bei schwarzem Kaffee empörten sie sich gemeinsam über die ungeheuren Ungerechtigkeiten, die durch den aufgeblähten Sozialstaat, die vielen überflüssigen Gesetze und die strengen Grenzen der Globalisierung hervorgerufen und erhalten wurden. Schließlich legte sie ihre Karten auf den Tisch: »Florian, ich glaube an dieselbe Sache wie du, an die uneingeschränkte Freiheit des Individuums. Ich kann es mir leisten, dich in deiner Arbeit zu unterstützen. Bist du bereit, meine Hilfe anzunehmen und deine Aktivität dementsprechend zu intensivieren?«

Sie trank einen Schluck bitteren Kaffee.

In seinem Gesicht begann sich ein vorsichtiges Lächeln auszubreiten. Das war der Moment, in dem sie wusste, dass sie ihren Sohn wieder zurückhatte, auch wenn er es nie erfahren würde.

Zum Abschied schüttelten sie einander die Hände, und in seinen Augen konnte sie bereits den Zündfunken der Explosionen sehen. Dorothea Hagen wusste nicht, was Florian vorhatte. Ob er zu Gewalt greifen würde, wenn es nötig war. Oder ob er im letzten Moment den Schwanz einziehen würde, wie die meisten Männer. Aber sie hatte Hoffnung. Sie setzte auf ihn.

Anfangs hatte sie ganz offiziell an seinen Verein gespendet.

Als die Sache mit den Doppelauszahlungen zu laufen begann, hatte sie ihm auch einige dieser Gelder zukommen lassen.

Florian Bremerhaven hingegen wunderte sich anfangs sehr über das Engagement der Geschäftsführerin der Deutschen Versicherung. Immerhin war sie verheiratet mit dem Leiter der überparlamentarischen Arbeitsgruppe »Global Agenda 2050« – einem Mann, der sich aus politischen Gründen für noch mehr Regeln, Vorschriften und internationale Vereinbarungen einsetzte.

Niemanden in Berlin hielt Bremerhaven für einen größeren Verräter als diesen Mann. Wieso also gab dessen Frau ihm Geld?

Bis er einmal am Rande eines Politpodiums das Gerücht hörte, dass Dorothea und ihr Mann sich längst auseinandergelebt hatten und nur noch die Fassade aufrechterhielten. So war das also …

Und jetzt waren es nur noch ein paar Tage bis zum Weltwirtschaftsgipfel im nahe gelegenen Schlosshotel Kronberg … den Zünder hatte er schon, er steckte in einer Sporttasche, die er zwischen einen staubigen Dauerparker und die Parkhauswand geschoben hatte. Bald war es so weit. Dorothea Hagen hatte ihn auserwählt aus mehreren Millionen, das konnte kein Zufall sein, das war Bestimmung. Oder Taktik. So oder so würde sie stolz auf ihn sein.

37

Es klingelte. Michelle dachte sich nichts weiter dabei, um diese Zeit würde es der Postbote sein – aber vor der Tür stand Paul Hinnerken.

»Paul«, sagte Michelle. Sie wusste nicht recht, wie sie mit der Situation umgehen sollte. War er hier als Kunde – oder als Kripobeamter? Woher hatte er ihre Adresse? Was wollte er von ihr?

Sein Blick huschte an ihr vorbei. Michelles Mutter war hinter sie getreten.

»Hinnerken, Kriminalwachtmeister«, sagte ihr Gegenüber. »Frau Müller?«

Michelle lächelte. Okay, alles klar. »Michelle«, bestätigte sie.

Hinnerken hielt ihr seinen Ausweis hin, als wüsste sie nicht, wer er war. »Bitte entschuldigen Sie die Störung. Wir suchen Zeugen eines …« Er zögerte kurz, fing sich dann. »… Unfalls. Gestern am späten Abend. Ein Auffahrunfall direkt bei Ihnen vor dem Haus. Fahrerflucht.« Er musterte Michelles Mutter, dann tippte er sich mit der Hand unterhalb seines eigenen Auges auf die Wange. »Alles in Ordnung?«

Ihre Mutter zuckte zusammen »Ja, danke. Ich bin … gegen die Tür gelaufen. Nachts. Im Flur. Die stand offen. Und ich habe … na ja.« Sie unterbrach sich, und das war auch besser so. »Jedenfalls war Michelle gestern Abend bei der Arbeit. Und ich habe nichts gehört.«

»Tja, dann gehe ich mal weiter. Nichts für ungut.« Dann zog er eine Visitenkarte aus der Innentasche seines Jacketts. »Falls

Ihnen doch noch etwas einfällt … ich meine, wenn Ihnen zum Beispiel einer der Nachbarn, die ich nicht antreffe, etwas erzählt … rufen Sie mich bitte an. Warten Sie, ich schreibe Ihnen auch meine Handynummer auf.«

Er hielt Michelles Blick den Bruchteil einer Sekunde zu lange. Sie verstand: Ruf! Mich! An!

»Das mache ich selbstverständlich gern. Viel Glück noch. Und vielen Dank für Ihre Bemühungen. Einmal klingeln kann ich Ihnen sparen – mein Nachbar gegenüber« – sie deutete auf die zweite Wohnungstür im Flur – »ist Lehrer, der ist momentan bei der Arbeit.«

»In Ordnung, danke. Wenn Sie ihn sehen, fragen Sie ihn doch bitte, ob er zufällig etwas mitbekommen hat.«

»Selbstverständlich, gern. Ich melde mich dann bei Ihnen.«

Hinnerken nickte. Er hatte verstanden.

Michelle schob seine Karte in ihre hintere Hosentasche.

Kaum hatte sie die Wohnungstür geschlossen, klatschte ihre Mutter aufgeregt in die Hände. »Der Polizist findet dich süß! Hast du gesehen, wie er dich angeguckt hat! Und du hattest schon so lange keinen Freund mehr!«

Wurden Mütter eigentlich irgendwann auch mal erwachsen? Michelle seufzte, dann nahm sie ihre Mutter in den Arm. Eigentlich bewundernswert, dass sie noch nicht jeden Glauben an die Liebe verloren hatte.

»Komm«, sagte sie. »Ich räum noch schnell die Küche auf, dann muss ich los. Setzt du dich zu mir?«

Ihre Mutter schüttelte den Kopf. »Nein, lass mich das doch machen!«

»Kommt nicht infrage, du bist der Gast.«

»Ich will dir aber nicht zur Last fallen.«

»Tust du auch gar nicht. Ich freu mich, dass du da bist. Ich freu mich, dass du …« Beinahe hätte Michelle gesagt: endlich begriffen hast, was Raimund für einer ist. Dann aber unterbrach sie sich und sagte stattdessen: »… dass du zu mir gekommen bist.«

Daraufhin legte ihre Mutter den Arm um ihre Schultern und drückte sie an sich, als wäre Michelle diejenige gewesen, die Hilfe suchend zu ihr gekommen war. Na gut, immerhin. Mehr ging wahrscheinlich jetzt noch nicht.

Es war sicher auch nicht einfach, sich eingestehen zu müssen, welche Fehler man im Leben gemacht hatte. Das fiel niemandem leicht. Dafür hatte Michelle großes Verständnis.

38

»Wir sind fertig mit dem Ring«, sagte Dr. Bonnhöfer zu Svenja Meißen und hielt ihr eine kleine Klarsichttüte hin. Auf einem weißen Aufkleber standen das Aktenzeichen und die laufende Nummer des Beweisstückes.

Der Ring hatte einen Durchmesser von etwa zwei Zentimetern und war knapp fünf Millimeter breit.

Meißen nahm das Tütchen und betrachtete den Ring. »Und so ein Ding lässt man sich in die Eichel stechen?«, fragte sie. »Ernsthaft? Wie einen Nasenring?«

Bonnhöfer schüttelte den Kopf. »Nein, Nasenringe sind ja quer. Wie bei Bullen. Ein Prince Albert wird längs getragen. Das heißt, die schmale Stelle des Rings hier« – er deutete auf einen dünnen Bügel – »führt durch die Harnröhre, der Ring selbst umfasst also praktisch die untere Hälfte der Eichel von hinten. So ein Piercing soll die sexuelle Erregung verstärken, aber dazu kann ich nicht viel sagen. Wir sehen die nicht besonders häufig, vielleicht zwei- oder dreimal im Jahr. Aber das muss umgekehrt auch nichts heißen.«

Die Polizistin hielt den Ring ins Licht und kniff die Augen zusammen. »Man pinkelt da also jeden Tag drüber? Und bleibt das Ding beim Sex nicht irgendwo hängen? Oder tut zumindest weh, also der Frau?«

Der Amtsarzt zuckte mit den Schultern. »Keine Ahnung. Müssten Sie mal in einem Piercingstudio fragen.«

Meißen zögerte. »Wenn die nicht häufig sind, dann kann man die wahrscheinlich auch nicht in jedem Studio machen lassen. Vielleicht können wir so eine Liste von Verdächtigen erstellen ...«

»Ich glaube nicht, dass man im Piercingstudio seinen Namen und seine Adresse hinterlassen muss. Aber einen Versuch ist es wert.«

Jetzt nahm Meißen die Tüte mit dem Klemmkugelring in die linke Hand und hielt ihre rechte – mit dem Ehering – daneben. »Aus was für einem Material ist das Ding eigentlich?« Sie sah Bonnhöfer an.

»Keine Ahnung. Edelstahl?«

»Nein, so was muss doch hypoallergen sein, sonst gibt es nur Probleme. Ist ja schon bei Ohrsteckern so. Es sieht aber nicht aus wie Weißgold.« Sie streckte ihm ihren Ring hin, der halb aus Weißgold, halb aus Gelbgold war.

»Gute Frage«, sagte Bonnhöfer nun. »Viel Glück.«

Er ging.

Eigentlich sollte Meißen sich um die verletzte Ehre der Vorstadtsöhnchen kümmern. Sie legte Paul die Tüte mit dem Penis-Piercing-Ring in den Posteingangskorb. Dann öffnete sie ihren Internetbrowser und tippte ein: »Penispiercing Hamburg«. Sie war einfach zu neugierig. Was die Leute aber auch alles anstellten aus Langeweile.

Das Ergebnis enttäuschte sie jedoch. Meißen hatte auf einen oder höchstens zwei Treffer gehofft, aber da hatte sie offensichtlich die Hamburger Szene deutlich unterschätzt. Mehr als fünfzig Anbieter für Penispiercings.

39

»Nur damit du dir keine Sorgen machst – es wird sicher wieder spät«, sagte Michelle. »Vor zwei Uhr nachts bin ich bestimmt nicht zurück.«

»Ich bin sicher, das ist nicht gut für den Körper. Aber du bist ja noch jung. Soll ich dir etwas zum Abendbrot machen und in die Mikrowelle stellen?«

»Nein, Mama – danke schön, aber bei den Meetings gibt es die ganze Zeit was zu essen. So wollen die Bosse uns zeigen, wie sehr sie uns mögen. Brötchen, Obst, Mineralwasser … alles da. Also mach es dir gemütlich. Fühl dich wie zu Hause. Nein – fühl dich besser als zu Hause!«

Monika lächelte. »Danke, das ist lieb. Ich versuch's.«

Michelle nickte zufrieden. Sie wusste, dass es Monika große Überwindung kostete, sich nicht andauernd zu entschuldigen und zu rechtfertigen.

»Okay, dann bis spätestens morgen früh.« Sie gab ihrer Mutter einen Kuss auf die Wange.

Von der nächsten Ecke aus wählte sie auf ihrem Handy Pauls Nummer. »Michelle hier. Wie weit bist du weg?«

»Ich kann dich sehen«, entgegnete er.

Michelle schaute sich um. Obwohl es Mai war, hing der Himmel tief und dunkelgrau wie eine Neubau-Betondecke über der Stadt. Die Straßen in ihrem Wohnviertel waren um diese Zeit fast leer. Hundert Meter vor ihr führte eine alte Frau ihren Dackel aus. Auf der gegenüberliegenden Straßenseite fummelten zwei ganz sicher noch nicht volljährige Kids erkennbar nervös an einem Zigarettenautomaten herum. Im Park schaukelten ein paar Kinder, während die Mütter oder Aupairs auf den Bänken saßen und simsten. Ein alter Mann in einem blauen Trainingsanzug machte auf dem Rasen Gymnastikübungen, ein Obdachloser wühlte im Müll. Alles wie immer. Wo war Paul?

Sie drehte sich in die andere Richtung, sah zurück in die Straße, aus der sie gekommen war. Nichts.

Da hörte sie neben sich ein dumpfes Pochen und zuckte zusammen. Ihr Blick stellte von fern auf nah, dann sah sie ihn. Er saß an einem der Tische in der Bäckerei und hatte gegen die Scheibe geklopft.

»Okay. Hab dich«, sagte sie und ging hinein.

»Kaffee?«, fragte er.

»Grünen Tee.«

Er ging am Tresen einen Becher für sie holen. Michelle blickte ihm nach. Was wollte er von ihr? Konnte sie ihm vertrauen? Wieso hatte er sie gedrängt, ihn anzurufen?

Noch wollte sie ihren Trumpf – Fleurs Handy und die Wohnungsschlüssel – nicht auf den Tisch legen. Erst mal sehen, was Paul hatte.

Als er zurückkehrte, fragte Michelle: »Wieso bist du hier?«

Paul Hinnerken zuckte mit den Schultern. »Das Tattoo«, sagte er dann und tippte sich mit der rechten Hand hinter das Ohr.

»Hm«, machte Michelle, nahm einen Schluck Tee, um Zeit zu schinden, und verbrannte sich die Zunge. Ihr blieben jetzt zwei Möglichkeiten. Sie konnte die Tätowierung als Zufall abtun, als Ergebnis einer gemeinsamen betrunkenen Nacht. Was ja nicht mal gelogen wäre.

Oder sie vertraute Paul und erzählte ihm die Wahrheit über Fleur. Auf die Gefahr hin, dass er sie verurteilen und nichts für ihre Freundin tun würde.

Paul stellte seinen Becher ab und sagte: »Es gibt keine Kundenliste, keine Videoaufnahmen, nur ein paar Beschreibungen, die niemandem weiterhelfen werden. Ein Mann mit kariertem Hemd und Jeans. Ein Mann im Anzug mit braunen Schuhen und buschigen Augenbrauen. Eine nicht mehr ganz junge Frau mit rötlichen Haaren. Sie soll ein Kleid getragen haben oder einen Hosenanzug. Aber ganz sicher war die Zeugin nicht. Es könnte auch sein, dass sie die Frau woanders gesehen hat. Dann noch zwei Typen in Blaumännern. Der eine mit Schnauzer. Oder vielleicht beide? Was mich am meisten irritiert, ist die Frau, aber was weiß ich denn … Ich hoffe noch, dass deine Freundin eine Kundenliste geführt und zu Hause aufbewahrt hat, vielleicht im Computer …«

Michelle schüttelte den Kopf. »Nein«, sagte sie. »So was macht man einfach nicht. Stell dir mal vor …« Sie hob die Hand und deutete in seine Richtung.

»Hm«, grummelte Paul. »Darüber habe ich nie nachgedacht. Aber es stimmt schon.« Er trommelte mit den Fingern auf den Tisch und starrte an ihr vorbei gegen die Wand. »Mist!«, sagte er dann.

Michelle zögerte. Vielleicht hatten manche von Fleurs Kunden sie auf dem Handy angerufen. Bei ihr war das jedenfalls so. Das konnten ein paar der Vornamen sein. Oder der Nummern ohne Namen.

Aber der Handyakku war leer, und sie hatte das Video noch nicht zu Ende gesehen. Wenn sie das Gerät jetzt aus der Hand gab, bekam sie es garantiert nie wieder.

Auf einmal registrierte sie, dass Pauls Hand ganz dicht neben ihrer lag. Zufall?

Er schaute schon wieder an ihr vorbei.

Dann griff er nach seinem Kaffeebecher, nahm einen Schluck, schnitt eine Grimasse. »Ich dachte … wegen das Tattoos …« Er zögerte. »Ich habe gesehen, dass du genau so eine Tätowierung hinter dem Ohr hast wie Frau Sutha … Fleur. Und ich dachte, das kann natürlich Zufall sein, muss aber nicht.«

Er schaute sie fragend an und, wie sie fand, für einen Polizeibeamten erstaunlich unsicher. Sie fand es sehr sympathisch, dass er ihr gegenüber jetzt nicht auf einmal den Harten gab.

»Wir … Fleur und ich sind … waren gute Freundinnen«, begann sie. »Aber …«

Wieder dieses verdammte Brennen in den Augen.

»Aber ich kann mir überhaupt nicht erklären, was passiert ist. Echt überhaupt nicht.«

Nicht weinen, nicht weinen, *nicht* weinen!

Michelle griff nach ihrer Serviette und putzte sich die Nase. Dann fuhr sie fort: »Das Tattoo ist der Flügel des Phönix. Weißt du, der Vogel, der aus seiner eigenen Asche wiederaufersteht? Weil … sie so viel durchgestanden hat und nicht daran kaputtgegangen ist. Sie hat es hinter sich gelassen und hier neu angefangen. Und ich …« Sie senkte den Blick und zeichnete mit dem Finger eine Linie auf die Tischplatte. »Ich werde das auch irgendwann tun. Müssen. Tun müssen.« Michelle atmete tief durch. Damals war sie so sicher gewesen, dass sie das schaffen konnte, heute nicht mehr. »Fleur war … ich mochte sie. Wir haben uns einfach irgendwie gut verstanden. Ohne groß zu reden. Insofern kann ich dir vermutlich gar nicht viel weiterhelfen. Ihre Kindheit in Thailand war scheiße. Ihre Eltern haben sie verkauft. Sie hat als Kinderprostituierte gearbeitet. Irgendwann ist sie abgehauen, aber ihre Eltern haben sie zurückgeschickt.« Auf einmal brach alles aus ihr heraus. »Dann ist sie erneut geflohen. Sie hat einmal eine Andeutung gemacht, dass es etwas mit einem Feuer zu tun hatte. Irgendwie ist sie nach Deutschland gekommen. Ich weiß gar nicht genau, wie.

Ich fühle mich total mies, ich weiß eigentlich gar nichts über sie. Gar nichts. Nichts wirklich Wichtiges jedenfalls. Und jetzt ist sie …«

Nicht weinen. Nicht weinen. *Nicht weinen!*

40

Paul Hinnerken war unsicher, und das konnte er nicht leiden, jedenfalls nicht bei der Arbeit. Er fand Michelle sympathisch – alles andere wäre gelogen gewesen. Aber sie war auch eine Zeugin.

Problem? Oder Vorteil?

Gestern hatte er noch gedacht, er käme darum herum, seine Beziehung zu Michelle offenlegen zu müssen. Aber seit er heute Morgen das Tattoo der Toten wiedererkannt hatte, sah die Sache anders aus.

Dennoch hatte er entschieden, Michelle Müller nicht offiziell vorzuladen, wie er es unter normalen Umständen ganz selbstverständlich getan hätte.

Warum?

Bauchgefühl.

Er war der Ansicht, sich mit ihr bei seinen Besuchen immer recht gut verstanden zu haben. Sie hatten ein wenig geplaudert und sich, bevor sie zur Sache kamen, über Banalitäten ausgetauscht – das Wetter, die Stadt, Fernsehsendungen. Fast wie ein richtiges Date. Vor allem aber war da *etwas* gewesen, was er gar nicht richtig benennen konnte, aber wenn er dem Gefühl einen Namen hätte geben müssen, wäre es *Vertrauen* gewesen.

Ein unfreiwillig geschiedener Polizist hatte *Vertrauen* zu einer Hure aus einem mittelprächtigen Puff, Pardon, einer *Wellness-Oase*. Ganz toll. Das würden seine Vorgesetzten gern hören.

Es war natürlich nicht ausdrücklich verboten, privat mal auf die Reeperbahn zu gehen. Aber garantiert auch nicht gut für die Karriere. Vor allem aber: Wenn Privatleben und Ermittlungen kollidierten, war sofort Meldung zu erstatten. Dann wurde man des Falles enthoben, und unvoreingenommene Kollegen übernahmen.

Was an sich, davon war Hinnerken überzeugt, auch richtig war. Nur in diesem Fall nicht. Denn niemand würde sich für die Sache ernsthaft interessieren. Das tat er selbst ja auch vor allem aus schlechtem Gewissen Michelle und ihren Kolleginnen gegenüber. Doch wenn sein Nachfolger sich an die Dienstanweisung hielte, würde erst mal gar nichts passieren. Vielleicht später. Vielleicht nie.

Je mehr er wusste, desto weniger konnte er sich vorstellen, dass die taffe junge Fleur versehentlich dem übergroßen Talent eines Hamburg-Touristen zum Opfer gefallen war. So betrunken konnte man gar nicht sein, dass man einem schlanken Thaimädchen seine Gurke in den Hals schob und geruhsam zusah, wie sie erstickte.

So etwas tat man nur mit Absicht – und aus schierer Grausamkeit. Hinnerken hatte im Dienst schon viel gesehen, aber eine derartige Perversion noch nie.

Leider brachte das Gespräch mit Michelle ihn auch nicht wirklich weiter.

Da stellte sie auf einmal ihren Teebecher ab, griff in ihre Jackentasche und zog einen Schlüsselbund hervor. »Wart ihr schon in Fleurs Wohnung? Wenn nicht, könnten wir vielleicht zusammen gehen.«

41

Fleurs Wohnung befand sich im dritten Stock in der Königstraße, fünf Minuten vom Elbufer. Paul und Michelle blieben einen Moment lang auf dem Treppenabsatz stehen und lauschten. Das Rauschen der sechsspurigen Straße klang ein bisschen nach Meer. Ansonsten kein Ton.

Auf einmal war das leise, schnelle Tapsen von kleinen Pfoten zu hören. »Ach du meine Güte, stimmt ja, Fleur hat eine Katze«, fiel Michelle ein. »Wie gut, dass wir kommen.«

Sie öffnete mit Fleurs Schlüssel die Tür. Eine Siamkatze starrte sie vorwurfsvoll an und gab ein verächtliches Geräusch von sich. Dann, als wäre das noch nicht genug, wandte sie sich ab und stolzierte mit erhobenem Schwanz nach links, Richtung Küche.

Michelle folgte dem Tier. Bereits im Flur herrschte Unordnung. Unter einer schmalen Garderobe, an der zu viele Jacken hingen, lag ein wilder Haufen Schuhe, als hätte die Bewohnerin ihre Schuhe beim Hereinkommen immer nur abgestreift und beiseitegeworfen. An den Wänden waren Plakate bekannter Thai-Filme mit Reißzwecken befestigt. Michelle hatte die Poster bei einem ihrer Besuche genauer betrachtet. Alle Filme hatten denselben Hauptdarsteller, einen muskelbepackten Actionstar, den offenbar in Fleurs Heimat jedes Kind kannte. Als ihre Freundin mit zwei Glas Weißwein aus der Küche gekommen war, war sie vor einem der Bilder stehen geblieben und hatte versonnen ihre Hand über die nackte Brust des Filmhelden gleiten lassen. »Er war auch mal bei … ach, egal.« Sie hatte mit den Schultern gezuckt und war ins Wohnzimmer gegangen. Michelle hatte den Mund gehalten. Zu viel Trauer in Fleurs Stimme.

Sie gehörte nicht zu den Frauen, die der Ansicht waren, man müsse jedes Problem ans Licht zerren und ausdiskutieren. Im Gegenteil. Sie hatte die Erfahrung gemacht, je besser man sich mit den Gegebenheiten arrangierte, desto geschmeidiger verlief das Leben. Manche Dinge musste man einfach so akzeptieren, wie sie waren, selbst wenn es einem nicht passte. Ändern ließen sie sich ja doch nicht mehr.

Nicht umsonst hatte sie sich für BWL entschieden, nicht für Psychologie, wie man ihr beim Arbeitsamt geraten hatte.

Deshalb war sie jetzt ganz dankbar, etwas *tun* zu können, statt betroffen im Flur zu stehen und nutzlosen Gefühlen nachzuhängen. Im Kühlschrank stand eine halb volle Dose Katzenfutter, die mit Frischhaltefolie verschlossen war. Die Katze saß bereits vor ihren Näpfen und schaute herausfordernd. Diese Tiere waren wirklich unglaublich. Genauso angewiesen auf ihre Halter wie Hunde, aber selten dankbar, stattdessen fordernd, abweisend, eigensinnig. Warum jemand sich eine Katze anschaffte, war Michelle ein echtes Rätsel.

»Mrau!«, machte die Katze und kniff ärgerlich die Augen zusammen. *»Mach schneller!«* Dabei lag im mittleren Napf sogar noch Trockenfutter!

»Ist ja gut, ist ja gut, du kriegst ja was«, beruhigte Michelle das Tier. Im Spülbecken fand sie eine Gabel, deren Zinken nicht wirklich sauber schienen, aber für Katzenfutter würde es reichen. Michelle entfernte die Frischhaltefolie und kratzte den Rest des Doseninhalts in den linken Napf, der einige krustige Reste aufwies. Aber man konnte nicht alles haben. Sie warf Dose und Folie in den Mülleimer unter der Spüle, dann wechselte sie das Wasser in der dritten Schale.

Die Katze schnupperte an ihrem neuen Futter, leckte daran, wandte sich dann dem mittleren Napf zu, zerkaute knackend eines der Trockenfutterstückchen und stolzierte mit steil aufgerichtetem Schwanz zur Küchentür hinaus.

»Na toll«, murmelte Michelle und schüttelte grinsend den Kopf. Katzen waren echt komisch.

Paul war nicht zu sehen. Er musste in eines der anderen Zimmer gegangen sein.

Sie sah sich in der kleinen Küche um. Zwei Wände waren dunkelblau gestrichen, die anderen im selben hellen Cremeton wie die Decke. An einer Wand stand ein halb offenes Regal, in der unteren Hälfte verbargen sich hinter einer Doppeltür Töpfe und Vorräte wie Reis und Nudeln. Oben standen Teller, Tassen, Gläser, Weinflaschen, Zucker und Kaffee. An einem Gitter an der Wand unterhalb der Küchenschränke hingen an mehreren Haken eigenartige Küchengerätschaften, von denen Michelle vermutete, dass Fleur sie aus ihrer Heimat mitgebracht hatte. Auf der Fensterbank stand eine kleine Musikanlage, neben der eine Reihe grellbunter CDs lagen. Ungewöhnlich für eine junge Frau, wo heute doch jedes Handy ein MP3-Player war.

Der Boden war klassisch hanseatisch in Weiß-Blau gefliest.

Die Küche strahlte große Gemütlichkeit aus. Das war ihr bei ihren Besuchen gar nicht so bewusst geworden, obwohl sie sich immer sofort wohlgefühlt hatte. Viele Details verrieten, dass sich Fleur hier gern aufgehalten und gekocht hatte – obwohl man ihr das nun wirklich nicht ansah. Auf dem kurzen Tresen wartete eine Reihe von Gläsern, die unterschiedliche Curry- und Würzmischungen beinhalteten. Die Kaffeetasse vom Frühstück stand neben einem Teller und einem Messer abgewaschen in einem Trockengitter. Daneben lag der kleine schwarze Transponder für die Wertschließfächer.

An der Frontseite des Kühlschranks hatte Fleur mit Magneten Bilder, Postkarten und Zeitungsausschnitte befestigt. Die meisten zeigten ihre Heimat, aber da war auch ein Flyer mit dem Programm des Mojo-Clubs sowie ein alter Internetausdruck, auf dem sich eine anonyme Gesprächsgruppe für Menschen mit depressiven Verstimmungen vorstellte, die sich ganz in der Nähe in einer Schule traf.

Der Zettel war vergilbt, er musste dort schon lange hängen, war Michelle aber nie aufgefallen.

Sie dachte an ihre eigene Küche, in der ihre Mutter vermutlich gerade vor dem gekippten Fenster saß und einsam rauchte, an ihre Wohnung, die voller Pflanzen war, aber nicht voller Leben. Sie hatte ein Bett und einen Schrank, Tische und Stühle, ein Sofa und einen Couchtisch, eine Nähmaschine und seit Kurzem sogar eine dieser leeren Dekovasen in Türkis. Aber im direkten Vergleich zu Fleurs war ihre Wohnung so unpersönlich wie ein skandinavisches Ferienhaus. Fleur war aus Thailand hier angekommen – Michelle war noch auf der Reise. Genauer wollte sie darüber jetzt nicht nachdenken, denn sie konnte spüren, dass sie sonst irgendwelche Entscheidungen treffen musste. Und das ging gerade gar nicht.

Michelle folgte der Katze ins Wohnzimmer. Plasma-TV, Blu-ray, Spielkonsole, Musikanlage. Ein fetter, mit schwarzem Glattleder bezogener Dreisitzer stand in der Mitte des Raums. Hier hatten sie gekifft, und Fleur hatte sich ihr anvertraut. Das Sofa sah gar nicht so aus, aber es war verdammt gemütlich.

Jetzt hatte Michelle doch Schwierigkeiten zu schlucken.

Das Regal war voller DVDs, dazwischen nur die Ladeschale des Festnetztelefons, Anrufbeantworter, ein uraltes Ersatzhandy. Auf dem Sideboard standen Fotos eines jungen Mannes – Fleurs Bruder Wasi – und eines aus dem gemeinsamen Urlaub mit Michelle.

Ach, verdammt! Wonach suchte sie eigentlich?

Sie hätte kotzen können. Es fühlte sich an, als wäre Fleur nur kurz rausgegangen. Aber Michelle wusste, ihre Freundin würde nie wiederkommen.

Sie schaute von den Fotos auf dem Sideboard zum Schnurlostelefon. Im Telefonbuch gab es den Eintrag »Bro«, die Nummer war endlos lang. Sie drückte auf die Wähltaste. Als es zu klingeln begann, war sie in Versuchung, gleich wieder aufzulegen. Musste sie vielleicht Paul fragen, ob sie Fleurs Bruder überhaupt anrufen durfte? Aber warum sollte das verboten sein?

Wie spät war es jetzt eigentlich in Thailand? Morgens, abends oder mitten in der Nacht?

Wie scheiße wäre das denn, aus dem Tiefschlaf geklingelt zu werden, nur damit einem einer sagt, deine Schwester ist ermordet worden?

Es klingelte zum fünften Mal, dann kam die Mailbox. Eine Männerstimme in einem lustigen Singsang. Sie verstand natürlich kein Wort.

Nein, so eine Info hinterließ man nicht auf Band. Aber was sollte sie dann sagen?

Auf Englisch hinterließ sie ihren Namen und ihre Handynummer und bat um Rückruf.

42

Bis zu ihrem achten Geburtstag spielte Fleur unbehelligt barfuß und halb nackt zwischen den Hütten ihres Dorfes. Natürlich hatte auch sie ihre Pflichten zu übernehmen: Wasser holen, die Hühner zusammentreiben, und wenn die weiblichen Verwandten einen größeren Auftrag erhielten, ging sie ihnen beim Nähen zur Hand. Doch bis zu dem Tag, an dem der Minibus mit den getönten Scheiben mitten auf dem Platz hielt, auf dem sie am Morgen noch lachend mit ihren Freundinnen umhergerannt war, kannte sie keine Angst vor der Zukunft. Sie hatte sich überhaupt noch nie Gedanken darüber gemacht, wie ihr Leben verlaufen würde. Insgeheim war sie wohl davon ausgegangen, dass sie wie ihre Mutter und deren Schwestern von dem bisschen leben würde, das sie sich mit ihren eingeschränkten Möglichkeiten erarbeiten konnte, oder von dem, was die Mitarbeiter der internationalen Hilfsorganisationen allwöchentlich ins Dorf brachten.

Hatte sie nie bemerkt, dass es im Dorf keine älteren Mädchen gab? Wie war es möglich gewesen, dass sie das spurlose Verschwinden ihrer älteren Spielkameradinnen einfach ausgeblendet hatte? Andererseits – wie sollte man das mit acht Jahren begreifen?

Hatte sie sich nie ein besseres Leben gewünscht als das ihrer beinahe zahnlosen Mutter, die billige Drogen kauend auf der Veranda saß und darauf wartete, dass … was eigentlich?

Mit acht jedenfalls war Fleur offenbar alt genug. Ein Mann mit einer langen, leuchtend roten Narbe im Gesicht, die wulstig von der Schläfe bis zum Hals verlief, kam aus dem Nichts, packte sie am Arm, zerrte sie hinter sich her zum Minibus, und als Fleur panisch kreischte, musste sie die Erfahrung machen, dass niemand ihr zu Hilfe kam. Ihre Freundinnen versteckten sich in den Hütten, ihre Mutter hockte mit leerem Blick auf der Veranda, ihr Vater wandte ihr den Rücken zu und zählte das Geld. Ihr Zwillingsbruder Wasi beobachtete alles, wie er ihr später berichtete, durch einen Spalt zwischen den Latten der Hütte eines seiner Freunde.

Sie wehrte sich, als der Mann, der ein Maschinengewehr umgehängt hatte, sie in den Bus schieben wollte, doch sie war zu schwach, er stieß sie einfach hinein und schlug die Tür hinter ihr zu. Im Inneren des Minivans war es heiß und stickig und roch nach Angst und überhitztem Motoröl.

Im Passagierraum befand sich bereits ein anderes Mädchen. Sie war im gleichen Alter, hatte die Knie angezogen und die Arme darum geschlungen. An ihrer Kleidung erkannte Fleur, dass auch sie aus einem einfachen Dorf kam.

Sie fuhren los. Fleur suchte verzweifelt nach einem Halt, um nicht aus dem Gleichgewicht zu geraten, und riss sich die Hand an einem scharfen Metallteil der Wagentür auf. Die Innenverkleidung fehlte, und die Mechanik lag frei.

Sie stöhnte und presste die verletzte Hand an ihre Lippen.

Das Mädchen ihr gegenüber hatte sich immer noch nicht gerührt. Fleur war sicher, dass sie weinte, sich aber dafür schämte und es nicht zeigen wollte.

Die Straße war uneben, einmal stieß sich Fleur den Kopf an der Wand des Minibusses. Einen Moment lang sah sie nur einen Blitz und fürchtete und hoffte gleichzeitig, sie wäre tot. Vorsichtig betastete sie ihre Beule.

Sie hielten noch dreimal. Das Mädchen ihr gegenüber sagte kein Wort und presste weiter das Gesicht gegen die Knie, ohne einmal aufzuschauen. Beim ersten und beim dritten Stopp wurden zwei weitere Mädchen in den Bus gestoßen.

Auf der verbleibenden Strecke wurde der Untergrund glatter, sie verließen die Feldwege und erreichten erst asphaltierte Straßen, dann die Autobahn. Fleur streckte sich zwischen den anderen Mädchen auf dem nackten Metallboden aus und schlief einige Zeit.

Irgendwann sagte eines der Mädchen leise: »Ich heiße Kairi. Und ihr?«

Reihum nannten sie ihre Namen. Kairi. Fleur. Sira. Ribanna.

»Meinst du, wir …?«, begann Kairi, verstummte dann aber.

Die anderen wussten, was sie fragen wollte. Aber keine von ihnen wusste eine Antwort. Und sie wollten lieber auch nicht darüber nachdenken.

Fleur hatte die Namen der anderen drei nie vergessen – aber keines der Mädchen je wiedergesehen.

Schließlich verlangsamte der Minibus wieder, vollführte etliche Wendungen in immer kürzeren Abständen, stoppte schließlich. Von außen drangen durch das Metall der Autotür beunruhigende und unbekannte Geräusche zu ihnen herein.

Die brutalen Klänge der Großstadt.

Fleur wusste nicht, wo sie war, aber sie hatte Angst.

Zu Recht, wie sich herausstellen sollte. Rückblickend betrachtet hatte sie vielleicht sogar noch viel zu wenig Angst gehabt.

43

Paul Hinnerken wusste, ihm blieb nicht viel Zeit. Ein paar Stunden konnte man immer mal unterwegs sein, aber irgendwann musste er wieder im Büro auftauchen. Er tat nichts Verbotenes. Eine Freundin der Verstorbenen hatte ihn mit ihrem eigenen Schlüssel in die Wohnung des Opfers mitgenommen. Aber üblich wäre gewesen, eine Kollegin und vielleicht sogar die Spurensicherung zu rufen.

Andererseits konnte er deren Einsatz ja schlecht seinem Chef gegenüber rechtfertigen. Außerdem sah er sich sowieso lieber allein um. Und vielleicht fanden sie ja gar nichts, dann könnten sie die ganze Sache einfach vergessen.

Er verdrängte den Gedanken sofort wieder als vollkommen unpassend in jeder Hinsicht, aber in gewisser Weise fand er es auch erregend, allein mit Michelle hier zu sein. Nicht, dass er annahm, sie würde etwas für ihn empfinden. Sie war nett und freundlich, aber das musste ja nichts heißen – zumal sie wollte, dass er herausbekam, was ihrer Freundin zugestoßen war. Trotzdem: Was sie vorhin darüber gesagt hatte, sich irgendwann wie ein Phönix aus der eigenen Asche zu erheben, ließ ihn nicht los.

Das Wohnzimmer ging zur Straße hinaus, die Fenster waren grau von den Abgasen. Überall lagen DVD-Hüllen herum, an den Wänden hingen Filmposter mit eigenartig verschnörkelten Schriftzeichen darauf. Er hatte nie darüber nachgedacht, aber offenbar verwendete man in Thailand andere Schriftzeichen als in China oder Japan.

Es gab eine Couch, Beistelltische, ein Regal mit einigen Büchern und Andenken. In einer Ecke lag auf dem Boden ein großes, kreisrundes Kissen mit einer kleinen Mulde in der Mitte. Es war voller Katzenhaare.

Zwischen Wohnzimmer und Küche befand sich das Schlafzimmer. Es war einfach eingerichtet, kam ihm aber vielversprechender vor als das Wohnzimmer, das aussah, als hätte sie dort vor allem die Zeit totgeschlagen. Er wusste, wovon er sprach – auch in seinem Leben gab es seit der Trennung mehr Abende, als ihm lieb war, die er irgendwie herumkriegen musste, um am nächsten Morgen mit dem Leben weiterzumachen. Genau deswegen war er ja jetzt hier mit Michelle unterwegs … genau deswegen kannte er sie überhaupt und wusste mehr über den Fall, als er vor Svenja Meißen oder auch nur den männlichen Kollegen zu Protokoll geben wollte. Weil er an manchen Abenden einfach nicht vom Dienst nach Hause gehen und dort allein mit dem Spätprogramm darauf warten wollte, dass er endlich einschlief.

Im Schlafzimmer standen ein schlichtes Einzelbett und ein kleiner Schreibtisch mit einem Computer. Hinter dem Computer ragte ein schmales Regal auf, in dem dicht gedrängt dicke Aktenordner standen. Das Fenster zum Innenhof, rechts vom Schreibtisch, war gekippt.

Merkwürdig, warum hatte sie Schreibtisch und Computer nicht ins Wohnzimmer gestellt, das fast doppelt so groß war und eher spärlich möbliert wirkte? Vielleicht hatte es einen ganz profanen Grund wie die Position der Telefondose und des Internetanschlusses. Oder sie hatte im Wohnzimmer wirklich komplett ausspannen wollen, ohne an Arbeit oder irgendwelche Pflichten zu denken.

Überhaupt eigenartig, ein Dutzend Ordner bei einer jungen Hure, die erst seit wenigen Jahren in Deutschland war. Selbst wenn sie eine unbefristete Aufenthaltsgenehmigung beantragt hatte, würde der Papierkram dafür keinen einzigen Ordner füllen, geschweige denn zehn.

Hinnerken stupste mit dem Fingernagel die Computermaus an. Er überlegte, ob er sich Sorgen um Fingerabdrücke machen sollte, entschied dann aber, dass er gut genug begründen konnte, warum er sich hier aufgehalten hatte. Je näher man bei der Wahrheit blieb, desto glaubhafter die Lüge.

Mit einem leisen Fiepen erwachte der Monitor zum Leben. Das E-Mail-Programm war geöffnet. Vier ungelesene Nachrichten. In der Liste der Absender, die er sehen konnte, fanden sich erstaunlich viele Firmennamen. Sah aus, als wären es Versicherungen.

Paul runzelte die Stirn. Dann zog er den Schreibtischstuhl heran und nahm einen der Ordner aus dem Regal. Er legte ihn auf die Sitzfläche des Stuhls und schlug ihn auf. Versicherungspolicen. Und ein Versicherungsmaklervertrag. Auf den Namen Fleur Sutha.

Er blätterte weiter. Nach Nachnamen geordnet kamen Kfz-Versicherungen, Lebensversicherungen, Haftpflichtversicherungen, Schadensmeldungen, Unfallversicherungen, dann ein kleiner Trennstreifen aus Pappe, und danach der nächste Kunde. Alle Daten aus den letzten zwei Jahren. Verschiedene Versicherungsunternehmen, die meisten Namen kamen ihm bekannt vor.

Er klappte den Ordner zu, zog einen anderen heraus und blätterte. Keiner der Kundennamen sagte ihm etwas.

Wollte Fleur vielleicht aussteigen? Baute sie sich ein zweites Standbein auf, um irgendwann nicht mehr als Prostituierte ihr Geld verdienen zu müssen? So wie Sportler, die von ihren Preisgeldern in jungen Jahren einen Autohandel oder eine Spedition kauften?

Das wäre unerwartet vernünftig. Eine Nutte, die ehrbar wurde. Davon hatte er in all den Jahren bei der Polizei noch nie gehört. Er kannte nur viele Gegenbeispiele, die zahnlos vom Crack in den Hauseingängen saßen und einem für einen Zehner einen blasen wollten. Es war traurig. Sie sahen aus wie hundert und waren erst fünfunddreißig.

Vielleicht hatte Fleur einfach besser hingesehen als die meisten, und ihr war klar geworden, dass sie rausmusste aus dem Milieu. Aber vielleicht war die Sache auch oberfaul.

Eine Nutte, die nebenbei Versicherungen verkaufte …

Klischees waren nicht ohne Grund Klischees.

Irgendwas stimmte hier nicht. Aber was?

44

Die Mädchen wurden durch einen dunklen Flur gescheucht. Es roch nach Fisch und Desinfektionsmitteln. Eine Treppe hoch, ein weiterer Gang, von dem eine Reihe Türen abgingen. Auf einmal standen drei Männer hinter ihnen, Fleur wusste gar nicht, wo sie herkamen. Sie war müde und hungrig. Einer der Männer riss die erste Tür auf und schob sie hinein.

In der Mitte des Raums stand ein Bett, auf dem etliche Stofftiere lagen. Fleur erkannte einen Löwen, einen Elefanten, einen Pinguin, einen Tiger, einen Dinosaurier. Die Wände waren in einem hellen Grün gestrichen. Das zur Straße hin gelegene Fenster war unverglast, aber von rechts und links jeweils halb zugemauert, sodass in der Mitte nur ein vielleicht fünfzehn Zentimeter breiter Spalt blieb, durch den Lärm und blinkende Neonlichter hereindrangen.

Gegenüber vom Bett standen mehrere flache, leere Kisten, vermutlich vom Markt. Daneben ein wackelig aussehender Stuhl. An der Wand ein Spiegel, dessen untere rechte Ecke abgesplittert war. Der Spiegel wies zahlreiche Risse und blinde Stellen auf, die Fleur in den nächsten Jahren stundenlang anstarren würde, bis sie das abstrakte Muster, das an den knotigen, venösen Handrücken einer alten Frau erinnerte, mit verbundenen Augen hätte zeichnen können.

Der Boden war grau gefliest.

Fleur bekam eine Gänsehaut und blieb stocksteif stehen. Sie hatte das Gefühl, wenn sie auch nur einen Schritt weiterging, würde sie diesen Raum nie wieder verlassen.

Der Mann, der ihr die Tür geöffnet hatte, gab ihr von hinten einen weiteren Stoß, sodass sie drei, vier Schritte weiter ins Zimmer stolperte und sich auf dem Bett abstützen musste, um nicht aus dem Gleichgewicht zu geraten. Die Tür wurde von außen abgeschlossen. Fleur setzte sich aufs Bett und zog die Beine an. Sie war zu verängstigt und erschöpft, um zu weinen.

So saß sie … vielleicht eine halbe Stunde, vielleicht drei Stunden. Sie wagte nicht, sich hinzulegen und zu schlafen. Sie wusste nicht, ob sie sich wünschen sollte, dass sich die Tür endlich wieder öffnete – oder ob sie hoffen sollte, sie bliebe für immer geschlossen.

Schließlich drehte sich ein Schlüssel im Schloss. Die Tür flog auf, zwei Umrisse zeichneten sich vor dem Licht im Flur ab. Einer der Männer streckte den Arm aus und schaltete die Glühbirne ein. Geblendet kniff sie die Augen zusammen.

Der zweite Mann trat einen Schritt vor. Er hatte ein leuchtend rotes Gesicht und einen strammen Kugelbauch, Arme und Beine waren behaart wie die fetten Raupen, die Fleur aus dem Wald kannte. Hinter ihm drehte sich erneut der Schlüssel im Schloss.

Der Mann, der kein bisschen aussah wie die drahtigen Thai-Männer, die Fleur kannte, begann sich zu entkleiden und hängte T-Shirt und Unterhemd, Shorts und Unterhose über die Lehne des Stuhls neben den Gemüsekisten. Seine Socken behielt er an.

Er warf einen Blick in den Spiegel, dann kam er auf Fleur zu.

Sie wollte sich verstecken, verkriechen, aber es gab kein Laken, keine Decke, nichts.

Sie wusste nicht, was von ihr erwartet wurde. Sie war erst acht. Aber der Mann machte ihr Angst.

Er setzte sich neben sie, legte seinen Arm um ihre Schultern und zog sie an sich.

45

»Michelle!«

Paul rief aus dem Schlafzimmer nebenan nach ihr. Michelle hatte neben dem Sofa im Wohnzimmer gestanden und an jenen Abend zurückgedacht, als Fleur sich ihr anvertraut hatte. Unglaublich, zu was Menschen fähig waren. Und ebenso unglaublich, was Menschen ertragen konnten. Denn Fleur hatte alles überstanden. Abgesehen von der Brandverletzung am Knöchel sogar unversehrt. Äußerlich jedenfalls …

Sie wusste nicht, was sie an Fleurs Stelle getan hätte. Sicher wären ihre Peiniger nicht mit dem Leben davongekommen. Jedenfalls stellte sie es sich so vor. Eine Rache wie in einem Actionthriller.

Obwohl … wahrscheinlich hätte *sie* es nicht überlebt. Im Gegensatz zu Fleur, die das geschafft hatte.

»Ich komme!« Sie schüttelte die Erinnerung ab und ging hinüber zu Paul.

Der hatte sich auf Fleurs Bett gesetzt und blätterte in einem Aktenordner. »Sieh mal. Wusstest du, dass Fleur Versicherungsmaklerin war?«

»Was?« Michelle glaubte, sich verhört zu haben.

»Hier. Verträge. Provisionsabrechnungen. Schadensmeldungen. Nicht viele, es ist nur ein Nebenjob. Ich werde mal mit den Kollegen vom Ordnungsamt sprechen. Für so was braucht man ja eigentlich einen Gewerbeschein. Wusstest du was davon?«

Michelle nahm ebenfalls einen Ordner aus dem Regal und setzte sich damit aufs Bett.

Eine Einnahmenüberschussrechnung. Kopien von Schadensregulierungen. Gewerbesteuer, Umsatzsteuer, Einkommenssteuervoranmeldungen. Fleur war sieben Tage die Woche im *Pretty Woman* gewesen. Wann hatte sie nebenbei noch Versicherungen verkauft?

»Nein, das hat sie nie erwähnt.«

Und wenn Fleur damit Geld machte, warum hatte sie Michelle nie davon erzählt oder versucht, ihr eine … okay, vielleicht keine Berufsunfähigkeitsversicherung, aber eine Haftpflicht oder so zu verkaufen?

Sie klappte den Ordner zu, holte sich einen weiteren. Paul ebenfalls.

Manchmal schien es nach Daten zu gehen, manchmal nach Nachnamen, dann wieder nach Versicherungsgesellschaften. Michelle war klar, dass nur die wenigsten Kleinunternehmer geborene Buchhalter waren. Das war eine der ersten Warnungen ihres Profs gewesen: Lasst euch durch organisatorische Unkenntnis nicht von der Unternehmensgründung abhalten – aber holt euch fachkundige Hilfe, ihr werdet sie brauchen.

Fleurs Unterlagen aber wirkten verhältnismäßig ordentlich. Ganz anders als der Schuhkarton unter ihrem eigenen Bett, in den sie halbherzig ab und zu mal irgendwelche Belege stopfte, die sie aus den unterschiedlichsten Gründen aufheben wollte.

»Es wirkt systematisch – ist es aber nicht«, murmelte sie.

»Oder unser Blickwinkel ist falsch«, wandte Paul ein. »Wir achten nicht auf das richtige Detail.«

Michelle blätterte mit gerunzelter Stirn weiter. Dann blätterte sie zurück.

Sie legte den aufgeschlagenen Ordner neben sich auf das Bett und holte sich den noch einmal, den sie zuerst angesehen hatte.

Ihre Erinnerung hatte sie nicht getrogen. Ein Name tauchte zweimal auf: Florian Bremerhaven. Einmal eine Zahlung über knapp 7000 Euro, das andere Mal waren es etwas über 14000. Gleiches Versicherungsunternehmen, unterschiedliche Versicherungsnummern.

Sie blätterte vor und zurück. In beiden Fällen war davor eine weitere Zahlung in gleicher Höhe an eine andere Person geleistet worden. Gleiche Versicherungsnummern, gleicher Betrag, gleiches Datum, gleiches Unternehmen, aber unterschiedliche Namen.

Michelle sah Paul an. »Gibt es in deinem Ordner auch einen Florian Bremerhaven?«

Paul brummte: »Hm.« Er schlug die Seiten um und suchte.

Michelle ließ ihre beiden Ordner aufgeschlagen liegen und nahm sich einen dritten. Diesen zog sie bewusst aus einer anderen Reihe.

Kein Florian Bremerhaven. War also doch nur Zufall. Aber eigenartig. Sie dachte zurück an ein Seminar über Industriespionage und Betrug durch Mitarbeiter. Das größte Problem für alle Unternehmen waren die eigenen Angestellten. Ihre Fehler und Unachtsamkeiten kosteten Millionen. Sie verschickten vertrauliche Unterlagen per Mail an den falschen Empfänger, ließen sich auf Geschäftsreisen an der Bar abfüllen und ausquetschen, klickten auf Links in dubiosen E-Mails, die ein Gratisguthaben bei Internetkasinos versprachen, und öffneten auf diese Weise Viren, Keyloggern und Trojanern Tür und Tor. Sie wählten zur Verschlüsselung Kennwörter wie »123456« oder ihren Vornamen. Und das Schlimmste: Ein einziger solcher Volltrottel reichte Kriminellen, um sich Zugriff auf das gesamte Firmennetzwerk zu verschaffen.

Diese gefährliche Dummheit wurde angeblich nur noch in den Schatten gestellt von der eigenen kriminellen Energie der

Mitarbeiter. Ob Kugelschreiber, Klopapier oder Schreibtischlampen – alles, was man nicht im Büro festketten konnte, endete früher oder später bei irgendwem zu Hause. Bizarr, dass die Leute, die einem den größten Schaden zufügten, ausgerechnet die waren, die für einen arbeiteten. Inventarbetrug, Fehlüberweisungen, Kassendiebstahl, Verkauf vertraulicher Unterlagen an die Konkurrenz … im Grunde waren Angestellte eine bezahlte Bande Ladendiebe.

Sie hielt inne, blätterte zurück. Da! Florian Bremerhaven, wieder ungefähr in der Mitte des Ordners. Zum dritten Mal. Und wieder die gleiche Geschichte. Zwei Überweisungen, eine an diesen Bremerhaven, die andere an eine andere Person. Gleiche Angaben, unterschiedliche Namen. Und auch beim dritten Mal war das betroffene Unternehmen erneut die Deutsche Versicherung.

Hatte Fleur vielleicht eine Hintertür in der Überweisungssoftware der Versicherung entdeckt und ausgenutzt, um Schadenssummen doppelt auszuzahlen? Aber woher sollte sie dieses Wissen haben?

Und, wichtiger noch, wer bekam das Geld? Wer war dieser Florian Bremerhaven? Fleur selbst? Fleur … gleich Florian? Oder machte sie mit irgendwem gemeinsame Sache?

Michelle schaute in die Unterlagen. Die angegebene Adresse befand sich in Frankfurt.

Sie wurde unruhig, wollte endlich etwas *tun*. Sie hielt Paul den Ordner hin. »Dieser Typ, dem sie dauernd Geld überwiesen hat, wohnt in Frankfurt«, sagte sie. »Ich hab einen Porsche. In dreieinhalb Stunden sind wir da.«

46

Svenja Meißen hatte recht gehabt. Die Hauptbeteiligten an Massenschlägereien waren selten so unschuldig, wie ihre Anwälte oder Väter sie hinstellen wollten. Fast nie hatte sie es in dieser Hinsicht mit Leuten zu tun gehabt, die noch nie zuvor auffällig geworden waren. Gewalt eskalierte eigentlich immer in Zeitlupe.

Auch in diesem Fall lag sie richtig.

Zwei der drei Vorstädter hatten bereits je vier Punkte in Flensburg, einer war bei einer Razzia in einem Club in Hannover mit einer gerade noch nicht strafbewehrten Menge Hasch in der Tasche aufgegriffen worden. Der dritte – der Sohn des Möchtegern-Dorfbürgermeisters – war zweimal wegen gewerbsmäßigen Kreditkartenbetruges in Verdacht geraten. In beiden Fällen war von seinem Computer aus mit gestohlenen Kreditkartennummern bei amerikanischen Online-Versendern Lederbekleidung bestellt worden. Allerdings an einen privaten Postfachanbieter in Hamburg und auf einen anderen Namen. Das Personal dort konnte sich nur erinnern, dass ein junger Mann die Sendung abgeholt hatte, natürlich mit Ausweis. Die notierte Ausweisnummer erwies sich als fiktiv.

Der Anwalt des Jungen bestritt den Vorfall als solches nicht, machte jedoch geltend, dass es für einen professionellen Kriminellen ein Leichtes sei, sich Zugriff auf einen fremden Rechner – in diesem Fall den seines Mandanten – zu verschaffen und die Bestellung unbemerkt von dort aus aufzugeben.

Beim zweiten Mal versprach er, den PC des Jungen umgehend durch einen Fachmann überprüfen und von Viren bereinigen zu lassen.

Sauber argumentiert. Vor dem Mann würde sie sich in Acht nehmen müssen.

Die drei Hamburger waren nicht besser. Eher schlimmer. Sie gingen nicht mit Köpfchen vor, sondern mit Fäusten. Eine Auseinandersetzung mit einem Türsteher, zwei Clubschlägereien, ein paar Kleindiebstähle. Das ganz normale Kiezpersonal. Seit über einem Jahr waren die drei offenbar zusammen unterwegs. Die beiden Jungs wohnten in einer WG in der Schanze, einer war aus gut betuchtem Hause. Wie hatten sich die drei gefunden? Sie blätterte in den Akten. Ah, klar – alle drei hatten auf Anordnung des Jugendamtes einen Kurs zur aktiven Gewaltvermeidung im Sozialzentrum Altona absolvieren müssen.

Das passte ja wie die Faust aufs Auge.

Und jetzt? Es stand Aussage gegen Aussage. Und Augenzeugen gab es natürlich nicht. Ihr selbst erschien es zwar plausibel, dass der Hamburger mit der halben Bierflasche in der Hand für die Verletzung verantwortlich war – aber Glaubwürdigkeit ersetzte keinen Beweis. Der halbe Kiez wurde videoüberwacht, aber die Puffbetreiber hatten durchgesetzt, dass ihre Eingangsbereiche ausgespart wurden.

Also gab es keine Aufzeichnung des Angriffs. Außerdem war so schnell ein derartiger Tumult entstanden, dass man auf einem Video vermutlich sowieso nichts erkennen könnte.

Wen könnte sie zum Reden bringen? Zu einer Aussage gegen die anderen Mitglieder der Clique bewegen? Gab es ein schwaches Glied in der Kette?

Und apropos »Glied« … sie stand auf und holte die Liste der Studios aus dem Drucker, die auch Genitalpiercings bei Männern vornahmen. Acht Stück allein in der Innenstadt. Überraschend viele, aber es war ein Anfang.

47

Paul ließ sich nicht so leicht überzeugen, aufgrund einiger Doppelüberweisungen gleich nach Frankfurt zu fahren. Also hatten sie noch sechs weitere Ordner durchgesehen, darin vier weitere Überweisungen an diesen Florian Bremerhaven.

»Oder können deine Kollegen in Frankfurt mal bei ihm vorbeischauen?«, schlug Michelle vor, die sich am liebsten sofort ins Auto gesetzt hätte. Hauptsache, sie kamen endlich weiter – Fleurs Mörder lief immer noch frei herum!

»Mhm«, brummte er nachdenklich. Sie hatten die aufgeschlagenen Ordner aufs Bett gelegt, und er betrachtete sie, als könnte ihm dadurch eine bessere Idee kommen. »Das klappt selten«, sagte er schließlich. »Bei Amtshilfe gehen immer die Feinheiten verloren. Das Gefühl für den Fall. Aber offiziell kriege ich das natürlich nie genehmigt …«

Er rieb sich das Kinn. Sie konnte das Kratzen seines Bartschattens hören.

»Ich hab doch schon gesagt, wir nehmen meinen Wagen, das geht schnell, ich muss keinen fragen, und es ist ja wohl klar, dass es irgendeine Verbindung zwischen Fleur und diesem Bremerhaven gab. Vielleicht hat er sie nicht …« Sie unterbrach sich. »Vielleicht war er gestern nicht in Hamburg. Aber irgendwas weiß er bestimmt. Es muss eine Connection zwischen ihm und Fleur geben – und irgendwas ist da nicht ganz sauber gelaufen.«

Paul nickte unwillig. »Eigentlich sollen wir in einer solchen Situation zuerst eine telefonische Vernehmung durchführen«, wandte er murmelnd ein. Aber sie konnte hören, wie unsinnig er das fand.

Michelle stimmte ihm zu. »Das ist wie Cybersex. Theoretisch ganz toll, aber in der Praxis bringt es nichts. Am Telefon zu lügen ist ja nun ganz einfach.«

Paul nickte. Er löste den Blick von den Ordnern auf dem Bett und sah sie an.

»Hast du nicht noch Überstunden, die du abbummeln kannst?«, fragte Michelle.

Auf seinem Gesicht erschien ein schiefes Grinsen. »Du meinst, es ist ja nicht verboten, dass ich in meiner Freizeit mit dir nach Frankfurt fahre?«

»Genau.«

Er seufzte und warf einen Blick auf seine Armbanduhr.

»Es kann doch nichts schaden«, drängte sie. »Wenn er uns weiterhelfen kann, gut. Wenn nicht, sind wir noch vor Mitternacht wieder zurück. Was ist denn überhaupt dein Problem?«

»Es ist ... Du hast schon recht, die Überweisungen sind sehr merkwürdig. Aber wir warten auch noch auf andere Untersuchungsergebnisse. Es gab ja noch weitere Spuren. Vielleicht sollten wir ...«

»Was denn für Spuren?«

Er zögerte. Dann sah er ihr in die Augen: »Vor allem Sperma natürlich. Und ...« Er unterbrach sich. »Da warten wir auf die Ergebnisse der DNA-Untersuchungen.«

Michelle musste erst einmal tief durchatmen. Das Wörtchen »natürlich« hatte sie verletzt. Sachlich hatte Paul *natürlich* recht. Aber trotzdem. Dass die Sache für ihn so klar war ... tote Prostituierte, wird wohl ein »Arbeitsunfall« gewesen sein ...

Sah er sie auch so? Sie hatte sich eingebildet, zwischen ihnen wäre es ... anders als mit anderen Männern. Aber vielleicht waren die Kerle doch alle gleich? Offensichtlich war sie für ihn auch nur eine Dienstleisterin, die seine niedersten Bedürfnisse befriedigte.

Ärgerlich stieß sie hervor: »Das ist ja alles gut und schön. Aber ich kann mir einfach nicht vorstellen, dass Fleur … Sie wusste, was sie tat. Und sie konnte sich auch wehren, wenn es sein musste. Ganz sicher.«

»Hm«, machte Paul nur und rieb sich wieder das Kinn.

»Was hast du denn zu verlieren? Ist es dir etwa peinlich, mit mir zu fahren? Liegt es daran?«

Erstaunt sah er sie an. »Nein, überhaupt nicht, wie kommst du denn darauf?«

»Was ist es dann? Es ist schon später Nachmittag. Die Testergebnisse hast du nicht vor morgen.« Sie streckte den Arm aus und nahm seine Hand. »Wir fahren nach Frankfurt, und entweder kommt dabei etwas heraus – oder nicht. Mir zuliebe. Okay?«

Paul sah ihr in die Augen, einen Atemzug lang, dann noch einen. Sie wusste nicht, was sie von seinem Blick halten sollte. Er war forschend, herausfordernd. Seine Augen waren tief dunkelbraun. Schließlich sagte er: »Okay. Gut. Ich spreche mit meiner Kollegin, dann fahren wir.«

Michelle lächelte erleichtert, aber auch ein wenig unsicher, und ließ Pauls Hand los.

Sie lockten die Siamkatze in einen leeren Weinkarton, der in der Küche in einer Ecke stand, klappten den Deckel zu und machten einen kurzen Abstecher nach Norden. Paul wartete in seinem Wagen, Michelle drückte ihrer verdutzten Mutter das verärgerte Tier in die Hände: »Bitte tu mir den Gefallen. Familiärer Notfall einer Kollegin. Ich versprech dir, ich bin heute Abend wieder da und kümmere mich um den Kater.«

Sie lief die Treppe schon wieder hinunter, bevor Monika etwas sagen konnte. Aber sie wusste, ihre Mutter war tierlieb. Und so hatte sie wenigstens etwas zu tun.

Paul hatte seinen Wagen in Michelles Straße geparkt und stieg zu ihr in den 928. Danach ging es direkt zum Elbtunnel. Paul schrieb eine lange SMS, danach schwiegen sie beide und hingen ihren Gedanken nach. Die meiste Zeit starrte Paul zum Seitenfenster hinaus. Michelle erwischte sich einige Male dabei, ihn von der Seite zu mustern. Sein Gesicht wirkte wie aus Granit gemeißelt – ein Mann, mit dem man sich besser nicht anlegte. Aber war er auch ein Mann, auf den man sich verlassen konnte?

Kurz vor Hannover beugte er sich zu ihr herüber und rief: »Das ist ja, als ob man einen Presslufthammer fliegt.«

Michelle zuckte mit den Schultern, ohne den Fuß vom Gas zu heben. »Ich find es nur schade, dass du kein mobiles Blaulicht mitgebracht hast.«

Paul schüttelte mit einem Lachen den Kopf.

Der erste Hauch der Dämmerung legte sich über die Autobahn.

»Richtig kitschig«, sprach Paul aus, was sie nur dachte, als sie über eine Anhöhe schossen, gerade als die Sonne die höchsten Baumwipfel berührte. Seine Beobachtung war korrekt, aber es ärgerte sie, dass Fleur tot war und die Welt sich einfach weiterdrehte.

Sie schnaubte nur und richtete den Blick wieder auf die Straße. Nach einiger Zeit fiel ihr jedoch auf, dass Paul sie von der Seite anzusehen schien. Sie warf ihm einen schnellen Blick zu.

Er räusperte sich und sagte: »Ich habe nur gerade gedacht, die Bluse steht dir wirklich gut. Die ist … ich bin ja kein Modekenner, aber sie ist originell.«

»Danke«, entgegnete Michelle und spürte, dass sie errötete wie ein kleines Mädchen. Glücklicherweise war es dunkel genug, dass er es nicht sehen würde. »Selber genäht«, setzte sie hinzu.

»Echt?«

Sie nickte. »Ja. Ich nähe gern. Röcke, Tops. Hosen. Auch Vorhänge und Kleider. Das entspannt mich.«

»Wow!«, sagte er. »Cool. Überraschend.« Er unterbrach sich. »Also, ich meine damit nicht, dass es überraschend ist, dass du nähen kannst. Obwohl, irgendwie doch. Ich dachte immer, Frauen, die nähen, haben Kinder und sind brave Muttis.«

»Und ich?«, fragte Michelle. »Was bin ich?«

Paul hatte offenbar ihren beleidigten Unterton wahrgenommen und entgegnete: »Ich meinte damit nicht, dass du … Es ist nur … Nähen ist so traditionell. Dachte ich jedenfalls bisher. Und du bist … gar nicht traditionell. Sondern …« Er dachte nach. Dann hatte er das richtige Wort gefunden. Stolz sagte er: »Fresh. Meine jungen Kollegen würden sagen, du bist *fresh*.«

Michelle musste so sehr lachen, dass sie beinahe das Steuer verriss.

»Okay, alles klar, vielen Dank für die Blumen«, sagte sie.

»Und die Bluse steht dir wirklich gut«, sagte er. »Ehrlich.«

Auf Höhe Kassel klingelte Michelles Handy. Sie fummelte es aus der Hosentasche. Die Nummer war zu lang für das Display. Das konnte nur Thailand sein.

»Das ist Fleurs Bruder Wasi«, rief sie und hielt Hinnerken das Handy hin. »Ich habe ihm vorhin meine Nummer hinterlassen.«

»Bruder?«, fragte er.

Michelle nickte. »Sie hat einen Bruder in Thailand. Zu ihren Eltern hat sie keinen Kontakt mehr, aus gutem Grund. Aber zu ihm schon. Nun geh schon ran!«

Hinnerken nahm den Anruf an. »Ja, die sitzt neben mir«, sagte er in einem kantigen Englisch mit starkem Akzent. Dann: »Nein, das geht leider nicht. Aber ich kann Ihnen auch …« – »Leider keine guten Nachrichten. Ich bin Mitarbeiter der Hamburger Kriminalpolizei. Ich muss Ihnen leider mitteilen, dass Ihre Schwester Fleur zu Tode gekommen ist. Wir ermitteln in der Angelegenheit.«

Eine lange Pause. Michelle hielt den Atem an.

Schließlich sagte Paul mit ruhiger Stimme: »Ja. Ja, so ist es. Es tut mir sehr leid. Wir werden Sie auf dem Laufenden halten. Selbstverständlich. Auch über alles andere.« – »Ich bin momentan unterwegs, ich melde mich aber bei Ihnen, sobald wir mehr …« – »Ja, genau. Danke. Noch einmal, mein Beileid.« – »Ja, natürlich. Auf Wiederhören.«

Er legte auf und reichte ihr das Handy zurück. »Der hält aber gar nicht viel von der Polizei«, sagte er dann. »Na gut, vielleicht können wir ihn positiv überraschen.«

Nach einer Pause setzte er hinzu: »Das war übrigens der Hauptgrund, warum ich vorhin gezögert habe, nach Frankfurt zu fahren. Es gab auf der Großen Freiheit noch eine Schlägerei mit Verletzten. Einer davon ist der Sohn eines Kleinstadtpolitikers. Und der wiederum hat meinen Chef angerufen, und nun sollen wir in der Sache bevorzugt ermitteln. Bei der Kripo kann mir zwar keiner so richtig vorschreiben, wie ich meinen Job zu machen habe … aber sagen wir mal so: Eine Belobigung bekomme ich bestimmt nicht dafür, dass ich jetzt keine halbwüchsigen Prügelknaben vernehme, sondern herausfinden will, was deiner Freundin zugestoßen ist.«

Hinnerken schaute geradeaus, während er ihr das erzählte. Als wüsste er nicht recht, was er von sich halten sollte – und auch nicht, was er von ihr zu erwarten hatte.

Michelle nahm eine Hand vom Lenkrad und strich ihm mit den Fingerkuppen über die Haarstoppeln an der Schläfe.

»Danke«, sagte sie.

Gleichermaßen für das, was er tat, und dafür, dass er sie ins Vertrauen gezogen hatte.

48

Svenja Meißen hatte einen jungen Kollegen von der zuständigen Wache mitgenommen, der guten Ordnung halber. Sonst beschwerte sich wieder irgendein Vorgesetzter, dass sie in seinem Bezirk wilderte.

Diese Sozialwohnungen aus den Siebzigerjahren waren mittlerweile so heruntergekommen, dass man hier nicht mal mehr Asylanten unterbrachte, sondern die Wohnungen an Leute vermietete, von denen klar war, dass sie sowieso nie mehr als zwei, drei Monate lang die Miete zusammenkratzen würden. Und dass sie sich garantiert nie über irgendwas beschwerten. Es wäre menschlicher gewesen, die gesamte Gegend komplett zu betonieren, als zwischen den seelenlosen Blöcken ein paar lächerliche Rasenflächen zu erhalten. Die lagen nun voller Plastiktüten und Scherben, dazwischen einige Kleidungsstücke, von denen nicht einmal mehr zu ahnen war, warum sie überhaupt jemand getragen haben sollte. Da und dort streckten dornige Büsche ihre kratzigen Ärmchen aus dem Boden. Häftlinge der Unterwelt. Meißen, die mit ihrem Mann und zwei Kindern in einem Reihenhaus in Wellingsbüttel wohnte, bemerkte: »Wer auch immer das entworfen hat, hätte es verdient, hier alt zu werden.«

»Ha!«, machte der Kollege, ein junger Mann, der dreinschaute, als wäre es tatsächlich eine gute Sache, das ganze Leben noch vor sich zu haben. »Ja, das wäre wirklich eine gerechte Strafe. Aber hier wird man nicht alt. Die Alten sind lange weg – die ziehen lieber zu ihren Kindern oder unter die Brücke, als hierzubleiben.« Er vollführte eine ausholende Bewegung mit dem Arm. »Nach Einbruch der Dunkelheit ist hier Geisterbahn. Die lassen die Fenster der Autos offen und hören Musik auf dem Parkplatz, sitzen auf den Motorhauben und saufen, und Drogen gibt's natürlich auch reichlich. Wer dumm genug ist, hier vorbeizulatschen, ohne mindestens Kickboxer zu sein, hat hinterher kein Geld mehr oder keine Zähne oder beides. Die offizielle Verbrechensstatistik ist super, denn wenn einer tatsächlich wen anzeigt, nimmt er leider nicht mehr am Prozess teil. Unbekannt verzogen. Oder wegen Depris aus dem Fenster gesprungen.« Er malte die Anführungszeichen um das Wort »gesprungen« mit den Fingern in die Luft. »Es gab einen Fall, von dem die älteren Kollegen immer noch hinter vorgehaltener Hand erzählen. Aber ich weiß nicht, was davon stimmt. Da haben vier junge Männer eine Frau in ihre Wohnung verfolgt, die war vielleicht …« Er taxierte Meißen mit einem Blick, dann unterbrach er sich. »Ist ja auch egal. Sind sowieso nur Gerüchte.«

Meißen hatte Mühe, ihren Ärger unter Kontrolle zu halten. »Da«, sagte sie und deutete auf eines der Häuser. Graffiti bedeckten das Erdgeschoss so dicht, dass man auf den ersten Blick nicht einmal erkennen konnte, wo die Haustür war.

Dafür war sie unverschlossen. Genau genommen hatte sie gar kein Schloss, sondern nur ein handtellergroßes Loch, wo sich der Verriegelungsmechanismus befunden hatte.

Meißen ging vor. Im Treppenhaus war es dunkel. Rechter Hand lag ein schwarzes Bündel in der Ecke. Vielleicht Müllsäcke, vielleicht auch ein Obdachloser im Schlafsack. Sie sah lieber nicht so genau hin, dann musste sie es auch nicht in ihren Bericht schreiben.

Das Treppenhaus roch nach Erbrochenem, Urin und verbrannten Pfannkuchen. Von irgendwoher drangen die Stimmen mehrerer Fernsehmoderatoren.

Die Klingel der Tür im zweiten Stock bestand aus zwei Drähten, die aus der Wand hingen. Als sie die Metallenden aneinandertippte, ertönte drinnen ein dezentes Surren.

Sie warteten. Die Fernseher plärrten.

Nach etwa einer Minute trat der junge Kollege vor. »Darf ich?«, fragte er höflich.

Meißen nickte.

Daraufhin hämmerte der Kerl mit der Faust mehrfach dermaßen heftig gegen die Wohnungstür, dass diese deutlich vibrierte, und brüllte lauthals: »Aufmachen! Polizei! Sofort aufmachen, hier ist die Polizei!«

Svenja Meißen stand wie erstarrt. Aber tatsächlich öffnete sich nach wenigen Sekunden die Tür.

Vor ihnen stand eine bullig gebaute Asiatin von vielleicht zwanzig Jahren. Amira Zhao, mit acht die erste Jugendstrafe, mit neun deutsche Wing-Tsun-Meisterin ihrer Altersklasse, danach in schöner Abwechslung weitere Erfolge in beiden Gebieten.

»Amira Zhao?«, fragte Meißen, obwohl sie die Frau von gestern Abend sowie aus der Akte wiedererkannte.

»Wer will das wissen?«, fragte ihr Gegenüber barsch, aber in bestem Hochdeutsch.

Svenja Meißen hielt ihren Dienstausweis hoch.

»Wo waren Sie gestern Abend ab elf Uhr?«, erkundigte sie sich.

»Wollen Sie mich verhaften?«

»Nein. Wir stellen protokollgemäß fest, ob Ermittlungen gegen Sie einzuleiten sind.«

»Weswegen?«

Svenja Meißen zögerte. Sie hatte sich entschieden, Amira Zhao zuerst zu besuchen, weil der Lebenslauf des Mädchens wenigstens einen gewissen Ehrgeiz zeigte. Vielleicht wollte sie sich nicht alle Chancen im Leben verbauen, im Gegensatz zu den beiden Versagern, mit denen sie ihre Freizeit verbrachte. »Beihilfe zur Körperverletzung.«

»War ich nicht«, entgegnete Zhao.

»Sie wissen doch noch gar nicht, worum es genau geht.«

»Ich war gestern zu Hause und habe gelesen. Ich habe darauf gewartet, dass meine jüngere Schwester nach Hause kommt. Sie ist gestern abgehauen, obwohl sie weiß, dass sie das nicht darf. Wir leben seit dem Tod unserer Eltern allein hier. Ich bin ihr offizieller Vormund.« All das in einem leicht herablassenden, selbstsicheren Ton, fast wie eine Junioranwältin.

Amira Zhao wandte sich um und rief in einer fremden Sprache in die Wohnung hinein. Ein deutlich jüngeres Mädchen kam in den Flur gelaufen und blieb neben der großen Schwester stehen.

»May-Lin ist elf – also noch nicht strafmündig. Aber selbstverständlich möchte ich wissen, wenn etwas vorgefallen sein sollte, was nicht in Ordnung ist.«

Meißen starrte das Duo in der Tür an.

Amira sprach in einer fremden, asiatisch anmutenden Sprache in einem Stakkato-Ton mit ihrer Schwester, die daraufhin auf Deutsch sagte: »Ich bin gestern Abend weggelaufen. Das sollte ich nicht. Es tut mir leid. Amira passt gut auch mich auf. Sie kann nichts dafür.«

Es klang wie auswendig gelernt. Beim Sprechen schmiegte sich das Mädchen eng an die Hüfte ihrer Schwester.

Svenja Meißen stieß die Luft aus. »Tja, dann handelt es sich wohl um ein Missverständnis. Bitte entschuldigen Sie die Störung. Ich werde die Aussagen überprüfen. Ich weiß ja, wo ich Sie finden kann, wenn nötig.«

Den letzten Satz ließ sie wie die Drohung klingen, die er war.

Amira Zhao starrte sie einen Moment lang unverwandt an, dann schloss sie ohne ein weiteres Wort die Tür.

»Scheiße!«, murmelte ihr Begleiter.

Meißen hob die Hand, mit der Handfläche nach oben, und zog die Augenbrauen hoch. In dieser Sache war das letzte Wort noch nicht gesprochen. Sie musste sich jetzt nur überlegen, wie sie am besten an die junge Frau herankam.

Der dunkle Haufen im Erdgeschoss raschelte, als sie vorbeigingen, und veränderte seine Position, aber Meißen würdigte ihn keines Blickes. Ihr ganzes Mitleid galt Amira und May-Lin Zhao. In deren Lage wollte sie wirklich nicht stecken. Svenjas Schwester zog ihren kleinen Sohn auch mehr oder weniger allein groß; der Vater war ein echter Loser. Das war schon hart – aber die Situation dieser beiden Kinder schien Meißen noch viel tragischer.

49

Bei jeder Aktienbewegung von mehr als vier Prozent erhielt Torben Krahl eine Push-Benachrichtigung auf sein Handy. Bei einem Verlust von mehr als sechs und einem Gewinn von mehr als acht Prozent musste der Signalton der App manuell abgeschaltet werden. Dieser selbst programmierte Mechanismus stellte sicher, dass Krahl die Information erhielt.

Die Aktien der *HanseGeld* stiegen. Steil und schnell.

Er warf einen Blick auf seine Rolex Daytona. Ein Geschenk von Loretta. Blöde Kuh, aber schöne Uhr. Später Nachmittag in Deutschland. Mittagszeit in New York, mitten in der Nacht in Tokio. Aber die elektronischen Börsen schliefen heutzutage sowieso nicht mehr.

Mit einem Klick rief er die Handelsmengen auf – und die Börsen, an denen die Orders ausgeführt worden waren.

Scheiße! Es war nur eine Frage der Zeit gewesen. Aber trotzdem scheiße.

Die Haie hatten ihn gefunden. Er hatte versucht, schnell und möglichst unbemerkt zu wachsen. Er wusste, auf welche Trigger die automatischen Handelssysteme geeicht waren. Bislang war es ihm gelungen, sie zu umschiffen.

Aber jetzt hatte irgendwer seine kleine Bank entdeckt und wollte eincashen. Was er vor sich auf dem Schirm sah, waren die ersten Anzeichen einer feindlichen Übernahme.

Erst kaufte man alle freien Aktien weltweit auf einen Schlag. Das alarmierte die Auto-Trader, aber nun waren keine Aktien mehr da. Weil Computer nicht denken, sondern stur den programmierten Vorgaben folgen, erhöhen die Programme nun alle fünf Minuten ihr Gebot um einen bestimmten Prozentsatz. Nach einiger Zeit – meist etwa einer Dreiviertelstunde – wurden die eben erst gekauften Aktien wieder zum Verkauf freigegeben. Meist ergänzt um weitere Tranchen, die der Händler in den Tagen und Wochen zuvor da und dort aufgegriffen hatte. Im zweiten Teil des Coups wurden also weit mehr Aktien angeboten, als fünfundvierzig Minuten zuvor vom Markt verschwunden waren.

Präzise synchronisiert wurden die Anteilsscheine an allen wichtigen Börsen gleichzeitig an den Markt gegeben, sodass die automatisierten Käufe stattfanden, bevor die Computer realisierten, dass eine wahre Schwemme von Aktien eines bestimmten Unternehmens im Angebot war.

Ein solches urplötzliches Überangebot war aus der Sicht der Programmierer ein sicheres Zeichen für Finanzprobleme einer Firma. Wenn beispielsweise die Quartalszahlen einer Company nicht den Erwartungen der Analysten entsprachen, stuften diese den Titel auf »Halten« oder gar »Verkaufen« herab, und schon stieg die Zahl der frei erhältlichen Aktien.

Diese Anteile aber wollte niemand haben, denn sie fielen aller Wahrscheinlichkeit nach weiter. Also interpretierte die Software eine überraschend auftauchende große Zahl Aktien als Verkaufstrigger.

Somit erzeugte der Trader erst durch seine Käufe ein Kaufsignal, das die Preise steigen ließ, verdiente dann am Verkauf seiner Aktien, der zugleich ein weitergehendes Verkaufssignal auslöste, sodass augenblicklich die Preise ins Bodenlose zu fallen begannen, weil keiner der Auto-Trader die gerade erst angekauften Titel noch halten wollte.

Nun galt es, die Nerven zu behalten. In diesem Moment pokerte Mensch gegen Maschine.

Man musste so lange wie möglich abwarten, bis die akzeptablen Verkaufspreise so tief wie möglich gefallen waren – unbedingt unter das anteilige Eigenkapital der jeweiligen Firma, sodass jede Aktie faktisch einen höheren Wert repräsentierte, als ihr Preis wiedergab. Und dann zuschlagen und innerhalb von Sekunden die Depots an den wichtigsten Börsen der Welt füllen.

Wer zuvor noch einige der entsprechenden Aktien gehalten hatte, stieß die Position nun endgültig ab. Zum zweiten Mal innerhalb kurzer Zeit kamen also mehr Aktien in den Verkauf, als bei der vorigen Transaktion den Besitzer gewechselt hatten. Mit etwas Glück ließ sich so mit relativ geringem Kapitaleinsatz der Streubesitz zu einem Mehrheitsanteil von über einundfünfzig Prozent zusammenführen.

Deswegen hatte Torben Krahl die Warnsignale gesetzt, denn nun galt es, einen unbekannten Bieter, der es auf Krahls Firma abgesehen hatte, mit den eigenen Waffen zu schlagen. Er musste entscheiden, ob er bereit war, einen Teil seines Privatvermögens zu riskieren. Und wenn ja, wie viel. Oder ob er mit den Schultern zucken und die Perversionen der globalisierten Börse ihren Lauf nehmen lassen sollte.

Er selbst hatte genug Geld auf dem Konto. Es ging nur ums Ego. Um sein Baby. Hatte er der Bank noch etwas zu geben? Hatte die Bank ihm noch etwas zu geben? Wie viel war er bereit zu opfern?

Er zog ein Red Bull aus dem Kühlschrank unter seinem Schreibtisch. Ließ den Blick durch das Fenster auf die Elbe schweifen. Ein Fischkutter fuhr gegen den Strom zum Hafen hin. Ein Containerfrachter zog hinaus in die Welt. Tag für Tag fiel es Torben Krahl schwerer, sich bewusst zu machen, dass es auch noch eine Welt außerhalb der Bildschirme gab, in denen sein Leben stattfand.

Mit einem Klick überprüfte er die Geschwindigkeit seiner Internetverbindung, mit einem weiteren seinen Kontostand. Die bunten, sauberen Diagramme und Zahlenreihen beruhigten ihn. Im Kopf überschlug er den benötigten finanziellen Einsatz. Dabei war zu berücksichtigen, dass er selbst ja ohnehin noch 26 Prozent der Aktien besaß, eine Sperrminorität. Die ihm allerdings gegen das richtig große Geld wenig helfen würde.

Er trank die Dose leer und warf sie zu den anderen in den Papierkorb. Dann verschob er acht Millionen auf das Investmentkonto. Schließlich musste er ja nur 25 Prozent der Aktien zukaufen, um Herr im eigenen Haus zu bleiben, sein Kapitaleinsatz war also deutlich geringer als der seines Gegenübers.

Mit verschränkten Fingern drehte er die Handflächen nach vorn und drückte die Arme durch. Seine Fingergelenke knackten.

Er hatte das Investment-Zocken endgültig zum Spiel gemacht, und jetzt wollte ihn einer darin schlagen? *Da hast du dir aber den falschen Spielplatz ausgesucht, mein Junge.*

Torben Krahl war entschlossen zu siegen.

Er musste lange genug abwarten, um es sich leisten zu können, durfte aber nicht als Zweiter in den Ring treten. In sechs Fenstern auf insgesamt drei Monitoren bereitete er seine Gebote an den verschiedenen Börsen vor. Alles ordentlich aufgereiht. Direkt zu bieten und nicht über das System von *HanseGeld* zu gehen würde ihm entscheidende Sekundenbruchteile einbringen, von denen jeder ein paar Tausend wert sein konnte.

Der Preis der Aktien schoss noch einmal ruckartig nach oben, dann verlief die Linie nur noch schnurgrade über den Bildschirm. Jetzt musste er den Verkauf abwarten und den Sturz ins Nichts aushalten.

Um die eigene Company zu zocken und dabei auch alles verlieren zu können war wie ein Drahtseilakt, nackt und bei eisigem Wind, zwischen zwei Hochhäusern in der Frankfurter City. Das Leben ist ein Abenteuer, oder es ist keinen Pfifferling wert. Er liebte diese adrenalingesättigten Momente, aber mit jedem Mal hatte er größere Angst, zu verlieren.

50

»Wie siehst du denn aus?«, mäkelte Dr. Karsten Hagen.

Dorothea Hagen, die sich extra für den Fernsehauftritt im Büro noch umgezogen hatte, hielt dagegen: »Das ist Prada.«

Das Kleid in verwaschenem Grün war an den Ärmeln ausgefranst, der Kragen mit grauem Strick verziert, Ausschnitt und Rock waren von subtiler Asymmetrie. Erst auf den zweiten Blick erkannte man das Muster aus verzerrten weißen Totenköpfen. Ein sehr teures Kleid, aber Dorothea hatte es vor allem in dem Wissen ausgewählt, dass sie behaupten konnte, sie hätte Karsten einen Gefallen tun wollen, obwohl sie natürlich genau gewusst hatte, dass er es hassen würde.

»Sieht aber aus wie Hartz vier. Da werde ich mir ja wieder etwas anhören können. Die einen lästern, wie sieht die denn aus – und die anderen beschweren sich über den teuren Geschmack der Gattin des stellvertretenden Fraktionsvorsitzenden. Wir haben Millionen Arbeitslose, die Politikverdrossenheit steigt immer weiter, und du schaffst es, alle auf einmal zu verprellen. Wunderbar, danke schön!« Genervt hob er die Hände und seufzte.

»Immerhin bin ich einsatzbereit, wenn du mich brauchst, was mehr ist, als ich von dir behaupten kann«, fauchte Dorothea zurück. Sie war eine gestandene Frau, warum gingen ihr die Tiraden dieses Mannes immer noch so unter die Haut?

Es klopfte an der Garderobentür. Wie angeknipst strahlte das Lächeln des Power-Paars Hagen die Assistentin des RBB an, die den Kopf hereinsteckte. »Sie können jetzt in die Maske.«

»Wunderbar«, entgegnete Karsten Hagen. »Aber bei ihr nicht so viel, beim letzten Mal sah sie aus wie eine Dortmunder Puffmutter.« Er lachte laut über seinen eigenen Scherz, während dem TV-Mädchen die Gesichtszüge entgleisten.

»Kann ja nicht jeder auf Staatskosten Urlaub in der Karibik machen«, ätzte Dorothea zurück, eine Anspielung auf den neuesten Ermittlungsausschuss gegen seine umstrittenen *Regierungsreisen an die wirtschaftlichen Brennpunkte der Welt*.

Sie gingen hinter der Talkshow-Mitarbeiterin her.

»Wenigstens kann sie nicht kochen«, verkündete Hagen gewollt fröhlich allen, die es nicht hören wollten.

»Immer noch besser, als nie im Leben einen ehrlichen Job gehabt zu haben.« Ihr Mann hatte von seinen Eltern ein Vermögen geerbt und sich vor drei Jahren eine Spitzenkandidatur in seiner Partei erkauft.

Sie lachten beide, als wäre der bittere Hass nur der liebevolle Spott, mit dem sich andere Paare behandelten. Aber Dorothea achtete geflissentlich darauf, ihrem Mann bloß nicht zu nahe zu kommen. Wenn er sie berührte, wurde ihr mittlerweile richtig übel.

Nur noch ein Jahr. Er hatte ihr versprochen, wenn sie die Fassade noch ein Jahr aufrechterhielt, bis er die Wiederwahl in der Tasche hatte, würde er der Scheidungsvereinbarung zustimmen, egal, was drinstand.

Nur noch ein Jahr, dann war sie frei.

51

Sie war weggelaufen. Männer hatten sie in ihr Heimatdorf mitgenommen, zum üblichen Preis.

Warum war sie in ihr Dorf zurückgekehrt, zu ihren Eltern? Sie hatte sich dort wohlgefühlt, bevor sie … bevor der Mann sie geholt hatte. Aber sie war clever. Sie wusste, sie wäre dort nicht sicher. Im Nachhinein erinnerte sie sich daran, was anderen Mädchen geschehen war, die wiederkamen. Keine von ihnen blieb lange.

Aber wohin hätte sie sonst gehen sollen? Sie war doch erst elf. Sie wollte nicht allein sein.

So krank es war, manchmal fand sie es schlimmer, allein in ihrem Zimmer zu sitzen und zu warten, als wenn ein Mann kam und sie …

Es war ekelhaft, aber es war auch eine Form der Zuneigung. Nähe.

Fleur war zu Hause nicht willkommen geheißen worden. Ihre Mutter hatte sie zwar in die Arme geschlossen und an sich gedrückt, aber ihr hatte die Angst im Gesicht gestanden. Um ihre Tochter, aber auch um sich selbst. Fleurs Vater hatte sie wütend geohrfeigt und dann sofort den Mann verständigt, der sie zuvor geholt hatte.

Zwei Tage später war er endlich gekommen. Das Warten auf den sicher eintretenden Horror war schlimmer gewesen als alles, was Fleur zuvor durchgemacht hatte.

Nachts hatte sie schlaflos auf ihrer Matte gelegen und an die Decke gestarrt. Tagsüber hatte sie blicklos neben ihrer Mutter auf der Veranda gesessen und gewartet, dass die Zeit verging. Niemand sprach mit ihr. Es war, als wäre sie gar nicht da.

Sie hätte davonlaufen können. Aber wohin? Sie war wie gelähmt.

Nur Wasi schaute ab und zu verstohlen in ihre Richtung. Beiden Geschwistern war klar, wenn sie miteinander sprachen, gäbe es Prügel. Aber mehrfach sah sie sein kleines Bubengesicht um die Ecken benachbarter Hütten schauen, die dunklen Augen auf sie gerichtet. Sie hatten kein Wort miteinander gewechselt, doch sie konnte sein Mitleid spüren, und es tat ihr gut, zu wissen, dass sie wenigstens einem Menschen auf der Welt fehlen würde.

Sie konnte unmöglich sagen, ob es derselbe Lieferwagen war, in dem er sie in die Stadt transportierte. Ihr Vater musste dem Mann Geld geben, weil sie weggelaufen war. Mit jedem Schein starrte er seine Tochter wütender an.

Es war das letzte Mal, dass Fleur ihre Eltern gesehen hatte. Sie war froh darüber. Traurig war für sie nur, dass sie froh war.

In dem hinteren Abteil des Wagens roch es wieder nach Schweiß und Metall. Oder immer noch. Sie wurde unbarmherzig hin und her geschleudert. Diesmal stoppten sie unterwegs nur in einem weiteren Dorf, und ein Mädchen wurde hereingestoßen, das so alt sein mochte wie Fleur damals, als sie verkauft worden war. Sie nahm das Mädchen in die Arme und hielt es fest an sich gedrückt, die ganze Fahrt über. Mehr konnte sie nicht tun.

Das Mädchen weinte, als könnte es Fleurs Angst um seine Zukunft spüren.

52

Michelle parkte unter einer Laterne. Sie drehte den Schlüssel, und das Blubbern des Motors erstarb mit einem letzten Gurgeln.

»Puh«, sagte Paul und rieb sich die Schläfen. »Der Wagen hört sich ja wirklich an wie ein alter Mann beim Schlafen.«

»Hey, jetzt sag mal nichts gegen mein Auto – immerhin sind wir hier.«

»Schon gut, schon gut. War nicht so gemeint. Aber laut ist er schon, findest du nicht?«

»Mrhm«, machte Michelle. Paul hatte recht, aber sie wollte es nicht zugeben.

Durch die Windschutzscheibe schaute sie an dem Wohnblock hoch. Ein unpersönlicher Kasten, der auch aus der ehemaligen DDR hätte stammen können. »Und jetzt?«, fragte sie.

Paul zuckte mit den Schultern. »Wir klingeln.«

»Und dann?«

»*Du* wolltest doch herkommen.«

»Aber *du* bist der Polizist.«

Er stieß die Luft aus. »Immer diese Vorurteile. Aber meinetwegen. Und was bist du?«

Michelle zuckte mit den Schultern. »Begleitschutz?«

Paul lachte auf.

»Deko?«, schlug sie dann vor.

»Der fragt sowieso nicht. Jeder glaubt, dass Polizisten immer zu zweit unterwegs sein müssten.«

»Ist das nicht so?«

»Auf Streife, ja. Bei Ermittlungen nicht. Es ist besser, aber nicht Vorschrift.«

Sie stiegen aus und starrten auf das Klingelbrett. Sechsunddreißig Parteien, auf vielen Schildern standen zwei oder sogar drei Namen.

»Bremerhaven« fand sich in der dritten Reihe von oben. Paul klingelte, sie warteten, nach zehn Sekunden summte es.

Schweigend standen sie einander im Fahrstuhl gegenüber. Michelle spürte eine merkwürdige Unruhe im Bauch, ein Kribbeln.

Florian Bremerhaven stand in der Wohnungstür. Er war vielleicht Anfang, Mitte zwanzig. Kein Ring an irgendeinem Finger, nicht mal eine Armbanduhr. Das Haar war voll und hip zur Seite geföhnt. Er war klapperdürr, trug beige Chinos und ein hellblaues Hemd und schaffte es beinahe, darin lässig und nicht lachhaft auszusehen.

»Guten Abend.« Er sah seine unerwarteten Besucher freundlich an, als wäre er sogar bereit, über Gott mit ihnen zu reden.

Michelle war nicht sicher, womit sie gerechnet hatte, aber sicher nicht mit einem stinknormalen, eher gut aussehenden Kerl, der einem auf der Straße keineswegs verdächtig vorgekommen wäre.

Paul streckte dem Mann seinen Dienstausweis hin. »Kripo Hamburg«, sagte er streng.

Bremerhaven zog die Augenbrauen hoch und hob gleichzeitig die Hände. Ein Bild der Unschuld. Als wollte er pantomimisch darstellen, dass er nichts zu verbergen hatte.

»Dürfen wir reinkommen?«, fragte Paul Hinnerken. Michelle ging davon aus, dass jetzt der Moment kommen würde, in dem Bremerhaven ihnen die Tür vor der Nase zuschlagen würde. Oder nach einem Anwalt verlangte. Was man eben so tat, wenn man Dreck am Stecken hatte.

Aber stattdessen sagte er: »Natürlich, gern, was kann ich für Sie tun?«

Michelle konnte es kaum glauben. Gab es wirklich auf dieser Welt noch Leute, die wildfremde Menschen, die einen laminierten Ausweis hochhielten, einfach so in ihre Wohnung ließen? Allein dafür gehörte der Typ ja ausgeraubt.

Entgeistert trottete Michelle hinter Hinnerken her in die Wohnung. Bremerhaven führte sie in die Küche. Um einen Tisch herum standen vier Stühle. Die Küche selbst sah aus, als wäre sie in den Achtzigerjahren eingebaut, aber höchst selten benutzt worden. Geradezu steril. Kein Bild an der Wand, keine Küchenutensilien auf der Arbeitsplatte, nichts.

»Kann ich Ihnen ein Wasser anbieten?«, fragte Bremerhaven freundlich.

Michelle und Paul schüttelten die Köpfe. Bremerhaven zuckte mit den Schultern, dann setzte er sich zu ihnen.

»Kennen Sie diese Frau?«, begann Hinnerken und legte die Farbkopie eines Fotos von Fleur auf den Tisch. Ein professionelles Porträtfoto, auf dem sie eine schlichte, cremefarbene Bluse trug. Michelle hatte keine Ahnung, wo Paul das Bild herhatte.

Oh, natürlich musste es eine behördliche Akte über Fleur geben, sie hatte ja eine Aufenthaltsgenehmigung beantragt. Wahrscheinlich war dies ihr offizielles Ausweisfoto.

Bremerhaven zog das Bild zu sich heran, betrachtete es eine Weile, dann schob er es wieder zurück. »Nein. Leider nicht, möchte ich fast sagen. Sie sieht sehr gut aus. Nett. Aber ich fürchte, wenn die Polizei ihretwegen den weiten Weg aus Hamburg macht …«

»Sind Sie absolut sicher?«, hakte Hinnerken ungerührt nach. Michelle hatte das Gefühl, er wusste, was er tat, und hielt den Mund.

»Ja«, sagte Bremerhaven, jetzt schon deutlich reservierter. »Ich bin sicher. Ich habe diese Frau im Leben noch nie gesehen. Wenn doch, hätte ich sie sicher nicht vergessen. Wer ist das?«

»Fleur Sutha. Eine Thailänderin, die sich seit einigen Jahren legal in Deutschland aufhielt. Unter anderem betrieb sie eine Versicherungsagentur.«

Bremerhaven hörte aufmerksam zu. Michelle versuchte, seine Miene zu deuten, aber seine Züge blieben glatt und ruhig. Sie konnte sehen, dass er sich bemühte, nicht zu reagieren – aber welche Emotion sich dahinter verbarg, wusste sie nicht.

Paul sprach weiter. »Soweit ich weiß, hatte sie keine Angestellten oder Mitarbeiter. Können Sie mir sagen, bei wem Ihre Versicherungen geführt werden? Oder, ehrlich gesagt« – Paul schob den Satz hinterher, als wäre er ihm gerade erst eingefallen, aber Michelle war sicher, dass er die ganze Zeit darauf hinausgewollt hatte –, »vielleicht werfen wir gemeinsam einen Blick in Ihren Versicherungsordner?«

Wieder zuckte der Mann, dem Fleur mehrfach hohe Geldsummen überwiesen hatte, entspannt mit den Schultern. »Gern. Können Sie mir sagen, worum es geht?«

Hinnerken knurrte bloß: »Laufende Ermittlungen.«

»Na gut. Wenn ich helfen kann …« Bremerhaven erhob sich und sagte: »Ich bin gleich zurück.«

Doch der Polizist war bereits aufgestanden und sagte: »Wenn Sie nichts dagegen haben, komme ich mit.«

Wieder zuckte Bremerhaven mit den Schultern. Dem schien einfach alles egal zu sein. War er so entspannt, weil er wirklich nichts zu verbergen hatte? Oder war er nur ein verdammt guter Schauspieler? Michelle wollte live dabei sein, wenn es sich herausstellte, also schob sie ihren Stuhl zurück und ging hinter den beiden anderen her.

Sie kamen an zwei angelehnten Türen vorbei und betraten … eine Druckerei. Anders konnte man den Raum nicht bezeichnen. Der Rollladen vor dem Fenster war heruntergelassen. An einer Wand stand ein großer Kopierer mit Ausgabesortierung, wie man sie aus Copyshops kannte. Daneben türmten sich zahlreiche Kisten Papier in unterschiedlichen Farben. Der Kopierer war mit einem PC verbunden, auf dessen Monitor ein Bildschirmschoner bunte Muster zeichnete. Die gesamte Wand gegenüber wurde von einem Metallregal eingenommen, in dem sich bedruckte Blätter in Gelb, Blau, Rot und Grün stapelten. Weiß kam praktisch nicht vor.

Michelle trat vor das Regal und betrachtete die Kopien. Sie las: »Zu viele Gesetze = zu wenig Freiheit!«, und: »Gegen ein Europa der Engstirnigkeit«, und: »Demo gegen neue Handelseinschränkungen beim Weltwirtschaftsgipfel«.

»Was ist das denn?«, fragte sie verwirrt und hielt eines der Flugblätter hoch.

»Ich bin Vorsitzender des Vereins zur Förderung der freiheitlichen Wirtschaft«, verkündete Florian Bremerhaven stolz. Dann deutete er auf den Kopierer und die Papierberge. »Ich habe sogar extra einen Statiker kommen lassen, um zu überprüfen, ob die Maschine vielleicht zu schwer ist. Sie müssen sich also keine Sorgen machen. Wir setzen uns ein für ein Europa – und letztlich eine Welt – der größtmöglichen Freiheit. Ganz knapp gesagt: Je weniger Gesetze, desto besser. Wir regulieren uns nämlich zu Tode.« Er warf einen Seitenblick auf Hinnerken. »Sie wissen sicher, was ich meine.« Dann wandte er sich wieder Michelle zu. Seine Augen leuchteten jetzt vor Begeisterung über sein Thema. »Es gibt Vorschriften, die besagen, wie krumm Gurken oder Bananen zu sein haben, welche Güter Sie innerhalb und außerhalb der EU produzieren dürfen, immer kompliziertere Steuerregelungen, Mindestlohn … es gibt sogar ein Urteil, das besagt, wie lange ein Baby in einer benachbarten Mietwohnung schreien darf. All diese Regeln strangulieren unsere Lebensqualität. Ich bin der Überzeugung, die Menschen wissen selbst, was am besten für sie ist, und der Staat sollte sich so weit irgend möglich heraushalten.«

Suchend glitt sein Blick über das Regal, dann nahm er ein grünes Blatt von einem Stapel. Der Aufruf zu einer Demo vor dem kommenden Weltwirtschaftsgipfel. »Ich bin Student der Politologie – schon ein paar Semester zu lange, aber noch geht es.« Sein Lächeln war von einem routinierten Charme. »Und ich engagiere mich auch privat für eine freiheitliche Gesellschaft!«

»Und dafür braucht man einen eigenen Kopierer?« Michelle konnte es immer noch nicht glauben.

»Das ist ein gutes Beispiel. Sehen Sie, es ist letztlich bei ausreichender Nutzung einfach günstiger, die Produktionsmittel selbst zu besitzen. Eine einfache Gewinn- und Verlustrechnung. Wir sollten die Gegebenheiten häufiger hinterfragen, denke ich, und uns eine eigene Meinung bilden. Weitere Informationen finden Sie natürlich auf unserer Homepage. Ich würde mich sehr freuen, wenn Sie …«

»Wo sind denn nun Ihre Versicherungsunterlagen?«, unterbrach Hinnerken. »Und wo wir schon dabei sind, können Sie auch gleich Ihre Kontoauszüge herausholen. Es gibt da ein paar Überweisungen, die ich mir gern ansehen würde.«

»Selbstverständlich. Gern.« Eifrig zog Bremerhaven Ordner aus dem Regal. »Wissen Sie, nur durch ein konstruktives Miteinander kann es uns gelingen, Missverständnisse und Vorurteile auszuräumen. Ich bin zum Beispiel der Ansicht, Sie haben kein Recht, meine Unterlagen durchzusehen. Aber andererseits, wer nichts zu verbergen hat, hat auch nichts zu befürch-

ten. So sehe ich das. Regeln und Gesetze basieren auf einer Kultur des Misstrauens. Doch wenn wir einander vertrauen, können wir auf die nächste Bewusstseinsebene aufsteigen.«

Auch das noch. Ein spiritueller Neoliberaler. FDP plus Yogitee.

Er hatte gefunden, was er suchte, und klatschte einen der Ordner auf den Boden. »Hier. Versicherungen. Ich hab aber nicht viele. Krankenversicherung. Unfallversicherung. Haftpflicht. Der Rest in dem Ordner sind alle anderen Anträge, die so zusammenkommen. Kundenkarten. Telefon. Alles, was ich unterschreibe, hefte ich da rein.«

Hinnerken ließ sich von dem Gerede nicht weiter beeindrucken, hob den Ordner vom Boden auf und ging zu dem Tischchen, auf dem der Computer stand. Er schob die Tastatur beiseite, legte den Ordner auf den Tisch und fragte erst hinterher: »Darf ich?«

»Natürlich, gern. Kein Problem. Ich sehe es so: Je leichter ich Ihnen Ihr Leben machen kann, desto besser. Sie arbeiten ja sozusagen für mich. Also, Steuergelder. Ihr Gehalt. Klar, oder? Wenn wir weniger Staat fordern, dann müssen wir auch als Individuen mehr Verantwortung übernehmen, anders geht es nicht.«

Michelle war fasziniert von dem andauernden Wortschwall des Mannes. Er schien wirklich überzeugt von seiner Sache zu sein. Fast schon fanatisch. Oder war das Ganze nur ein Ablenkungsmanöver?

»Alle Verträge direkt abgeschlossen, bei unterschiedlichen Gesellschaften«, stellte Hinnerken fest und klappte den Ordner zu. »Kann ich jetzt noch mal die Kontoauszüge des laufenden und des letzten Jahres sehen?«

Michelle war ganz froh, dass er nicht sie verhörte. Sie hatte keine Ahnung, wo ihre Kontoauszüge oder Versicherungsverträge waren. Vielleicht irgendwo im Keller. Oder unter dem Bett.

»Natürlich. Hier.« Bremerhaven nahm Hinnerken den Ordner ab und reichte ihm zwei andere. Der Polizist begann zu blättern, während der halb fertige Politologe weiter monologisierte. Michelle begann ihn auszublenden wie ihre Mutter.

»Da«, sagte Hinnerken plötzlich und deutete mit einem Finger, dick wie eine Wiener Wurst, auf einen Eintrag. »Was ist das?«

Bremerhaven machte den Mund zu und trat neben Paul. »Das ist einer unserer Sponsoren«, sagte er nach einem kurzen Blick.

»Was?« Paul schaute entgeistert.

»Die Geschäftsführerin der Deutschen Versicherung unterstützt unseren Verein. Es ist wirklich erstaunlich – ich weiß gar nicht, wie sie von uns erfahren hat. Es ist ja nicht so, als wären wir eine Riesennummer, überregional. Aber gut, was in Frankfurt geschieht, bewegt die Finanzwelt. Sie hat mich einmal am Rande eines beruflichen Termins in Frankfurt beehrt. Aber wir haben noch einige deutlich prominentere Geldgeber …«

Er wollte nach dem Ordner greifen, aber Hinnerken ließ ihn nicht. »Hab ich schon gesehen«, sagte er. »Sie haben diese Zahlungen von der Deutschen Versicherung also *erwartet*?«

Bremerhaven schüttelte den Kopf. »Nein. Die kommen unregelmäßig. Ich glaube, es sind irgendwelche Rückläufe. Vielleicht, wenn ein Versicherter das falsche Konto angegeben hat und seine Zahlung nicht entgegennehmen kann. Oder Lebensversicherungen von Leuten ohne eigene Kinder. So was. Ehrlich gesagt, jetzt, wo Sie fragen … genau weiß ich es auch nicht. Aber dem geschenkten Gaul, und so. Und wir können das Geld ja gut brauchen. Ich bin sicher, es ist alles ganz legal. Sonst würden die Gelder ja nicht per Überweisung kommen.

Und ich stelle am Jahresende ja auch eine Spendenquittung aus.«

Michelle nahm einen Hauch Unsicherheit in Bremerhavens Stimme war – und Paul offenbar ebenfalls.

»Das ist doch alles Unsinn, was Sie da erzählen!«, polterte er auf einmal.

Bremerhaven knickte sofort ein. Das fand Michelle mal wieder typisch für diese Art Angeber. »Ja, gut, ich schreibe keine Spendenquittung. Wollte sie nie. Aber an sich muss ja trotzdem alles korrekt sein, die Zahlungen kommen schließlich über ein Firmenkonto.«

»Nein«, unterbrach Hinnerken. »Kommen sie eben nicht. Sie kommen von einer freien Versicherungsagentin. Also noch einmal – und ich stelle die Frage jetzt zum letzten Mal: Kannten Sie Fleur Sutha?«

Bremerhaven schüttelte energisch den Kopf. »Nein. Noch nie gehört. Mir war klar, dass die Gelder … also, dass wir uns da steuerlich vielleicht in einem grauen Bereich bewegen. Obwohl ich da gar nicht sicher bin. Wir als eingetragener Verein sind steuerbefreit. Und da in diesem Fall der Spender keine Quittung erhalten hat, sind auch keine Steuern hinterzogen worden.«

»Wer ist denn dann bitte Ihr Ansprechpartner bei der Deutschen Versicherung?«, wollte Hinnerken nun wissen. »Die werden ja nicht einfach angefangen haben, kommentarlos Geld zu überweisen.« Ohne Bremerhavens Antwort abzuwarten, setzte er hinzu: »Sie wissen, dass sich auf diese Weise bereits einige rechtsradikale Gruppen mit Geld versorgt haben? Die Versicherungsmaklerin war die Freundin des Gauleiters, ihm fällt ein nagelneuer Plasmafernseher vom Bord – den er natürlich in Wahrheit nie gekauft hat –, schon sind schicke neue Uniformen drin …«

Bremerhaven wehrte hektisch ab. »Also, mit derartigen Personen möchte ich nun wirklich nicht in einen Topf geworfen werden. Ich versichere Ihnen, es hat alles seine Ordnung. Ich kann auch nicht sagen, warum die Abläufe so sind, wie sie sind. Aber im Grunde haben wir auch hier wieder ein gutes Beispiel dafür, dass die gesamte Gesellschaft von mehr Transparenz und einer übersichtlicheren Steuergesetzgebung profitieren würde.«

»Also, mit wem haben Sie bei der Deutschen Versicherung zu tun?«

»Ich weiß es nicht mehr. Die haben irgendwann angerufen und gesagt, sie würden unseren Verein unterstützen wollen. Darüber habe ich mich natürlich gefreut. Sie wollten aber kein regelmäßiges Mitglied werden. Dazu kann man ja auch keinen zwingen. Ehrlich gesagt, wir sind ein kleiner Verein und nicht in der Lage, besonders wählerisch zu sein – wir nehmen sozusagen, was wir kriegen können.«

»Und Sie haben sich nicht notiert, mit wem Sie gesprochen haben?«

Bremerhaven schüttelte den Kopf. »Die wollten ja gar keine Eintrittserklärung.«

»Aha«, machte Hinnerken, schlug den Ordner zu und klatschte ihn seinem Gegenüber vor die Brust. »Morgen kommen entweder die Frankfurter Kollegen bei Ihnen vorbei – oder ich. Auf jeden Fall sind wir noch nicht fertig miteinander.«

Langsam gewann der Mann, in dessen Wohnung sie standen, die Fassung zurück. Mit einem süßlichen, bemühten Lächeln behauptete er: »Ich habe mir nichts zuschulden kommen lassen. Und wenn, dann aus Versehen. Sie können gern vollständige Akteneinsicht beantragen. Hier.« Er stellte den Ordner zurück und zog eine Visitenkarte aus einem danebenliegenden Stapel. »Die Nummer meines Anwalts. Viel Vergnügen.«

53

»Was für ein Arschloch!«, sagte Paul Hinnerken. Dann deutete er auf den McDonald's gegenüber. »Ich hab Hunger.«

Er nahm einen dicken Aktionsburger mit Käse und Bacon, dazu Pommes frites und eine Cola. Michelle bestellte sich einen Salat. Sie setzten sich Seite an Seite an den Tresen vor dem Fenster und starrten das Haus an, in dem Bremerhaven sein Wohnbüro hatte.

»Irgendetwas stimmt hier nicht«, sagte Michelle. Sie stibitzte zwei seiner Pommes.

Er warf ihr einen gespielt warnenden Blick zu. Sie grinste ihn an.

»Bremerhaven hat von Fleur hohe Versicherungssummen erhalten, die gar nicht für ihn bestimmt waren. Das ist ein klarer Fall von Betrug«, zog Paul Bilanz. »Aber ansonsten ist da nichts.«

»Das ist doch genau das, was ich so merkwürdig finde.« Sie ließ nicht locker. »Wie ist der Kontakt zwischen ihm und Fleur zustande gekommen? Wie hat er sie dazu gebracht, ihm Geld zu überweisen? Denn sie hätte sicher nicht seinetwegen ihre zweite Existenz aufs Spiel gesetzt. Selbst wenn sie sich verliebt haben sollte. Was ich für sehr unwahrscheinlich halte.«

Sie spießte ein paar Salatblätter auf. »Meinst du, er hat sie erpresst? Und wenn ja, womit? Oder hat sie ihrerseits irgendwie von ihm profitiert?«

Paul zuckte mit den Schultern. »Gute Fragen. Du solltest über eine Umschulung nachdenken.« Als er Michelles Gesichtsausdruck bemerkte, erstarrte sein Lächeln. »Es sollte ein Scherz sein. Ein Kompliment.«

»Mhm«, machte Michelle beleidigt. »Wenn du meinst.«

Sie wandte den Blick von ihm ab. Ein paar Meter von ihnen entfernt stand ein kleiner Junge in Fußballschuhen mit einem Plastikdinosaurier in der rechten Hand und sah sich suchend um. Man konnte bereits die Tränen in seinen Augen glitzern sehen.

Michelle glitt von ihrem Stuhl und ging neben ihm in die Hocke. »Suchst du deine Mama?«, fragte sie mit weicher Stimme.

Der Junge schaute sie erstaunt an, dann nickte er vorsichtig.

Michelle hielt etwas Abstand, um ihn nicht zu verschrecken. »Sie kommt bestimmt gleich wieder. Weißt du, wo ihr …«

»Da!«, sagte der Junge und deutete mit seinem Dino auf eine Frau in Jeans und weißer Bluse, die gerade die Treppe aus dem ersten Stock herunterkam. »Mama.«

»Siehst du, hab ich doch gesagt.«

Die Frau kam zügig auf den Jungen zu und musterte Michelle misstrauisch. Die richtete sich mit einem Lächeln auf.

»Komm, Lennart«, sagte die Frau, packte den Jungen an der Hand und zog ihn hinter sich her.

Michelle konnte noch hören, wie sie im Gehen streng sagte: »Ich habe dir doch gesagt, du sollst nicht mit Fremden sprechen!«

Michelle kehrte auf ihren Platz neben Paul zurück. Der war mittlerweile mit seinem Burger fertig, hatte sein Handy herausgezogen und sich ins WLAN eingeloggt.

»Hast du eigentlich ein Problem mit meinem Job?«, fragte Michelle. Dabei fiel ihr Blick auf den kleinen Bildschirm. Er hatte nach »Deutsche Versicherung« gesucht. Der oberste

Treffer war die offizielle Website des Konzerns. Direkt darunter folgte der Link auf einen aktuellen Bericht – mit Fotos.

Michelle erstarrte. »Ich glaub's nicht«, murmelte sie.

Hinnerken sah sie irritiert an, kippte aber den Bildschirm in ihre Richtung.

Michelle tippte auf eins der Bilder. Ihre vorwurfsvolle Frage von eben hatte sie ganz vergessen. »Nimm zwei: Power-Paar Dorothea und Karsten Hagen«, lautete die Überschrift. Dorothea war eine durchaus fotogene Frau in den besten Jahren, also schon erkennbar älter, mit knapp schulterlangen roten Locken. Die Aufnahmen zeigten sie an der Seite eines Mannes, der noch mal zehn Jahre älter sein mochte als sie. Er trug stets Anzug und Krawatte, sie die unterschiedlichsten Designkreationen, nicht immer geschmackssicher ausgewählt.

Der Mann wirkte bereits etwas schwammig, wie so viele Männer eines gewissen Alters, und manche Kleidungsstücke spannten ein wenig, aber er schien sich in seiner Haut ausgesprochen wohlzufühlen. Was gar nicht ungewöhnlich war. Mit solchen Typen hatte Michelle jeden Tag zu tun. Sie hielten sich für Gottes Geschenk an die Menschheit, egal, was um sie herum geschah. Der hier allerdings sah aus, als lohnte er sich wenigstens seines Bankkontos wegen.

Dorothea Hagen verfügte über den Körper einer Frau, die halb so alt war wie ihr Gesicht – hohe, feste Brüste, strammer Po, schlanke, straffe Schenkel, flacher Bauch. Das musste ein Vermögen gekostet haben. Selbst das Facelifting war erstklassig. Nur die ganz leicht nach außen gezogenen Augenwinkel, die etwas zu prallen Lippen und die einen Hauch zu unpersönliche Mimik verrieten, das man im Grunde RoboCop vor sich hatte. Wenn man genau hinsah, waren sicher die Hände eine Ausnahme. An Händen konnte man noch nichts machen. Handrücken verrieten gnadenlos die Wahrheit.

Aber Hut ab, bei dieser Frau war gute Arbeit geleistet worden. Die Fotos konnten die behandelnden Ärzte gern als Referenz verlinken.

Michelle allerdings hatte den Verdacht, dass Frauen – und auch immer mehr Männer –, die in diesem Ausmaß Verjüngung betrieben, zum falschen Arzt gingen. Sie buchten den Chirurgen statt den Psychologen, als könnten sie auf diese Weise den Tod auf Abstand halten. Wer derart auf Äußerlichkeiten setzte, hatte ihrer Erfahrung nach etwas zu verbergen. Vor sich oder vor der Welt.

»Die kenne ich«, sagte sie nun langsam. »Aber den Mann nicht.«

»Der Mann ist stellvertretender Fraktionsvorsitzender und Leiter einer überparlamentarischen Arbeitsgruppe zum Thema Globalisierung«, sagte Hinnerken. »Dr. Karsten Hagen. Genau so ein aalglatter Schleimer wie unser Freund Bremerhaven, allerdings am anderen Ende des politischen Spektrums. Der hier« – sein Kinn hob sich in Richtung des Hauses gegenüber – »will die Menschen sich selbst überlassen. Der« – er zeigte auf sein Handy – »will ihnen ihr Glück bis ins Detail vorschreiben.« Er zögerte, sah sie an, setzte hinzu: »Ich glaube an die Mitte. Ein bisschen Fürsorge, ein bisschen Glück, das ist das Beste für die meisten.«

»Hm«, machte Michelle. Sie dachte über etwas ganz anderes nach. »Der Mann war noch nie bei uns. Aber sie schon.«

Hinnerken sah sie an. »Was? Wer war bei wem?«

»Die Frau. Dorothea Hagen? Die habe ich schon mal im *Pretty Woman* gesehen. Schon öfter, ehrlich gesagt. Ich meine, es ist nicht so, als würde ich mir jedes Gesicht merken …« Hastig legte sie ihre Hand auf Pauls Unterarm. »'tschuldigung. Deins natürlich schon. War ja auch so. Aber …«

Tja, jetzt waren sie wohl quitt.

Michelle dachte einen Augenblick nach. Paul wartete geduldig. »Fleur und die da und ein junger Mann wollten in den Keller. Sie haben gefragt, ob ich mitkomme. Ich glaube, die Sache war Fleur nicht ganz geheuer, und sie wollte Verstärkung. Aber ich mache das nie. Ich weiß nicht, ob sie sich jemand anders gesucht hat.«

Hinnerken hörte aufmerksam zu.

»Jedenfalls, als Fleur mich gefragt hat, stand die Frau hinter ihr im Flur.« Michelle deutete auf den Bildschirm. »Aber mit einem anderen Mann. Viel jünger. Ganz anderer Typ. Hat so ähnliche Haare wie sie. Also, so lang.« Sie hob die Hände auf Schulterhöhe. »Sie hatte etwas Brutales an sich. Passt ja auch dazu, wenn jemand in den Keller will. Und er stand daneben wie ein Schuljunge. Also, älter. Kein echter Schuljunge. Aber so vom Typ her. Überhaupt nicht wie der auf den Bildern hier.«

»Hm«, machte Paul. Er nahm einen Schluck Cola. »Bist du sicher, dass es dieselbe Frau ist?«

»Ja. Ich glaube schon. Die Augen …« Sie zoomte an Dorothea Hagens Gesicht heran.

Paul betrachtete das Bild ebenfalls. Sie wirkte angespannt, ehrgeizig, dominant. Nicht sein Fall, aber durchaus stimmig für eine Politikergattin und Geschäftsführerin.

»Sie war nicht nur einmal da«, fiel Michelle jetzt ein. »Ich habe sie ein paarmal gesehen. Deshalb. Immer mit demselben Mann, glaube ich. Er hatte dunkle Haare. Lang, glaube ich.«

»Hm«, machte Paul wieder. »Und du bist dir wirklich ganz sicher?« Seine Anspannung war deutlich zu hören. Wenn Michelle sich irrte und sie zu Unrecht eine hochrangige deutsche Managerin verdächtigten, die zudem noch die Ehefrau eines wichtigen Politikers war …

Michelle nahm sein Handy, verkleinerte das Bild und ließ sich weitere Treffer anzeigen. »Doch«, sagte sie dann. »Das ist sie. Sicher. Die war bei Fleur. Und sie ist die Chefin der Versicherung, für die Fleur Geld an Bremerhaven überwiesen hat …«

»Genau«, sagte Paul. »Und dafür hätte ich von irgendwem gern mal eine Erklärung.«

54

Svenja Meißen sah auf die Uhr. Noch zehn Minuten bis Schichtende. Ein letztes Mal überprüfte sie die Formulare in der Akte, die ihr Vorgesetzter morgen früh auf seinem Schreibtisch vorfinden würde.

Zeugenaussagen, einschließlich ihrer eigenen und Pauls. Insgesamt lagen fünf Berichte vor, die sich zu einem recht umfassenden Bild ergänzten. Darüber hinaus hatte Meißen Kopien der Berichte aus den Hamburger Tageszeitungen sowie Ausdrucke der Meldungen auf den Websites der Radiosender und regionalen Newsportale hinzugefügt. Die Berichte basierten zwar erkennbar alle auf derselben Agenturmeldung, aber viel Papier sah nach viel Arbeit aus.

Danach kamen die Personalien und polizeilichen Einträge der Verletzten sowie der Verdächtigen und der übrigen unmittelbar Beteiligten. Ihr fiel auf, dass die Seiten nicht in der richtigen Reihenfolge abgeheftet waren, also nahm sie den ganzen Stapel heraus, sortierte die Blätter und legte sie neu ein.

Es folgten die ärztlichen Berichte der Notaufnahme sowie ein weiterer Bericht eines Stationsleiters. Nach dem Flop mit Amira würde sie morgen versuchen, mit dem anderen Jungen aus der Dreier-Clique über Schürers Augenverletzung zu sprechen. Aber wenn die einfach alle weiter ihre Hände in Unschuld wuschen, würden sie vermutlich auch damit davonkommen. Wer für den geplatzten Hoden verantwortlich war, würde man ebenfalls nie klären können. Trotzdem musste auch diese Sache natürlich korrekt abgewickelt werden.

Im Anschluss hatte sie Kopien der unterzeichneten Aussagen aller Beteiligten außer den beiden Verletzten eingeheftet. Die Ärzte hatten eine endgültige Befragung, die an Eides statt zu unterzeichnen war, wegen der Schmerzmittel auf morgen verschoben.

Meißen öffnete ein neues Dokument, tippte eine entsprechende Notiz, druckte sie aus und heftete sie in die Akte. So. Fertig.

Ein weiterer Blick auf die Uhr. Geschafft. Sie klappte die Akte zu, versetzte ihren Computer in den Ruhezustand und schob die Akte im Flur in das Posteingangsfach ihres Abteilungsleiters.

Paul hatte ihr vorhin eine SMS geschrieben, dass er nach Frankfurt unterwegs sei. Es gäbe da einen entfernt Verdächtigen. Seitdem hatte er sich nicht gemeldet.

Sie wusste, wie ungern er Vernehmungen anderen überließ. Im Fahrstuhl nach unten fragte sie sich, was er wohl herausbekommen hatte. Hoffentlich war er erfolgreicher gewesen als sie. Die Piercing-Recherche hatte noch gar nichts ergeben, und die DNA-Ergebnisse des Spermas würden noch ein paar Tage auf sich warten lassen.

Meißen dachte darüber nach, warum ihr der Fall Fleur Sutha so viel bedeutete. Einfach nur, weil man ihr untersagt hatte zu ermitteln? Oder lag es daran, dass sie Mitleid mit einer Frau hatte, die ihren Körper verkaufen musste? Aber war das nicht auch ein Vorurteil?

Oder war es die merkwürdige Art, wie die Leiche zurückgelassen worden war? Irgendwo zwischen liebevoll und pervers. So etwas hatte sie noch nie gesehen.

Die Türen öffneten sich. Sie nickte dem Kollegen am Empfang zu. »Bis morgen.«

Paul hatte ihr gesagt, die meisten Polizisten könnten irgendwann nicht mehr abschalten, würden ihre Fälle mit nach Hause nehmen und daran auf Dauer kaputtgehen. Darauf sollte sie achten. Aber sie hatte dieses Problem nicht. Auf dem Weg nach Hause hörte sie Radio und sang gut gelaunt alle Hits mit. Sie freute sich auf ihren Mann und ihre Kinder.

Morgen würde sie sich wieder um die Toten kümmern.

55

»Ich ruf mal Gordon an, dass ich heute nicht komme«, sagte Michelle und holte ihr Handy aus der Jackentasche. Dabei berührte sie Fleurs Handy, auf dem sich das merkwürdige Video befand. Sie würde ein Ladegerät finden und es sich ansehen müssen. Möglichst bald. Aber vorerst wollte sie diesen Trumpf noch für sich behalten.

Sie mochte Paul, und sie fand es ganz beeindruckend, wie er Bremerhaven unter Druck gesetzt hatte. Aber eins nach dem anderen. Wobei es mit jeder Stunde, die verging, schwieriger würde, zu erklären, warum sie ihr Wissen erst jetzt teilte.

Trotzdem, sie war einfach noch nicht so weit.

»Kriegst du keinen Ärger mit deinem Boss?«

»Pfft«, machte sie. »Ist ja nicht so, als müssten wir einstempeln. Er wird sagen, was er immer sagt – ›Fuckscheiße‹. Eigentlich ist er ein ganz netter Typ.«

»Aber dann bleibt dein Zimmer doch leer. Das rechnet sich doch nicht … und was ist, wenn du Urlaub machst?«

Sie lachte auf. »Du bist ja süß. Was für romantische Vorstellungen du von meinem Job hast. Ich weiß gar nicht, ob ich dir erzählen soll, wie es wirklich ist. Aber mach dir keine Gedanken – ich wollte heute eigentlich zum Chor gehen, das werde ich auch nicht schaffen – in dieser Hinsicht ist mein Leben wirklich genau wie das aller anderen Menschen. Deines eingeschlossen.«

Bevor er etwas dazu sagen konnte, klingelte Michelles Handy. Auf dem Bildschirm stand ihre eigene Festnetznummer.

»Hallo?«

Sie hörte nur ein leises Schluchzen.

»Mama? Bist du das?«

Wenn Raimund ihre Mutter gefunden und schon wieder verprügelt hatte, würde sie diesen Mistkerl umbringen! Besser noch, sie würde Paul mitbringen und ihn diesen Wichser in Notwehr erschießen lassen.

Das Schluchzen wurde lauter. Zwischendurch waren Laute zu hören, die wohl Worte sein sollten, aber Michelle verstand nichts.

»Mama! Was ist passiert? War Raimund bei dir? Hat er dir etwas getan?« Michelle war derart aufgewühlt, dass sie keine Rücksicht darauf nahm, was Paul sich zusammenreimen würde.

Der Polizist saß neben ihr und hörte mit besorgtem Gesicht zu.

»Beruhige dich! Sag mir, was passiert ist! Brauchst du einen Arzt? Bist du verletzt? Soll ich den Krankenwagen rufen?«

Schließlich beruhigte sich ihre Mutter wenigstens so weit, dass Michelle sie verstehen konnte. »Er hat sie gefressen!«, jammerte sie. »Er hat sie gefressen, und jetzt sind sie weg. Alle drei. Für immer.«

Michelle kam sich vor wie in einem bizarren Traum. »Was ist passiert? Wer hat wen gefressen? Mama, wovon redest du?«

Was hatte Raimund ihr angetan – hatte sie etwa eine Hirnverletzung erlitten und redete wirres Zeug?

»Der Kater!«, schluchzte sie dann jedoch. »Der Kater hat die Fische gefressen. Alle drei! Das verfluchte Biest!«

Michelle atmete erleichtert aus. Okay, die Fische waren ein heiliges Andenken an ihren Vater. Aber trotzdem. Es waren nur Fische. Und vermutlich noch nicht mal mehr die echten von damals.

»Mama!«, stöhnte sie. »Ich bin hier …« Sie unterbrach sich gerade noch rechtzeitig. »… in einem wichtigen Meeting! Es geht um … Handelsabkommen. Das ist nicht ohne. Alle warten auf mich.«

Draußen raste mit Blaulicht und Sirene eine Feuerwehr vorbei.

»Ich bin extra rausgegangen, um deinen Anruf anzunehmen, weil ich dachte, es wäre etwas Wichtiges. Also, nicht, dass Papas Fische nicht wichtig wären, aber … du weißt schon, was ich meine.«

»Wo hast du die Katze überhaupt her?«, fauchte ihre Mutter plötzlich. »Dieses Höllenviech!«

»Habe ich dir doch vorhin schon gesagt. Sie gehört einer Kollegin, die kurzfristig verreisen musste. Sie hat sie mit ins Büro gebracht.«

»In einem Weinkarton?«

Ups!

»Tja, ich sag dir, so arbeitet sie auch – *die* wird nicht so bald befördert.«

Puh, das ewige Lügen ging ihr langsam auf den Geist.

Sie konnte spüren, wie Paul sie von der Seite ansah, und wandte sich ab.

»Mama, ich muss jetzt Schluss machen. Es tut mir leid wegen der Katze. Und wegen der Fische. Wenn du möchtest, kaufe ich dir neue. Ich sage meiner Kollegin einfach, sie muss die zahlen. Ist ja ihre Schuld. Und bleib nicht wach – ich weiß noch nicht, wann ich nach Hause komme. Wir haben hier wieder wahnsinnig viel zu tun. Ich sage dir, Globalisierung ist die Hölle. Hab dich lieb!«

Sie schickte einen Kuss durch den Hörer, dann legte sie auf, bevor ihre Mutter noch etwas sagen konnte.

Uff!

»Uff!«, machte sie und ließ den Kopf auf die Arme sinken.

»Meine Eltern sind beide im Heim«, sagte Paul. »Demenz. Ich vermisse sie. Jeden Tag.«

»Oh Mann! Das ist natürlich noch mal was ganz anderes. Tut mir leid.«

»Muss es nicht. Ich kenne deine Mutter ja gar nicht. Es ist nur … ich wünsche mir manchmal, wir wären früher besser miteinander klargekommen.«

»Hm«, machte Michelle. »Das wünsche ich mir auch manchmal. Aber ich verstehe, was du meinst. Und eigentlich mögen wir uns ja auch. Nur manchmal …«

»… ist es schwierig. Klar. Wie in allen Beziehungen, die es wert sind.«

Der Satz klang, als steckte mehr dahinter. Aber Paul starrte einfach nur geradeaus, und Michelle hatte momentan nicht die Energie, ihn zum Reden zu bringen.

Zumal sie sich jetzt auch noch wie eine schlechte Tochter vorkam. Seine Eltern waren versorgt. Er hatte sich rechtzeitig gekümmert. Und sie log ihre Mutter von morgens bis abends an, weil sie sich für ihren Job … nein, sie selbst schämte sich nicht für ihren Job, aber sie wusste, ihre Mutter würde sich schämen. Und das wollte sie ihr ersparen. Auf seine Art waren ihre Lügen auch ein Akt der Fürsorge, auch wenn es für Paul nicht so aussehen mochte.

Oder wollte sie das nur gern glauben?

56

Amira Zhao flüsterte ihrer Schwester zu: »*Young hu chow foo*«, und zupfte die Decke des Mädchens zurecht. Es war halb neun Uhr abends, und May-Lin wäre natürlich lieber länger aufgeblieben, wie immer, aber in Wahrheit war sie müde genug.

»*Wǒ yě ài nǐ*«, murmelte May-Lin noch, bevor ihr bereits die Augen zufielen.

Braves Mädchen. Sie hatte nicht einmal gefragt, warum die Polizisten hier gewesen waren. Sie tat einfach, was Amira sagte.

Noch.

Leise schloss Amira die Tür zum Zimmer ihrer Schwester, das sie sich bis letztes Jahr noch hatten teilen müssen. Jetzt schlief sie auf der Couch im Wohnzimmer. Die Tür zum Schlafzimmer ihrer Eltern hatte sie seit jenem Tag nicht mehr geöffnet.

Sie ließ sich auf das Sofa fallen und schaltete den Fernseher ein. Ein paar Minuten lang starrte sie auf den Bildschirm, dann stand sie wieder auf und ging in die Küche. Dreckiges Geschirr stapelte sich in der Spüle. Wenn sie den extraschmalen Geschirrspüler nicht abends einräumte und laufen ließ, stand hier am nächsten Abend doppelt so viel Geschirr; viel zu schnell verlor man die Kontrolle über das eigene Leben. Als das Gerät eingeschaltet war, zog Amira einen Küchentritt heran und stieg darauf. Sie streckte den Arm hinter die Marmeladengläser und Tomatendosen ihres Lebensmittelvorrats und zog die Pistole hervor, die sie gestern Nacht auf einmal in der Hand gehabt hatte.

Mit der Waffe in der Hand kehrte sie zurück ins Wohnzimmer. Sie setzte sich wieder vor den Fernseher und betrachtete ihre Beute.

Das Schwarz der Walther P99Q schien das Licht förmlich aufzusaugen. So als wäre die Pistole selbst eine Quelle der Düsternis. Ehrfürchtig strich Amira über den geriffelten Lauf, das Auswurffenster, die gekerbten Spannrillen, das Visier. Der Griffrücken, der offensichtlich individuell ausgetauscht werden konnte, war recht groß – perfekt für einen Mann mit ziemlich großen Pranken, aber ihr lag die Pistole nicht gut in der Hand. Hinzu kam das erstaunlich hohe Gewicht. Sie hatte noch nie eine echte Pistole in der Hand gehabt, und dieses Baby wog bestimmt ein Kilo. Mehr als ein gutes Buch. Haha!

Sie steckte den Finger durch den Abzugsbügel und ließ die Pistole daran herunterhängen. Der Griff zeigte zum Boden, was ihre Vermutung bestätigte: Die Knarre war geladen.

Sie suchte nach einem Sicherungshebel oder Sicherungsknopf, fand aber keinen.

Langsam hob Amira die Pistole vor ihr Gesicht. Sie umfasste den Griff mit beiden Händen, streckte die Arme, schob den rechten Zeigefinger durch den Abzugsbügel, kniff das linke Auge zu und zielte mit dem rechten über Kimme und Korn auf den Hauptdarsteller.

Eins. Zwei …

Sie atmete tief durch und ließ die Waffe wieder sinken. Dann ging sie in den Flur und blieb vor dem Zimmer ihrer Schwester stehen. Kein Laut war zu hören.

Sie wartete.

Nichts.

Schließlich steckte sie die Pistole hinten in den Hosenbund ihrer Jeans, zog ihr Sweatshirt darüber und schloss die Wohnungstür hinter sich ab.

Das Treppenhaus war ein Schweinestall. Im Erdgeschoss setzten sich zwei Junkies einen Schuss.

Niemand belästigte sie. Alle wussten, wer sie war. Die meisten schauten vorsichtshalber schnell beiseite.

Amira ging zur Tankstelle an der Ecke, überlegte es sich dann anders und zog weiter. Ein Schnellrestaurant. Eine Muckibude. Noch ein Burgerladen. Ein Kiosk. Eine Tankstelle. Die Discounter hatten längst geschlossen.

Sie hatte vielleicht einen halben Kilometer zurückgelegt. So weit ging sie sonst nie. Wozu auch?

Eine Spielhalle. Und noch eine Tankstelle.

Von außen konnte man nicht sehen, wie viele Leute in der Spielhalle waren.

Also wartete Amira, bis der Fiat-Fahrer, der schon getankt hatte, gegangen war. Dann betrat sie den Verkaufsraum und blieb dem Kassierer gegenüber stehen. Sie zog die Waffe aus ihrem Hosenbund und richtete sie direkt auf den pickeligen jungen Mann, der vor ihr stand. Es war nicht sein Geld. Niemand würde so dumm sein, in dieser Situation den Helden zu spielen.

Und richtig. Zwanzig Sekunden später steckte sie die Pistole wieder weg und ging mit einer Tüte voller Scheine nach draußen.

Geil.

So geht einkaufen, dachte sie.

57

»Und wohin jetzt?«, fragte Michelle. »Hamburg? Berlin? Kripo Frankfurt?«

Sie saßen wieder in ihrem Porsche, und sie hatte bereits den Motor angelassen. Bremerhaven hatte ihr ein bisschen den Wind aus den Segeln genommen, aber jetzt, nach dem Essen, wollte sie weiter – etwas unternehmen, fast schon egal, was.

»Tja«, machte Paul Hinnerken und strich sich über die Haarstoppeln. Weiter sagte er nichts.

Sie wartete.

Er starrte durch die Windschutzscheibe geradeaus. Es war bereits dunkel. Am Ende der Straße huschten die erleuchteten Fenster eines ICEs über eine Brücke. Der Verkehr war nicht mehr so schlimm wie vorhin.

»Vielleicht sollten wir noch mal rein und diesen Typen richtig in die Mangel nehmen«, sagte Paul schließlich.

Michelle schaltete den Motor wieder aus. »Und dann? Ich bin ja keine Verhörspezialistin – aber ab und an erzählen Männer mir auch was von sich. Und der hier … der hatte irgendwas zu verbergen. Seine Geschichte klingt so schwachsinnig, die könnte sogar wahr sein. Und vielleicht kriegt er auch wirklich Stress mit dem Finanzamt. Aber da ist noch irgendwas …«

»Na ja«, sagte Paul. »Es ist aus meiner Sicht nicht wirklich plausibel, dass eine Firma wie die Deutsche Versicherung eine neoliberale Flachpfeife wie Bremerhaven mit Hilfe von Doppelüberweisungen über eine Strohfrau unterstützt. Das stinkt total. Und andererseits gibt es da diese komische Connection zwischen Fleur und Dorothea Hagen – und Fleur hat die Überweisungen an Bremerhaven geschickt –, wir wissen nur noch nicht, warum sie das getan hat. Aber …«

»Und was ist, wenn Dorothea Hagen mehr war als eine Kundin von Fleur?«, unterbrach Michelle ihn aufgeregt. »Wenn sie Fleur überhaupt erst auf die Idee gebracht hat, Versicherungen zu verkaufen? Und dann wollte sie dafür aber wieder was zurückhaben … nee, das ist Unsinn, die verdient sicher genug. Und außerdem müsste sie dann ja irgendwas mit Bremerhaven zu tun haben.«

»Es muss eine Verbindung zwischen ihm und Hagen geben, oder zwischen ihm und Fleur, oder zwischen allen dreien. Ich könnte mir ja noch vorstellen, dass sie eine Affäre mit ihm hat. Aber er war nicht der Mann, den du im *Pretty Woman* gesehen hast?«

Michelle schüttelte den Kopf. »Nein. Sicher nicht. Ich habe den noch nie vorher gesehen. Der, mit dem Dorothea Hagen da war, das war ein ganz anderer Typ. Nein, da bin ich sicher. Das war er nicht.«

»Tja. Fleur kann es uns nicht mehr erklären. Bremerhaven will nicht. Bleibt uns nur noch Dorothea Hagen in Berlin«, meinte Hinnerken. »Oder was sagst du?«

Michelle nickte und ließ den Motor wieder an.

Berlin.

58

Geheimnisse. Sie definieren uns – und wie die Welt uns sieht. Wenn sich zwei Menschen erstmals begegnen, ist der andere ein vollkommenes Geheimnis. Wir wissen praktisch nichts über unser Gegenüber. Das Geschlecht vielleicht, Alter, unter Umständen können wir grob die finanzielle Situation einschätzen. Obwohl man sich in allen drei Bereichen nie sicher sein kann, ob der Eindruck nicht täuscht.

Beziehungen sind nichts anderes als die Balance zwischen dem Bewahren und dem Enthüllen unserer Geheimnisse. Meist gezielt, wir zeigen ausgewählte Eigenschaften, von denen wir uns erhoffen, dass sie uns sympathisch oder interessant erscheinen lassen.

Welche Facetten wir präsentieren, hängt von unserer Einschätzung des Gegenübers ein. Den Eltern zeigt man eine andere Seite als Freunden, Geschwistern, Arbeitgebern oder potenziellen Partnern.

Anfangs ist alles ein Geheimnis. Wir sind ein unbeschriebenes Blatt. Dann verraten wir Zug um Zug, wie wir sind, woran wir glauben, was uns geprägt hat. Manche Geheimnisse erachten wir als besonders wertvoll oder als gefährlich. Darüber hinaus bewahren wir auch die Geheimnisse anderer – unserer Eltern, Ex-Lover, Kollegen und Freunde. Über sie wissen wir nicht immer, was sie uns wissen lassen wollten, sondern manchmal auch, was nie öffentlich werden sollte.

Eine betrunkene Nacht. Ein gemeinsames Abenteuer. Erst im Leben lernt man einander kennen. Eine Bereicherung, bis manchmal die Neugier ins Gegenteil umschlägt und wir erfahren, was wir lieber nicht gewusst hätten.

Wie stopft man den Geist in die Flasche zurück?

Wer einmal lügt, dem glaubt man nicht, heißt es. Wir urteilen so schnell, um uns vor Verletzungen zu schützen. Um alle auszusortieren und auf Abstand zu halten, die uns verletzen könnten. Aber so erreichen wir nur das Gegenteil. Wir umgeben uns mit denjenigen, die am besten darin sind, ihr wahres Ich zu verheimlichen. Denjenigen, die erraten, wen wir in ihnen sehen wollen, und die uns füttern mit Details, die dieses voreilige Urteil bestätigen.

Sind das Lügen? Ist es eine Lüge, nur einen Teil der Wahrheit zu sagen?

Oder ist es in Wahrheit nicht sogar unmöglich, in Gänze zu zeigen, wer man ist, weil immer etwas ungesagt bleiben muss? Entsteht die Wahrheit über uns nicht zu gleichen Teilen auch im Auge des Betrachters?

Geheimnisse. Was wir zu teilen entscheiden, prägt das Bild anderer von uns. Was wir zu verschweigen entscheiden, schwärzt unsere Seele.

Was uns ausmacht, ist nicht, wie wir sind und was wir von uns zur Schau stellen. Sondern was wir mit uns herumtragen, ohne uns je zu trauen, es mit jemand anderem zu teilen.

Kein Bedürfnis prägt unser Verhalten mehr als das, Geheimnisse zu bewahren, die unaussprechlich scheinen.

59

Es war doch einfach unglaublich, dass es noch immer keine direkte Autobahnverbindung zwischen Frankfurt und Berlin gab. Und außerdem war offenbar das ganze Land eine Baustelle. Warum die A9 nach der Wende nicht gleich dreispurig gebaut worden war, wusste sicher auch niemand mehr. Immerhin war mitten in der Nacht wenig los, sodass sie nicht mal bei den Verschwenkungen sehr mit dem Tempo runtergehen musste.

Paul hing am Telefon. »Ist mir egal, ob nach Feierabend keiner mehr da ist. Dann schickt eben einen Wagen los und holt jemanden vom Grillfest weg. Ich will alles über diese Frau wissen, ihre Firma, ihre Karriere, ihre Ehe, ihre Finanzen! Wir sind noch …«

Er warf Michelle einen Seitenblick zu. Die hielt, ohne den Blick von der Straße zu lösen, zwei Finger in die Höhe, wie ein Siegeszeichen.

»… zwei Stunden unterwegs. In einer Stunde will ich die Infos haben. Alle. Komplett per Mail, außerdem eine schriftliche Zusammenfassung und ein telefonisches Briefing. Ich muss wissen, mit wem ich mich da anlege.«

Grußlos legte er auf und schüttelte unzufrieden den Kopf.

Diesen Kommandoton hätte sie ihm gar nicht zugetraut. Er hatte sie in den Armen gehalten. Und geküsst. Nicht auf den Mund natürlich, aber auf die Schultern, die Hände, die Fingerkuppen. Er war ihr mit den Händen über das Haar gefahren und hatte sich nur langsam weiter vorgearbeitet. Fast wie bei einem Date, ganz eigenartig.

Auch der Sex selbst war … eher zart als hart. Genau die Art Vanille-GV, den man in jeder mittelprächtigen Bar für zwei Cosmopolitan kriegen konnte. Nicht, dass er irgendwelche Probleme gehabt hätte. Im Gegenteil. Er wusste, was wohin gehörte, und war von Anfang an voll einsatzbereit. Sie hatte nur den Eindruck gehabt, er suchte eher Liebe als Sex. Befriedigende Gefühle, nicht nur Befriedigung.

Aber da konnte sie ihm leider nicht weiterhelfen. Jedenfalls nicht gegen Geld. Jetzt, wo er hier neben ihr saß, ganz privat … das war eine andere Geschichte.

Außerdem fand sie es durchaus interessant, wie er sich gerade gezeigt hatte. Der Mann konnte also auch anders. Der war gar kein seelenwunder Softie. Weiche Schale, harter Kern.

»Und?«, fragte sie.

Er warf einen Blick auf seine Armbanduhr. »Alle längst weg. Sie müssen jemand aus dem Bett holen. Oder sonst woher. Ob es nicht bis morgen Zeit hat. Unglaublich. Dann hätten diese Leute eben Lehrer werden sollen, wenn sie ein schön geordnetes Leben führen wollen. Pfft.« Abschätzig stieß er die Luft zwischen den Lippen aus, hob dabei entnervt die Hände. Als er sie sinken ließ, landete seine Linke wie aus Versehen auf ihrem Oberschenkel – und blieb dort liegen, während sie weiterfuhren.

Michelle sagte nichts. Ihr war klar, dass sie sich auf keinen Fall ernsthaft mit einem Kunden einlassen durfte. Aber Paul war ja gar kein richtiger Kunde. Er war ja eher … er hatte immer mit ihr geredet, sich nach ihr erkundigt, auch etwas von sich erzählt …

Aber egal, was sie sich jetzt in dieser Hinsicht einredete, im Moment zählte vor allem, dass er sie ebenso brauchte wie sie ihn, um ihre Freundin Fleur zu rächen.

Wenigstens bekam Michelle langsam eine bessere Vorstellung davon, mit wem sie es zu tun hatte. Was ihm wichtig war. Und warum er mitten in der Nacht mit ihr nach Fleurs Mörder suchte, statt zu tun, was sein Vorgesetzter angeordnet hatte: Dienst nach Vorschrift.

Paul Hinnerken folgte offenbar seinem eigenen Nordstern.

Das gefiel ihr gut.

60

Nach der Talkshow waren sie noch im Borchardt gewesen, und auf einmal hatten sich alle wieder gut verstanden. Dorothea war der Politbetrieb zuwider – auf der Bühne taten alle so, als wären sie entschiedene Befürworter des einen Unsinns und entschlossene Gegner des anderen Unsinns. Doch sobald die Kameras aus waren, fiel man sich brüderlich in die Arme.

Und das nicht nur, weil diese Leute früher oder später aufeinander angewiesen waren. Ihre Positionen waren überhaupt nur Taktik, keine Überzeugung.

Das war in der Wirtschaft anders. Da wurde noch erbittert gekämpft, und einen Konkurrenten in die Pleite zu drängen zählte noch etwas.

Im Auto nach Hause zupfte sie gerade ihr Kleid zurecht, als Karsten sie anherrschte: »Bist du eigentlich von allen guten Geistern verlassen? *Willst* du, dass ich verliere?«

Sie starrte ihren Mann an. »Was soll das denn jetzt?«

»Du hast gesagt, wir wären ein emanzipiertes Paar! Ich würde auch mal in der Küche helfen!«

»Ja und? Eines der wenigen guten Dinge, die ich über dich zu sagen habe. Du putzt dir auch ganz allein die Zähne.«

Wenn ich dir einen Korkenzieher in den Hals rammen könnte, ohne dafür zur Kasse gebeten zu werden, würde ich es sofort tun. Warum nur verübte eigentlich auf *diesen* Arsch keiner einen Anschlag?

»Jetzt denkt halb Deutschland, ich bin ein Weichei, ein Hausmann, der sich sogar sein Frühstücksei selbst kochen muss, weil er seine feine Frau nicht im Griff hat. Ist dir eigentlich klar, wie viele Stimmen uns das kostet? Dein Feministinnenscheiß?«

Dorothea verdrehte die Augen. »Das ist doch jetzt nicht dein Ernst. Außerdem stimmt es ja noch nicht mal. Deine Bumskuh im Ministerium bringt dir doch jeden Morgen einen Kaffee und dein Brötchen, weil der Herr zu blöd ist, selbst Marmelade draufzuschmieren.«

Karsten machte eine Vollbremsung, und Dorotheas Sicherheitsgurt nahm ihr die Luft. »Verdammt, es sind nur noch zehn Monate. Wir haben das doch alles besprochen. Was willst du denn noch, du gierige Schlampe?«

Sein Gesicht war eine Fratze.

Ja, sie wollte sein Geld. Aber er hatte mehr zu verlieren als sie: sein Amt. Denn was blieb sonst noch?

Dorothea lächelte bissig. »Ja, Meister. Entschuldigung, Meister. Wird nicht wieder vorkommen, Meister. Vielleicht gibst du mir nächstes Mal ein Skript, damit ich weiß, was ich auf Fragen antworten soll, die kein Mensch vorhersehen kann. Damit du konservativ und allmächtig genug dastehst. Du verdammter …«

Sie kochte vor Wut, aber sie verbiss sich das Wort, das ihr auf der Zunge lag, weil sie wusste, er würde sie sonst wieder schlagen. Und nicht auf die gute Art.

Er sah sie an, als wartete er nur darauf, dass sie es aussprach. Sein Blick forderte sie geradezu heraus.

Sie hielt ihm stand und sagte nichts.

Zumal die Hoffnung in ihr glomm, dass es kein Jahr mehr dauern würde, bis sie ihn los war. Wenn sie Florians Andeutungen auf seiner Internetseite richtig interpretierte …

Nach zehn, zwanzig Sekunden trat er wieder aufs Gas. Stumm und voller Wut darüber, aneinandergekettet zu sein, fuhren sie nach Hause.

61

»Und?«, fragte Michelle, nachdem Paul sein telefonisches Briefing beendet hatte. Sie waren im Niemandsland zwischen Leipzig und Berlin, Vollmond.

Er seufzte genervt. Das Gespräch hatte auch nicht besonders begeistert geklungen.

»Kann ich das Deckenlicht anmachen?« Er drückte bereits auf den Schalter, ohne auf ihre Antwort zu warten. Dann tippte er auf seinem Handy herum, grummelte vor sich hin, hielt das Gerät erst in die Höhe, dann direkt vor das Seitenfenster, schaute wieder auf das Display.

»Wo sind wir denn hier, bitte schön, im Amazonasbecken? Der Empfang eben war ja schon übel, aber jetzt habe ich gar kein Netz mehr.«

Er schnaubte ärgerlich, dann steckte er das Handy weg und schaltete die Deckenleuchte wieder aus.

»Entwicklungsland. Wie soll man denn so seine Arbeit machen?« Allmählich beruhigte er sich. »Also, das ist ein ziemliches Info-Wirrwarr. Dorothea Hagen ist verheiratet mit einem stellvertretenden Fraktionsvorsitzenden, dem eine blendende politische Zukunft vorausgesagt wird – *falls* er bei der nächsten Wahl den Sprung in die erste Liga schafft. Es ist ihre zweite Ehe. Die beiden treten gern als Power-Paar auf, gerade heute waren sie in einer Talkshow in Berlin. Wir fahren also in die richtige Richtung. Er gilt als Scharfmacher, der dabei die Interessen seiner Klientel geschickt als Bürgerinteressen darstellt. Seine Eltern waren steinreich, sie hatten zwar drei Kinder, aber der Mann hatte es sicher nie nötig, auch nur einen Handschlag zu tun.« Paul schüttelte verächtlich den Kopf. »Warum geht so einer in die Politik? Meint er wirklich, seine Forderungen wären gut für das Volk? Oder kann er echt den Hals nicht vollkriegen und will nur mehr, mehr, mehr, für sich und seinesgleichen?«

»Tja«, machte Michelle, um wenigstens überhaupt mal etwas zu sagen. Politik war nicht so ihr Interessengebiet. »Ich hab ihn nicht gewählt.«

Paul nickte. »Ich auch nicht. Vielleicht braucht er's ja auch fürs Ego. Seine Frau gehört in die gleiche Schublade, unsere Dorothea. Sie ist die Chefin der Deutschen Versicherung. Der drittgrößte Versicherungskonzern des Landes. War vor einiger Zeit arg am Straucheln. Sie hat vor zwei Jahren bekannt gegeben, dass sie auf ihr Gehalt verzichtet, bis die Firma wieder Gewinne macht. Doch die schreibt rote Zahlen, sie bekommt also nicht mal einen Bonus. Die Wirtschaftsleute heulen, dass sie durch ihre Haltung Druck auf die anderen Firmenchefs aufbaue, es ihr gleichzutun. Der Unterschied ist: Sie kann es sich leisten, keine Kohle zu machen, weil ihr feiner Mann Geld hat. Meinetwegen können die sich alle gegenseitig mit in den Abgrund reißen. Beide werden häufig angegriffen, bilden aber eine gemeinsame Front und engagieren sich öffentlich für die größtmögliche Freiheit des Einzelnen. Jeder ist seines Glückes Schmied. Klingt wie unser Freund Bremerhaven. Inzwischen kann ich mir gut vorstellen, dass die Hagens den toll finden. Dabei stammt Dorothea Hagen aus sehr einfachen Verhältnissen. Vater Arbeiter, Mutter Hausfrau. Die Eltern haben sie nur auf die Realschule gehen lassen – alles Weitere hat sie sich hart erarbeitet. Die Kollegen haben durchblicken lassen, in der Branche hieße es, sie gehe über Leichen. Offenbar hat sie sich bei ihrem Aufstieg nicht nur Freunde gemacht. Aber bei wem ist das schon anders? Egal, ich muss ja nicht für sie arbeiten. Außerdem haben die Kollegen noch eine Meldung gefunden, die sie mir schicken wollten. Dorothea Hagen hat vor einem Jahr alle Konten ihrer Firma bei einer neu gegründeten Bank gebündelt. Das war wohl so ungewöhnlich, dass die Wirtschaftspresse darüber berichtet hat. Als würde so was irgendjemand interessieren. Jedenfalls sitzt die Bank in Hamburg, und es wäre natürlich sehr spannend, Zugriff auf die Konten zu bekommen. Insofern ist es vielleicht gar nicht schlecht, wenn sie das alles schön für uns gebündelt hat. Wenn wir heute Abend nicht weiterkommen, können wir morgen versuchen, einen entsprechenden Durchsuchungsbeschluss zu erwirken.«

Michelle wiegte den Kopf. »Wenn wir nicht weiterkommen – wird es dann nicht auch schwierig, einen Durchsuchungsbeschluss für die Bankdaten zu bekommen?«

Paul zuckte mit den Schultern. »Klar. Im Leben gibt's nichts geschenkt.«

62

Florian Bremerhaven wälzte sich unruhig im Bett. Was hatte er den Polizisten gesagt? Hatte er sich verraten, oder war er als lupenreiner Demokrat erschienen? Es war von entscheidender Wichtigkeit, nicht aufzufallen. In einer Woche konnten alle wissen, wer er war. Jetzt noch nicht.

Für den Fall, das etwas schiefging, hatte er sogar seine Autobiografie verfasst und in einem Ordner im Keller hinterlegt, dort, wo jetzt auch der erstaunlich kleine Koffer mit dem Plastiksprengstoff stand. Die Suchhunde würden den Behörden den Weg weisen.

Eine Kindheit in Heimen und Pflegefamilien. Nie die eigenen Eltern kennengelernt – er war von Anfang an in seiner Entwicklung vollkommen frei gewesen. So hatte er unbefangen erkennen können, worin die Last so vieler Menschen bestand: in den Regeln und Vorschriften, den geschriebenen und den ungeschriebenen. Tu dies, lass das, sei ein braves Kind, was sollen sonst die Nachbarn denken. Ob die Nachbarn in diesem Bild echte Nachbarn waren, bei denen man sich am Sonntagnachmittag Eier und Butter leihen konnte, oder politische Nachbarn, die man mit demokratischem Säbelrasseln im Zaum hielt, tat dabei nichts zur Sache. Entscheidend war die Einschränkung des Ausdrucks der individuellen Freiheit durch die mögliche Reaktion des Umfelds. Voller Angst vor der Reaktion Fremder hockten die Menschen zu Hause und hofften auf eine bessere Zukunft, für die zu kämpfen sie sich nicht trauten – denn was würden dazu wohl die Nachbarn sagen?

Er hingegen hatte nichts zu verlieren, die Freiheit war sein angeborenes Privileg. Dabei basierte sein Wunsch gar nicht darauf, dass er selbst sich nach noch mehr Freiheit sehnte. Aufgrund seiner eigenen Lebenserfahrung war er nur der Ansicht, dass es besser für alle wäre, weniger Regeln folgen zu müssen, weniger angepasst zu leben. Die maximale Freiheit des Einzelnen ergab in der Summe die maximale Freiheit aller.

Angefangen mit wirtschaftlicher Freiheit. Sie war mehr als ein Symbol, sie war der entscheidende Faktor. Die Einführung neuer Restriktionen musste verhindert, alte Zöpfe mussten abgeschnitten werden. Alle würden es verstehen, wenn sein Werk erst öffentlich wurde.

Die Menschen wussten es noch nicht, aber sie würden in ihrer ungeahnten Freiheit aufatmen können, ohne den Zwang, irgendwem zu gefallen, so wie es ihm sein ganzes Leben lang möglich gewesen war.

Sie hatten Mitleid mit ihm gehabt, aber das war gar nicht nötig gewesen. Es ging ihm gut.

Bald würden es alle wissen. Sie würden ihm danken. Mit seinem Einsatz würde er unsterblich werden.

63

Die Nächte wurden zu Tagen, und die Tage wurden zu Nächten, und nach einer endlosen Anzahl von Tagen und Nächten kam einer der Männer, die Fleur jeden Tag sah, und sagte: »Komm mit!«

Er klang dabei weder besonders unfreundlich noch besonders freundlich, sondern eigentlich eher gleichgültig, und das war es, was ihr am meisten Angst machte.

Sie erhob sich von ihrem Bett und ging Richtung Tür, aber er bedeutete ihr mit einer unwirschen Handbewegung, ihre wenigen Habseligkeiten mitzunehmen. Ihre Angst wurde noch größer.

Sie klemmte sich die wenigen Dinge, die ihr erlaubt worden waren, unter den Arm. Ohne ein weiteres Wort ging der Mann voran, sie folgte ihm.

Fleur war sicher, sie würde diesen Raum nie wiedersehen, und obwohl nichts Angenehmes darin geschehen war, fiel es ihr doch schwer zu gehen. In diesem Zimmer hatte sie geschlafen und gearbeitet, sie hatte es nur verlassen dürfen, um zum Essen oder auf die Toilette zu gehen oder sich zu waschen. Das war schrecklich, aber es war auch beruhigend.

Sie gingen hinaus, und die heiße, schwüle Luft mit den tausend unterschiedlichen Gerüchen traf Fleur wie ein Schlag. Gewürze, Fleisch, Abgase. Es war laut und geschäftig, Menschen eilten kreuz und quer durcheinander, sie wusste gar nicht, wo sie zuerst hinsehen sollte. Alles war so hell und bunt. »Komm jetzt!«, schnauzte der Mann, der sie abgeholt hatte.

Aber auch jetzt wirkte er nicht ärgerlich, sondern bloß gelangweilt. Sie begriff, er war diesen Weg schon oft gegangen. Für ihn war sie nicht die dreizehnjährige Fleur, sondern nur ein Gegenstand, der von einem Ort zum anderen befördert werden musste.

Zügig gingen sie weiter. Fleur bemühte sich, ihre Freiheit zu genießen, solange sie konnte, aber die Eindrücke überwältigten sie, und ihr Kopf begann zu pochen. Zu viel, es war alles zu viel. Sie hätte schreien können vor Glück, vor Entgeisterung, vor Angst, alles zusammen.

Der Weg erschien ihr endlos lang und doch zu kurz. Fleur hatte keine Vorstellung von der Größe des Vergnügungsviertels in Bangkok und wusste nicht, dass die Bereiche aus praktischen Gründen streng nach den Vorlieben der Kunden unterteilt waren. Zwar war ihr aufgefallen, dass ihr Körper vor wenigen Wochen begonnen hatte, sich zu verändern – leichte Rundungen hatten sich gebildet –, aber sie wusste nicht, dass sie damit innerhalb weniger Tage mehr als die Hälfte ihres Wertes eingebüßt hatte. Doch es gab Wege, diesen Verlust auszugleichen.

Sie erreichten eine große offene Bar an einer der Hauptstraßen. Der Mann nickte einem Mädchen zu, das kaum älter als Fleur zu sein schien. Es saß allein an einem Tisch vor einer unscheinbaren Tür. Ohne anzuhalten, öffnete der Mann die Tür und ging hindurch. Fleur warf dem Mädchen einen Blick zu, doch dessen Gesichtsausdruck blieb vollkommen neutral. Auf die eigene Sicherheit bedacht.

Der Mann sah sich nach ihr um. Sie folgte ihm. Der Gebäudeteil, den sie betraten, unterschied sich nur wenig von dem Haus, in dem sie die letzten Jahre verbracht hatte. Ein langer Flur, viele Türen. Geräusche, denen sie besser nicht allzu viel Aufmerksamkeit schenkte. Der Mann öffnete eine Tür, sah in das Zimmer hinein. Fleur stand neben ihm.

Das Mädchen auf dem Bett war kaum zu sehen. Ein fetter Mann kniete hinter ihr und … Fleur schloss erschrocken die Augen. Sie hatte nicht gewusst, dass man … sie hoffte, sich geirrt zu haben. Bei dem Gedanken allein verkrampften sich ihre Pomuskeln.

Sie gingen zwei Zimmer weiter. »Da«, sagte der Mann und hielt ihr die Tür auf. Dieses Zimmer war leer.

Fleur verstaute ihre Habseligkeiten in einem kleinen weißen Schränkchen. Immerhin gab es einen Fernseher, der in einer Ecke an der Wand hing.

So offen sie sich lange Zeit später Michelle auch anvertraut hatte – was in den darauffolgenden Jahren geschehen war, verriet sie nicht. Nur so viel: »Ich habe das Haus erst wieder verlassen, als es niederbrannte. Daher die Narbe …« Sie berührte die Innenseite ihres linken Knöchels und setzte beinahe verträumt hinzu: »So unschuldig ich war, als ich es betrat, so schuldig war ich, als ich es verließ.« Dabei lächelte sie auf eigenartige Weise, zugleich melancholisch und auf eine bösartige Weise zufrieden.

Michelle verstand es so, dass Fleur den Brand selbst gelegt hatte. Ob sie es getan hatte, um zu entkommen, um sich zu rächen oder beides, war ihr nicht klar. Aber es spielte auch keine Rolle. Vielleicht meinte Fleur auch nur, dass sie in dieser Zeit alles erlebt hatte, was sexuell nur möglich ist. Vom kleinen Engel zum kleinen Teufel. So unvorstellbar das alles Michelle erschien, die eine sehr behütete Kindheit verlebt hatte, für Fleur war die Zeit in dem zweiten Bordell offenbar schlimmer gewesen als die zuvor.

Geblieben waren ihr nur die Narbe, der Hass und grenzenlose Einsamkeit.

64

Die Liebe, heißt es, ist das Einzige, was mehr wird, wenn man es teilt. Entspräche das der Wahrheit, wäre die Liebe das Perpetuum mobile der Emotionen. Wir würden keine E-Autos bauen, sondern L-Autos. Wir würden unsere Wohnzimmer mit dem unbegrenzten Angebot an Liebe heizen und hätten schon längst Armut und Hunger aus der Welt verbannt.

Doch leider ist es nicht ganz so einfach. Mag sein, dass Liebe mehr wird, wenn man sie teilt.

Doch geteilt wird sie nicht umsonst. Alles hat seinen Preis. Das Teilen von Liebe ist stets ein Austausch von Leistungen.

In Ehen und Partnerschaften mag dieser Austausch oberflächlich betrachtet non-monetär sein. Ich liebe dich, solange du gut für mich sorgst. Ich liebe dich, solange mein bester Freund mich um dich beneidet. Ich liebe dich, wenn du mir täglich das Gefühl gibst, eine Göttin zu sein. Und ich liebe dich, weil ich in meinem Alter keine Bessere mehr finde als dich.

Sehr häufig ist der direkte Tausch, für den kein Geld benötigt wird. Wenn ich dir die Füße massiere, während du mit mir einen Actionfilm guckst, das ist Liebe. Wenn ich sage, mir schmeckt es, und du insgeheim über deine Mutter triumphierst, die – so wie du – nicht kochen konnte, das ist Liebe.

Wenn zwei miteinander schlafen, weil der »Tatort« noch langweiliger ist als der Sex, das ist Liebe. Wenn sie einander treu sind, weil es so mühsam ist, jemanden aufzureißen, das ist Liebe.

Wäre die Liebe ein Unternehmen, es wäre der größte betriebswirtschaftliche Erfolg der Welt. Jeder ist sein eigenes Profitcenter und stellt dem anderen pausenlos Rechnungen. Du hast beim Besuch meiner Mutter einen fahren lassen? Das wird teuer! Du schenkst mir zum Jahrestag die Kette, die ich dir beim Schaufensterbummel gezeigt habe? Das lohnt sich auch für dich! Der Umsatz in der Liebe stellt jedes andere Produktfeld in den Schatten.

Doch eines wird dabei häufig vergessen. Auch die Liebe trägt ein Haltbarkeitsdatum. Sie wird ranzig, wie Butter. Wenn wir ehrlich wären, müsste jede Liebe mit einem eng bedruckten Beipackzettel voller Warnhinweise und Nebenwirkungen kommen. Das wäre nicht romantisch. Aber wahr.

Doch noch nie hat jemand jemanden so geliebt, wie er geliebt werden wollte. Noch nie.

65

Eine Villa in Potsdam. Das Satellitenbild auf dem Handy zeigte deutlich den Pool hinter dem Haus.

»Wozu leben Leute so?«, fragte Michelle.

»Wie? Mit einem Pool? Sollen die etwa mit dem Bus ins öffentliche Schwimmbad fahren, wenn ihnen danach ist?«

»Quatsch. Ich verstehe schon, warum Leute einen Pool wollen. Und einen Gärtner. Und ein großes Haus. Alles okay, sollen sie doch. Aber das hier?« Sie deutete auf die Villa hinter dem hohen Zaun. Im zweiten Stock brannte noch Licht. Der Vorplatz war komplett gekiest. Acht Säulen zierten die Frontseite des Hauses. Ein schwarzer Schlund führte in die Tiefgarage. »Ich meine, die haben ja keine zehn Kinder. Oder leben sie etwa mit beiden Schwiegerelternpaaren zusammen?«

»Nein, natürlich nicht«, sagte Paul. »Sie können es sich eben einfach leisten, das ist alles.«

Michelle schüttelte den Kopf. »Als würde man mit jeder Million unsterblicher.«

Paul stieg aus, sie folgte ihm. An der Säule neben dem Tor befanden sich die üblichen Überwachungsinstrumente. Keycard-Leser, namenloser Klingelknopf, Gegensprechanlage, Videokamera, Bildschirm, Fingerabdrucksensor. »Haben die Wachpersonal?«, fragte Michelle nun doch etwas besorgt.

»Nein. Hagen lehnt das ab. Das Haus verfügt über zwei voneinander unabhängige Sicherheitssysteme, und bei öffentlichen Terminen begleitet ihn natürlich ein Bodyguard, aber das war's.«

»Hm«, machte Michelle. »Geiselnehmer müsste man sein.«

Paul warf ihr einen strengen Blick zu. »Nicht lustig.«

»Schon gut. Ich mein ja nur.«

Er wandte sich ab und klingelte. Nichts geschah. Keine Antwort, kein Knacksen, kein Licht im Haus, kein Hundegebell. Es war halb zwei Uhr nachts. Die Häuser hier standen so weit auseinander, dass man die Nachbarn nicht einmal mit dem Fernglas sehen konnte.

Paul klingelte noch mal, und diesmal ließ er den Finger auf dem Knopf.

Im Haus ging ein zweites Licht an, dann erschien eine grüne LED über der Kamera, und eine Frauenstimme fragte barsch: »Ja? Was ist?«

»Dorothea Hagen?« Paul hielt seinen Dienstausweis in Richtung der Kamera. »Kriminalpolizei. Wir möchten mit Ihnen sprechen.«

Pause. Tick, tick, tick.

Michelle meinte spüren zu können, wie die Gedanken panisch durch den Kopf der Frau schossen, die etwas mit dem Tod ihrer Freundin zu tun hatte. Sie konnte es spüren. Sie wusste nur noch nicht, was die andere dachte.

»Kommen Sie morgen wieder!«, sagte die Stimme.

Nicht: Worum geht es? Nicht: Was kann ich für Sie tun?

Kommen Sie morgen wieder! Die wollte Zeit gewinnen!

Zeit wofür?

Es knackste, und das grüne Licht erlosch.

Ungerührt drückte Paul erneut auf den Klingelknopf.

»Was denn noch?«, fragte die Stimme.

»Können Sie uns bitte hereinlassen? Es ist wichtig.«

»Sicher nicht. Wenn Sie nicht sofort verschwinden, verständige ich die Polizei, und …«

»Ich *bin* von der Polizei!«, unterbrach Paul.

»Die *richtige* Polizei! Lassen Sie mich in Ruhe. Wenn Sie wirklich Informationen benötigen, melden Sie sich morgen bei mir im Büro.«

Wieder das Knacksen.

Erneut presste Paul den Finger auf den Knopf, aber diesmal geschah nichts. Nach einer Minute nahm er den Finger herunter.

»Entweder wir rufen jetzt die Kollegen in Berlin an und bitten um Amtshilfe«, sagte er.

»Oder?«

»Oder wir warten.«

»Worauf?«, fragte Michelle.

»Das kann man nie wissen. Aber diese Leute« – er machte eine weit ausholende Armbewegung, die die ganze Gegend einschloss – »haben immer etwas zu verlieren. Und sie sind es gewohnt, ihren Willen durchzusetzen. Auch nachts um zwei. Ich bin für Abwarten.«

Sie stiegen in den Porsche, Michelle wendete und fuhr ohne Licht zweihundert Meter die Straße entlang. Dann stoppte sie.

Zehn Minuten später öffnete sich das Tor der Protzvilla, und ein schwarzes Auto, fett wie ein trächtiger Wal, schob sich – ebenfalls ohne Licht – auf die Straße.

Kaum kroch der Brummer an ihr vorbei, griff Michelle nach dem Schlüssel. Paul legte ihr die Hand auf den Arm. »Ruhig, ganz ruhig. Lass sie erst abbiegen. Um diese Zeit können wir sie praktisch nicht verlieren – schon gar nicht in so einem Tanker. Aber sie sollte uns besser nicht sehen.«

Michelle wartete. Erst als Paul seine Hand wegnahm, startete sie den Motor und fuhr los.

Sie bog, wie der Wagen vor ihr es getan hatte, nach links ab. Drei Minuten später waren sie auf der A24. Zehn Minuten später rasten sie an Berlin vorbei.

66

Dorothea Hagen versuchte, sich zu konzentrieren, nachzudenken, doch das pharmazeutische Durcheinander von einer Ambienpan und zwei Dikaphen machte es nicht leichter. Sie öffnete das Fenster einen Spaltbreit und ließ die kühle Nachtluft in den Wagen rauschen. Außerdem aktivierte sie die Musikanlage. Grieg: *In der Halle des Bergkönigs*, aus »Peer Gynt«. Vorsichtig tasteten die Instrumente sich vor, Schritt für Schritt, mit einer stetig anschwellenden Wucht, bis zum dramatischen Finale.

Mit den Gedanken in ihrem Kopf war es ähnlich. Sie konnte es nicht ausstehen, wenn sie das Gefühl hatte, ihr Hirn wäre aus Watte, aber ohne Ambienpan konnte sie mittlerweile gar nicht mehr schlafen. Die Dikaphen spülte sie normalerweise mit ihrem Morgenespresso herunter, dann war sie innerhalb weniger Minuten wieder einsatzbereit.

Aber der Polizist – oder hatte er sich nur als solcher ausgegeben? – hatte geklingelt, gerade als sie das Licht löschen wollte. Und jetzt? Warum war sie so von Panik erfüllt? Er hatte nicht einmal gesagt, worum es ging. Vielleicht war nur bei den Nachbarn eingebrochen worden.

Sie wusste, sie musste sich wieder in den Griff bekommen. Aber es gelang ihr nicht. Sie zitterte. Ihr Atem ging flach und hastig. Vor allem aber verspürte sie die ersten Anzeichen dieser entsetzlichen Enge, die sie von außen zu ersticken schien. Als würde jemand einen Koffergurt um ihren Oberkörper legen und immer enger zuziehen.

Sie war eine der erfolgreichsten Business-Frauen der Republik. Sie war klug, sie war knallhart. Sie wusste ganz genau, dass diese Enge nur Einbildung war. Ein Hirngespinst, wie die Liebe. Aber sie bekam trotzdem immer weniger Luft – sie würden sie kriegen, sie waren ihr auf den Fersen ... Genau für diesen Fall hatten Torben und sie das Haus in Thailand gekauft, die neuen Pässe. Genau für diesen Fall. Und jetzt war alles weg, was ihr neues Leben hatte sein sollen. Ihre Exit-Strategie.

Die verfickte Nutte hatte alles verkauft und das Geld gestohlen, um ihrem Bruder eine neue Hüfte aus Titan einbauen zu lassen. Warum nicht gleich aus Platin? Und dann bettelte sie um Verständnis, um Aufschub, sie würde alles zurückzahlen.

Von was denn?

Hagen kochte noch immer vor Wut über Fleurs Vertrauensbruch. Sie hatte das kleine Biest unterschätzt.

Fleur war zu Recht gestorben, daran bestand nicht der geringste Zweifel, und als sie daran zurückdachte, wie das kleine Aas unter ihr gebockt und gezuckt hatte, beruhigte sie sich langsam wieder.

Diese Scheißtabletten vernebelten ihr das Hirn. Sie konnte keinen vernünftigen Gedanken fassen. Sie wusste nur, sie musste zu Torben, auch wenn es mitten in der Nacht war, egal, er war der Einzige, der es schaffte, allein durch das Auflegen seiner Hand die Enge und die Angst zu vertreiben. Sie würde ihm gegenüber natürlich niemals zugeben, wie abhängig sie von ihm war, aber jetzt gerade brauchte sie ihn dringender als je zuvor.

Sie schloss das Fenster und holte so tief Luft, wie es nur ging. Besser. Noch nicht gut, aber besser. Sie warf einen Blick in den Rückspiegel. Nur ein einziger Wagen, weit hinter ihr. Sie wollte sich besser fühlen, sie wollte in seine Arme, sie kam sich vor wie ein kleines Schulmädchen, sie verachtete sich für ihre Abhängigkeit von ihm. Aber sie wusste sich in ihrem momentanen Zustand nicht anders zu helfen. Ihre Finger krallten sich um das Lenkrad, aber wenigstens hatte das Zittern nachgelassen.

67

Michelle ließ sich noch weiter zurückfallen. Lieber wäre sie vor dem dicken BMW hergefahren, dessen Xenon-Scheinwerfer in unverwechselbar kaltem Blau die Nacht durchschnitten, aber spätestens vor den zahllosen Gabelungen am Hamburger Stadtrand würde sie sich zurückfallen lassen müssen. Und dazu war ihr 928 zu auffällig. Einmal vorbei, okay. Zweimal in einer Nacht ... das war kein Zufall mehr.

Aber auch von hinten war der dicke BMW ein leichtes Ziel, solange auf der Autobahn so wenig los war. Die weit auseinandersitzenden Rückleuchten schielten bösartig wie eine verärgerte Katze.

»Was soll denn der Scheiß, mitten in der Nacht?«, rief Michelle Paul zu. »Wo will die denn hin? Oder fahren wir hinter ihrem Mann her? Woher willst du wissen, dass sie es ist?«

»Die Stimme gehörte eindeutig einer Frau. Unwahrscheinlich, dass dann zehn Minuten später der Mann aus der Garage kommt. Aber warte mal.«

Er zog sein Handy heraus, aber sie konnte nicht hören, was er sagte. Langsam brauchte sie auch mal einen Kaffee. Sie war zwar nicht müde, immerhin arbeitete sie sonst um diese Zeit. Aber es waren heute doch eine Menge Kilometer zusammengekommen.

»Kannst du näher ran, ohne aufzufallen?«, fragte Paul.

Michelle zuckte mit den Schultern und versuchte, das Gaspedal noch weiter durchzutreten. Kein Spiel mehr. Zum Runterschalten fuhren sie auch schon zu hochtourig. Sie schüttelte den Kopf.

»Ich hab die Kennzeichen von beiden«, erklärte Paul. »Jetzt müssen wir nur checken, wer das ist.«

»Okay, mal sehen, was geht.«

Einige Minuten bretterten sie geradeaus. Dank des Vollmonds war es eine helle Nacht. Sie passierten die ehemaligen Grenzanlagen, schossen dann an einer Ausfahrt und einer Raststätte vorbei. Am Straßenrand schwarze Laubwälder, die das Licht zu verschlucken schienen.

Außer ihnen beiden weit und breit kein Mensch. Alle paar Kilometer irgendwer auf der Gegenfahrbahn. Nicht mal Lkws waren unterwegs.

Es war so idyllisch, dass Michelle fast fürchtete, gleich würde ihr ein Rehkitz vor den Kühler hopsen. Sie war ganz erleichtert, als sie in der Ferne auf einer endlos hohen Stange ein goldenes M entdeckte. Menschen! Zivilisation!

Paul hatte sich auf seinem Sitz vorgebeugt und kniff die Augen zusammen, als könnte er dadurch auf zweihundert Meter Entfernung besser sehen.

Auf einmal strahlte vor ihnen das Bremslicht durch die Nacht. Michelle zuckte nicht mit der Wimper, sondern hielt mit unverminderter Geschwindigkeit darauf zu. Schnell kamen sie näher. Sie nahm einen Hauch Gas weg und blieb weiter auf der rechten Spur. Der BMW schien fast zu stehen. Wenn das so weiterging, würde sie ihn überholen müssen. Sich bei dieser Verkehrslage dumm zu stellen und nicht rechts vorbeizuziehen, wäre lächerlich und höchst auffällig.

»Langsamer«, befahl Paul. »Langsamer!«

Sie senkte das Tempo, soweit es ging, ohne ein Verkehrshindernis darzustellen und Misstrauen zu erwecken. Mit achtzig, im Schneckentempo, kroch sie an dem schwarzen Monster vorbei. Sicherheitshalber drehte sie den Kopf nach rechts, obwohl es ihr höchst unwahrscheinlich schien, dass Dorothea Hagen sich von den flüchtigen Begegnungen im *Pretty Woman* an sie erinnerte.

»Das ist *sie*«, bestätigte Paul. »Ihr Wagen, und am Steuer sitzt, glaube ich, auch eine Frau. Aber genau kann man das natürlich nicht sehen.«

Michelle fuhr weiter achtzig und behielt den Wagen hinter ihnen im Rückspiegel im Auge. »Was soll ich jetzt machen?«, fragte sie hektisch. »Am nächsten Parkplatz anhalten?«

Aber bevor Paul antworten konnte, wurden die weißblauen Pünktchen in ihrem Rückspiegel auch schon wieder größer. Vielleicht hatte Dorothea Hagen nur mal in Ruhe in der Nase bohren wollen, ohne sich dabei zu überschlagen. Oder ihr Ziel in das Navi eingetippt. Oder telefoniert – aber mit wem?

Jedenfalls gab sie jetzt wieder Gas, und nach zwei, drei Kilometern überholte sie Paul und Michelle.

68

Was war das? Eben tuckerte der Kleinwagen noch auf der rechten Spur vor sich hin, die Lichter im Spiegel wurden rasch kleiner, doch dann verschwanden sie nicht, wie Dorothea es ganz selbstverständlich erwartet hatte. Stattdessen folgten sie ihr in konstanter Entfernung, was bedeutete, dass der komische Kleinwagen, dem sie kaum einen Blick aus dem Augenwinkel gegönnt hatte, mit … ihr Tacho zeigte hundertneunzig. Das war kein normaler Kleinwagen, die zerfielen bei hundertneunzig ja schon in Einzelteile.

Sie tippte aufs Gas und behielt die Scheinwerfer im Auge.

Die Autobahn machte eine Kurve nach rechts, und sie genoss es, in ihren extra für sie angepassten Sitz gepresst zu werden. Der Wagen hinter ihr verschwand hinter der Biegung und damit aus ihrem Blickfeld.

Als die Straße wieder gerade verlief, beschleunigte sie noch ein wenig stärker und erhöhte mit einem Fingertipp die Lautstärke der Musik. Der Vollmond stand bereits dicht über dem Horizont, doch der Morgen war noch fern. Über einigen der Felder rechts und links der Autobahn lag ein feiner, kaum wahrnehmbarer Nebel, der von der Kühle der Nacht zeugte.

Sie versuchte, sich zu entspannen. Ließ Sibelius' 7. Sinfonie über sich hinwegströmen. Bald wäre sie in Hamburg. Je nachdem, wie die Dinge lagen, würde sie vielleicht nie wieder in ihr Berliner Leben zurückkehren. Diese Möglichkeit ließ sie hoffen.

Möglicherweise müsste sie auch noch ein Jahr durchhalten, wie sie es geplant hatten. Aber was hätte sie jetzt noch davon? Das Geld war weg. Ihre Strandvilla verkauft. Die Transaktionen waren über so viele Konten und Einzelbuchungen verteilt, dann über Fleur als Strohfrau realisiert, genau wie die Zahlungen an Florian … was sie und Torben in Zukunft hatte schützen sollen, war ihnen zum Verhängnis geworden.

Im Nachhinein konnte sie es selbst nicht verstehen. Wer vertraute schon einer Nutte? Aber sie hatte sich niemals vorstellen können, dass Fleur nicht tat, was man von ihr verlangte. Zu groß war das Machtgefälle zwischen ihnen. Dorothea zahlte, Fleur machte die Beine breit. So einfach war das. So verführerisch, zu glauben, es würde immer so bleiben, auch außerhalb des Puffs.

Auch große Geister machen Fehler. Das Geld war weg. Torben und sie würden sich etwas einfallen lassen müssen.

Vor allem galt es jetzt erst einmal, keinen Verdacht zu erwecken. Denn sie hatte den gleichen Fehler ein zweites Mal begangen. Hybris. Hochnäsigkeit. Der Glaube an die eigene Unverwundbarkeit. Er schützte lange, aber irgendwann nicht mehr.

Als sie Fleur getötet hatte, war ihr nicht für eine Sekunde in den Sinn gekommen, jemand könnte sie verdächtigen. Und selbst wenn … wie sollte man *ihr* etwas nachweisen, ausgerechnet ihr?

Außerdem, was hatte sie schon getan? Fleur hatte mit dem Kopf am Fußende auf ihrem Bett gelegen, Torben stand davor, sein dicker Schwanz tief im Schlund der kleinen Nutte. Tiefer, tiefer! Dorothea hatte gesehen, wie schwer es für die Kleine war, das Maul so weit aufzureißen. Sie hatte kaum schlucken können, doch das gehörte zum Geschäft. Sie selbst hatte auf der Hüfte des Mädchens gekniet und ihre Muschi an Fleurs rasierter Scham gerieben. Auf einmal, ohne nachzudenken, streckte sie die Arme aus und packte Torbens Becken. Sie zog ihn zu sich heran, noch tiefer in Fleurs Mund hinein, und sie hörte das Mädchen unter sich würgen, es begann sich zu winden, Torbens Riesenpimmel musste schon lange am Zäpfchen der zierlichen Thailänderin vorbei sein. Torben sah Dorothea erstaunt an, sie zog ihn weiter auf sich zu, löste jedoch eine Hand von seiner Hüfte und presste die andere zwischen Fleurs perfekte Brüste. Dann rückte sie ein Stück vor, stützte sich hinten ab, rutschte noch ein Stück nach vorn, bis sie auf den Brüsten der jungen Frau saß, die an Torbens Schwanz zu ersticken drohte, und ein bösartiges Grinsen breitete sich auf Dorotheas Gesicht aus, ohne dass sie etwas dagegen tun konnte. Sie bohrte die Finger ihrer linken Hand tief zwischen die Schamlippen der Prostituierten und drückte so zugleich deren Becken aufs Bett. Den rechten Arm schlang sie um Torbens schlanke Hüfte, um ihn in Position zu halten. Fleur unter ihr stieß mittlerweile panische Geräusche aus, sie würgte und rang nach Luft, aber Dorothea gab nicht nach, und Torben begriff entweder nicht, was sie vorhatte, oder es war ihm egal, oder er genoss es genauso wie sie, jedenfalls hob er den Kopf und sah sie an und küsste sie, wie er sie seit Langem nicht geküsst hatte, und als sich ihre Lippen nach einer kleinen Ewigkeit wieder voneinander lösten, lag Fleur unter ihnen ganz ruhig da, vollkommen friedlich, als wäre sie eingeschlafen.

Nur ihre Augen waren weit aufgerissen und schienen direkt in die Hölle zu starren.

Jedes Mal, wenn Dorothea daran dachte, rutschte sie in ihrer Erinnerung ein wenig höher auf das Gesicht zu. In Wahrheit hatte sie vielleicht nur die Klitoris gegen Fleurs Kinn gepresst, um im entscheidenden Moment einen Orgasmus auszulösen, wie sie ihn seit Langem nicht erlebt hatte, doch inzwischen saß sie in ihrer Vorstellung auf Fleurs Gesicht, Torbens Glied pochte drängend unter ihrer Scham, und obwohl das in Wirklichkeit sicher nicht geschehen war, ergoss er sich in ihrer Fantasie tief in Fleurs Hals und ließ sie an der mächtigen Welle seines Spermas ersticken.

Sie wusste nicht mehr, was Wahrheit war, was Traum. Bis vor Kurzem war sie wenigstens noch sicher gewesen, dass sie – im Gegensatz zu Fleur – den Preis für ihr Handeln nicht würde zahlen müssen. Wer würde *sie* schon mit dem Tod einer Nutte in Hamburg in Verbindung bringen? Wer könnte ihr etwas nachweisen? Wer hätte überhaupt den Mut oder Unverstand, sich mit der Frau eines mächtigen Mitgliedes der Berliner Republik anzulegen, die zugleich selbst eine hohe Position bekleidete?

Doch jetzt hatte die Polizei bei ihr geklingelt. Das konnte kein Zufall sein, und ihre Stimmung war von geiler Euphorie in nackte Angst umgeschlagen. Alles, was sie hatte, verdankte sie sich selbst, ihrem Einsatz, ihrem Willen, ihrer Kraft. Sosehr sie ihr Leben mit Karsten hasste, sie wollte nichts hergeben, nichts verlieren, und gerade hatte sie das Gefühl, alles stünde auf dem Spiel.

Sie kannte die Strecke wie ihre Westentasche, sie fuhr sie oft genug im Schlaf, für einen kurzen Fick. Sie schämte sich ihrer verzweifelten Sehnsucht und genoss doch zugleich die Macht, die ihr Lover über sie ausübte und sie über ihn. Die nächsten fünfzig Kilometer verliefen schnurgerade, und im Rückspiegel tauchten jetzt wieder zwei weiße Pünktchen auf, vielleicht war es ein anderer Wagen, aber vielleicht auch nicht. Bildete sie sich ein, verfolgt zu werden – oder war sie angemessen aufmerksam? Es gab nur eine Möglichkeit, es herauszufinden.

Dorothea warf einen Blick auf die Uhr, dann nahm sie einen Hauch Gas weg und verlangsamte um fünfzehn km/h. Mal sehen.

69

Wasi fror. Er zog seine Jacke vor der Brust enger zusammen, aber trotzdem konnte er das Klappern seiner Zähne nicht stoppen. Als wären sie ein autonomes Körperteil, das nicht mehr der Steuerung seines Hirns unterlag.

Er kauerte zwischen den Kisten im Frachtraum der Boeing 777F. Ihm war klar gewesen, dass der Flug nicht sonderlich komfortabel sein würde, aber mit einer derartigen Kälte hatte er nicht gerechnet. Sie schien in seine Knochen zu kriechen und ihn von innen zersprengen zu wollen, egal ob er umherging, in Zeitlupe Katas durcharbeitete oder Schutz in einer Lücke zwischen den Kisten suchte.

Er hatte seit knapp vierundzwanzig Stunden nicht geschlafen, und so heiß sein Zorn auch brannte, das Adrenalin in seinem Blut hatte nur bleierne Erschöpfung zurückgelassen.

Was war nur in all diesen Kisten? Alle zwanzig Meter waren an den Wänden des Flugzeugs kleine Lampen angebracht, die aufgrund irgendwelcher Sicherheitsbestimmungen ständig brannten, obwohl sich unter normalen Umständen kein Mensch hier hinten aufhalten sollte. Wasi sah sich um. Päckchen und Pakete, Kisten und ganze Paletten mit Ware. Er schüttelte den Kopf über sich selbst und wusste, dass er seinen Freund im Cockpit möglicherweise in größte Schwierigkeiten brachte. Aber jetzt ging es um sein Überleben. Systematisch begann er die Fracht zu untersuchen. Computermonitore, Mobiltelefone, Kinderspielzeug. Wannen voller Umschläge, in denen sich laut Zollbeschriftung »Dokumente« befanden, die offenbar unbedingt innerhalb eines Tages den Empfänger erreichen mussten. Pakete von Privatleuten, die »Geschenke« enthielten. Dann wurde er fündig. »Oberbekleidung: Sweatshirts und Jacken«, lautete die Warenbezeichnung in den Papieren. Mit zitternden Händen zog er sein Klappmesser heraus und schlitzte die Folie auf, mit der die gesamte Palette verschweißt war, dann zog er vorsichtig einen Karton heraus und öffnete die Schmalseite. Vier wiederum in Folie eingeschlagene Sweatshirts! Er musste sich zusammenreißen, um sie nicht wie ein wildes Tier einfach herauszufetzen. Eines nach dem anderen zog er aus der Verpackung, dann breitete er die vier Sweatshirts auf dem Boden aus. Im nächsten Karton waren Jacken. Sie bildeten die zweite Schicht. Die nachfolgenden Bekleidungsstücke legte Wasi zu einer Art Patchworkdecke zusammen. Die Verpackungsfolien steckte er jeweils sorgfältig gefaltet zurück in die einzelnen Kartons. Dann kroch er in sein kleines Nest, schloss die Augen und schlief.

70

Michelle brauchte dringend ein Red Bull, einen Kaffee, eine Cola, wenigstens ein Minzbonbon oder ein kaltes Glas Wasser, und während sie darüber nachdachte, musste sie einen Moment lang nicht aufgepasst haben, denn eben noch hatte sie die Rücklichter des BMWs nur in der Ferne ausmachen können, nun kamen sie schnell näher. Kein Bremslicht, aber Dorothea Hagen hatte das Tempo spürbar zurückgenommen. Michelle wusste nicht recht, wie sie darauf reagieren sollte. Sie konnte bremsen und sich ebenfalls zurückfallen lassen, um hinter dem BMW zu bleiben. Oder sie konnte das Tempo halten, wie es normale Leute täten, die mitten in der Nacht irgendwo hinwollten, und riskieren, dass sie an ihrer Zielperson vorbeifuhren.

»Weißt du, wann die nächste Ausfahrt kommt?«, fragte sie Paul, doch der schüttelte den Kopf.

»Keine Ahnung. Trittau? Ich glaube, es dauert noch eine Weile, aber ich kann mich irren.«

»Was hat die vor?« Die roten Lichter vor ihnen wurden immer heller, immer größer.

»Fahr weiter«, wies Paul sie an. »Besser, wir verlieren sie, als dass sie Verdacht schöpft.«

Michelle mochte es nicht, wenn ihr Anweisungen erteilt wurden, aber Paul konnte die Situation wahrscheinlich besser einschätzen. Sie ließ den Fuß auf dem Gas.

Der BMW wechselte auf die rechte Spur, natürlich ohne zu blinken. Die Versuchung, das Manöver zum Anlass zu nehmen, sich einfach hinter den anderen Wagen zu hängen, war groß.

Aber Paul hatte recht, auf der menschenleeren Autobahn würde das zwangsläufig auffallen. Also setzte sie den Blinker und wechselte nach links. Langsam näherte sie sich von hinten dem BMW. Paul schaute mit starrem Gesichtsausdruck geradeaus. Wenn die Frau, hinter der sie her waren, beim Überholen zu ihnen hinüberschaute, wäre es merkwürdig, wenn sich beide Insassen wie zufällig abwandten.

Noch fünfzig Meter, dreißig, zwanzig. Der BMW fuhr wie auf Schienen durch die Nacht, die Geschwindigkeit ein wenig zu gering für ein Auto dieser Art, aber gleichmäßig. Zehn Meter. Fünf. Sie schoben sich neben den Wagen, und Michelle schaute aus dem Augenwinkel nach rechts. Sie musste sich zusammenreißen, um nicht den Kopf zu drehen. Paul schien es spüren zu können und legte seine Hand auf ihren Oberschenkel.

Weiterhin war sie schneller, sie zog an dem Wagen auf der anderen Spur vorbei, jetzt war bereits ihr Kofferraum auf Höhe der Motorhaube, da drängte sich der BMW nach links und touchierte ihren rechten hinteren Kotflügel. Ein heftiger Ruck durchfuhr den Porsche, und Michelle umklammerte das Lenkrad und steuerte instinktiv gegen. Der schwarze Wagen neben ihr vollführte einen Satz nach vorn und kam dann langsam immer näher.

Michelle schlingerte, sie hatte übersteuert, und der Wagen drohte sich zu drehen. Da presste der BMW seine Fahrerseite flächig gegen den 928. Augenblicklich spürte Michelle den Druck, mit dem sich das massige Gefährt gegen sie stemmte. Ohne nachzudenken, war ihr klar: Wenn sie den Fuß vom Gas nahm, würde sie zwar den Angreifer loswerden, aber ihr Wagen verlöre die augenblickliche Stabilität und würde quer über die Fahrbahnen bis ins Gras schleudern. Ihr blieb also nichts anderes übrig, als gegenzuhalten, aber die 240 PS des Porsches waren den 450 Pferdestärken des BMWs nicht gewachsen. Zentimeter für Zentimeter drängte der Dickfisch sie in Richtung Mittelleitplanke, und Michelle bemühte sich nur noch, ihren Wagen so gerade zu halten, wie es ihr möglich war, denn je steiler der Winkel, in dem sie auf die Leitplanke traf, desto größer die Wahrscheinlichkeit eines Überschlags auf die Gegenfahrbahn.

Mit einem hässlichen Knacken, das Michelle bis in die Knochen fuhr, brach der rechte Außenspiegel ab, fiel hinunter und wurde von den Hinterrädern des BMWs zerbröselt. Sekunden später spürte Michelle, wie die linken Reifen ihres Wagens den Asphalt verließen. Der Rasen war uneben, die Geschwindigkeit viel zu hoch, erneut begann der Porsche zu schlingern, einmal, zweimal berührte er bereits die Mittelleitplanke, der BMW drückte noch einmal kräftig zu. Ohne es zu wollen, schloss Michelle die Augen. Paul hatte bereits schützend die Unterarme vor den Kopf gehoben, das Kreischen von Metall auf Metall bei hundertzwanzig Stundenkilometern erfüllte den Innenraum. Sie wusste nicht, ob sie noch auf dem Gas stand oder nicht, aber der BMW zerrte sie unbarmherzig mit sich. Wenn sie jetzt nachgab, würde der Wagen zerrissen werden, sie hinausschleudern in die Nacht wie Spielzeugpuppen.

Und dann war auf einmal alles vorbei, der BMW hatte sich von ihnen gelöst und verschwand in der Nacht, die Lichter wurden kleiner, der Porsche rollte mit einem schabenden Quietschgeräusch aus, und Michelle starrte entgeistert dem Wagen hinterher, dessen Insassin sie eben fast umgebracht hätte. Paul lehnte sich zu ihr herüber und drückte auf den Taster der Warnblinkleuchte.

Klick, klick, klick, blinkte es monoton vor sich hin, während sie beide dasaßen und zu verarbeiten versuchten, was gerade geschehen war.

Michelle wusste nur eins, auch ohne auszusteigen und um

den Wagen herumzugehen: Ihr geliebter Porsche war schwer beschädigt. Auch dafür würde Dorothea Hagen bezahlen.

Sie schämte sich dafür, aber sie konnte nichts dagegen tun. Der Schaden an ihrem Wagen traf sie wie ein Schlag in die Magengrube. Ähnlich musste es ihrer Mutter mit den elenden Goldfischen gegangen sein. Michelle verspürte kalte Angst, die letzte Verbindung zu ihrem Vater zu verlieren. Wenn sie den Wagen nicht mehr fahren konnte, wäre es, als würde er noch einmal sterben – sie ein zweites Mal verlassen. Wut verdrängte die Trauer und den Schock. Michelle stieß einen kehligen Schrei aus und hämmerte mit beiden Fäusten wie eine Verrückte auf das Steuerrad des Wagens ein.

Sie konnte spüren, wie Paul sie vom Beifahrersitz aus anstarrte. Aber es war ihr unmöglich, sich zu bremsen, die Wut und die Angst und das ganze verdammte Durcheinander in ihr mussten einfach raus.

Sie schrie und schlug und schlug und schrie und kniff dabei die Augen zusammen, um nicht mitzubekommen, wie er sie anstarrte.

Irgendwann ging ihr die Puste aus, und sie ließ den Kopf nach vorn auf das Steuer sinken. »Scheiße!«, stieß sie hervor. »Scheiße, scheiße, scheiße!«

Sie hatte das Gefühl, als bräche ihr ganzes Leben in Stücke. Wie eine Vase, die jemand zu Boden fallen ließ. Eben noch heil und schön und jetzt nur noch ein Haufen Scherben, die in den Müll gehörten.

Schließlich, nachdem sicher schon ein halbes Dutzend Autos an ihnen vorbeigerauscht war, holte sie tief Atem, öffnete die Augen und hob den Kopf.

Draußen war es ein wenig heller geworden. Auf der anderen Seite der Autobahn standen ein paar Kühe auf der Weide und kauten ungerührt vor sich hin.

Paul sah sie aufmerksam an. »Alles in Ordnung?«, fragte er ruhig.

»Nein«, sagte sie. »Nichts. Nichts ist in Ordnung. Gar nichts ist in Ordnung.«

Er nickte langsam. »Das Gefühl kenne ich. Kommt mit dem Job.« Er zögerte, dann setzte er hinzu: »Aber meine Erfahrung ist, es wird zwar nie wieder gut – aber meistens wird es mit der Zeit besser.«

Seine Stimme klang rau, wie mit Bodenfrost überzogen.

»Wir werden ja sehen«, sagte Michelle nur frustriert. Sie hatte überhaupt keine Lust, ihm von ihrem Vater und seinem Auto zu erzählen und die Wunde wieder aufzureißen. »Im Augenblick habe ich nur das Gefühl, total versagt zu haben. Ich kann Fleur nicht mehr helfen, ich habe mich wie eine Fahranfängerin gegen die Leitplanke drängen lassen, mein Auto ist kaputt, meine Mutter ist bei mir eingezogen, aber ich habe gar keine Zeit für sie … ich bin eine schlechte Freundin, eine schlechte Tochter … und sogar eine schlechte Autofahrerin. Erbärmlich. Das ist doch einfach erbärmlich.«

Paul schnaubte und hob die Hand, als wollte er sie auf ihren Arm legen, dann ließ er sie aber doch wieder nur auf seinen Oberschenkel sinken. »Das ist bestimmt das Letzte, was du jetzt hören willst«, sagte er dann. »Aber ich muss sagen, es tut mir ganz gut, dass es nicht nur mir manchmal so geht. Dieses Gefühl, nichts im Griff zu haben und total zu versagen. Das ist schrecklich. Aber es geht auch wieder weg.« Jetzt zeigte sich der Hauch eines Lächelns auf seinem Gesicht. »Wir kriegen das schon hin, du und ich.«

Michelle wusste nicht genau, wie er das geschafft hatte, aber sie fühlte sich besser als eben. Dafür war sie ihm dankbar.

71

Dorothea Hagen gab wieder Gas. Jetzt war sie diese Schrottmühle los, die sich an sie gehängt hatte.

Sicher ist sicher.

So führte sie ihr Unternehmen, so lebte sie ihr Leben. Besser zu vorsichtig als nachsichtig. Sonst gehorchten die Mitarbeiter auch nicht.

Sie drückte auf die Kurzwahltaste für Torben. Die Musik wurde heruntergefahren, und auf der Freisprechanlage begann es zu tuten.

Zweimal, dreimal, *nimm ab!*, sie wusste, Torben schlief nie ohne sein Handy. Es knackste, dann die Voicemail: »Yo! Hinterlassen Sie Ihre Nachricht in kleinen, nicht nummerierten Scheinen nach dem Piepton. Keine Polizei!«

Sie legte auf. Hatte er sie etwa weggedrückt?

Langsam begann es hell zu werden. Aufgrund des Medikamentencocktails in ihrem Blut fühlte sie sich zwar aufgeregt, aber auch sehr müde. Sie wusste, sie musste wenigstens ein paar Stunden schlafen.

Dann könnte sie die Sache mit Verstand angehen und den Schaden unter Kontrolle bekommen. Das war ihre Stärke. Konzentration auf das Wesentliche, auf die *bottom line*.

Torben steckte mindestens genauso tief drin wie sie. Dorothea grinste plötzlich. Wenn man es wörtlich nahm, hatte er sogar noch viel tiefer dringesteckt.

Aber egal. Wenn er für sie nicht erreichbar war, würde sie es eben allein in Ordnung bringen.

Sie konnte ihn morgen früh anrufen. Dann musste er sich Zugriff auf die Ermittlungsinfos der Polizei verschaffen. Vielleicht stocherten die Bullen ja auch nur im Nebel. Oder es ging um etwas ganz anderes. Dass es gar keine echten Polizisten gewesen waren, sondern Einbrecher oder Geiselnehmer, erschien ihr am wahrscheinlichsten.

Aber warum wären die ihr dann gefolgt? Karsten war doch das weitaus lukrativere Ziel.

Oder war ihr gar niemand gefolgt?

Hatte sie gerade einen völlig unschuldigen Porsche gegen die Leitplanke gedrückt?

Na ja. Schöner Versicherungsschaden. Vielleicht bekam sie die Akte ja demnächst zu sehen.

Sie überlegte, Torben eine zweite Chance zu geben, entschied sich aber dagegen. Die ersten Hamburger Abfahrten wurden angezeigt. »Fünfsternehotel«, wies sie das Navi an. Das nächste war nur drei Kilometer entfernt.

Zehn Minuten später legte sie ihre schwarze Kreditkarte auf den Tresen.

Weitere fünf Minuten später hatte sie zwei der vier Ambienpan eingeworfen, die sie für Notfälle immer in der Handtasche hatte, schloss die Augen und fiel in einen nahezu komatösen Schlaf.

72

Unten heulte ein Wagen schneller als erlaubt durch die Straße. Svenja Meißen schreckte hoch und warf einen Blick auf ihren Nachttischwecker. Früher Morgen, gut dreißig Minuten bis zum Klingeln. Sollte sie die Augen noch einmal zumachen und sich auf die andere Seite drehen? Oder, wo sie schon wach war, aufstehen und vielleicht Yoga machen oder laufen gehen?

Sie drehte sich um, konnte aber nicht wieder einschlafen. Manchmal hasste sie ihren Job. Sie war Polizistin geworden, um den Bürgern der Stadt zu helfen. Aber es gab immer einen, der glaubte, über dem Gesetz zu stehen. Okay, nicht alle Gesetze waren sinnvoll. Nicht alle Gesetze waren gleich wichtig. Das leuchtete ihr ein. Aber was gestern geschehen war, gefiel ihr gar nicht. Es hatte nicht mal eine offizielle Dienstanweisung gegeben, die Schlägerei auf dem Kiez bevorzugt aufzuklären und den Mord an einer Prostituierten nicht so wichtig zu nehmen. So etwas wurde natürlich nicht schriftlich festgehalten. Nur einen deutlichen Hinweis darauf, welche Ermittlung »auf jeden Fall mit allen Mitteln« zu führen sei. Dann konnten die wahren Verantwortlichen ihre Hände in Unschuld waschen, wenn es Ärger gab. Ein bedauerliches Missverständnis, die Verantwortlichen sind bereits zur Rechenschaft gezogen worden.

Jedes Mal, wenn so etwas passierte, überlegte sie, eine ihr bekannte Journalistin anzurufen. Aber dann? Anklagende Schlagzeilen würden Polizeichef und Innensenator in die Enge treiben, der Pressesprecher würde ein windelweiches Statement abgeben, sekundenschnell stellten die Herren eine entschlossene Taskforce zusammen, und letztlich hielt der Vorwurf mangels Beweisen einer Überprüfung nicht stand. Sie riskierte ihren Job, für nichts.

Meißen drehte sich auf die andere Seite, schob sich wütend die Haare aus dem Gesicht, starrte die digitalen Ziffern auf dem Wecker an.

Was sollte sie tun? Offener Widerspruch brachte gar nichts, außer einem beschissenen Schichtplan. Also versuchte sie, alles unter einen Hut zu bringen. Sie ermittelte gegen die Kiez-Schläger, Paul kümmerte sich um die Tote. Ein Kompromiss. Besser als nichts. Aber sie fragte sich, ob es nicht eigentlich Feigheit vor dem Feind war. Sie machten nichts richtig. Beide Ermittlungen erfolgten nur mit halber Kraft. Das hatte keiner verdient. Und es lag an ihr, das zu ändern. Nicht mehr brav zu nicken, sondern Gegenwehr zu leisten.

Außerdem wusste sie nicht, was sie mit dieser Amira und ihren Freunden machen sollte. Natürlich waren sie Täter. Aber waren sie nicht zugleich auch Opfer?

Sie nahm sich vor, heute die berühmten hundertzwanzig Prozent zu geben. Wenn Paul sich auch richtig reinhängte, dann ergaben sie zusammen fast eineinhalb Kollegen pro Fall. Wenigstens etwas.

Obwohl sie damit ja genau ihrem Boss in die Hände spielte. Besser wäre es im Grunde, möglichst schlechte Arbeit zu leisten. Nur wenn das Konzept ihres Vorgesetzten nicht aufging und am Ende bei beiden Ermittlungen nichts herauskam, würde er auf Dauer sein Verhalten ändern. Aber sie brachte es nicht über sich, bewusst schlecht zu arbeiten.

Dafür war sie nicht Polizistin geworden.

Ein Blick auf die Uhr. Noch zwölf Minuten bis zum Klingeln. Sie konnte genauso gut jetzt aufstehen.

73

Michelle und Paul hatten es doch noch bis nach Hamburg geschafft. Wenn auch fast im Schritttempo. Erst am Horner Kreisel gab der mitgenommene Wagen endgültig den Geist auf, der Motor hustete noch zweimal, dann Stille. Michelle nahm den Gang heraus, und es war noch früh genug am Morgen, dass sie den Porsche quer über alle drei Spuren auf das Gras schieben konnten. Michelle schloss ab, Hinnerken rief ein Taxi, das erst ihn, dann sie nach Hause bringen sollte.

Es dämmerte bereits, und der Verkehr nahm zu, als sie einstiegen. Michelle überlegte, was für eine Ausrede sie ihrer Mutter auftischen sollte. Vielleicht schlief sie noch, und Michelle konnte sich reinschleichen und behaupten, sie wäre kurz nach Mitternacht gekommen. Aber besser, sie hatte eine Story in der Hinterhand.

Nachdenklich schaute sie aus dem Fenster, so wie es Paul auf der anderen Seite der Rückbank tat. Sie waren beide zu erschöpft und verwirrt, um noch zu reden.

Ein Taxi. Ein Mann, eine Frau. Natürlich, die einfachste Ausrede der Welt. Wie schwer es einem manchmal fiel, auf die am nächsten liegenden Ideen zu kommen.

Sie würde einfach sagen, nach der Nachtschicht wäre sie mit einem Kollegen noch in einer Bar gewesen, und dann hätte eines zum anderen geführt, und … na ja. Dazu musste sie nur noch angemessen beschämt gucken, als fürchtete sie, ihre Mutter würde sie für ein Flittchen halten. Eine Nutte.

Die besten Lügen blieben möglichst nah an der Wahrheit.

74

Vom Touchdown in Frankfurt wurde Wasi Sutha wach gerüttelt. Hastig knüllte er die Kleidungsstücke zusammen, unter denen er einen Teil der Reise verbracht hatte, und stopfte sie in die Kartons zurück, über denen er die zerschnittene Folie glatt zog. Ein Sweatshirt und eine Jacke behielt er vorsichtshalber an. Fleur hatte oft genug darüber geklagt, wie kalt es in Hamburg war.

Er gähnte, dann ließ er Kopf und Arme kreisen. Die Maschine stand schon eine kleine Ewigkeit, als sich endlich das seitliche Ladetor öffnete. Wasi duckte sich hinter die Kisten und wartete. Die Entladung begann.

Nach einiger Zeit hörte er, wie jemand durch den Mittelgang kam. Er schaute an dem mehr als mannshohen Kistenstapel vorbei, hinter dem er sich versteckte. Kamon, der Pilot, wie verabredet. Wasi trat aus seinem Versteck. Kamon ging voran. Sie warteten, bis die Arbeiter mit der ersten Ladung zum Zoll fuhren, dann gingen sie die Treppe hinunter und über den Asphalt zur Abfertigung, als wäre das ganz normal.

Kamon hatte kein Clearing für Deutschland. Er schlief drei Stunden in einem Dienstraum auf einer einfachen Liege, dann flog er zurück. Sie hatten darüber gesprochen, wie Wasi ins Land gelangen sollte. Er hatte sich für den einfachsten Weg entschieden: Ganz legal, mit einem EU-Pass in der Hand. Aus der Zeit vor dem Unfall kannte er noch die richtigen Leute in Mae Klong. Wasis Foto war in einen echten bulgarischen Reisepass eingeschweißt worden. Nicht perfekt, aber gut genug.

Der Pilot führte ihn zu einer der automatischen Schiebetüren, vor denen die Flugfeldbusse ihre Passagiere ausluden. Geschäftsreisende aus Zürich, Oslo oder Istanbul. Wasi mischte sich unter die Menschen, nickte Kamon noch einmal unmerklich zu, dann betrat er das Flughafengebäude. Der Beamte warf einen Blick in seinen Pass, dann auf Wasis müdes Gesicht. Winkte ihn durch.

Weiter zum Bahnhof, der sich im Untergeschoss des Flughafens befand. Ein Blick auf die Anzeigetafel verriet, dass der nächste ICE nach Hamburg in acht Minuten abfuhr.

Glücklicherweise musste Wasi keine Fahrkarte kaufen. Schließlich trug er eine nagelneue Bahncard 100 auf denselben Namen bei sich, der auch in seinem Pass stand.

75

Das Geld hatte Amira in eine Plastiktüte gewickelt und ganz hinten ins Gefrierfach geschoben, sodass May-Lin es nicht zufällig finden konnte. Sie war wie jeden Morgen fünfzehn Minuten vor ihrer kleinen Schwester aufgestanden und hatte schnell geduscht. Ein Handtuch um die Haare gewunden, den ersten Becher Kaffee in der Hand, betrat sie das Kinderzimmer. Eine bunte Reihe Tiere marschierte in Reih und Glied die Wand entlang: Löwen, Tiger, Giraffen, Kühe, Pinguine, Bären. Die Puppen saßen artig auf einem Regalbrett über dem Kopfende des Betts. May-Lin schlief wie eine Amazone – Arme und Beine in alle Richtungen besitzergreifend von sich gestreckt, die Bettdecke lag schräg und nur noch halb auf ihr.

Amira setzte sich auf die Bettkante und legte liebevoll eine Hand auf die Schulter des jungen Mädchens. »Maymay, Zeit zum Aufstehen«, flüsterte sie und betrachtete dabei ihre Tattoos auf dem Unterarm. Die Namen ihrer Eltern in chinesischer Schrift. »Aber lass es nach Gangsta aussehen«, hatte sie den Tätowierer angewiesen. Die Zeichen waren fett und kantig geworden, trotzig und wütend, und bedeuteten ihr die Welt.

»Aufstehen, meine Süße, Zeit zum Frühstück!«

May-Lin gab ein Geräusch von sich, das irgendwo zwischen Knurren und Schnurren lag, wie ein Katzendrache. Dann schlug sie die Augen auf und schaute Amira verdutzt an, als wüsste sie gar nicht, wer sie war. Sie plinkerte mehrfach mit den Lidern, dann rieb sie sich die Augen, kniff sie wieder zu, drehte sich weg und kroch unter ihre Decke.

»May-Lin, hast du gut geschlafen?«, fragte Amira, so wie es ihre Mutter früher immer bei ihr getan hatte. Sie erinnerte sich noch, und jeden Morgen, wenn sie ihre kleine Schwester weckte, war diese Erinnerung bezaubernd und schmerzhaft zugleich. Diese Erinnerung am Leben zu halten war der Hauptgrund dafür, dass May-Lin keinen eigenen Wecker hatte.

»Komm schon, in einer Dreiviertelstunde musst du los.« Sie zog May-Lin die Decke weg, woraufhin ihre Schwester sich ruckartig umdrehte und versuchte, die Decke festzuhalten.

Beide lachten, dann stand Amira auf. »Ich gehe Frühstück machen«, sagte sie.

Aus der Küche hörte sie May-Lin barfuß ins Bad tapsen. Sie lächelte. Trotz allem war die Welt für ihre kleine Schwester in Ordnung, wenigstens halbwegs. Sie würde alles dafür tun, dass es so blieb.

Amira dachte an das Geld im Tiefkühlfach. An die Pistole im obersten Küchenschrank.

Sie würde alles tun, alles.

Sie summte vor sich hin, während sie May-Lins Frühstücksflocken in die Hello-Kitty-Schale rasseln ließ, zur Hälfte Vollkorn, zur Hälfte bunte Marshmallow-Stückchen. Die Milch füllte sie in einen Becher und stellte ihn zwanzig Sekunden in die Mikrowelle. May-Lin mochte keine kalte Milch.

Sie schnitt einen Apfel in Viertel und legte zwei davon neben die Müslischale. Als Pausenbrot gab es heute – Blick in den Kühlschrank – Vollkorntoast mit Käse und die zwei Apfelviertel, die noch übrig waren.

Als May-Lin angezogen in die Küche kam, legte Amira gerade das Brot in die Brotdose. Sie lächelte ihre Schwester an. May-Lin aß, dann wusch sie ihre Schale, den Löffel und den Milchbecher ab und stellte sie in den Abtropfrost. Sie steckte ihre Brotdose in den Ranzen, putzte sich viel zu kurz die Zähne, gab Amira einen Kuss zum Abschied und schoss los, um sich an der Ecke mit ihren Freundinnen zu treffen. Die Hortbetreuung ging bis 18 Uhr, von 15 bis 16 Uhr wurden Hausaufgaben gemacht. May-Lin hatte einen eigenen Schlüssel, denn abends war Amira meist nicht da. Die offizielle Version lautete, dass sie beim Training sei. Im Notfall konnte May-Lin sie auf dem Handy erreichen.

Amiras Frühstück bestand aus einer Cola mit einem großzügigen Schuss Rum und einem Joint. Sie ließ sich auf die Couch fallen und legte die Füße hoch. Mann, war Elternsein anstrengend. Solange sie konnte, hielt sie den Atem an, dann strömte der Rauch langsam aus ihren Nasenlöchern …

Warum Erwachsene sich freiwillig für ein Leben mit Kindern entschieden, war ihr ein Rätsel.

76

Paul gab dem Fahrer einen Fünfziger, bevor Michelle etwas dagegen unternehmen konnte. »Bitte fahren Sie die Dame nach Hause, der Rest ist für Sie«, sagte er.

Dann lächelte er sie zum Abschied an. Sein Gesichtsausdruck lag irgendwo zwischen freundlich und entschlossen. Michelle wusste, sie sollte seine Geste als machohaft und chauvinistisch missbilligen – doch sie empfand sie als charmant. Was sie heute Nacht gemeinsam erlebt hatten, schweißte zusammen. Sie waren über Oberflächlichkeiten hinaus. Und sie mochte ihn mehr, als sie wollte. Ihm, hatte sie den Eindruck, ging es ähnlich.

Einerseits war sie froh, dass sie jetzt eine Pause voneinander hatten. Sie waren achtzehn Stunden gemeinsam unterwegs gewesen.

Andererseits …

»Bis später«, sagte Paul.

Sie wollte sich noch zu ihm rüberbeugen und ihm einen Kuss auf die Wange geben, aber da war er schon ausgestiegen. Vielleicht besser so.

Sie wartete, bis er die Tür geschlossen hatte, bevor sie dem Fahrer Fleurs Adresse nannte. Sie hatte sich inzwischen die beste Möglichkeit überlegt, ihrer Mutter zu entgehen und wirklich zur Ruhe zu kommen: gar nicht erst zu Hause aufschlagen.

Sie schaltete ihr Handy aus.

Paul wohnte in Barmbek. Von ihm aus waren es knapp zwanzig Minuten bis in die Königstraße. Kurz überlegte sie, ihrer

Mutter wenigstens eine SMS zu schicken. Aber das Handy war aus. Und wozu? Monika würde auch ganz allein darauf kommen, dass sie nicht da war.

Der Fahrer ließ sie raus. Aus dem Osten krochen die ersten Sonnenstrahlen über die Elbe.

Sie schloss Fleurs Tür auf. Was für ein Glück, dass sie sich jetzt nicht auch noch um die blöde Siamkatze kümmern musste. Erschöpft schlüpfte sie unter die Bettdecke. Fleurs Duft hing noch in den Kissen.

Einmal, als es zu spät geworden war, beziehungsweise früher Morgen, hatte sie mit ihrer Freundin zusammen hier in diesem Bett geschlafen. Das war erst ein paar Wochen her. Sie drehte sich auf den Bauch, dann auf die Seite. Plötzlich befiel eine merkwürdige Unruhe ihren Geist. Ihr Körper war unendlich müde. Aber ihre Seele schien Kontakt zu Fleurs aufnehmen zu wollen.

Hier in der Wohnung fühlte sie sich Fleur auf einmal wieder ganz nah – und doch unendlich einsam. Erinnerungen strömten auf sie ein und die brutale Erkenntnis, dass sie Fleur nie wiedersehen würde. Das Beste, was sie noch tun konnte, war, ihre Freundin zu rächen.

Aber waren Paul und sie überhaupt auf der richtigen Spur? Hatten Dorothea und ihr Hamburger Lover Fleur getötet? Und wenn ja – absichtlich, oder war es ein Versehen gewesen? Unentschuldbar natürlich, aber doch … vielleicht nur ein Unfall?

Michelle drehte sich auf den Rücken, öffnete die Augen, starrte an die Decke. Sie hatte die Lichtschutz-Vorhänge nicht sorgfältig genug zugezogen, daher drang bereits ein wenig Morgenlicht ins Zimmer. Sie versuchte, die verdammte Unruhe, die sie befallen hatte, zu verdrängen. Wenn sie nicht bald einschlief, würde sie nutzlos wie ein Zombie durch den Tag taumeln, statt Paul bei der Ermittlung zu unterstützen.

Sie war so müde wenn sie die Augen öffnete, schien die Welt in Schieflage zu geraten. Doch sobald sie die Augen schloss, war die Welt ebenfalls in Schieflage. Sie versuchte, sich vorzustellen, Fleur wäre noch hier – sie würde nur schnell die Gläser ins Spülbecken stellen oder ihre Zähne putzen, und käme gleich ins Bett. Aber das machte alles irgendwie noch viel schlimmer. Unwirklicher. Sie wusste auch nicht …

Und dann endlich legte sich aus schierer Erschöpfung der Schlaf über sie wie ein schwarzes, schweres Tuch.

77

Von den Bewohnern der Slums im Osten bis zu den Besitzern der Millionenvillen an der Alster geht über jedem hier dieselbe Sonne auf. Wir atmen, wir trinken einen Kaffee, für den Bruchteil einer Sekunde sind alle gleich. Wenn das Morgenlicht über Hamburg streicht, enthüllt es die ganze Welt.

Im ersten Licht übersieht man leicht den Unrat unter überquellenden Mülleimern. Noch fällt es Männern und Frauen leicht, sich aus fremden Betten zu schleichen, in der Hoffnung, die letzte Nacht vergessen zu können. Im Hafen machen die Arbeiter Frühstückspause mit dick belegten Broten und dem ersten Astra. Ihr Blick liegt dabei auf dem Fluss, der Leben in die Stadt bringt. Die flachen goldenen Strahlen der Sonne brechen sich in den kleinen Wellen der Elbe und lassen das Wasser funkeln, als trieben tausend Silbermünzen dicht unter der Oberfläche.

Die Stadt erwacht. Sie reibt sich den Sand aus den Augen, gähnt ausführlich, reckt und streckt sich.

In Hamburg schlug schon zehn Jahre nach der Wende das Herz der New Economy. Die City hatte ihre Lektion gelernt. Während in Berlin immer noch luftige Ideen gesponnen und in ehrgeizige neue Firmen umgesetzt werden, verdient Hamburg sein Geld längst wieder wie eh und je. Import, Export. Warenumschlag, Welthandel. Im Hafen wird Globalität fassbar.

Und auf der Reeperbahn gibt es nicht nur Videokabinen und Cybersex, sondern vor allem immer noch *the real thing*.

Während durch alle anderen Straßen der Stadt von Minute zu Minute mehr Menschen hasten, mit einem Kaffee in der Hand, bleibt es auf der sündigen Meile noch ruhig. Ein Penner schlurft über den für die betrunkenen Touristenströme verbreiterten Bürgersteig. Die Sohlen seiner Schuhe lösen sich und schlappen auf den Boden. Ein filziger Schäferhund trottet wie an einer unsichtbaren Leine hinter dem Mann her. Niemand weiß, wo die beiden herkommen und wo sie hinwollen. Nicht mal sie selbst. Der Mann trägt in einer Plastiktüte seinen gesamten Besitz bei sich. Er hat zusammengekrümmt im Eingang eines Abbruchhauses geschlafen, bis ihn die ersten Sonnenstrahlen wach kitzelten. Benommen sucht er sich einen unauffälligen Platz in einem der Tag und Nacht geöffneten Schnellrestaurants am Spielbudenplatz. Er sitzt da und starrt durch das Fenster hinaus auf die Straße. Dann und wann fährt ein Auto vorbei.

Jemand stellt ihm im Vorbeigehen einen Becher Kaffee hin, legt ein Frühstückssandwich daneben. Bei der Zubereitung heruntergefallen, daher zu entsorgen.

Auch das ist Hamburg.

Ebenso wie das noch ungestörte Vogelzwitschern auf dem Altonaer Balkon. In dem Teilstück des Grünzugs am Elbufer unterhalb der Palmaille liegen zwei Schnapsleichen schnarchend auf dem Rasen, neben sich die leeren Flaschen der Nacht.

Wenn sich das Morgenlicht über diese Stadt ergießt, sieht sie mit ihren verschnörkelten Altbauten im Generalsviertel und den vielen Brücken und Grünflächen so malerisch aus. Doch Hamburg ist ein unbarmherziges Haifischbecken, wie jede Großstadt. Auch hier, wie überall, ist jeder nur sich selbst der Nächste. Auch wenn es manchmal auf den ersten Blick nicht so wirkt.

78

Die Haustür stand offen, jemand hatte einen Ziegelstein zwischen Tür und Rahmen gelegt.

Wasi Sutha blickte sich vorsichtshalber um, aber die Menschen hier waren alle mit sich selbst beschäftigt. Niemand beachtete ihn.

Er betrat das Haus, in dem seine Schwester gelebt hatte. Und jetzt? Am Ende eines Flurs befanden sich zwei Wohnungstüren und eine Treppe nach oben. Es war still im Haus, als ob niemand hier wohnte.

An der Tür links klebte ein Namensschild auf dem Briefkastenschlitz: H. FISCHER. Gegenüber befand sich ein getöpfertes rundes Schild auf Augenhöhe: »Hier wohnt Familie Bauer«, daneben ein Bauer bei der Arbeit. Wasi musterte das Bild irritiert.

Langsam stieg er die Treppe hinauf. Noch immer war nichts zu hören außer dem Rauschen des Verkehrs auf der Straße. Keine Schritte, kein Kindergeschrei.

Er las Türschilder, bis er die Wohnung seiner Schwester gefunden hatte. Vor Fleurs Tür blieb er stehen.

Was wollte er hier? Was wollte er *hier*?

Den Mord an seiner Schwester rächen. In ihrer Wohnung würde er mit der Suche nach Hinweisen auf die Täter beginnen. Wo sonst? Er kannte niemanden in der Stadt.

Wasi ging in die Knie und betrachtete misstrauisch den schmalen Spalt zwischen Türblatt und Rahmen. Die Tür war zugezogen, aber der Schnapper war nicht eingerastet.

Vorsichtig packte er den Türgriff und drückte.

Die Tür ließ sich öffnen.

Merkwürdig.

Er betrat den Flur, drückte die Klinke hinunter und schloss hinter sich die Tür.

Unglaublich – hatte seine Schwester vergessen, die Tür zu schließen, als sie die Wohnung das letzte Mal verließ? Oder war nach ihrem Tod auch noch bei ihr eingebrochen worden? Er kannte sich in Hamburg nicht aus, aber es war klar, dass eine Frau, die dem Beruf seiner Schwester nachging, nicht in der besten Gegend wohnen würde.

Wasi sah sich um. Unter einer Garderobe lag ein Haufen Schuhe. Er kannte die Wohnung von Videotelefonaten mit Fleur. Aber jetzt hier zu stehen war trotzdem etwas ganz anderes. Die Filmplakate an der Wand. Die Jacken. Die Schuhe. Sie hatte ihn im Krankenhaus besucht, zuvor hatten sie einander lange nicht gesehen. Und doch meinte er die Anwesenheit seiner Schwester spüren zu können. Die Wohnung passte zu ihr.

Er ging in die Küche, trank ein Glas Wasser, sah sich um. Fotos am Kühlschrank. CDs und ein CD-Player. Ein Tisch, zwei Stühle, eine Kaffeemaschine. Gemütlich. Seine Schwester hatte nach all den Jahren ein Heim gefunden. Nein, sie hatte es sich selbst geschaffen.

Dann ging er ins Wohnzimmer. Filme. Ein Entertainment-Center. Ein gerahmtes Foto von ihm hing an der Wand – ein Bild, das er ihr vor einem Jahr gemailt hatte. Stolz stand er vor seinem ersten Marktstand in Mae Klong. Er wollte wenigstens einen Teil seiner Studiengebühren selbst verdienen.

Was er sonst noch tat, um Geld zu verdienen … darüber hatten sie nie gesprochen. Aber er war sicher, dass Fleur es gewusst hatte. Und er wusste auch, was sie davon hielt.

Trotzdem hatte sie ihm nie Vorwürfe gemacht, sie hatte immer an ihn geglaubt. An das Gute in ihm, an seine Zukunft.

In ihren Augen war er kein Drogenkurier, kein Handlanger der Dealer seiner Stadt. Sie wollte gar nicht wissen, wie viele Menschen er zu Krüppeln geschlagen hatte, weil sie ihre Schuld nicht begleichen konnten.

Für sie blieb er ihr Bruder, sie sah ihn mit der Unschuld ihres Herzens.

Vor dem Fenster befand sich eine viel befahrene Straße, aber trotzdem: Im Vergleich dazu, wie er in Bangkok hauste, war dies das Paradies. Er konnte verstehen, warum Fleur nicht einen Gedanken daran verschwendet hatte zurückzukommen.

Hinter einer weiß gestrichenen Tür fand er das Bad, pinkelte, wusch sich das Gesicht. Im Spiegel sah er noch müder aus, als er sich fühlte.

Die geschlossene Tür gegenüber musste ins Schlafzimmer seiner Schwester führen. Wasi war nicht sicher, ob er es ertragen konnte, ihr leeres Bett zu sehen. Schon vor dem Bad hatte er Angst gehabt, aber es roch nicht nach ihr, nur nach irgendwelchen Blütenblättern, die in einer Schale auf dem Abwasserkasten der Toilette standen.

Wonach genau suchte er?

Ein Polizist hatte ihm am Telefon gesagt, dass Fleur tot war. Ermordet aller Wahrscheinlichkeit nach.

Er kannte seine Schwester. Auch sie war nicht so unschuldig, wie sie aussah. Fleur war knallhart und skrupellos, wenn es sein musste. Er nahm es ihr nicht übel. Im Herzen war sie ein guter Mensch. Ihr war nur nichts anderes übrig geblieben, um zu überleben.

Und gerade weil sie so war, hatte sie ihn retten können nach dem Unfall. Er hatte im Koma gelegen, und die Ärzte hatten ihn schon aufgegeben, da ließ sie ihn in ein Privatkrankenhaus nach Patong fliegen und zahlte die besten Ärzte. Sie hatten ihn wieder ins Leben zurückgeholt, aber um welchen Preis?

»Fleur …«, flüsterte er. Bisher hatte er der Überlegung ausweichen können, welche Mitschuld er trug. Denn er wusste, woher sie das Geld für die Behandlung hatte.

Ohne sie hätte er heute noch nicht lesen und schreiben können, wie ihre Eltern. Er hätte im selben Dorf gesessen, vielleicht in derselben Hütte, und es wäre ihm nichts anderes übrig geblieben, als denselben Weg zu beschreiten, den seine Eltern gewählt hatten … er würde seine Tochter verkaufen, sobald sie alt genug war, damit sie Geld aus der Hauptstadt schickte.

Fleur hatte alles für ihn getan. Und er? Hatte tatenlos zugesehen, als sie damals von dem Mann mitgenommen worden war. Er hatte sich hinter eine Hütte geduckt und wider besseres Wissen gehofft, dass es nicht so schlimm würde. Als sie geflohen war und ihr Vater sie dafür verprügelte, hatte er, als sie nachts vor Schmerzen stöhnte, getan, als schliefe er.

Dann hatte sie ihn auf die Schule geschickt, und er hatte das Geld genommen. Ja, er hatte gelernt, und das war es gewesen, was sie gewollt hatte. Und trotzdem. Jetzt war es zu spät.

Sie hatte ihn vor dem Leben gerettet, für das er bestimmt gewesen war, und sie hatte ihm das Leben gerettet, nachdem er bei einer Lieferung von einem Laster erfasst worden war. Doch was hatte er für sie getan?

Nichts.

Er würde es nie wiedergutmachen können.

Fleur war tot.

Das Einzige, was Wasi noch blieb, war die Gewissheit, sie zu rächen. Er würde herausfinden, wer seine Schwester auf dem Gewissen hatte. Und derjenige würde dafür bezahlen. Er würde sich wünschen, nie geboren worden zu sein.

Wasi nahm all seinen Mut zusammen und drückte die Klinke

der Tür zum Schlafzimmer seiner Schwester herunter. Besser, er brachte es hinter sich.

Er öffnete die Tür und blieb stocksteif stehen. Im Bett seiner Schwester lag eine Frau und schlief.

Zuerst dachte er, es wäre die falsche Wohnung. Dann fielen ihm die thailändischen Filmplakate im Flur ein.

Dann dachte er, es wäre vielleicht Fleur. Hatte er alles nur geträumt? Oder war er dabei, verrückt zu werden?

Aber die Frau im Bett hatte blonde Haare, die kreuz und quer auf dem Kissen lagen.

Er trat näher und musterte sie.

Wer war das?

Ihr Körper unter der Decke wirkte schlank, allerdings waren ihre weiblichen Formen nicht zu übersehen, und sie war deutlich größer als Fleur. Das Gesicht schmal, helle Haut, die Lippen überraschend voll für diesen zarten Körperbau. Eine Hand ruhte auf der Bettdecke, sehr schmal, die Nägel leuchtend rot lackiert.

Seitlich vom Bett lagen einige Kleidungsstücke und ein Paar Turnschuhe.

Jetzt erst traf ihn der Eindruck wie ein Faustschlag in den Magen. Obwohl eine ihm fremde Frau in Fleurs Bett lag, roch der Raum nach seiner Schwester.

79

Michelle schlug die Augen auf und schrie.

Sie wusste in diesem Moment gar nicht, warum. Es war reiner Instinkt. Dann erst begriff sie, dass ein Mann neben dem Bett stand und sie anstarrte.

Sie schrie, richtete sich auf, zog die Bettdecke schützend vor die Brust, alles gleichzeitig. Noch nie in ihrem Leben hatte sie eine solche Urangst empfunden – als erwachte sie nicht *aus* einem Albtraum, sondern *in* einen Albtraum hinein.

Wer war das? Der Mörder? Hatte er ihr etwas angetan? War sie …?

Wie war er überhaupt hier hereingekommen?

Da fiel ihr auf, dass der Mann dieselbe dunkle Haut hatte wie Fleur. Abrupt schloss sie den Mund wieder.

Die Stille senkte sich langsam über sie, wie eine Tischdecke nach dem Ausschütteln auf die Platte.

Je länger sie hinsah, desto deutlicher war die Ähnlichkeit zu ihrer Freundin. Ihr wurde klar: Das war es, was sie am meisten erschreckt hatte. Es kam ihr vor, als sähe sie einen Geist an.

Der Mann hatte Fleurs Nase, ihre Augen, die fein geschwungenen Brauen, die hohen Wangenknochen, die verlockend weiche Haut. Sein Haar war schwarz wie ihres, aber kurz geschnitten. Die Schultern breit, die Arme durchtrainiert, doch in seiner Haltung lag etwas, eine zurückhaltende Keckheit, die nur darauf zu warten schien, ans Tageslicht zu treten … genau wie bei Fleur.

Michelle war diesem Mann noch nie begegnet, und doch kannte sie ihn. »Du musst Wasi sein«, sagte sie, und dann begann sie auch schon zu schluchzen.

Der Schock, der Unglaube, die Trauer über den Verlust ihrer Freundin, die Erschöpfung und Ratlosigkeit des vergangenen Tages, all das quoll geradezu aus ihr heraus. Und dazu die Angst, dass sich Fleurs Tod eben doch nicht zurückführen ließ auf ihr Handeln, sondern nur auf ihren Beruf. So sicher und selbstbewusst Michelle sich ihr Leben lang gefühlt hatte … war vielleicht auch sie genauso in Gefahr und wollte es nur nicht wahrhaben?

Hatte sich Fleur unwissentlich ihr eigenes Grab gegraben?

Nun weinte sie also doch, obwohl sie sich nach dem Tod ihres Vaters geschworen hatte, nie wieder etwas so nah an sich heranzulassen. Damals hatte sie wochenlang nicht aufhören können zu weinen. Sie hatte es verabscheut, sich so schwach und klein zu fühlen.

Wütend wischte sie mit beiden Händen die Tränen weg. Aufhören! Es war nur der Schreck gewesen, nichts anderes. Nur der Schreck.

»Wie bist du … woher …?«, fragte sie schließlich.

Sie setzte sich auf, zog die Bettdecke bis unter das Kinn, starrte Wasi vorwurfsvoll an.

»Ich bin heute Morgen gelandet. Ich dachte, ich fange in Fleurs Wohnung an, nach Spuren zu suchen. Bist du Michelle?«, sagte er in erstaunlich gutem, merkwürdig singendem Englisch.

Sie nickte und antwortete ebenfalls auf Englisch. »Ja. Ich habe dich angerufen.«

»Fleur hat viel von dir erzählt«, sagte er. »Sie mochte dich.«

Diesmal schaffte sie es, die intensiven Gefühle zu ignorieren. *Na also. Geht doch. Auch wenn es schwer ist.*

»Ich habe hier … Meine Mutter ist bei mir, in meiner Wohnung, und darum …« Michelle kam sich dumm vor. Wie sollte sie einem Mann, dessen Schwester gerade ermordet worden war, erklären, dass sie in Fleurs Bett geschlafen hatte, um ihrer Mutter zu entkommen? Und das auch noch auf Englisch!

Er winkte ab, dann warf er einen Blick zum Fenster hinaus. Mittlerweile war es hell geworden.

»Kaffee?«, fragte sie.

Wasi zuckte mit den Schultern. Er sah auf einmal sehr müde aus – Michelle fand, er könnte einen Kaffee gut brauchen.

»Ich geh nur kurz ins Bad«, sagte sie.

Höflich verließ Wasi das Schlafzimmer. Sie sah, wie er in die Küche abbog.

Zehn Minuten später saßen sie einander an dem kleinen Bistrotisch gegenüber. Michelle nahm einen Schluck Kaffee, dann erzählte sie Wasi, was seit ihrem Anruf gestern geschehen war.

Von Florian Bremerhaven, von den Versicherungen und Dorothea Hagen. Dass sie die Frau sofort erkannt hatte – weil sie mit einem Mann im … sie zögerte. Wusste Wasi, wie seine Schwester ihr Geld verdient hatte? Vermutlich.

»Du meinst, sie war Kundin von Fleur«, sagte er. Die Stimme neutral.

Seinen Kaffee hatte er noch nicht angerührt.

Michelle nickte.

»Ja, aber die Frau war da nicht mit *ihrem* Mann, sondern mit einem anderen. *Und* die beiden wollten in den Keller.« Sie zögerte erneut. Sie tat sich schwer mit dem Englisch. Und mit dem Thema. »Im Keller …«

Wasi hob die Hände. Sie musste nichts weiter erklären. »Ich kann's mir denken«, sagte er traurig.

»Wir sind nach Berlin gefahren, um sie zu befragen. Sie ist abgehauen und hat mein Auto zu Schrott gefahren. Wenn ich die Kuh erwische, bring ich sie um!«

Erst nachdem sie den Satz ausgesprochen hatte, wurde ihr klar, was sie da gerade gesagt hatte. Sie hob erschrocken die Hand vor den Mund. »Ich meine, ich wollte sagen …«

»Schon gut«, unterbrach Wasi. »Und ich kann dir eins versprechen: Wenn sie wirklich etwas mit Fleurs Tod zu tun hat, dann musst du dich hinten anstellen.« Er ließ den Satz einen Moment in der Luft hängen, als wollte er überprüfen, wie viel Wahrheit darin lag.

Als er weitersprach, klang seine Stimme leiser, als wäre er nicht sicher, ob er fragen sollte oder nicht: »Wie ist … wie ist Fleur eigentlich gestorben?«

Schlagartig sah Michelle wieder Fleur auf ihrem Bett vor sich. Die schwarzen Haare ein Fächer. Die Augen offen. Ihre nackte Scham. Die Lippen leicht geöffnet. Sie würde diesen Anblick nie vergessen.

»Sie sah ganz friedlich aus, immerhin«, antwortete sie. »Aber Paul …« Sie unterbrach sich in der Hoffnung, dass Wasi nichts bemerkt hatte. »Der eine Polizist hat mir gesagt, sie sei erstickt. Warum, woran, von wem, war es Absicht … das sind jetzt die Fragen.«

Wasi nickte langsam. Dann sagte er, als wäre es eine tiefgründige philosophische Betrachtung: »Ob Absicht oder nicht, ist mir, ehrlich gesagt, ziemlich egal. Ich werde Fleur rächen.«

Michelle starrte ihn an. Er meinte das ernst. Aus was für einem Actionfilm war der denn?

Nach einer Pause fuhr Wasi fort: »Hat Fleur dir von meinem Unfall erzählt? Denn wenn das stimmt, was du sagst, könnte es sein, dass ich sozusagen … die Schuld trage.«

Michelle schüttelte den Kopf. »Nein, von einem Unfall hat

sie nichts gesagt. Sie hat überhaupt nicht viel von ihrer Vergangenheit erzählt. Schon gar nicht aus ihrer … eurer Heimat. Nur einmal. Aber nichts von einem Unfall. Wieso?«

Wasi legte seine Hände flach auf den Tisch. Es waren kräftige Hände, die harte Arbeit gewohnt waren. Wortlos starrte er auf die Tischplatte, auf seine Hände, als müsste er Mut fassen. Dann sah er auf. »Vor einem Jahr hatte ich einen Unfall. Ich bin bei einer Auslieferung zwischen zwei Laster geraten. Ich wurde fast zerquetscht.« Er sprach sehr kontrolliert, als hätte er die Sätze auswendig gelernt.

»Wieso sprichst du eigentlich so gut Englisch?«, fragte Michelle mit einer Mischung aus Bewunderung und Neid.

Über Wasis Gesicht zuckte ein Lächeln, das sofort von Trauer verdrängt wurde. »Fleur hat mein Schulgeld bezahlt. Und meine Studiengebühren. Sie wollte, dass aus mir etwas wird. Und ich …« Er zögerte. »Bisher habe ich sie enttäuscht. Aber sie hat trotzdem fest an mich geglaubt. Immer.«

Sie schwiegen beide. Dachten an Fleur.

Dann fuhr er fort. »Der Notarzt hat gerade noch einen Puls bei mir gefunden, aber das Krankenhaus, in das ich kam, wollte mich nicht mal mehr operieren. Die hätten mich einfach sterben lassen. Meine Behandlung war so aufwendig, so teuer … mit dem Geld hätte man hundert Kindern das Leben retten können. Meine Chancen standen … ich weiß es nicht, eins zu tausend, dass ich überhaupt durchkomme. Der Mensch hat etwas mehr als zweihundert Knochen, davon waren bei mir über hundertfünfzig gebrochen, viele mehrfach, haben sie später herausgefunden. Ich konnte nicht mehr selbsttätig atmen, ständig setzte mein Herz aus.«

Er schüttelte nachdenklich den Kopf, als könnte er noch immer nicht fassen, in was für einem armseligen Zustand er sich befunden hatte. »Der Lkw vor mir hat gestoppt, der hinter mir ist ungebremst aufgefahren – niemand weiß, wieso ich nicht sofort tot war. Na ja. In der Tasche hatte ich Fleurs deutsche Nummer. Als der Unfall geschah, war ich drei Semester vor meinem Abschluss. Ich wollte Anwalt werden. Fleur hat mich immer unterstützt, erst mit ihren Einnahmen in Bangkok, dann aus Deutschland. Ich weiß gar nicht, warum. Nicht wirklich. Vor allem, weil ich auch eigenes Geld verdiente. Ich habe … ich war … ich habe ein paar Sachen getan, auf die ich nicht stolz bin.«

Er starrte auf seine Hände, die reglos auf dem Tisch lagen. Die Kaffeetasse hatte er immer noch nicht angerührt.

»Aber Fleur hat zu mir gehalten. An mich geglaubt. Ich …« Seine Stimme brach.

»Ich bin sicher …«, setzte Michelle an, aber Wasi ließ sie nicht ausreden.

»Es ist jetzt auch egal. Sie war ein guter Mensch. Ein Engel. Als sie von meinem Unfall erfuhr, wollte das Krankenhaus nur das Einverständnis eines Angehörigen, um die Maschinen abzuschalten. Die hatten mich aufgegeben und wollten den Stecker ziehen. Aber sie hat das nicht zugelassen. Ich weiß nicht, wie sie es hinbekommen hat – sie kennt Leute, noch aus ihrer Zeit in Bangkok –, jedenfalls wurde ich noch am selben Tag in eine Privatklinik verlegt, per Hubschrauber. Dort hat man mich operiert, geschient, zusammengeflickt. Die Hälfte meiner Knochen und Gelenke ist jetzt aus Titan und Porzellan. Dann war ich in der Reha. Das alles hat ein Vermögen gekostet. Ich habe Fleur gefragt, woher sie das Geld hat. Sie sagte, ich solle einfach nur gesund werden und mir darüber keine Gedanken machen. Aber ich wusste, dass niemand so viel Geld haben kann. So viel bin ich auch gar nicht wert. Ich wollte auf keinen Fall, dass sie den Rest ihres Lebens meinetwegen Schulden abzahlt. Also habe ich immer wieder gedrängt, bis sie es mir verraten hat. Sie hatte ein Pärchen kennengelernt, das aussteigen wollte. Aber sie konnten nicht einfach weg, beide waren verheiratet, also mussten sie das Geld unbemerkt beiseiteschaffen. Dafür hatten sie Fleur angeheuert, als Strohfrau. Sie hatte ihnen ein dickes Haus etwas außerhalb von Phuket gekauft und unter ihrem Namen ein Bankkonto angelegt. Als Fleur nun für mich Geld brauchte, hat sie die Hütte verkauft und das Konto aufgelöst. Sie meinte, die bräuchten das Geld erst in ein oder zwei Jahren, bis dahin würde sie sich etwas einfallen lassen oder notfalls selber untertauchen. Aber ich schätze, mit dem Plan ist etwas schiefgelaufen. Anders kann ich mir nicht erklären, dass jemand sie getötet hat. Du kennst ... du kanntest sie. Niemand war netter als Fleur. Obwohl sie überhaupt keinen Grund dazu hatte, weil das Leben sie behandelt hat wie ein Stück Scheiße. Sie ist wundervoll. Ich weiß, ihr Job war nicht ungefährlich. Wobei es hier ganz bestimmt sicherer war als in Bangkok. Es muss mit dem Geld zu tun haben. Es war viel Geld. Wie viel genau, hat sie mir nie verraten, aber ich habe einige der Schwestern gefragt, und sie meinten, keine von ihnen könnte sich jemals eine Behandlung wie meine leisten. Sie müssten hundert Leben dafür arbeiten ...«

Wieder senkte er den Blick und starrte er auf seine Hände, auf die Tischplatte. Sein schwarzes Haar schimmerte wie frischer Asphalt.

»Es ist meine Schuld«, sagte er leise. »Aber wenn das stimmt, wenn es meine Schuld ist, und wenn die Leute, von denen du erzählt hast, dahinterstecken, dann kann ich dir eines versprechen: Der Schmerz, den ich durchlitten habe, wird nichts sein gegen ihre Schmerzen.«

80

Michelles Mutter stand vor dem Getränkeregal. Sie hielt eine Flasche von Raimunds Lieblingsbier in der Hand.

Ihre Gefühle stellten sie vor ein Rätsel.

Einerseits hätte sie die Flasche am liebsten auf den Boden gepfeffert, sodass sie zerplatzte und die Scherben in alle Richtungen davonflogen.

Andererseits war sie kurz davor, sie in ihren Einkaufskorb zu legen und ihm vorbeizubringen, vielleicht würde er sich freuen. Vielleicht würde er sie *dann* endlich lieben …

Sie wusste auch nicht, wie es weitergehen sollte. In ihrem Korb lagen Toast und Butter, Erdbeermarmelade, Gouda, Salami, Tomaten, Äpfel und Bananen. Michelle hatte nichts außer Kaffee, Zucker, Milch. Kein Wunder, dass das Kind so dünn war.

Und wie sollte das Mädchen jemals einen richtigen Haushalt führen, wenn sie noch nicht mal wusste, wie man ein Schnitzel briet?

Monika fürchtete nichts mehr, als so zu enden wie Michelle jetzt – allein. Ihre Tochter floh in ihren anspruchsvollen Job. Aber was sollte *sie* machen? In ihrem Alter wollte sie doch keiner mehr haben. Kein Mann, kein Arbeitgeber.

Sie trug die teure, übergroße Chanel-Sonnenbrille, die Raimund ihr letzten Sommer gekauft hatte. Er hatte gesagt, sie sehe damit wie ein echter Filmstar aus. Monika hatte daran ihre Zweifel, aber sie freute sich trotzdem über das Kompliment.

Ein Mann, der neben ihr eine Flasche aus dem Regal nahm,

musterte sie anerkennend. Er lächelte ein wenig zu lange, aber er war eben kein Raimund.

Sie seufzte tief, dann stellte sie das Bier wieder zurück.

Es brachte ja alles nichts, das Leben ging weiter.

81

»Ist die echt?«, fragte Nase. Alle nannten ihn so, weil er seine Nase in alles hineinsteckte und immer die dümmsten Fragen stellte. Und weil sein Zinken groß war wie ein Kleiderhaken.

Nases Eltern waren Roma und sprachen auch nach fünfzehn Jahren kaum ein Wort Deutsch. Er selbst beherrschte die Sprache fließend, hatte aber festgestellt, je mehr er sich auf die Wirkung seines grobschlächtigen Aussehens verließ und je weniger er sprach, desto ängstlicher reagierten die Menschen.

Er war nicht so klug, wie er sich selbst einschätzte, hätte aber die Schule ohne Probleme zu Ende machen können. Vor allem, um seine Eltern zu ärgern, hatte er sich jedoch entschieden, nicht mehr hinzugehen. Nase fühlte sich heimatlos und haltlos, als gehörte er immer noch nicht in dieses Land, aber auch nicht mehr dorthin, wo er geboren war. Er wusste, dass niemand etwas für sein Schicksal konnte, fand es aber viel entspannter, der Welt mit einer angekotzten Vorwurfshaltung entgegenzutreten.

»Klar ist die echt!«, rief JC und grabschte nach der Waffe.

Amira zog sie weg. »Hey, vorsichtig, die ist geladen«, sagte sie und zielte auf ihn.

JC schlug den Lauf mit der Hand beiseite. Man konnte ihm ansehen, dass er versuchte, lässig zu bleiben. Aber es war verdammt unheimlich, in den Lauf einer geladenen Knarre zu gucken.

»Was soll der Scheiß?«, murrte er.

Seine Eltern hatten ihn Johannes-Christoph getauft. Sie stammten beide aus Kenia und hatten sich im Maschinenbaustudium kurz vor dem Zusammenbruch der damaligen DDR kennengelernt. Dementsprechend war auch JCs Haut von einem tiefen Schwarz, außerdem war er trotz seiner siebzehn Jahre schon knapp zwei Meter groß und rasierte sich zweimal täglich. Niemand außer seinen Eltern nannte ihn bei seinem urdeutschen Namen, und die sah er höchstens einmal im Monat. Das einzig wirklich Deutsche an JC war seine Trinkfestigkeit – er konnte zwei Liter Bier kippen, ohne dass man ihm etwas anmerkte.

Dem Leergut nach, das neben der Couch lag, war er für heute schon halb am Ziel.

Jetzt richtete Amira die Pistole auf Nase. Sie lächelte dabei, aber nicht mit den Augen. Allen war klar, wer ab jetzt der Boss war. JC war das egal, aber Nase passte diese Entwicklung nicht. Bisher hatte er entschieden, was sie unternahmen.

»Lass mal ein paar Tanken abzocken«, sagte Amira. Sie steckte die Pistole in den Hosenbund, wie sie es aus dem Fernsehen kannte. Sie hatte den Move zu Hause vor dem Spiegel im Bad mehrfach geübt.

»Kameras«, sagte Nase und schüttelte den Kopf.

»Und? Die wissen gar nicht, wer wir sind. Außerdem, schon mal was von Jugendstrafrecht gehört? Hast du nicht genug Mumm in den Knochen, oder was?«, forderte Amira ihn heraus.

»Kioske sind besser«, mischte sich nun auch JC ein. »Und Imbisse.«

»Fresssack«, höhnte Amira. *»He, Django will 'ne Currywurst, aber Django zahlt heute nicht!«* Sie lachte laut über ihren eigenen Witz.

»Schon gut, meinetwegen«, sagte JC gelangweilt und riss

sich eine neue Dose Bier auf. »Ich bin dabei. Hauptsache, es geht jetzt mal los.«

Meistens hielt er sich raus, aber wenn er mal was sagte, konnte er es nicht ausstehen, wenn er überstimmt wurde.

»Ich find Imbisse auch die bessere Idee«, sagte Nase.

»Ihr seid echt solche Schisser!«

»Quatsch«, brummte JC. »Jetzt chill mal! Nimm dir'n Bier, dann wird's gleich besser!«

»Ja, lass wenigstens warten, bis es dunkel ist. Weniger los. Keine Zivilisten und so«, sagte Nase.

»*Zivilisten*«, höhnte Amira, während sie eine Bierdose aus dem Kühlschrank nahm, der neben dem Sofa stand. Außer Bier lagen darin noch Wodka, Korn, Fanta, Sprite und Ketchup. »Brauchst du vielleicht auch noch'n Tampon?«

Unter normalen Umständen hatte sie kein Problem damit, als Mädchen zwei Jungs gegenüberzutreten. Sie wusste, sie konnte es mit beiden – notfalls auch beiden zusammen – mühelos aufnehmen. Und JC und Nase wussten das auch.

Aber sie würden sich trotzdem nicht sagen lassen, dass sie Weicheier seien. Nicht von ihr. Nicht von einem Mädchen.

»Okay«, sagte JC und stemmte sich seufzend hoch. »Ich versteh zwar nicht, warum du es so eilig hast, aber bevor du mir den Schädel wegbläst, gehen wir eben los und überfall'n 'ne Tanke.« Er warf einen Blick zum Fenster hinaus. Strahlende Sonne. »Und auf dem Rückweg vielleicht noch 'ne Eisdiele, was meinste?«

Nase wollte sich fast wegwerfen über den Joke.

Aber sogar Amira fand JCs Vorschlag witzig. »He«, sagte sie mit so tiefer Stimme wie möglich. »Django will einen Früchtebecher! Aber Django zahlt heute nicht!«

82

»Meißen, Apparat Hinnerken.«

Eine Männerstimme. »Hallo, ist …?« Rascheln. Offenbar las er von einem Zettel ab. »Ist Paul Hinnerken da?«

»Nein, noch nicht.«

»Können Sie ihm etwas ausrichten?«

»Natürlich.« Svenja Meißen zog einen Notizblock heran und griff nach einem Kugelschreiber. Pauls Telefonhörerkabel verhedderte sich in ihrer Schreibtischlampe, die dadurch beinahe umfiel. Sie zupfte es frei und sagte: »Kann losgehen.«

»Okay. Ich weiß nicht, worum es geht – mein Kollege von der Nachtschicht hat mir die Nachricht hinterlassen. Er hat Ihrem Kollegen wohl auch eine E-Mail geschickt, aber ich sollte zusätzlich noch anrufen und darauf hinweisen.«

Meißen notierte: E-Mail Nachtschicht!

»Worum geht es denn?« Sie konnte Pauls Display nicht sehen und daher auch die Nummer nicht lesen. »Können Sie mir noch mal Ihren Namen und Ihre Nummer sagen? Und die Abteilung?«

»Klar. Mein Name ist Markus Gensichen. Ihr Kollege hat gestern Nacht mit meinem Kollegen Bernd Trökes gesprochen. Wir sitzen in der Geldwäsche. Also, Abteilung Finanzüberwachung.« Dann diktierte er die entsprechenden Durchwahlen. »Herr Hinnerken hat offenbar Unterlagen über eine Frau Dorothea Hagen angefordert.«

Meißen schrieb: Dorothea Hagen.

»Und da wurde heute in den frühen Morgenstunden – zum

Schichtende – noch eine Info freigegeben, die in einer höheren Vertraulichkeit klassifiziert ist. Sie wurde ursprünglich vom Personenschutz übermittelt. Hier steht: *Frau Hagen hat einen Sohn, Florian Bremerhaven, der in Frankfurt lebt*. Die Adresse und die ganzen Infos stehen in der Mail. Aber irgendwie scheint das wichtig oder ungewöhnlich zu sein. Sonst wäre es nicht extra aufgeführt.«

Sohn Florian Bremerhaven Frankfurt – mehr in Mail, notierte sie.

»Das war's?«

»Ja«, bestätigte Gensichen. »Das war alles. Soll ich noch versuchen, Herrn Hinnerken direkt auf seinem Handy zu erreichen?«

»Nein. Er müsste bald hier sein, und sonst rufe ich ihn an, kein Problem.«

»Gut, danke.«

Sie legte auf und betrachtete nachdenklich den Notizzettel vor sich. Dorothea Hagen. Florian Bremerhaven. Frankfurt. Paul hatte nachts Informationen angefordert.

Das würde ja spannend werden.

Sie ließ den Zettel hinübersegeln auf die Schreibtischunterlage ihres Partners.

83

Michelle ging zu Fuß am Hafen entlang. Fischmarkt, Große Elbstraße, Hafenstraße, Landungsbrücken. Ein warmer Wind blies ihr die Haare immer wieder über die Schultern ins Gesicht. Sie schaute über das in der Sonne glitzernde Wasser.

Barkassen, Kreuzfahrtschiffe, Containerfrachter. Chaos in Zeitlupe. Auf einem Sonnendeck bemerkte sie ein Mädchen mit einem roten Luftballon. Das Kind winkte ihr zu. Michelle winkte zurück.

Sie glaubte, ein Lächeln wahrzunehmen.

Wasi war wie eine düstere Urgewalt. Sie hatte unbedingt Fleurs Wohnung verlassen müssen, sonst hätte die Schwärze seiner Seele sie eingesogen. Aber jetzt … wo sollte sie hin?

Arbeiten zu gehen kam nicht infrage.

An den Landungsbrücken sah sie eine Touristenfamilie mit Lebkuchenherzen und halb gegessener Zuckerwatte in den Händen über die Ampel gehen. Sie zog ihr Handy heraus und schrieb ihrer Mutter eine SMS: »Sorry, dass ich nicht da war. Zu spät, hab bei einer Kollegin geschlafen. Hast du Lust, mit mir auf den Dom zu gehen?«

Sie schickte die Nachricht ab, lehnte sich an das Geländer und schloss die Augen. Die Sonne wärmte ihre verspannten Schultern.

Piep. Monika antwortete immer schnell – und liebte den Hamburger Dom. »Klar! In 30 Min am Riesenrad!«

Mit einem Lächeln schob Michelle das Handy in die Hosentasche zurück. Sie blieb noch eine Weile in der Sonne stehen, die Augen geschlossen, und dachte an nichts. Es tat so gut, dass sie kaum wagte, es zu genießen – denn immer, wenn ihr klar wurde, dass sie gerade nicht an Fleur dachte, dachte sie ja bereits wieder an Fleur.

Aber der Geruch des Wassers, das Kreischen der Möwen, das Tuten der Schiffe ... sogar die Stimmen der zahllosen Hamburg-Besucher ... lullten sie ein.

Schließlich stieß sie sich ab und stieg die Helgoländer Allee Richtung Heiligengeistfeld hoch. Rechts das Bismarckdenkmal, links die Tanzenden Türme. Der Geruch nach Schmalzgebäck und Bier wurde immer intensiver. Eine ganz eigenartige Ecke der Stadt, in der sich alle Schichten und Typen trafen – auf dem Dom herrschte immer Waffenstillstand zwischen allen.

»Hallo, da bist du ja!« Monika wartete bereits und nahm Michelle zur Begrüßung in die Arme. »Ich hoffe, du hast nicht meinetwegen woanders geschlafen.« Sie hielt ihre Tochter an den Oberarmen und sah sie forschend an. »Nicht, dass ich dir zur Last falle! Oder gibt es da vielleicht etwas, was du mir sagen willst ...?!«

Sie hörte sich genauso an wie in Michelles Schulzeit, wenn sie herausfinden wollte, ob ihre Tochter verliebt war, aber nicht offen zu fragen wagte.

»Nein, es war wirklich nur ... du weißt schon«, zog sich Michelle auf die bewährte Taktik zurück, Monika ihre eigenen Antworten finden zu lassen.

»Ich wollte nur sicher sein, dass ...«, entgegnete die.

»Mach dir keine Sorgen, es ist wirklich ganz ...«, antwortete Michelle.

»Na gut, wenn du es sagst. Aber du musst mir versprechen, dass du ehrlich mit mir bist.«

»Ja, natürlich«, sagte Michelle. Und wünschte, sie könnte es sein. Aber das kam nicht infrage. »Komm«, sagte sie deshalb und ging Richtung Glas-Irrgarten. »Ich muss in einer Stunde ins Büro – Zeit für ein paar Runden im Flasher und eine Currywurst.« Sie hatten beide eine Leidenschaft für Fast Food und wilde Achterbahnfahrten.

»Ich lad dich ein«, sagte Monika gutgelaunt und zog bereits ihre Geldbörse hervor.

»Unsinn.« Michelle schüttelte den Kopf. »Wovon denn?«

Abrupt blieb ihre Mutter stehen, kurz vor dem Kassenhäuschen. »So siehst du mich? Als bettelarmen Sozialfall?«

Hektisch schüttelte Michelle den Kopf. Heute ging aber auch alles schief. Erst der Unfall, dann Wasi, und jetzt hatte sie ihrer Mutter auch noch das Gefühl gegeben, nichts wert zu sein.

»Nein, nein, ich dachte nur …« Sie hob die Hände. »Ich hab einen Job, und du …« Das Wörtchen »nicht« ließ sie unausgesprochen.

»Trotzdem«, sagte Monika. »Ich lade dich ein.«

Michelle seufzte ergeben. »Okay«, sagte sie. »Aber heute Abend reden wir über Geld, in Ordnung?«

»Abgemacht.« Monika drückte ihre Tochter noch einmal an sich und bezahlte, kurz darauf ließen sie auch schon die Anschnallbügel zuschnappen und flogen himmelwärts, bis Michelles Kopf ganz leer war – wundervoll, herrlich leer. Da war nichts als Auf und Ab und Auf und Ab … nichts als der gegenwärtige Moment und die Illusion von Weitblick.

84

Der Hamburger Stadtteil St. Pauli hat viele Gesichter. Arm und Reich, links und rechts, schwul und straight, Singles und Familien, Jung und Alt leben hier Tür an Tür. Auf den Straßen trifft man Menschen jeder Nationalität und Hautfarbe.

Und doch bleiben die Welten meist strikt getrennt. Die Schwulen haben eigene Bars, die Lesben auch, die Heteros sowieso. An manchen Imbissen wird man ewig übersehen, wenn man kein Deutscher ist, an anderen kann man nur in der Muttersprache des Betreibers bestellen. Im einen Haus wohnen sechs Familien, die gemeinsam im Erdgeschoss eine Kita betreiben, nebenan herrscht Besetzer-Anarchie und Drogenchaos.

St. Pauli ist ein kleiner Kosmos für sich. Wer hier lebt, hat sich entweder bewusst dafür entschieden – oder hatte keine andere Wahl. Zwei neue In-Restaurants eröffnen, und die Mietpreise in einer Stichstraße verdoppeln und verdreifachen sich. Drei nächtliche Übergriffe, und Wohnungen sind praktisch unvermittelbar. Ganz oben und ganz unten liegen nirgendwo in der Stadt dichter beieinander als hier.

Auf der Reeperbahn, dem wunden Herz des Kiezes, schiebt die HIV-positive Mutter ihren Sohn im Kinderwagen an Schnapsleichen und Softwaremillionären vorbei zum Gesundheitsamt. Die Auslagen vieler Geschäfte erinnern an die Touristenmärkte Chinas oder der Türkei. Nicht hinter die Kulissen schauen zu wollen ist eine in diesem Viertel fast überlebensnotwendige Qualität. Besser nicht nachfragen, besser nicht stehen bleiben, lieber nicht hineingezogen werden in den Deal, die Auseinandersetzung, die fremde Welt.

Hier ist jeder sich selbst der Nächste, und diejenigen, die es länger als ein paar Wochen aushalten, wollen es auch gar nicht anders.

Wie überall, wo es etwas zu verkaufen gibt, erwachen auch hier die Neonreklamen zum Leben, wenn die Touristen aus den Betten kriechen. Obwohl, die meisten der »GIRLS GIRLS GIRLS«-Schilder, die »ALLE NACKT!« und »HIER GEHT'S ZUR SACHE« versprechen, leuchten Tag und Nacht, denn irgendwer ist immer auf der Pirsch. Dank eines Sondererlasses sind die Supermärkte auf der sündigen Meile 24 Stunden am Tag geöffnet, 365 Tage im Jahr. Sogar um Mitternacht an Silvester kann man hier Tiefkühlbohnen, Bier oder einen Boy kaufen. Mann, Frau oder beides zugleich, egal welcher Nationalität, das Angebot in den Läden entlang der vierspurigen Straße, die zum Pflichtprogramm jeder Stadtrundfahrt gehört, ist grenzenlos.

Doch auch wenn zu jeder Zeit in irgendeinem Hauseingang Koks gedealt oder ein Schwanz gelutscht wird, so findet doch das Hauptgeschäft zwischen Büroschluss und Mitternacht statt. Darin unterscheidet sich das Business der Liebe nicht von anderen Sparten der Entertainmentindustrie. Die Bars und Clubs sind nur Durchgangsstationen auf der Suche nach dem ultimativen Kick, nach dem Höhepunkt der Nacht. Wer dort schon fündig wird, lässt sein Geld am Tresen und beim Taxifahrer, die anderen ziehen weiter in die Sex-Shows und Bordelle. Für die Jüngsten, die Ältesten und die Schüchternen gibt es Videokabinen und Tabledance. Wer mehr will, geht in dämmrige Bars mit Separees und Hinterzimmern – oder sucht sich gleich in der Herbertstraße eine Schaufensterschönheit nach Wunsch.

Doch während die Kulisse immer gleich bleibt und nur die Helligkeit sich ändert, wandelt sich die Atmosphäre auf der Straße ganz und gar. Morgens riecht es nach Straßenreinigung, mittags nach Currywurst, abends nach Bier und nachts nach Schweiß und anderen Körperflüssigkeiten. Nur zwischen zwei und vier ist die Luft einigermaßen erträglich.

Vormittags sind junge Mütter und Rentner unterwegs. Menschen, die ihr ganzes Leben hier verbracht haben und nun auch nicht mehr wegziehen, oder diejenigen, denen nichts anderes übrig blieb, als hier Unterschlupf zu suchen, in einer zugigen WG oder einem billigen Zimmer neben einem Abbruchhaus. Mittags kommen die Touristen, die gucken wollen, aber nicht kaufen – Familien mit Kindern, Teenager-Jungs. Sie nehmen vielleicht noch eine neue Handyhülle oder einen Hamburg-Wimpel mit, dann sind sie weg. Am späten Nachmittag ist das Stammpublikum unterwegs. Wer keine feste Arbeit hat oder kein Geld, schlurft um diese Zeit die Straßen entlang auf der Suche nach einem Geschäft – ob Geben oder Nehmen, steht dabei anfangs nicht immer fest. Schließlich überschwemmen all diejenigen den Kiez, die ihren Freunden und ihrer Familie gegenüber schwören würden, nie im Leben hier zu sein. Sie drücken sich in die Schatten, sie diskutieren nicht lang, sondern treten schnell ein. Sie wissen, was sie wollen, und können es sich leisten, deswegen fühlen sie sich wie die Könige der Welt, dabei sind sie es, die hier am meisten gemolken werden. Ihre Angst vor dem Erkanntwerden oder davor, sich auch nur selbst in einem Spiegel erkennen zu müssen, hängt in der Luft wie drückender Chlorgeruch im Hallenbad. Sie sind bereit, dafür zu zahlen, sich selbst zu entgehen.

Danach kommen die Konzertbesucher, die Discogänger, und kichernde Grüppchen junger Leute, die in den Sexshops darum wetteifern, wer den größten Dildo, den schrägsten Pornotitel oder das absurdeste Aufblaskörperteil unter fünf Euro findet.

Wer später noch unterwegs ist, hat Gründe dafür, und selten sind es gute Gründe. Die Worte werden lauter, die Sätze kürzer, die Stimmung kippt, und der Kiez wird zum Boxring eines namenlosen Kampfes. Jeder gegen jeden, die Frage ist nur, wann und ob die Glocke läutet. Jeder fordert die Welt heraus – niemand hier hat noch etwas zu verlieren.

Dann Ruhe – Stille wäre zu viel gesagt. Eine Atempause, die eher ein Nachladen als ein echtes Ausruhen ist.

Und wenn die Wagen der Straßenreinigung noch im Dunkeln ihren feinen Strahl wieder an die Kantsteine rieseln lassen, beginnt der Tag auf St. Pauli von vorn.

Wer hier lebt, arbeitet oder beides, erwartet noch alles vom Leben – oder nichts mehr. Wer hier ein Zimmer hat, braucht kein Geld für Miete, sondern zahlt das mit dem Leben ab.

85

»Weißt du, was das Schlimmste ist?«, hatte Fleur gefragt, als sie ein paar Tage nach ihrem Geständnis vor der Arbeit in der Schanze frühstückten.

Michelle schüttelte den Kopf.

»Mir ging es ja noch gut. Ich habe Geld verdient, das ich nach Hause schicken konnte. Und die Männer … waren zufrieden mit mir.«

»Und wieso ist das …?«

»Jetzt, wo ich es mir leisten kann, bin ich Mitglied bei Amnesty und bei Attac«, fuhr Fleur fort.

»Amnesty kenne ich, aber was ist Attac?«, fragte Michelle.

»Das sind die Leute, die bei Gipfeltreffen Steine werfen. Globalisierungsgegner.«

»Aber wieso bist du denn gegen die Globalisierung?« Was für ein eigenartiges Gespräch. Zwei Huren diskutierten beim Kaffee über Weltpolitik. Als würde irgendwen ihre Meinung interessieren.

»Dadurch geht alles kaputt.«

»Also, warum die Leute hier in Deutschland jammern, verstehe ich ja. Die Jobs werden ausgelagert nach Asien. Aber das heißt doch, du müsstest eigentlich dafür sein?«

Fleur schüttelte den Kopf. »Nein. Meine Eltern waren arm. Meine Großeltern waren arm. Sie haben in einfachen Hütten gelebt. Das ist richtig. Aber sie kannten es nicht anders. Sie waren glücklich. Oder zumindest war alles okay für sie. Glücklich … sagen wir, sie waren zufrieden. Heute wollen die Kinder

Markenturnschuhe und Handys. Aber die Eltern haben kein Geld dafür. Wusstest du, dass es weltweit immer noch ungefähr dreißig Millionen Sklaven gibt? Handys, Kleidung, Ernten, Tagebau, überall.«

»Aber hast du nicht auch dazugehört?«

»Irgendwie schon. Aber … nicht so richtig. Ich habe wenigstens etwas gelernt, was ich überall auf der Welt zu Geld machen kann. Verstehst du, ich verdiene hier an einem Tag mehr, als ich in Bangkok in einem Monat bekommen habe. Ich unterstütze meinen Bruder, er kann die Universität besuchen, ich habe eine schöne Wohnung …« Sie deutete mit einer Hand in Richtung Außenwelt. Es regnete. Michelle nahm das typische Hamburger Wetter gar nicht mehr wahr. »Das Wetter ist nicht so toll, aber glaub mir, vierzig Grad Außentemperatur ohne Fenster sind auch nicht besser. Im Gegenteil.«

Michelle nahm einen Schluck Sekt und schwieg. Sie mochte ihren Job. Aber Fleurs Sichtweise überraschte sie dennoch.

»Wenn ich älter bin, wenn Wasi mit dem Studium fertig ist, will ich in meine Heimat zurückkehren und dafür sorgen, dass es den Kindern dort besser geht. Aber ich weiß noch nicht, wie. Wenn sie nicht arbeiten, haben sie nichts zu essen. Würde die Politik vorschreiben, alle Arbeiter in Thailand angemessen zu bezahlen, dann zögen die Firmen weiter. In andere Länder, wo die Gesetze nicht so streng sind. Myanmar, Pakistan, Schwarzafrika. Auswahl gibt es genug. Deswegen bin ich meinem Vater im Grunde dankbar. Hätte er mich als Näherin in eine Fabrik verkauft, hätte er weniger für mich bekommen – und ich säße heute noch dort. Statt hier mit dir bei einem Frühstück, für dessen Preis du damals mich und noch das Mädchen im Zimmer nebenan dazu bekommen hättest. Das ist irgendwie krank, aber irgendwie auch toll.«

Sie kamen aus verschiedenen Welten, aber die Tattoos, die sie sich hatten stechen lassen, passten schon richtig gut. Sie waren beste Freundinnen und jede auf ihre Art ein Phönix, der sich aus der eigenen Asche erhebt.

86

Nase, JC und Amira arbeiteten sich die Feldstraße entlang, dann die Budapester Straße hinunter. Jede Tanke drei Minuten.

»Allein die blöden Gesichter, wenn die schnallen, dass wir es ernst meinen und nicht nur drei Kids sind, die coole Sprüche klopfen!« JC war inzwischen ganz high. Amira ließ ihn Wortführer sein.

Sie drückten die Tür zur nächsten Tankstelle auf. Dingeling, läutete das Glöckchen. Der Kassenwart sortierte gerade Brötchen ins Display.

»Hey! Du da! Das ist ein Überfall! Pack das Geld aus der Kasse in eine Tüte, und her damit! Zeit läuft!«, rief JC. Der Tankwärter blieb einfach stehen und glotzte dumm.

Amira wartete einen Moment, bis der Typ langsam in der Wirklichkeit ankam, dann zog sie die Kanone und hielt sie deutlich sichtbar in die Höhe.

»Äh, ja, ich, klar«, stammelte der Penner. Ein Wunder, dass er sich nicht in die Hose pisste. Obwohl, sicher sein konnte man nicht, er stand ja hinterm Kassentresen.

Sie sah zu, wie er mit einer Hand die Tüte aufhielt und mit der anderen Geld hineinschaufelte. Wegen der beschissenen Sicherheitstresore kam nie viel zusammen, aber immerhin. Draußen hielt ein Wagen vor einer Tanksäule.

»Los, gib her!«, fauchte JC. Er riss dem Verkäufer die Tüte aus der Hand.

Amira steckte die Pistole wieder ein. Es war schon geil,

einfach so durch die Stadt zu ziehen und machen zu können, was man wollte.

Sie hätte nicht sagen können, ob sie auf eine Gelegenheit wartete, mal abzudrücken und wenigstens ein Loch in eine Wand zu schießen – oder nicht.

87

Svenja Meißen rieb sich die Stirn. Was war das denn jetzt für eine Scheiße?

»Die sollen uns sofort das Video schicken! Und gebt eine Warnung an alle umliegenden Tankstellen raus!«

Innerhalb von fünfundvierzig Minuten hatten drei Tankstellenshops in St. Pauli bewaffnete Überfälle gemeldet. Mittags! Alle drei beschrieben die Gang, die sie vorgestern erst auf dem Kiez erlebt hatte: ein hochgewachsener Schwarzer, ein Albaner oder Kroate und ein bulliger Chinese.

Sie wusste es besser. Es handelte sich um eine Chine*sin*, die noch dazu nach dem Tod ihrer Eltern Verantwortung für ihre jüngere Schwester übernommen hatte – aber irgendwie auf die schiefe Bahn geraten war.

Aber bisher waren die drei nur durch körperliche Gewalt aufgefallen. Jetzt war auf einmal von einer Waffe die Rede.

Handelte es sich um eine Schreckschusspistole? Es gab Modelle, die selbst Profis auf den ersten Blick kaum von einer echten Pistole unterscheiden konnten. In dieser Hinsicht war von einem verängstigten 450-Euro-Jobber an einer Tankstelle nicht viel zu erwarten.

Oder war das etwa …? Sie glaubte nicht an Zufälle. Bei dem Zusammenstoß vor dem *Pretty Woman* war Pauls Dienstwaffe abhandengekommen. Meißen blendete auf der Straßenkarte alle Tankstellen ein. Die betroffenen Filialen lagen in der Feldstraße. Sie waren in dichter zeitlicher Folge von Ost nach West heimgesucht worden.

In der Budapester Straße gab es drei weitere Tankstellen in Richtung Hafen, zwei in Richtung Stresemannstraße/Holstenstraße.

Meißen griff sich ihre Jacke, ihre Pistole und den Schlüssel eines Streifenwagens.

Es war Viertel nach zwei, als sie die Wache verließ. Paul hatte sich seit gestern nicht mehr gemeldet. Sie würde versuchen, die Sache mit der Pistole zu klären, und ihn dann anrufen. Fauler Sack!

88

Paul Hinnerken hatte ausgeschlafen, bis das unzufriedene Geschrei seines Beos ihn weckte. Joaquin war das Einzige, was in seinem Alltag noch an Carmen erinnerte. Er hatte alle Bilder von ihr abgenommen und in den Keller gestellt, genau wie die gerahmten Urkunden von den Samba-Wettbewerben, aber mit dem Vogel konnte er das ja schlecht machen. Und er brachte es nicht über sich, ihn zu verschenken.

Sie hatten den Beo gemeinsam gekauft, Carmen hatte viel mit ihm gesprochen. Es waren schöne Zeiten gewesen.

Jetzt saß er da mit einem Vogel, der nur Spanisch sprach. »*A quien madruga, dios le ayuda*«, rief Joaquin. Er war gesellig und wollte sich unterhalten.

»*Cría cuervos, y te sacarán los ojos*«, knurrte Paul zurück. Er ging hin und kraulte ihn ausgiebig.

Warum hatte sie ihn verlassen? Er war sich immer noch nicht sicher. Er wusste nur, dass da ein Loch in seinem Herzen war, das viel zu langsam heilte. Hatte er zu viel gearbeitet? Aber sie wollte einen Mann, der im Beruf erfolgreich war. Ihr nicht oft genug gesagt, dass er sie liebte? Oder war es doch einfach die Sehnsucht nach ihrer Heimat gewesen – hatte sie Spaniens Sonne vermisst, und wäre er mit ihr gegangen, könnten Joaquin und er jetzt verträumt aufs Meer schauen und warten, bis Carmen gut gelaunt nach Hause kam?

Sie hatten getanzt, gefeiert, sich geliebt. Die Erinnerung daran konnte ihm keiner nehmen. Doch an manchen Tagen war er unsicher, ob es nicht besser wäre zu vergessen, als immer nur die Gegenwart mit der Vergangenheit zu vergleichen.

Er kochte Kaffee, duschte in Ruhe, aß zwei Scheiben Toast, dachte nach. Kaute vor sich hin, ohne etwas zu schmecken. Was war da? Ein Gedanke, der sich nicht erfassen ließ, der sich immer wieder seiner Wahrnehmung entzog. Der ihm zu schmerzhaft erschien, um wahrgenommen zu werden, sodass er jedes Mal zurückzuckte. Etwas an Fleur Suthas Tod berührte ihn, machte die Angelegenheit drängend. Als dürfte er keine Zeit verlieren. Als wäre er persönlich dafür verantwortlich, den oder die Täter zur Rechenschaft zu ziehen.

»*Querer es poder*«, krächzte der Beo.

Bilder überlagerten sich in seinem Kopf. Bilder, die nicht mehr an seinen Wänden hingen. Er wohnte immer noch in derselben Wohnung, aus der Carmen ausgezogen war. Ein Bild von ihr. Ein Bild von Fleur. Carmen hatte ebenfalls schwarzes Haar gehabt, aber lockig, und sie hatte es viel kürzer getragen.

Sie war Spanierin, Fleur Thailänderin. Anderer Teint, anderer Körperbau. Carmen war viel üppiger …

Er hatte ihr gegenüber nie seinen Verdacht geäußert, dass er ihr nicht genügte. Dass sie zumindest am Ende der Beziehung eine Affäre gehabt hatte, vielleicht mehrere. Er hatte sie nicht darauf angesprochen. Und selbst heute schüttelte er den Gedanken ab. Brachte ja auch nichts. Ließ sich nicht mehr ändern, nicht mehr klären.

Dabei wäre es vielleicht der Weg zum Glück gewesen. Möglicherweise hätte er seine Sorgen aussprechen und mit ihr teilen sollen. Es war denkbar, dass er für sie – die temperamentvolle und offenherzige Spanierin – zu verschlossen gewesen war. Hinnerken machte das meiste mit sich ab. Er wollte andere nicht mit seinen Gefühlen belästigen. Und zugleich bot ihm dieses Verhalten die Möglichkeit, mit seinen Gefühlen umzugehen. Das Grauen im Zaum zu halten, mit dem er jeden Tag zu tun hatte. Der Angst und der Unsicherheit Einhalt zu gebieten.

Er handelte lieber, als zu reden.

In seinen geheimsten Träumen sah er Carmen vor sich, mit fremden Männern, er fand es schrecklich, aber auch erregend, und dafür hasste er sich und hasste sie.

Denk nicht daran! Er verbrannte sich die Zunge an seinem Kaffee und fluchte, eine gute Ablenkung.

»*Lo que no mata engorda*«, tönte Joaquin.

Hinnerken ging ins Wohnzimmer und startete seinen Computer. Er loggte sich in das System der Polizei Hamburg ein und suchte nach dem Fall Sutha. Er überflog die Übersicht der Aktualisierungen der elektronischen Akte. Bonhöffer hatte den offiziellen Obduktionsbericht eingespeist. Darin stand aber auch nichts Neues.

Aus Thailand waren nur dürre Infos zurückgekommen. Über Fleur Sutha gab es nur einen einzigen Eintrag. Die Antwort der Kollegen war entweder in sehr schlechtem Englisch erfolgt – oder durch ein automatisches Übersetzungsprogramm gelaufen. Er wurde nicht recht schlau daraus: »Haben Fleur Sutha vernommen zwecks Brandgefahr aber keine Zugehörigkeit festgestellt Brandgefahr.« Es folgten ein Datum und eine Adresse.

Er kopierte die Adresse in seinen Webbrowser und erhielt Treffer für ein Hotel, eine Bar, einen Supermarkt, ein weiteres Hotel mit einem anderen Namen, noch einmal dieselbe Bar. Entweder war es ein großer Komplex oder die Räumlichkeiten waren über die Jahre unterschiedlich genutzt worden.

Eine Sackgasse.

Sein Instinkt sagte, dass die Intensität seiner Unruhe etwas mit dem Aussehen des Opfers zu tun hatte. So profan das sein mochte. Er öffnete den Ordner mit Meißens Tatortfotos.

Erst kamen die Übersichtsaufnahmen. Das ganze Zimmer von der Tür aus, von der anderen Seite, vom Kopfende des Betts. Die nackte, drapierte Leiche wirkte wie perverse Pop-Art, die auf die moralische Verwerflichkeit von Prostitution aufmerksam machen sollte.

War es das? Wollte er durch eine besonders gründliche Ermittlung unter Beweis stellen, dass er keine Vorurteile hegte – dass er sich für eine Prostituierte genauso ins Zeug legte wie für jedes andere Opfer?

Gestern hatten sie sich auf der Autobahn fast überschlagen. Warum war er bereit, sein Leben für eine Frau zu riskieren, der er zuvor noch nie begegnet war? Hatte er sie aus dem Augenwinkel gesehen, auf dem Weg in Michelles Zimmer? War es ihm peinlich, das nicht mehr genau sagen zu können? Als Kunde ging er an den jungen Mädchen auf der Straße vorbei, als wären sie nur … *Ware* war ein zu harter Ausdruck, aber er hatte sich bestimmt nicht bemüht, jede von ihnen in vollem Umfang als eigenständige Persönlichkeit wahrzunehmen.

Er klickte sich weiter durch die Bilder. Meißen arbeitete sich näher heran. Arme, Beine, Füße, Hände. Oberkörper, Unterkörper, Geschlechtsteile, Blitzlichtgewitter. Gesicht.

Paul erstarrte. Meißen hatte ihre Kamera offensichtlich mit gestreckten Armen genau über Fleurs Kopf gehalten und senkrecht nach unten geknipst.

Die verschmierten Reste des dunkelblauen Lippenstifts. Die Nase unnatürlich gleichmäßig. Die Lippen nicht ganz geschlossen. Das Kinn pointiert, aber nicht zu spitz. Er vermutete, dass auch hier nachgearbeitet worden war.

In dem dafür vorgesehenen Feld der Akte legte er eine Notiz an: HH Schönheitschirurgen/Krankenkasse!

Aber da war noch etwas anderes. Fleur hatte die Augen geöffnet und starrte geradeaus. Ihr Haar breitete sich so gleichmäßig um den Kopf aus wie ein Blutsee.

Das Bild war im Hochformat aufgenommen, wie ein Porträtfoto, wurde aber im Querformat angezeigt. Paul legte erst den Kopf schief, um Fleur in die Augen sehen zu können, dann kam er auf die Idee, das Bild zu drehen.

Klick, neunzig Grad im Uhrzeigersinn.

Fleur Sutha starrte ihn an. Und da war es wieder, dieses Gefühl. Er schloss die Augen und dachte nach.

Zwei Bilder schoben sich im Geiste übereinander.

Fleurs Gesicht, im Tod erstarrt. Und ... warum hatte er das Gefühl, auf dem anderen Bild sei Carmen, aber doch nicht Carmen?

Seine Exfrau hatte keine Schwester. Ihre Mutter sah ganz anders aus als sie – und auch als Fleur.

Nein, es war nicht Carmen. Paul Hinnerken stand auf, ging seine Geldbörse holen und klappte sie auf. Darin steckten Fotos seiner Eltern. Er hatte sie in dem Heim gemacht, wo die beiden betreut wurden. Aus schlechtem Gewissen hatte er die Bilder abziehen lassen und trug sie bei sich. Er sah sie jeden Tag und schaute doch weg.

Der leere Blick seiner Mutter.

Der leere Blick der toten Fleur.

Zugegeben, auch die Gesichtsform war nicht unähnlich. Fleur verfügte von Natur aus über ein schmales, ovales Gesicht. Seine Mutter hatte in den letzten Jahren deutlich an Gewicht verloren, ihr früher beinahe kreisrundes Gesicht war schmal geworden.

Aber vor allem waren es die Augen.

Sein Blick wanderte von einem Bild zum anderen. Seine Hand, in der er das aufgeschlagene Portemonnaie hielt, begann leicht zu zittern.

Niemand kümmerte sich um sie.

Niemand. Nicht einmal er.

Dabei war er ein guter Sohn. Und ein guter Polizist.

Es war eigenartig, unerklärlich, falsch und richtig zugleich. Jetzt wusste er wenigstens, warum er tun musste, was zu tun war.

»*Cosecharás tu siembra*«, rief der Beo fröhlich.

89

Dorothea Hagen wechselte das Hotel. Um eine Nacht unterzutauchen, war die Unterkunft im Osten der Hansestadt in Ordnung gewesen, aber nun brauchte sie doch Alsterblick.

Dass sie kein Gepäck dabeihatte, erstaunte keinen der uniformierten Angestellten. In ihrer Preisklasse erstaunte niemanden irgendetwas. Das war es, was die höchsten und die niedrigsten Ebenen der Gesellschaft miteinander verband: die Fähigkeit, größtmögliche Unterschiede zwischen Menschen und Lebensweisen zu tolerieren.

Ein Page, der ihr Sohn hätte sein können und in seiner Uniform mit dem blonden Scheitel wie ein süßer Hitlerjunge aussah, führte sie zu ihrem Zimmer. Als der Fernseher sie mit Namen begrüßte, wurde ihr klar, dass die Ermittlungsbehörden – so es denn wirklich Polizisten gewesen waren, die in der Nacht bei ihr geklingelt hatten – über die Ressourcen verfügten, sie binnen Minuten hier ausfindig zu machen.

Sollte sie gleich wieder auschecken?

Stattdessen griff sie zum Telefon. »Entschuldigung, können Sie mir einen Gefallen tun und meinen Namen aus dem System entfernen? Ich bin in dieser Hinsicht etwas … übervorsichtig.«

Sie wusste, sie müsste überhaupt keine Begründung nennen. Ihr Wunsch war Befehl.

»Und wenn es Ihnen recht ist«, fuhr sie fort, »würde ich doch auch lieber bar zahlen.«

Der Lakai an der Rezeption sagte, er müsse für belegte Zimmer einen Namen angeben, aber der sei frei wählbar. Dorothea Hagen dachte keine Sekunde nach. »Katharina Groß«, entschied sie.

Die Kaiserin Russlands, eine bewundernswerte Vertreterin des aufgeklärten Absolutismus. Um auf den Thron zu gelangen, hatte sie einen Putsch gegen ihren eigenen Mann initiiert.

Durch den Telefonhörer vernahm Hagen Tastenklicken. »So, das hätten wir. Und wegen der Zimmerrechnung … von Ihrer Kreditkarte wurde noch nichts abgebucht, Sie können selbstverständlich einfach beim Auschecken eine andere Zahlungsart wählen, auch bar. Das geht ohne Probleme.«

»Gut, danke.« Sie legte auf.

Dann zog sie ihr Handy heraus. »Dringend. Muss dich sehen.« Dann den Namen ihres Hotels und die Zimmernummer.

Torbens Bank saß in einem Büroklotz nur drei Straßen entfernt. Sie wusste nicht, ob er dort war, aber sein Business könnte mal ein bisschen mehr *face time* des Chefs vertragen. Die jungen Leute wussten gar nicht mehr, wie man führte.

In dem Bemühen, alles im Griff zu behalten, würdigte sie die teure Aussicht keines Blickes. Stattdessen ließ sie vor ihrem geistigen Auge die schrecklichsten Fotos aus ihren Akten vorbeiziehen, um sich zu beruhigen … ein Laster, der mittags in eine Eisdiele gerast war, ein paar bunte Schulranzen lagen noch neben dem Wrack … ein Liebespaar in der Badewanne, dem das Radio ins Wasser gefallen war … ein Taucher mit zu wenig Sauerstoff im Tank … verschmurgelte Rentner nach einem Wohnungsbrand im dreizehnten Stock … eine Gasexplosion im Einkaufszentrum …

90

Ein Streifenwagen war nützlich, wenn man im Schritttempo die Budapester Straße entlangfahren wollte. Ohne das typische Blau und Silber und die Leuchten auf dem Dach wäre Svenja Meißen jetzt von der Straße gehupt worden.

So warfen ihr die Mitbürger beim Überholen bloß genervte Blicke zu.

Sie hielt Ausschau nach drei Jugendlichen mit Taschen oder Plastiktüten. Bei den Beschreibungen war es fast unmöglich, dass es nicht Amira und ihre Jungs waren. Bislang waren die drei klug genug gewesen, nur ihre Fäuste als Waffen einzusetzen. Weit schwerer beweisbar und vor allem ein anderer Tatbestand. Aber möglicherweise war es nicht Klugheit, sondern nur Mangel an Gelegenheit gewesen, der die drei bisher vor größeren Dummheiten bewahrt hatte.

Es hatte sich nicht gelohnt, noch auf die Überwachungsvideos zu warten, und sie wollte lieber erst einmal allein überprüfen, was abging, bevor sie Verstärkung rief. Sie durfte nicht vergessen, später am Tag Paul zu fragen, was er eigentlich so machte. Sonst kam irgendwann ihr Chef rein und erkundigte sich, und sie saß auf dem Trockenen.

Aus Richtung Innenstadt kommend, zuckelte sie langsam an der ersten Tankstelle vorbei, die sich noch vor dem Bunker am Heiligengeistfeld befand. Tote Hose. Ob gerade jemand im Shop war, konnte sie allerdings nicht sehen.

Auf Höhe des Bunkers hielt sie an der Ampel und nutzte die Rotphase, um sich umzusehen. Weder auf ihrer noch auf der gegenüberliegenden Straßenseite war eine Gruppe von drei Jugendlichen auszumachen. Überhaupt war hier am frühen Nachmittag wenig los. Mit Einbruch der Dämmerung würde sich das ändern, wenn die Pistengänger kamen.

Grün. Sie fuhr weiter. Neuer Pferdemarkt. Schanze. Tausend Bäckereien und Dönerläden, die man für fünfzig Euro aufmischen könnte. Aber wenn sie ihrem bisherigen Vorgehen treu blieben, hatten sie entweder für heute Schluss gemacht, oder sie marschierten die Stresemannstraße hoch. Da kamen noch zwei Tankstellen, eine von ihr aus gesehen auf der rechten Seite, die andere direkt gegenüber. Gleiche Marke, unterschiedliche Preise, immer auf der Seite höher, wo gerade mehr Verkehr war. Morgens stadteinwärts, abends stadtauswärts. Mit einem Ohr horchte sie auf weitere Überfälle im Funk.

Hundert Meter weiter: die nächste Ampel. Kein Mensch überquerte die Straße. Warum zeigte das Ding rot? Sie war kurz davor, ihr Blaulicht einzuschalten.

An der Station auf ihrer Seite standen drei Motorradfahrer und befüllten ihre Maschinen. Das wäre kein guter Zeitpunkt für einen Überfall.

Auf der anderen Seite war nichts los. Gerade fuhr ein roter Golf auf das Gelände, hielt vor einer der Tanksäulen. Meißen kroch schon weiter, froh, dass sie nicht mit einem halben Dutzend Kollegen im Schlepptau unterwegs war, die sich alle über sie lustig machen würden, da ging die Tür des Tankstellenhäuschens auf, und zwei Jugendliche kamen heraus. Hier war die Straße einspurig, plus Busspur. Entweder schaltete sie die Sirene ein, oder sie versuchte, nicht aufzufallen, und schwamm mit dem Strom.

Zuerst verrenkte sie sich den Hals, dann sah sie in den Rückspiegel. Zwei, dann noch einer. Dann fiel die Tür ins Schloss. Drei. Einer davon schwarz.

Blaulicht oder nicht?

Sie fuhr weiter bis zur nächsten Straße. Bog rechts ab, wendete nach hundert Metern, fuhr zurück Richtung Stresemannstraße und hielt am Straßenrand. Ein großes Risiko, aber es erschien ihr zugleich als größte Chance.

Wenn diese Dorftrottel jetzt über die Straße gingen und jemanden umnieteten, würde sie sich das nie verzeihen. Meißen setzte darauf, dass die drei nicht so hart drauf waren, wie sie taten. Die wollten Macht spüren, aber niemandem ernsthaft schaden. Hoffte sie.

Sie hielt den Atem an – und hatte Glück. Die drei gingen ganz locker, als wäre nichts passiert, Richtung S-Bahn. Sie unterhielten sich und schubsten einander, wie alle Jugendlichen. Hatte sie sich geirrt? Waren das ganz andere Kids? Oder waren es vielleicht die drei vom Kiez, aber sie steckten nicht hinter den Überfällen?

Beides möglich, aber unwahrscheinlich.

Sie wartete. Das Trio blieb stehen, diskutierte. Dann führten sie komplizierte Handbewegungen aus, wohl eine Art Abschiedsritual, und trennten sich. Der Schwarze überquerte an der Ampel die Stresemannstraße und ging dann zurück Richtung Feldstraße. Die beiden anderen unterschieden sich auf die Entfernung vor allem durch ihren Körperbau. Beide hatten dunkle Haare, aber einer war ganz dünn, der andere – *die* andere, wie sie vermutete – hatte breite Schultern, breite Hüften, einen breiten Stand.

Der Dünne verschwand in eine Seitenstraße Richtung geiler Meile. Blieb nur noch Amira, wenn sie es denn war. Sie hatte eine Sporttasche über der Schulter hängen und setzte sich wieder zur S-Bahn in Bewegung.

Meißen ließ den Motor an, bog auf die Hauptstraße, fuhr voraus. Es sah so aus, als hätten sich die drei für heute getrennt, jeder ging nun nach Hause oder seinen eigenen Geschäften nach. Amira konnte sie weiterhin im Rückspiegel sehen.

Meißen stellte den Wagen vor der Neuen Flora ins Halteverbot, stieg aus und überquerte die Straße. Langsam ging sie dem Mädchen entgegen, darauf hoffend, dass Amira es aufgrund der vielen Menschen am Bahnhof nicht riskieren würde, die Waffe zu benutzen. Sicherheitshalber öffnete sie den Verschluss ihres Holsters.

Doch Amira war offenbar viel zu sehr mit sich beschäftigt, um auf ihre Umgebung zu achten. Überraschend trat Meißen ihr in den Weg.

»Hey«, sagte sie.

Amira erschrak und sah auf. Zuerst zeigte sich wütender Trotz auf ihrem Gesicht, dann Erkennen, dann Panik.

»Ganz ruhig«, sagte Meißen leise und legte so viel Freundlichkeit wie möglich in ihre Stimme. »Keine Angst.«

Amiras Augen verengten sich zu misstrauischen Schlitzen. Abwartend legte sie den Kopf zur Seite.

Meißen setzte alles auf eine Karte. »Ich weiß, was da drin ist.« Sie nickte in Richtung der Sporttasche. »Ihr seid ganz schöne Idioten. Wenn sie euch mit Hilfe der Überwachungsvideos erwischen … Pech gehabt.«

Sie konnte sehen, wie sich Amiras Körper verspannte, als wollte sie wegrennen.

»Warte! Meinetwegen kannst du das Geld behalten. Ich will deine Waffe. Sie gehört meinem Kollegen. Gib sie mir, dann haben wir uns nie hier getroffen. Wenn sie rauskriegen, wer ihr seid, Pech gehabt. Wenn nicht, Glück. Wobei ich an deiner Stelle aufhören würde mit dem Scheiß.«

Amira zögerte, sah sich um. »Woher weiß ich, dass ich Ihnen trauen kann?«

»Was willst du denn sonst machen?«

»Ist das jetzt eine Falle?« Wieder sah sie sich um, diesmal schaute sie auch hinter sich. Unauffällige Passanten, aber natürlich könnten auch zivile Beamten darunter sein.

»Pass auf. Ich will die Pistole. Du willst nicht in den Knast. Deal?«

Sie standen einander gegenüber. Svenja Meißen versuchte, ganz ruhig zu bleiben, Vertrauenswürdigkeit auszustrahlen. Amira war hin- und hergerissen. Die unterschiedlichsten Gefühle spielten in schneller Folge über ihr kantiges Gesicht.

»Du kannst den Jungs sagen, sie sei verloren gegangen. Auf die Bahngleise gefallen. Oder kaputt, weil du sie im Wasserkasten des Klos versteckt hast. Tüte undicht. So was passiert, glaub mir.« Pause. Sie überlegte, ob sie noch hinzufügen sollte: Denk an deine kleine Schwester.

Da fasste Amira mit der rechten Hand hinter ihren Rücken. Instinktiv zuckte Meißens Hand in Richtung ihrer Pistole, dann ließ sie den Arm wieder sinken. »Ganz ruhig«, sagte sie. »Vorsichtig.«

Amira nickte, sah sich noch einmal um, holte dann die schwarze P99Q hervor, mit dem Lauf nach unten, halb verborgen durch ihren Oberschenkel. Meißen nahm ihr die Pistole ab und steckte sie in die Innentasche ihrer Jacke.

»Okay. Danke«, sagte sie und nickte. »Viel Glück.«

Sie zog eine Visitenkarte hervor und hielt sie Amira hin. »Falls du mal reden willst. Oder Hilfe brauchst.«

Amira riss ihr die Karte ärgerlich aus der Hand, aber statt sie – wie erwartet – trotzig auf den Boden zu schmeißen, stopfte sie sie in ihre hintere Hosentasche. Dann marschierte sie ohne ein weiteres Wort davon.

Während Svenja Meißen dem Mädchen hinterhersah, fragte sie sich, ob ihre Schwester jetzt stolz auf sie oder enttäuscht von ihr wäre.

91

Paul hatte sich auf dem Weg einen Döner geholt und als Frühstück und Mittagessen zugleich verschlungen. Jetzt saß er an seinem Schreibtisch, rief verschiedene interne Dokumente und Websites auf und versuchte zugleich, per Telefon eine Einschätzung der Kollegen für Finanzdelikte einzuholen. Die hatten anscheinend noch mehr zu tun als die Kripo, jedenfalls ging keiner ran.

Schnauze voll. Er tippte mit dem Finger auf die Gabel, dann wählte er neu. Dabei ließ er die letzten beiden Ziffern der Durchwahl weg und wählte nur die ersten beiden, gefolgt von zwei Nullen. Diese Durchwahlen erhielten jeweils die Dienststellenleiter, weswegen sie hinter vorgehaltener Hand auch als Doppelnullen bezeichnet wurden.

Und damit war keineswegs gemeint, dass sie so gut waren wie James Bond.

Zweimal Klingeln, dann die Sekretärin. *Geht doch.*

Hinnerken nannte seine Personalnummer und erklärte, was er wollte. Die Sekretärin versuchte, ihn an die Kollegen in der Abteilung zu verweisen, aber er blockte ab: »Habe ich schon versucht, da ist keiner zu erreichen. Dienst nach Vorschrift ist bei Geldwäsche ja vielleicht auch okay, kann man ja zurückbuchen lassen, aber bei uns läuft ein Mörder frei rum. Wär schön, wenn Sie uns heute noch helfen könnten, den zu kriegen.« Er lachte, um zu zeigen, dass der Vorwurf keiner war, sondern offiziell ein Scherz sein sollte. Anders kam man nicht weiter in dem Laden.

Beleidigt blaffte die Sekretärin, sie würde ihn zurückrufen lassen.

»Dreißig Minuten«, sagte er und legte auf.

Was er bereits allein herausgefunden hatte: Gerüchteweise stand es schlecht um die Ehe von Versicherungschefin und Politaufsteiger. Wer derartige Gerüchte verbreitete, konnte innerhalb kürzester Zeit mit einer strafbewehrten Unterlassungserklärung einer bekannten Berliner Anwaltskanzlei rechnen, die auch jede Menge andere Wichtigtuer vertrat. Ein fast sicheres Zeichen, dass die Gerüchte stimmten.

Die Deutsche Versicherung, hieß es, war auf der Suche nach einem Partner. Fressen oder gefressen werden, beides kam infrage.

Dorothea Hagen war keine unumstrittene Herrscherin in ihrem Reich, im Gegenteil. Hinnerken hatte den Autor eines Artikels in einem Wirtschaftsmagazin angerufen, der ihm »ausdrücklich nicht« bestätigen wollte, »dass viele Mitarbeiter auf die Ablösung ihrer Geschäftsführerin hoffen«.

Die Frage war: Was genau hatten Hagen, Fleur und Bremerhaven miteinander zu tun? Und so merkwürdig ihm die Berlinerin und der Frankfurter vorkommen – warum und wie sollten sie verantwortlich sein für Fleurs Tod?

Ansonsten wurde wenig über Hagen und die Deutsche Versicherung geschrieben. Ihr Promifaktor bestand allein in ihrem Mann, und die Versicherungsbranche selbst war notorisch unsexy. In Vergleichstests lag die Firma im oberen Drittel, auf Websites mit Userbewertungen kam sie eher besser als schlechter weg. Ab und zu gab es Ausreißer, Versicherungsnehmer beschwerten sich, dass ihr Schaden nicht schnell genug oder nicht großzügig genug reguliert worden war. In den meisten Fällen hatte man schon vom ersten Satz an das Gefühl, die Schreiber wären selber schuld. Das Internet bot auch wirklich jeder unzufriedenen Knalltüte die Möglichkeit, sich auszukotzen. Einige wenige Einwände hörten sich ganz vernünftig an, aber das gab es bei anderen Unternehmen auch, er hatte zum Vergleich die Erfahrungsberichte der zwei größten Konkurrenten überflogen.

Immer noch merkwürdig erschien ihm die Pressemeldung, dass die Deutsche Versicherung seit etwa einem Jahr exklusiv mit der Hamburger Bank *HanseGeld* kooperierte. Erstens hatte er von dem Institut noch nie gehört. Zweitens, welche Firma hatte denn alle ihre Konten bei einer Bank? Drittens, warum deswegen eine Pressemitteilung rausgeben?

Diese Fragen wollte er mit jemandem besprechen, der mehr von der Materie verstand.

Paul hatte Fotos von Fleurs Zahlungsanweisungen an Florian Bremerhaven gemacht. Alle diese Überweisungen waren über *HanseGeld* gelaufen, was insofern logisch war, als alle Doppelauszahlungen die Deutsche Versicherung betrafen.

Trotzdem komisch.

Die Bank saß in Hamburg. Fleur wohnte in Hamburg. Dorothea Hagen war mitten in der Nacht Richtung Hamburg geflohen.

Zufall?

Das Telefon klingelte. »Hinnerken?«

»Grüner, Finanzdelikte. Sie baten um Rückruf. Unsere Teamleitung sagte, es sei dringend.« Er sprach »dringend« aus wie ein ihm unbekanntes Fremdwort.

»Danke.« Hinnerken ignorierte die Befindlichkeit des Kollegen und umriss die Sachlage.

»Moment«, sagte Grüner. Es knallte, offenbar hatte er den Hörer auf die Schreibtischplatte gelegt. Dann war das Klicken der Computertastatur zu hören, allerdings in Zeitlupe, als suchte ein Kind jeden Buchstaben einzeln. Nach einer gefühlten Ewigkeit raschelte es, dann sagte Grüner: »Die Pressemitteilung hat das Geldinstitut herausgegeben, nicht die Versicherung. Aus deren Sicht ein vernünftiges Vorgehen – sie bauen damit Vertrauen auf, indem sie zeigen, dass sie einen ersten großen Fisch am Haken haben. Passt nicht ganz zum Portfolio der Bank, die sich ansonsten vor allem an Privatanleger wendet, alles über einer Million, aber vielleicht wollten sie die Basis ausweiten. Unklar, aber nicht unbedingt Misstrauen erweckend.«

Hinnerken hörte aufmerksam zu. Grüner klang, als wüsste er, wovon er redete. Aus Erfahrung wusste er, wenn man solche Leute ungeduldig unterbrach, schnappten sie zu wie eine Auster.

»Trotzdem ist es für eine Versicherung, oder überhaupt für jedes Unternehmen dieser Größe, ungewöhnlich und auch nicht nachvollziehbar, dass sie alle Geldgeschäfte nur mit einer Bank abwickelt. Noch dazu mit einer, bei der kaum ein Kunde der Versicherung seinerseits Kunde ist. Konten bei den großen Banken, da lässt sich das Geld schneller verbuchen oder auszahlen. Aber *HanseGeld*? Da müssten sie schon ganz besonders tolle Konditionen bekommen haben. Aber was weiß ich. Manchmal wird ja auch hinter den Kulissen gemauschelt. Irgendwer schläft mit der Tochter des Gründers, schon wäscht eine Hand die andere. Ist noch nicht mal illegal. Bisschen unmoralisch vielleicht, aber erlaubt. Oder die Geschäftsführer lernen sich im Kurzurlaub auf der Aida kennen. Diese Leute haben ja keine Zeit für normale Beziehungen, was die für Freundschaft halten, sind eigentlich nur Seilschaften.

Oder an der ganzen Sache ist nichts dran, die Bank hat das einfach rausgehauen, und der Deutschen Versicherung war es zu egal, um eine Korrektur hinterherzuschicken. Kann auch sein.«

»Hm«, machte Hinnerken, um zu zeigen, dass er noch da war.

»Bisschen merkwürdig ist, dass *HanseGeld* auch selbst Direktversicherungen anbietet – das ist an sich kein leichtes Feld. Da macht man nicht einfach mal so ein Geschäftsfeld auf und schaltet ein paar Anzeigen. Und zwei Erweiterungen auf einmal, Firmenkunden und Versicherungen, das ist nicht ohne. Andererseits beobachten wir seit einiger Zeit wieder so eine Blase. Ende der Neunziger war alles hot, wo Internet draufstand. Aktuell wird alles überbewertet, was unter B2C fällt, also *business to consumer*. Geschäfte direkt mit dem Endkunden, ohne Mittelsmann. Wir werden sehen, was davon überlebt, aber so gesehen ist das vielleicht doch keine schlechte Strategie, um die Plattform zu erweitern.«

Strategie, Plattform, Blase. Mann, Mann!

»Hm-hm«, machte Hinnerken. »Aha.«

Sein Gesprächspartner fuhr fort: »Und was Ihre anderen Fragen angeht: Die Deutsche Versicherung hat keinen besonders guten, aber auch keinen besonders schlechten Ruf. Ein klassischer Übernahmekandidat. Die müssen wachsen, um nicht unterzugehen. Wie damals die Fusion aus Dresdner und Commerzbank. Die Geschäftsführerin ist branchenbekannt als unkooperativ, arrogant und knallhart. Was in dieser Welt, zumal für eine Frau, als Kompliment zu verstehen ist. Aber dennoch kann man nicht absehen, wie lange so jemand auf einem solchen Posten bleibt. Das sind echte Schleudersitze. Ansonsten habe ich nichts über sie gefunden. Die Steuererklärung ist klassifiziert, wegen ihres Mannes, aber bei solchen Leuten findet man erfahrungsgemäß auch nichts. Die haben es nicht nötig, krumme Dinger zu drehen, die können ganz legal bescheißen.«

»Hm«, machte Paul erneut.

»Noch was?«, fragte Grüner.

Paul sah auf das Display seines Telefons. Das Gespräch dauerte bereits über zwölf Minuten. »Nein, danke«, sagte er. »Das war sehr hilfreich.«

Eine Formulierung Grüners war bei ihm hängen geblieben … irgendwer schläft mit der Tochter des Gründers … schon wäscht eine Hand die andere …

Und noch ein Detail irritierte ihn: *HanseGeld* bot nicht nur Bankprodukte an, sondern auch Versicherungen. Und zählte ihrerseits die Deutsche Versicherung zu ihren Bankkunden.

Merkwürdig.

Hinnerken ließ sich die Gründungsgeschichte der Hamburger Bank anzeigen. Darunter fand sich das Pressefoto des Gründers, Torben Krahl. Schmales Gesicht, schwarze Haare, schulterlang, leicht gewellt.

Das konnte doch nicht wahr sein …

Hinnerken zog sein Handy heraus, machte ein Bild des Fotos auf seinem Bildschirm und schickte es per SMS an Michelle.

Wie sollte er seine Frage unverfänglich formulieren? Es war ein Diensthandy, alle Nachrichten wurden gespeichert und konnten gegen ihn verwendet werden.

Ist das der Mann, der bei dir im Puff war?

Sieht so der Geliebte von Dorothea Hagen aus?

War das der Typ, den Fleur mit in den Folterkeller genommen hat?

Noch während er über der Formulierung brütete, erhielt er seinerseits eine Nachricht.

Michelle schrieb: »Das ist er!«

Noch während Paul sein Handy anstarrte, folgte eine zweite Nachricht. »Fleur hat gesagt, er ist eine Niete im Bett. Fällt mir jetzt ein, wo ich das Bild sehe.«

92

Einen Augenblick lang klammerte sich Dorothea Hagen an ihren Lover. Einen Augenblick lang hielt Torben Krahl sie in den Armen, als könnte er alles Unheil der Welt von ihr abhalten – oder zumindest mit ihr gemeinsam überstehen.

Einen kurzen Augenblick lang fühlten sie sich wohl und geborgen beieinander. Doch der Moment verging, wie immer, und sie wollten mehr.

»Was machen wir jetzt?«, fragte Dorothea. Sie klang vorwurfsvoll. »Die Nutte hat unsere Hütte verkauft und ihren Bruder für das Geld ins Krankenhaus gesteckt, als wären wir die Wohlfahrt. Sie hat dafür bezahlt, aber unsere Kohle ist trotzdem weg. Vorgestern dachte ich noch, macht nichts, wo das herkam, ist noch mehr. Aber jetzt … die Polizei war bei mir. In Berlin. Mitten in der Nacht. Obwohl ich nicht sicher bin, dass es wirklich die Polizei war. Aber wer sonst? Ich frage mich nur, wie sind die auf uns gekommen?«

Torben Krahl war ein aufmerksamer Zuhörer. Ihm entging nicht die Pluralform im letzten Satz. Sie beide plünderten systematisch ihre Firmen aus. Sie hatten vorgehabt, bei Nacht und Nebel einfach abzuhauen. Das war die beste aller Exit-Strategien. Viel besser, als die Bude zu verklitschen und dann noch ewig als Berater an Bord bleiben zu müssen.

Aber davon war jetzt kaum noch etwas übrig geblieben. Ein dummer Fehler. Sie hatten Fleur vertraut.

Nein. Sie hatten sich für so mächtig gehalten, dass die Kleine es niemals wagen würde, ihnen Widerstand entgegenzusetzen.

Aufgeflogen war alles nur durch eine Rücklastschrift. Letzte Woche waren knapp fünftausend Euro von Fleurs Konto aus Thailand zurückgekommen. Konto geschlossen. Das war ihr einziger Fehler gewesen.

Er hatte es noch mal versucht, auch Datenbanken machten Fehler. Wieder ein Rücklauf.

Ein paar Minuten hatte er reglos vor seinem Terminal gesessen und die dürren Textzeilen auf dem Schirm angestarrt. Dann hatten seine Finger begonnen, wie von selbst über die Tastatur zu fliegen.

In Thailand gab es kein zentralisiertes Immobilienregister. Das war neben Wetter, Infrastruktur und mangelhaftem Rechtswesen ein weiterer guter Grund gewesen, sich für das Land zu entscheiden. Dort konnte man leben, ohne dabei erwischt zu werden.

Von mehreren Seiten versuchte er, Infos über sein Anwesen auf Ko Phuket zu finden. Auf Google Earth war es noch nicht zu sehen, die Fotos waren vor dem Bau geschossen worden.

Für »Fleur Sutha« bekam er in ihrer Heimat keine Treffer.

Er überprüfte ihre deutschen Konten, soweit sie bei *Hanse-Geld* liefen. Keine verdächtigen Bewegungen.

Dann war die thailändische Zentralbank dran. Jede Transaktion über einer Million Baht musste gemeldet werden. Nach knapp elf Minuten hatte er Zugriff auf die Daten der letzten acht Monate. Aber es war nichts Passendes dabei.

Wieder starrte er die Rücküberweisung an. »Konto geschlossen.«

Die Sache stank. Er hatte kein gutes Gefühl.

In einem Ordner vom letzten Jahr fand er die Fotos, die Fleur ihm vom Baufortschritt gemailt hatte. Er las die GPS-Daten aus, gab die Position in das Suchfeld ein. Die Suchmaschine rechnete die geografische Position um und spuckte als einzigen Treffer eine Immobilienanzeige aus. Mittlerweile bereits wieder vom Server des Maklers verschwunden, aber noch im Zwischenspeicher der Suchmaschine. Die Fotos waren nicht zu sehen, aber der Text klang verdammt nach dem Haus, in dem Dorothea und er sich zur Ruhe hatten setzen wollen.

Das einfache Leben. Vier, fünf Mios auf der Bank, mehr brauchte man gar nicht in einem Niedriglohnland.

Aber er hatte sich seinen Investoren gegenüber bei Zahlung einer massiven Konventionalstrafe verpflichtet, noch mindestens fünf Jahre an Bord zu bleiben. Und Dorothea hatte noch vier Jahre Vertragslaufzeit. Es waren gute Deals gewesen, doch dann waren sie einander auf einer Party begegnet, und auf einmal war alles anders gewesen. Sie wollten raus, weg, je schneller, desto besser.

»… Namen wieder aus dem System löschen lassen«, hörte er plötzlich.

»Wie hast du bezahlt?«, unterbrach er sie.

»Ich? Mit Kreditkarte. Aber sie haben gesagt, die wird erst beim Auschecken …«

»Aber es ist ein Hold drauf«, sagte Torben hektisch. »Eine bestimmte Summe ist geblockt. Für Zimmerpreis und Minibar. Wer Zugriff auf deine Kreditkartendaten hat, kann sehen, dass du hier bist.«

Trotzig starrte sie ihn an. Dorothea Hagen konnte es nicht ausstehen, wenn jemand ihr sagte, dass sie etwas nicht richtig gemacht hatte. »Na und?«, sagte sie. »Ich werde doch wohl in einem Hamburger Hotel absteigen dürfen. Und außerdem, wie sollen die Bullen so schnell an meine Kontobewegungen rankommen? Immerhin geht es bei allem, was mich betrifft, auch immer gleich um die Sicherheit unseres Staates, schon vergessen?« Sie grinste, aber es sah eher aus, als müsste sie sich selbst überzeugen.

Torben hingegen schluckte die Erklärung. Sie hatte vermutlich recht. Er käme, ohne Durchsuchungsbefehl, von jedem Taschenrechner aus an ihre Kreditkartenabrechnung heran. Aber der offizielle Weg wäre mühsam. Außerdem musste man überhaupt erst mal auf die Idee kommen, die Daten sehen zu wollen.

»Und was machen wir jetzt?«, wiederholte er ihre Frage von vorhin, während er sich in dem antiken Spiegel betrachtete, der über dem Sekretär hing. Er sah wirklich gar nicht schlecht aus. Es half, dass er, wie immer, bevor er sich mit Dorothea traf, eine Zerka geschluckt hatte. Er nannte die kleinen weißen Dinger seine Mut-Smarties.

93

»Fuckscheiße!« Gordon starrte den Motor an und schüttelte den Kopf. Frustriert knallte er die Motorhaube zu.

Sie standen auf der Grasfläche neben dem Horner Kreisel. Gordon hatte sie in seinem Audi hergefahren. Ein Kombi, aber ohne Kindersitz. Hatte der Mann Familie? Oder einen Hund? Michelle wurde klar, dass sie auch nach Jahren eigentlich fast nichts über ihren Boss wusste. Und dass sie das auch nicht weiter störte.

Aber er kannte sich mit Autos aus, so viel hatte sie mitbekommen. Also hatte sie ihn gebeten, einen Blick auf ihren Porsche zu werfen.

»Überhitzt, Sicherung durch, schätze ich, aber du musst sowieso in die Werkstatt.« Gordon betrachtete die exorbitanten Blechschäden rechts und links. »Fuckscheiße«, wiederholte er mitfühlend. Diesmal meinte er den Gesamtzustand des Wagens.

Was sollte sie tun? Eine Werkstatt anrufen und den 928 abschleppen lassen? Michelles Handy klingelte. Sie sah auf das Display: FLEUR.

Es dauerte eine Sekunde, bis sich der Schreck gelegt hatte. Sie nahm das Gespräch an, achtete aber darauf, nichts Verräterisches zu sagen. Gordon wusste nicht, dass Wasi in der Stadt war. Vermutlich wusste er nicht mal, dass Fleur einen Bruder hatte.

»Hallo?«

Wasi kam direkt zur Sache. »Ich bin jetzt wieder wach. Wir

müssen uns treffen. Hat dein Polizeifreund schon rausgefunden, wer meine Schwester umgebracht hat?«

»Hey, ich stehe hier gerade vor meinem kaputten Auto. Da muss ich mich zuerst drum kümmern, sonst ist in dieser Gegend morgen nur noch das Chassis übrig.« Sie sah sich um. Die Gegend sah gar nicht so schlimm aus, aber nachts kamen überall die Ratten aus ihren Löchern.

»Kann ich helfen?«

»Bist du Automechaniker?«

»Ich war jedenfalls noch nie in einer Werkstatt.«

Fleurs Wohnung war nicht weit vom *Pretty Woman* entfernt. Michelle wandte sich an Gordon. »Kannst du mich abschleppen? Bis Königstraße? Dann park ich die Kiste auf Fleurs Garagenplatz und kümmere mich morgen darum.«

Gordon zuckte mit den Schultern. »Besser, als den Wagen hier stehen zu lassen.«

»Ich bin gleich …«, begann sie, unterbrach sich dann. »Ich ruf dich in einer halben Stunde wieder an.«

94

Fleur hatte kein Auto gehabt, aber zur Wohnung gehörte ein Garagenplatz. Michelle wusste, dass er frei war, weil sie immer dort geparkt hatte, wenn sie zu Besuch kam. Mit Gordons Hilfe rollte sie den Porsche auf die Rampe. Mit Fleurs Schlüssel öffnete sie das Tor, setzte sich dann hinters Steuer, legte den ersten Gang ein und trat auf die Kupplung. Gordon gab dem Wagen einen Schubs, dann ging es abwärts. Sie bremste ab und ließ den Wagen auf Fleurs Stellplatz rollen.

»Fuckscheiße!«, hörte sie Gordon bewundernd sagen.

»Ich will noch was aus der Wohnung holen«, sagte sie zu ihm. »Danke. Wir sehen uns später.«

»Sicher? Soll ich warten?«

»Nein, kein Problem.« Irgendwie musste sie ihn loswerden. »Ich muss auch noch mal meine Mutter anrufen.«

Gordon starrte sie ungläubig an, dann zuckte er die Schultern. Und weg war er.

Michelle atmete durch. Der Wagen war schon mal in Sicherheit. Jetzt musste sie sich um Wasi kümmern.

Sie ging die Treppe hoch und klingelte, dann schloss sie die Tür auf. Wasi stand in lockerer Kampfhaltung im Flur. Sie konnte nicht sagen, was er getan hätte, wenn jemand anders hereingekommen wäre.

Bei ihrem Anblick entspannte sich seine Haltung wieder. Ihr fiel auf, wie schwarz sein Haar war. Genauso hatte Fleurs Haar ausgesehen. Sie dachte daran, wie sehr Fleur ihren Bruder geliebt hatte. Obwohl er das nicht verdiente. Er hatte sie im Stich gelassen. Aber immerhin, jetzt war er hier. Weil er seine Schwester liebte.

»Ich glaube, wir wissen, wer es war«, sagte sie.

Wasi nickte aufmerksam.

»Aber Paul hat noch keine Ahnung, warum. Kann ich kurz was trinken?«, fragte sie.

Er hob die Hand und deutete Richtung Küche. Sie trank ein Glas Leitungswasser, dann setzte sie sich auf einen der zwei Küchenstühle. Wasi nahm ihr gegenüber Platz.

Michelle zog ihr Handy heraus und zeigte ihm das Foto des Mannes, den sie mit Fleur gesehen hatte. Mittlerweile hatte Paul eine weitere SMS mit dem Namen des Mannes hinterhergeschickt: »Torben Krahl, Gründer einer Onlinebank. Wohnt in Blankenese.« Der Name sagte ihr nichts.

»Ich habe dir doch erzählt, wir waren in Frankfurt, weil wir dachten, die komischen Überweisungen von Fleur haben etwas mit der Sache zu tun. Von da sind wir nach Berlin gefahren, weil wir dort mit Dorothea Hagen sprechen wollten.«

Wasi schien den Namen stumm nachzusprechen, als probierte er aus, wie er sich anfühlte.

Michelle erzählte weiter. »Sie ist abgehauen. Falls dir in der Garage ein kaputtes Auto auffällt – das ist ihr Werk. Jedenfalls, sie war bei uns. Im *Pretty Woman*. Hab ich das heute Morgen schon erzählt? Aber nicht mit ihrem Mann. Das ist ein hochrangiger Politiker. Sie hatte einen anderen Typen dabei. Die beiden wollten mit Fleur …«

Wasi nickte. »Hast du erzählt.«

Michelle dachte einen Moment lang nach. »Das allein beweist natürlich nichts, aber …«

Sie griff nach ihrem Handy, um Wasi ein Bild von Dorothea Hagen zu zeigen. Aber er stoppte sie, indem er ihr Handgelenk packte und festhielt. Sie wollte ihre Hand zurückziehen, tat es dann aber doch nicht, als sie seinen Blick sah. Gequält. Und entschlossen.

Er tippte auf das Foto. »Und das ist …?«

»Torben Krahl. Hat die Polizei gerade rausbekommen. Das ist der Mann, mit dem Dorothea Hagen bei Fleur war. Fleur hat nebenbei Versicherungen vertickt. Nicht nur von deren Firmen. Aber trotzdem. Und die merkwürdigen Doppelüberweisungen liefen alle auf *HanseGeld* und die Deutsche Versicherung.«

Wasi nickte langsam. »Das sind garantiert die beiden, von denen ich dir erzählt habe. Das sind genau solche Leute. Die denken immer nur an sich. Und sind ganz überrascht, wenn das schiefgeht. Und jetzt?«

Michelle zuckte mit den Schultern. »Ich weiß es nicht«, sagte sie.

»Können wir sie in eine Falle locken?«, fragte Wasi. »Oder sie zu einem Geständnis zwingen?«

»Hm«, machte Michelle. »Ich wüsste nicht wie. Ich weiß noch nicht mal, wie wir an die beiden rankommen.« Sie dachte nach. »Aber weißt du was … auf Fleurs Handy ist so ein Video, das sie bei uns im Keller aufgenommen hat. Ich habe es mir immer noch nicht ganz angesehen. Aber das sind bestimmt die beiden. Der Typ ist da auf jeden Fall drauf. Ich glaube jedenfalls, dass er es ist. Man konnte es an der Stelle, die ich gesehen habe, nicht gut erkennen.«

Sie ärgerte sich darüber, dass sie nicht schon längst Fleurs Handy geladen und sich das Video angesehen hatte. Doch wenn sie ganz ehrlich mit sich war, gab es dafür einen guten Grund. Sie wollte ihre Freundin nicht bei Folterspielen im Keller des *Pretty Woman* sehen. Sie hatte gehofft, Paul und sie wären auf der richtigen Spur und sie könnte es sich – und Fleur – ersparen, das Video anzuschauen.

Wasi rieb seine linke Handkante. »Das könnte gehen …«, murmelte er gedankenverloren. »Irgendwie kommen wir an die ran. Notfalls mit Gewalt.«

95

Svenja Meißen setzte sich an ihren Schreibtisch, Paul Hinnerken gegenüber. Ihr Kollege sah auf.

»Na, auch mal wieder hier?«, fragte sie mit einem breiten Grinsen.

»Pffh«, stieß er die Luft aus.

Die Fenster ihres gemeinsamen Büros standen offen, aber es war stickig, und auf seiner Stirn lag ein feiner Schweißfilm.

»Ich war die ganze Nacht unterwegs«, berichtete er. »Erst Frankfurt, dann Berlin. Am Ende führte die Spur wieder zurück nach Hamburg. Was zu erwarten war, schließlich ist der Mord ja auch hier begangen worden.« Ihm fiel auf, wie verspannt seine Kiefermuskulatur war. Sein Zahnarzt wollte ihm schon seit Jahren eine Beißschiene aufnötigen.

Er überlegte, was er Svenja erzählen musste. Und was er ihr erzählen wollte. Wenn er Michelle ins Spiel brachte, würde er erklären müssen, woher er sie kannte. Oder wie er auf sie gekommen war. Ein Spruch wie »Die erste Zeugin war zufällig die richtige« fiel unter Kollegen automatisch aus.

Für das, was Svenja wissen musste, war Michelle irrelevant. Er entschied sich für eine Abkürzung durch die Wahrheit.

»Eine der Frauen, mit denen ich gestern sprach, hatte einen Schlüssel für die Wohnung der Toten.«

Svenja Meißen zog die Augenbrauen hoch. »Du bist doch nicht etwa …?«

»Was denn? Die Wohnung ist doch kein Tatort. Ein Problem wäre das unter Umständen nur gewesen, wenn ich Beweise für irgendwas gefunden hätte. Damit habe ich aber nicht gerechnet, und es waren auch keine vorhanden. Die Tote war allerdings nebenbei als Versicherungsmaklerin tätig. Es gab einige auffällige Überweisungen. Die brachten mich auf einen ihrer Kunden in Frankfurt. Ich dachte mir, mit dem rede ich lieber persönlich …«

Seine Kollegin schüttelte den Kopf. »Pass auf, ich kenn dich. Du warst gestresst, weil …« Sie stand auf und schloss die Tür zum Flur, sprach aber trotzdem mit gesenkter Stimme weiter. »Weil deine Waffe weg ist. Und dann willst du lieber was zu tun haben, als zu grübeln, was du hättest anders machen können … Also bretterst du quer durch die Republik.«

Hinnerken hob die Hände und wollte Meißen unterbrechen, aber die grinste auf einmal wieder und sagte noch leiser: »Ich hab dir was mitgebracht.« Sie beugte sich vor, griff in ihre Jacke und schob seine Dienstwaffe über den Tisch.

Er starrte sie an und öffnete den Mund, wusste aber gar nicht, was er sagen sollte.

»Steck sie weg. Und pass nächstes Mal besser auf das Ding auf.«

Hinnerken klappte den Mund wieder zu.

Meißen strahlte. »Erzähl weiter. Du wolltest gerade den RoboCop geben.«

»Wo hast du die denn her?«, fragte Hinnerken.

»Gleich. Eins nach dem anderen.«

Paul sah seine Kollegin nachdenklich an. Svenja Meißen war gut zehn Jahre jünger als er. Ein Partner wie er musste aus ihrer Sicht eine Strafe sein. Hinnerken war zwar unkündbar, aber auch seit einer Ewigkeit nicht mehr befördert worden. Er schwebte karrieremäßig sozusagen zwischen Himmel und Erde. Meißen und er verstanden sich gut und konnten sich aufeinander verlassen. Dennoch war er bisher davon ausgegangen, Sympathie und Vertrauen wären eher einseitig. Er war derjenige gewesen, der sich bei ihrer kleinen Dienstplanänderung auf sie verlassen hatte – umgekehrt hatte sie nichts für ihn riskiert. Wären sie aufgeflogen, hätte Meißen jederzeit mit den Schultern zucken können und sagen: Paul Hinnerken war plötzlich einfach weg. Sie hatte am angeordneten Fall weitergearbeitet, er nicht.

Doch jetzt … hatte sich etwas verschoben. Es fühlte sich an, als ginge er in der Morgensonne durch eine feine Nebelwolke. Überraschend kühl, aber wundervoll erfrischend.

»Ist schon okay«, sagte Meißen freundlich. So sanft, als könnte sie seine Gedanken lesen. »Ich erzähl's dir gleich. Aber dein Fall ist wichtiger. Deswegen haben wir uns doch aufgeteilt, oder nicht?«

Er riss sich zusammen. Warum verblüffte es ihn so, dass Meißen offenbar etwas für ihn riskiert hatte? War es wirklich so lange her, dass jemand sein Partner hatte sein *wollen*, dass er sich gar nicht mehr daran erinnern konnte, wie sich gegenseitiges Vertrauen anfühlte?

Wie auch immer.

»Ja, klar. Okay«, sagte er. »Wo war ich?« Er zeichnete mit dem Finger einen Kreis auf seine Schreibtischunterlage.

»In Frankfurt«, sagte Svenja und schob ihre Zöpfe hinter die Ohren. »Du warst in Frankfurt. Weil du der Ansicht bist, keiner der Kollegen dort kann einen möglichen Verdächtigen so geschickt in die Mangel nehmen wie du.« Sie grinste frech.

Hinnerken gab ein Grunzen von sich. »Na ja, das würde ich so nicht sagen«, behauptete er, obwohl sie wirklich nicht ganz unrecht hatte. »Aber meinetwegen.« Und solange sie mit ihrer Erklärung zufrieden war, umso besser. »Jedenfalls habe ich also diesen Typen im Bahnhofsviertel aufgestöbert, der war echt komisch. Ich bin auch sicher, irgendwas an dem stinkt.

Von dem haben wir bestimmt nicht das letzte Mal gehört.« Er griff nach einem Notizzettel. »Ich sollte die Kollegen von der Geldwäsche mal bitten, sich den anzusehen. Er hat nämlich einen Verein. Faselte dauernd was von größtmöglicher Freiheit des Einzelnen, meinte aber immer nur das Recht des Stärkeren. Aber gut, jeder wie er mag.

Ich hab nur nicht verstanden – wenn der Kerl solche Vorteile im Liberalismus wittert, warum ist er nicht Anwalt oder Unternehmer oder Politiker? Stattdessen sitzt er in einer Studentenbude, hat im Hinterzimmer einen riesigen Drucker stehen und verteilt Flugblätter. Ein echter Idealist. Was mit seinen Ansichten eigentlich überhaupt nicht zusammenpasst.«

Er schüttelte den Kopf. »Aber egal. Finanziert wird er jedenfalls unter anderem von der Deutschen Versicherung. Und jetzt kommt der Clou – du hast mir den Zettel hingelegt. Die Vorstandsvorsitzende der Versicherung ist seine biologische Mutter. Ich weiß noch nicht, ob er das weiß. Es sieht so aus, als hätte sie ihn direkt nach der Geburt zur Adoption freigegeben. Und jetzt schickt sie ihm Geld. Wenn auch über Bande. Manche Sachen sind so verrückt, die kann man sich nicht ausdenken. Und andere Zufälle sind eben keine. Aber um das zu klären, muss ich erst mal Dorothea Hagen finden. Sie geht nicht an ihr Handy, und orten lassen kann ich es auch nicht – Staatsschutz. Sie ist nämlich verheiratet mit einem stellvertretenden Fraktionsvorsitzenden.

Und unsere Fleur war auch für die Deutsche Versicherung tätig, als Versicherungsmaklerin. Vielleicht hat sie ihren Ausstieg aus dem Milieu geplant, vielleicht wollte sie sich etwas dazuverdienen. Jedenfalls gab es einige Versicherungszahlungen, die doppelt ausgeschüttet wurden. Einmal an den Versicherungsnehmer, ein zweites Mal an diesen Bremerhaven in Frankfurt. *Der* behauptet, alles wäre total koscher gewesen, höchstens steuerlich nicht optimal. Mal sehen. Aber mehr konnte oder wollte er uns nicht sagen.

Der Knaller aber ist: Dorothea Hagen war Kundin im *Pretty Woman*. Bei Fleur! Was sagst du jetzt?«

Stolz schaute er seine Kollegin an. Die aber runzelte die Stirn. »Die Geschäftsführerin der Deutschen Versicherung ist Kundin in einem Hamburger Puff? Sagt wer?«

Scheiße! *Das passiert, wenn man so viel Vertrauen hat, dass man nicht nachdenkt, bevor man den Mund aufmacht.*

Paul blies die Luft aus. Er musste sich entscheiden. Fiel ihm eine einigermaßen wasserdichte Lüge ein – oder sollte er die Wahrheit sagen?

»Ich …« Er konnte sich nicht überwinden, es auszusprechen. Noch dazu einer Kolleg*in* gegenüber.

Andererseits hatte sie ihm seine Dienstwaffe zurückgeholt. Wie auch immer ihr das gelungen war.

Meißen wartete geduldig.

Hinnerken senkte den Blick, nahm seinen Mut zusammen und sagte hastig: »Ich war selbst ein paarmal im *Pretty Woman*. Als Kunde. Immer bei derselben …« Er zögerte. Was war das richtige Wort? »… Mitarbeiterin.«

»Hm«, machte Meißen bloß. Dann fragte sie nur: »Und du siehst da keinen Interessenkonflikt?«

Sosehr sich Paul auch anstrengte, er konnte keine Missbilligung in ihrer Stimme hören. Verwundert schaute er auf. »Stört es dich nicht, dass ich … Ich habe gedacht, du hättest ein Problem damit, wenn ich …«

»Ach«, sagte seine Kollegin und zuckte mit den Schultern. »Da bist du nun wirklich nicht der Einzige. Würde ich mir wünschen, dass meine Tochter Prostituierte wird? Bestimmt nicht. Aber es ist legal, ihr seid beide erwachsen, was soll's.«

»Wow!«, entgegnete Hinnerken beeindruckt. »Wow!«

»Besser hätte ich nur gefunden, wenn du es mir früher gesagt hättest. Dann wären wir jetzt vielleicht weiter mit der Ermittlung.«

»Oder ich wäre nicht mehr dabei«, gab er zu bedenken. »Also, jedenfalls ist mir aufgefallen, dass Fleur doch diese Tätowierung hinter dem Ohr hat – inzwischen weiß ich, dass es der Flügel eines Phönix ist –, und ich meinte mich zu erinnern, dass Michelle – so heißt sie, Michelle – auch ein solches Tattoo trägt. Also habe ich sie gefragt, was es zu bedeuten hat, ob sie mir mehr über das Opfer erzählen kann … dann stellte sich heraus, dass sie einen Wohnungsschlüssel hat … Fleur hat nebenbei als Versicherungsmaklerin gearbeitet, und es gab da einige auffällige Überweisungen, denen sind wir nachgegangen, und so führte eines zum anderen.«

Er runzelte die Stirn, als ihm klar wurde, wie sich das für seine Kollegin angehört haben musste.

»Also, nicht, dass du denkst … Zwischen uns ist nichts vorgefallen, nicht das Geringste. Es war mir nur einfach peinlich, dir zu erzählen, dass ich … na ja.«

»Okay. Schon gut. Schwamm drüber. Ich kann es ja sogar verstehen. Manchmal stelle ich es mir ganz schön schwierig vor, ein Mann zu sein und zu glauben, ich müsste alles immer nur mit mir allein abmachen. Wie auch immer.«

»Ja, also, Michelle hat das Bild von Dorothea Hagen entdeckt und spontan gesagt, sie hätte diese Frau mit Fleur zusammen gesehen. Und eine Kollegin der beiden« – er deutete in Richtung des Aktenstapels auf seinem Tisch, in dem sich irgendwo auch die Zeugenaussagen aus dem *Pretty Woman* befinden mussten – »hatte auch schon eine Frau beschrieben, die so ähnlich aussah. *Rote Haare bis hier*«, zitierte er und hob die Hand auf Höhe seines Bizeps, »*und so ein bohrender Blick. Als wäre sie immer der Chef.* Die Ähnlichkeit war mir zu groß, also …« Er fuhr mit der Hand durch die Luft, als wollte er einen Zaubertrick vorführen. »… sind wir weiter nach Berlin. Das ging schneller als erst nach Hamburg.«

»Mh-hm. Und da?«

»Tja, war nichts. Sie wohnt in einer Villa, hat mir aber nicht aufgemacht. Zehn Minuten später kommt ein fetter BMW aus der Garage und braust los Richtung Hamburg. Aber gegen den hatte ich keine Chance, weg war sie. Keine Ahnung, wo die Frau jetzt steckt. Und ich bin zwar instinktiv sicher, dass sie mit der Sache zu tun hat – aber ich kann es noch nicht beweisen. Und man kommt nicht gut an sie ran, weil ihr Mann zur Regierung gehört. Alles sicherheitsrelevant. Aber eins noch, dann bist du dran. Die Konten der Deutschen Versicherung werden alle bei einer Hamburger Bank geführt. Die Bank ist erst ein paar Jahre alt, eine Mischung aus Onlinebank und Investmentinstitut, auf jeden Fall nicht groß genug, um für eine alteingesessene Versicherung von Interesse zu sein. Der Laden ist so klein, dass sogar noch die Gefahr einer feindlichen Übernahme besteht. Ich hab mir vorhin mal die Kursbewegungen angeguckt, das ist ganz offensichtlich.«

Paul Hinnerken hatte im Börsenboom reichlich Geld verloren, aber immerhin auch was gelernt.

»Und seit die mit der Deutschen Versicherung so dicke sind, bieten sie auch selbst Direktversicherungen an. Das schmeckt mir auch nicht wirklich. Gerade ein junges Unternehmen konzentriert sich doch auf das Kerngeschäft. Die Überweisungen von Fleur an den Frankfurter liefen auch alle über *HanseGeld*. Aber jetzt kommt's: Der Gründer dieser Bank ist der Typ, mit dem Dorothea Hagen im *Pretty Woman* war. Michelle erinnert sich an ihn, er war mit der rothaarigen Frau zusammen da. Wahrscheinlich sogar mal im Folterkeller. Vielleicht ist es so einfach. Perverses Power-Paar hat eine kranke Affäre, beim

Sadomaso geht was schief, die beiden lassen die Leiche zurück und hauen ab … Dann wäre unser Freund Torben derjenige gewesen, dem nun ein Penis-Piercing fehlt. Bist du in der Sache eigentlich weitergekommen?«

Meißen schüttelte den Kopf. »Acht Studios allein in der Hamburger Innenstadt, die so was machen. Und natürlich führt keiner von denen Kundenkarteien. Wir müssten schon selbst nachgucken, wie es um das beste Stück unseres Verdächtigen bestellt ist.«

Hinnerken seufzte. »Das ist genau die Frage, die ich mir seit heute Morgen stelle – reichen die Aussagen und Zusammenhänge für die gerichtliche Anordnung einer Genprobe? Und, wo wir schon dabei sind, für einen Durchsuchungsbeschluss? Denn wenn wir in einem halben Jahr endlich die Daten aus dem Labor kriegen, aber unsere Freunde nicht im System sind, wie sollen wir ihnen dann etwas nachweisen?«

Er schüttelte unwirsch den Kopf. Ein Baustein fehlte noch, ein Indiz, eine Aussage, irgendetwas, um die Theorie zu stärken. Aber was?

»So«, sagte er dann. »Und jetzt bist du dran. Nein, warte, ich hole mir noch einen Kaffee, *dann* bist du dran.« Hinnerken stand auf. »Soll ich dir einen mitbringen?«

Meißen nickte.

»Wenig Milch, ein Stück Zucker«, sagte er.

Sie sah ihn erstaunt an, dann nickte sie wieder. Und diesmal lächelte sie dabei auch.

Als er zurückkehrte, berichtete sie von ihrem abendlichen Besuch bei Amira Zhao. »Sie versteckt sich hinter ihrer kleinen Schwester. Und die sich hinter Amira, wortwörtlich. Sie sagt alles, was ihre große Schwester ihr vorgibt. Angeblich war die Kleine auf dem Kiez, die Identifikation eine Verwechslung. Dann gilt noch nicht mal Jugendstrafrecht. Die Eltern sind tot, und die große Schwester gibt sich alle Mühe, aber sie ist überfordert.«

Meißens Stimme klang von Satz zu Satz mitfühlender.

Heute am späten Vormittag, berichtete sie weiter, hatte sie zwei und zwei zusammengezählt. »Es kamen Berichte über bewaffnete Überfalle aus der Feldstraße rein. Und deine Waffe war weg. Was hättest du als Jugendlicher gemacht, wenn du noch nie was zu melden hattest?«

Paul duckte sich unter der Frage weg, aber es war klar, wie seine Antwort ausgefallen wäre.

»Ich auch. Endlich mal wichtig sein.« Sie seufzte und schüttelte den Kopf. »Die Kohle übernimmt die Versicherung, das Trauma der Opfer kann ich sowieso nicht ungeschehen machen, aber …« Sie sah sich um und senkte wieder die Stimme. »Eine verlorene Dienstwaffe macht sich einfach nicht gut in der Personalakte. Dazu kamen Amira und ihre kleine Schwester.«

»Du Mutter Teresa des Nordens«, sagte Paul und prostete ihr mit seinem Kaffeebecher zu. »Die Polizei, dein Freund und Helfer.«

Svenja wollte gar nicht mehr aufhören zu lachen, dabei hatte er doch recht.

96

Acetonperoxidnukleid (auch bekannt als APEX-N) war die Weiterentwicklung des 1895 von Richard Wolffenstein entdeckten plastischen Sprengstoffs Acetonperoxid (APEX oder TATP). Acetonperoxid ist ein hochexplosiver Stoff mit der Schlagempfindlichkeit eines Initialsprengstoffs, APEX-N ist sozusagen die Turbo-Version: genauso einfach herzustellen, aber tausendmal effektiver.

Für den Anschlag auf ein Flugzeug in London 2006 hatten noch mehrere Hundert Kilo APEX an Bord zusammengemischt werden sollen – Florian Bremerhaven kam mit einem Aktenkoffer aus. Wenn er den aus dreißig Zentimetern Höhe versehentlich fallen ließe, wäre der Impact bereits groß genug, um die Ladung detonieren zu lassen. Dann wäre nicht nur er selbst Geschichte gewesen, sondern sein ganzer Wohnblock.

Er hatte sich ausführlich mit der Herstellung des plastischen Sprengstoffs aus frei erhältlichen Zutaten beschäftigt, APEX ließ sich tatsächlich aus Haushaltsreinigern zusammenmischen. Aber er war Aktivist, kein Chemiker, und er musste nicht am Geld sparen. In einer der GI-Bars am Hauptbahnhof hatte er einen US-Soldaten kennengelernt, der gern ins Casino ging.

Im Gegenzug verwaltete er die zentralisierten Rücksendungen von Beschlagnahmungen der amerikanischen Armee sowie der Blauhelmtruppen an Einsatzorten wie Afghanistan, Irak oder Ruanda. Da konnte auch mal ein Paket falsch gepackt werden oder versehentlich vom Tisch fallen …

APEX-N war der neueste Terror-Trend und kam jeden zweiten Tag im Nahen Osten zum Einsatz. Bremerhaven fürchtete daher, dass man seinen Anschlag einer muslimischen Zelle zuschreiben würde. Er hatte sich besondere Mühe mit seinem Bekennerschreiben gegeben und nannte darin Daten und Fakten, die nur der Attentäter selbst wissen konnte.

Immerhin ging es um die Freiheit Europas.

Dem Ami hatte er nur versprechen müssen, das Zeug nicht auf US-Gelände hochzujagen. So weit reichte dessen Patriotismus dann doch. Natürlich würde auch ein Abgesandter der amerikanischen Regierung zu den Opfern gehören, aber dieses Risiko war Teil der Jobbeschreibung. Bremerhaven fand, dass er sich durchaus an den Geist des Deals hielt. Er war schließlich ein Ehrenmann.

Vorsichtig legte er den Koffer in den Fußraum seines Volvos und schob den Beifahrersitz nach vorn, damit das Zeug nicht an jeder roten Ampel durch die Gegend schlitterte. Sobald es dunkel genug war, konnte er alles vorbereiten, und morgen musste er nur eine bestimmte Handynummer anrufen, um seine Mitmenschen vor den Fesseln weiterer Gesetze, Regulierungen und Abkommen zu schützen.

97

Wasi Sutha durchsuchte systematisch die Wohnung seiner Schwester. Er begann mit den Ordnern, in denen Paul und Michelle die verdächtigen Kontoauszüge gefunden hatten, dann blätterte er die weiteren Ordner durch. Dabei achtete er vor allem darauf, ob vorn oder hinten vielleicht Listen mit Adressen oder Telefonnummern waren, E-Mail-Adressen, Passwörtern, irgendwas. Aber Fleur war sehr ordentlich gewesen, alles war an seinem Platz, nichts überflüssig.

Ganz offensichtlich hatte sie vorgehabt, sich ein zweites Standbein zu schaffen oder langfristig sogar ganz mit dem Anschaffen aufzuhören. Wenn sie es erst einmal geschafft hatte, jemandem eine Versicherung zu verkaufen, meldete sie sich regelmäßig und machte weitere Angebote, die mit der Zeit immer unnützer für den Kunden wurden – und eine immer höhere Provision für Fleur einbrachten.

Man mochte ihr vorwerfen, nicht im Interesse ihrer Kunden zu handeln. Aber sicher keinen mangelnden Ehrgeiz.

Kopfschüttelnd betrachtete Wasi die Zahlen, die Verträge, die Abrechnungen. Aber seine Behandlung war so teuer gewesen, dass sie sich trotz allem das Geld auf unrechtmäßigem Wege beschaffen musste. Andererseits, wer seine Villa in Thailand über eine Zwischenperson kaufen ließ, hatte sicher auch Dreck am Stecken. Zumindest hatte sie nicht arme, ehrliche Leute um ihre kümmerlichen Ersparnisse gebracht, sondern von Gaunern gestohlen … geliehen eigentlich. Irgendwie musste die Sache aufgeflogen sein. Fleur hatte ihm erzählt, sie hätte das Geld nur geborgt und würde es so bald wie möglich zurückzahlen. Die beiden, von denen sie es hatte, wären so reich – die würden es nicht einmal merken. Er hatte ihr geglaubt. Warum auch nicht? Wie hätte er ahnen können, dass sie in Lebensgefahr war? Vermutlich hatte nicht einmal sie selbst damit gerechnet.

Er blätterte weiter. Zwei Wochen nach dem Datum seines Unfalls war eine deutliche Zunahme der Versicherungsabschlüsse auszumachen. Danach ging es auf dem erhöhten Niveau weiter. Es war eindeutig, dass Fleur es aus eigener Kraft hatte schaffen wollen, das nötige Geld aufzutreiben.

So war ihr Tod noch sinnloser und unerklärlicher. Wenn sie jemanden um sein Geld betrogen hatte – wäre es dann nicht klüger gewesen, sie am Leben zu lassen und die Summe, vielleicht mit Zins und Zinseszins, zurückzufordern?

Er stellte den letzten Ordner zurück.

Auf einmal erschien ihm die Luft im Schlafzimmer stickig. Er riss die Tür zu dem kleinen Balkon auf, trat hinaus, holte tief Luft. Besser.

Es roch nach Stadt. Ein einsamer Stuhl stand vor dem Geländer. An der Hauswand rankte Efeu empor.

Er ging wieder hinein, ließ aber die Tür offen, damit etwas frische Luft in die Wohnung gelangte.

Als Nächstes war der Computer dran. Er startete das Gerät, indem er die Maus anstupste. Der Monitor erwachte zum Leben, Fleurs E-Mail-Programm war geöffnet. Wasi las die vier neuesten Nachrichten – drei Newsletter plus die Mail eines Mannes, der offenbar bei seiner Schwester eine Versicherung gekauft hatte. Alles ganz normal.

Er minimierte das Programm, ließ sich den Inhalt der Festplatte anzeigen. Er war kein Computercrack, entdeckte aber auch nichts Ungewöhnliches.

Wasi sah unter das Bett. Ein Taschenbuch, sonst nichts. Nicht mal Kondome. Er hatte nie darüber nachgedacht, aber möglicherweise wollte seine Schwester außerhalb der Arbeit von Männern einfach nichts wissen. Und irgendwie war das ja auch nachvollziehbar.

Im Flur hingen nur die Thai-Filmposter. Er zog sie mit dem Finger ein wenig von der Wand ab, um dahinterzuschauen, aber dort war nichts versteckt. Er stellte sich auf die Zehenspitzen und fuhr mit der Hand über die Hutablage der Garderobe.

Nur Staub.

Wonach genau suchte er eigentlich? Seine Schwester hatte eindeutig nicht damit gerechnet, in Gefahr zu sein. Sonst wäre sie einfach abgehauen, sie hätte alles hinter sich gelassen und irgendwo neu angefangen, da war er sicher. Sie würde also nicht unter irgendein Regalbrett eine Lebensbeichte samt Beweisfotos geklebt haben.

Wahllos zog er einige DVDs aus dem Regal. Eine der Hüllen kam ihm schwerer vor als die anderen. »Dang Bireley and Young Gangsters«, ein Klassiker. Er klappte sie auf. Auf der DVD lagen zwei Beutel, einer mit Hasch, einer mit einem sehr feinen weißen Pulver, dass eher nach Meth als nach Koks aussah. Vielleicht hatte Fleur nebenbei auch noch gedealt? Oder das hier war ihr Jahresvorrat? Er klappte die Hülle wieder zu und wollte sie gerade zurückstellen, da hielt er inne. Wenn die Polizei doch noch irgendwann käme und die Wohnung auseinanderpflückte … Er nahm die beiden Tütchen aus der Hülle und steckte sie in seine Hosentasche, dann stellte er die DVD an ihren Platz zurück. Die übrigen DVDs enthielten allesamt nur die jeweiligen Scheiben, soweit er das am Gewicht erahnen konnte.

Neben der Schnurlosbasis des Festnetztelefons, einem Block und einem Stift lag Fleurs Handy. Es war ausgeschaltet. Wasi drückte auf den Einschaltknopf. Nichts. Akku leer.

Da er vielleicht später ein Handy brauchen könnte, sah er sich nach dem Ladegerät um. Im Regal war keines zu sehen, auch nicht an der Mehrfachsteckdose des Fernsehers. Er ging zurück in die Küche.

Neben dem Stecker der Kaffeemaschine steckte ein Ladekabel in der zweiten Steckdose. Der Stecker passte, er schloss das Gerät an. Nach einigen Sekunden erschien ein Batteriesymbol.

Es war ein einfaches Handy mit Zifferntasten, aber besser als nichts.

Wasi kehrte zurück ins Wohnzimmer. Im Regal fand er nur DVDs und CDs, abgesehen von dem freien Fach mit Block und Handy. Er neigte den Kopf und überprüfte, ob sich die Schrift der letzten Notiz auf den nächsten Zettel des Blocks durchgedrückt hatte.

Auf einem Sideboard standen einige Fotos, darunter eines von ihm und eines von Michelle, die offenbar mit Fleur im Urlaub gewesen war. Die beiden jungen Frauen lachten fröhlich.

Er öffnete die Türen des Sideboards. Die Fächer der linken Seite waren leer. Rechts standen zwei Vasen, eine Karaffe, zwei große Servierteller, die nicht zueinanderpassten.

Dem Sofa gegenüber nur das Home-Entertainment-System. Der Subwoofer hockte wie ein treuer Hund neben dem Fernseher auf dem Boden.

Auf dem Sofa lagen zwei Fernsehzeitschriften.

Wasi hob den Vorhang neben dem Fenster an. Einige Staubmäuse in der ansonsten sauberen Wohnung. Sonst nichts. Das Fenster führte zur Hauptstraße und war von außen mit einem grauen Film überzogen. Abgase.

Auf einmal piepste es.

Wasi zuckte zusammen.

Noch einmal drang ein schrilles, kurzes Piepsen durch den Flur.

Er runzelte die Stirn und ging in den Flur. Sah sich um. Nichts. Niemand. Er blieb stehen. Lauschte. Kein Laut.

Ein leises, sehr leises Rauschen aus Richtung der hinteren Balkontür.

Hatte er sich geirrt? Oder war es die Klingel gewesen?

Er trat lautlos hinter die Wohnungstür, näherte sich langsam dem Spion, damit von außen keine Verdunkelung zu bemerken wäre. Doch niemand stand vor der Tür.

Aber er war sicher, dass er …

Ratlos drehte er sich um die eigene Achse. Ließ den Blick durch den Flur schweifen. Bad. Wohnzimmer. Garderobe. Schlafzimmer. Küche.

Eigenartig.

Er lauschte.

Stille.

Stille.

Es war ein Piepsen gewesen, wie … Er ging in die Küche, schaute auf den Tresen. Das Handy war zum Leben erwacht. Auf dem Display leuchtete ein SMS-Briefumschlag.

Eine oder mehrere Nachrichten, die Fleur nach ihrem Tod erhalten hatte. Wasi wählte den Menüpunkt »Anzeige«.

»Bitch! Wir wissen, was du getan hast! Wir kriegen dich!«

Als Absender angegeben war nur TK.

Wasi starrte die angezeigte Zeit an. Die Nachricht war vor zwei Tagen verschickt worden, wenige Minuten nach 18 Uhr.

Zu dieser Zeit war Fleur noch am Leben gewesen.

Wenn die SMS erst jetzt zugestellt wurde, musste das Handy die ganze Zeit aus gewesen sein. Oder vielleicht hatte Fleur die Nachricht auch erhalten, aber nicht gelesen, und in der Zwischenzeit war der Akku leer gelaufen. Jedenfalls hatte TK ihr eine Drohung geschickt, kurz bevor sie ums Leben gekommen war.

TK.

Wasi wechselte ins Adressbuch des Handys. Es gab nur zwei Kontakte. TK und DH. Torben Krahl und Dorothea Hagen. Anders waren die Initialen nicht zu erklären.

Er rief die Anrufliste auf. Keine Anrufe, weder eingehend noch ausgehend.

Posteingang. Eine lange Liste mit SMS-Nachrichten von TK und DH. Er blätterte sie durch. Abgesehen von der neuen Nachricht waren es Beträge und BitCoin-Codes. Meist waren es runde Beträge, versehen mit dem Stichwort »Exit« und gefolgt von einer längeren Kombination aus Buchstaben und Zahlen: 10 000 Exit 56G8F9JY. 5000 Exit XK8U974I. 1500 Exit FO1D5A2X. 7000 Exit C995TGFP. Und immer so weiter.

Gelegentlich waren auch krumme Beträge dabei, Summen wie 1765,98, manchmal stand dort statt des Wortes »Exit« das Kürzel »FB« – vielleicht waren das die Zahlungen an den Mann, von dem Michelle erzählt hatte.

Wasi zog das Handy vom Ladekabel ab und kehrte ins Schlafzimmer zurück. Erneut setzte er sich an den Computer. Er tippte »BitCoin« in die Adresszeile des Internetbrowsers. Eine lange Liste mit besuchten Seiten erschien darunter. Offensichtlich war seine Schwester häufig bei BitCoin gewesen.

Er wählte die Startseite und wurde zum Login aufgefordert. Da Wasi nicht wusste, welche Mailadresse oder welches Passwort seine Schwester verwendet haben könnte, rief er stattdessen das Suchfeld des Computers auf und tippte »Bitcoin« ein. Der einzige Treffer war die Internetseite, auf der er sich befand.

Falls sie ihr Passwort aufgeschrieben hatte, dann anderswo.

Frustriert starrte er auf den Bildschirm.

Er konnte Fleur auch nicht fragen.

Jetzt erst wurde ihm wirklich klar, dass er seine Schwester nie wiedersehen würde. Jemand hatte sie erstickt. Was für ein entsetzlicher Tod!

Und das nach allem, was sie als Kind durchgemacht hatte.

Die Welt war … von ungerecht konnte hier ja schon gar keine Rede mehr sein. Die Welt war …

Er schlug mit der Faust auf die Schreibtischplatte, dass Maus und Tastatur in die Höhe sprangen.

Dann zwang er sich zur Ruhe. Alles, was er jetzt noch für Fleur tun konnte, war, ihre Mörder zur Rechenschaft zu ziehen. Und das würde er tun.

Auf dem Handy waren keine ausgehenden SMS-Nachrichten gespeichert. Das Gerät begann zu piepsen, und das Batteriesymbol leuchtete auf.

Er brachte es in die Küche zurück und schloss es wieder an.

Michelle hatte gesagt, Fleur hätte ein Video von ihren beiden Kunden auf dem Handy – vermutlich, um diese zu erpressen. Oder zumindest, um sie erpressen zu können. Sie war offensichtlich nicht dazu gekommen – oder hatte keinen Erfolg gehabt.

Aber *dieses* Handy hatte weder eine Kamera noch einen Kopfhörerausgang oder auch nur ein Farbdisplay. Das hätte ihm auch gleich auffallen können. Das Handy, von dem Michelle erzählt hatte, musste ein anderes Gerät sein.

Vor ihm lag ein Zweithandy, das Fleurs Auftraggeber genutzt hatten, um heimlich mit ihr zu kommunizieren. Sehr wahrscheinlich besaßen die beiden auch selbst entsprechende Prepaidhandys, die nicht zu ihnen zurückverfolgt werden konnten.

Nun konnte er sie mit ihren eigenen Waffen schlagen. Selbst wenn er das Video nicht hatte und nicht einmal wusste, was darauf war. Es würde auch so funktionieren.

Wasi nahm das Gerät und schrieb: »Ich habe ein Video von euch mit Fleur. Wir sehen uns heute um Mitternacht im Keller des *Pretty Woman*. Fleurs Mörder muss zahlen.«

Bewusst entschied er sich für eine Formulierung, die offenließ, ob es um Geld oder Leben ging.

Als Empfänger wählte er DH und TK aus, beide.

Und los.

98

Es führte kein Weg drum herum. Sie musste sich jetzt endlich dieses Video zu Ende ansehen. Aber sie hatte es lieber nicht mit Wasi zusammen tun wollen. So cool er auch tat, es zeigte immerhin seine Schwester bei der Arbeit.

Michelle erreichte die Kreuzung Holstenstraße/Reeperbahn. An der Ecke ein großes Restaurant, gleich dahinter der erste Handyshop.

»Entschuldigen Sie, mein Akku ist komplett leer – darf ich mein Handy ein bisschen laden, damit ich meinen Freund kurz anrufen kann?«

Der Typ hinter dem Tresen hatte leuchtend grüne Haare und sah nicht viel jünger aus als sie. »Logo«, sagte er. »Was ist es denn für ein Modell?«

Sie zog Fleurs Handy aus der Tasche.

»Mikro-USB, das ist ja ganz einfach«, sagte er, nahm das Gerät und kam um den Tresen herum. Er ging zu einer Reihe Handys in der Mitte des Shops, zog aus einem das Kabel heraus und steckte es in Fleurs Handy hinein.

»Wie lange läuft dein Vertrag denn noch?«, fragte er dann.

»Äh, was?«

»Willst du dir vielleicht mal die neueren Modelle anschauen, während wir warten? Hier, das zum Beispiel hat LTE«, erklärte er und deutete auf ein Handy, das so groß war wie ein Frühstückstablett.

»LT-was?«

»LTE. Mobiles Internet, so schnell wie zu Hause.«

Sie schüttelte den Kopf. »Brauch ich nicht.«

»Weißt du denn, wie lange der Vertrag läuft?«

»Keine Ahnung.«

»Alle vierundzwanzig Monate hast du Anspruch auf ein neues subventioniertes Handy. Da sind echt super Angebote dabei. Ich guck mir die Daten mal an. Wie ist denn dein Name?«

»Nein, ich wollte nur …«

»Es ist wirklich keine Mühe. Und du siehst ja, im Moment ist nichts los.« Er sah sich theatralisch im Laden um. Sie war die einzige Kundin.

»Ja, aber trotzdem …«

»Sag mir einfach deinen Namen, dann gucke ich mal, was wir finden.«

Was sollte sie jetzt tun? Ihren Namen nennen? Fleurs? Das Handy packen und wieder rausrennen?

»Ich, äh, Michelle Müller«, sagte sie schließlich.

Besser, als sich gleich bei der Abfrage des Geburtsdatums oder irgendwelcher Sicherheitsinfos zu verheddern.

Er gab ihren Namen in seinen Computer ein. Tippte ein paarmal auf irgendwelche Tasten, wählte einen Eintrag mit der Maus aus. Runzelte die Stirn.

»Bist du sicher, dass du deinen Vertrag bei uns hast?«

Sie war sicher, ihren Vertrag bei der Konkurrenz zu haben, aber das half jetzt auch nicht.

Denk nach!

»Ich denke schon, also …«

»Läuft er vielleicht auf den Namen deines Freundes? Oder ist es Prepaid? Ich kann auch die SIM-Karte rausnehmen und sehen, was die für eine Seriennummer hat …«

Michelle schlug sich mit der Hand vor die Stirn. »Nein, du hast recht, es ist Prepaid. Ich habe gar keinen Vertrag, ich muss immer an der Tanke Guthaben kaufen!«

»Das kannst du auch bei mir hier. Können wir gleich erledigen. Aber dann erkläre ich dir mal schnell die Vorteile eines Vertrags. Deine Nummer kannst du mitnehmen, das ist kein Problem. Und das lohnt sich wirklich. Du kannst dir ein nagelneues Handy aussuchen, Top-Qualität, für nur einen Euro! Und die monatlichen Kosten sind … je nachdem, was du so machst … telefonierst du viel, schreibst SMS?«

Er sah sie erwartungsvoll an. Sein grünes Haar schien zu leuchten vor Begeisterung. Ein irischer Pumuckl. Ganz süß, aber jetzt gerade nervig. Der vögelte bestimmt wie der Duracell-Hase, rein-raus, rein-raus, rein-raus, bis die Batterie alle war.

»Ich denke … ist der Akku jetzt vielleicht schon aufgeladen genug?«, fragte Michelle und griff nach ihrem – Fleurs – Handy. Sie drückte den Einschaltknopf. Das Logo des Herstellers erschien. Dann wurde eine PIN gefordert.

»Wieso muss ich denn jetzt eine Geheimnummer eingeben?«, fragte sie laut. »Das muss ich sonst nie!«

»Ist es dir schon mal ganz leergelaufen?«, fragte der Verkäufer.

Sie schüttelte den Kopf.

»Normalerweise schaltest du es nicht ein, sondern deaktivierst nur den Ruhezustand. Man kann einstellen, ob man dafür eine PIN braucht oder nicht. Genauso beim Start. Das können sogar verschiedene Geheimzahlen sein. Weißt du denn deine PIN?«

Sie schüttelte erneut den Kopf.

»Dann kann man nicht viel machen. Und Vorsicht, du hast nur drei Versuche, danach wird deine Karte gesperrt. Dann brauchst du die PUK, das ist eine noch längere Nummer, die du beim Kauf der SIM-Karte bekommen hast – und *niemand*, den ich kenne, weiß, wo der Zettel liegt.« Er zog den Stecker aus dem Gerät. »Weißt du vielleicht wenigstens die Nummer deines Freundes? Dann könntest du ihn von meinem Handy anrufen.«

Der Typ war freundlich, aber anstrengend. So, wie er an ihr rumbaggerte – obwohl sie ja angeblich einen Freund hatte –, war er garantiert Single. Hoffentlich fand er bald eine nette Freundin. Er hätte es verdient.

»Nee, ich kann keine Nummern mehr auswendig. Dafür sind die ja eingespeichert. Na gut, kann man nichts machen. Aber danke.«

Sie schüttelte ihm die Hand. Er errötete ein wenig. Süß, auch wenn es überhaupt nicht zu den Haaren passte.

Sie hatte drei Versuche, Fleurs Handy zu knacken, sonst brauchte sie eine Geheimnummer, an die sie im Leben nicht herankäme. Ganz toll. Das Video musste also erst mal warten. Vielleicht besser, wenn sie es Paul gab – bei der Polizei hatten sie bestimmt jemanden, der sich mit solchen Sachen auskannte.

99

Torbens Handy gab einen schmatzenden Quakton von sich, als hätte er sich auf einen Frosch gesetzt.

Irritiert zog er das Gerät aus der hinteren Tasche seiner schwarzen Jeans und schaute auf das Display.

Unter den Anfangsbuchstaben FS stand »Ich habe ein Video von …« Den Rest der Nachricht konnte er nicht lesen, weil das Display erlosch.

Er malte eine komplizierte Figur auf das Display, um das Gerät zu entsperren. Stumm las er die Nachricht. Dann sah er Dorothea an, die gerade aus dem Bad kam. Sie hatte geduscht und sich die Haare geföhnt. Die Frau konnte nervös sein wie ein Seismograf, aber dann wieder cool und tiefenentspannt.

Sie schüttelte ihr Haar und warf über die Schulter einen Blick in den Spiegel.

Dorothea trug nur ihre Unterwäsche, die ausgesprochen knapp geschnitten war, und Torben verspürte wieder dieses stechende Sehnen und dachte daran, sie einfach aufs Bett zu werfen und zu ficken. Aber er wusste, er würde sich dabei nur blamieren, also ließ er es.

Er hielt das Handy hoch, um sie darauf aufmerksam zu machen. Dann las er vor. »Ich habe ein Video von euch mit Fleur. Wir sehen uns heute um Mitternacht im Keller des *Pretty Woman*. Fleurs Mörder muss zahlen.«

»Video«, murmelte Dorothea. Ihre Augen verengten sich. Für den Bruchteil einer Sekunde sah sie aus wie eine Katze vor dem Sprung. Mörderisch erregend.

»Die SMS kommt von Fleurs Handy«, erklärte Torben.

»Ach«, fauchte Dorothea. »Wahrscheinlich direkt aus der Hölle! Aber wer …?« Sie ging am Bett vorbei und trat ans Fenster. Der Seidenfaden des Strings teilte ihre Pobacken. Sie schien völlig vergessen zu haben, wie sie gekleidet war. Torben konnte kaum atmen. »Das ist diese Michelle«, sagte Dorothea auf einmal und wirbelte herum, »die, von der Fleur immer erzählt hat. Die Blonde von nebenan, auf die du so scharf warst.«

»War ich gar nicht. Ich kann mich noch nicht einmal …«

»Erzähl keinen Unsinn«, unterbrach sie ihn streng. »Ich habe genau gesehen, wie du sie angestarrt hast. Jetzt piss dir doch nicht gleich in die Schuhe.«

Durch die Nase stieß sie die Luft aus, wie ein missmutiger Drache. Das tat sie immer, wenn sie nachdachte, egal ob sie ein Gericht im Restaurant auswählte oder einen Millionendeal einfädelte.

»Sie will uns gegeneinander ausspielen. Kann sie haben«, sagte sie, und ihre Stimme wurde leiser, bis sie wie das Zischen einer Schlange klang. »Das kann sie haben, die kleine Michelle. Das kann sie haben.«

Dorothea war vielleicht einen halben Meter vor Torben stehen geblieben und strahlte eine gierige Hitze aus, die ihn zu verschlingen drohte.

Geil. So geil.

100

Kann ein einmal geschehenes Unrecht überhaupt ausgeglichen werden? Gibt es so etwas wie Gerechtigkeit? Oder ist dieser Begriff nichts als eine Fantasie gequälter Herzen, die in Wahrheit auf Rache aus sind?

Mehr noch, kann man die Welt überhaupt unterteilen in »richtig« und »falsch«, in »gut« und »schlecht«?

Ist nicht, was dem einen richtig erscheint, oft falsch für jemand anderen?

Und inwieweit stehen die Bewertungen »richtig« und »falsch« im Zusammenhang mit der Freiheit des Einzelnen und der Freiheit aller? Sind »richtig« und »falsch« dasselbe wie »erlaubt« und »verboten«?

Einen Amokläufer zu töten, um weitere Opfer zu verhindern, ist erlaubt, aber ist es richtig?

Soll ein Mann, der einen Anschlag plant, aber noch nicht durchgeführt hat, bereits dafür bestraft werden?

Wenn man sicher ist, dass jemand ein Verbrechen begangen hat, es aber mit den aktuellen technischen Mitteln nicht beweisen kann – sollte derjenige bestraft werden?

Wird ein Unrecht begangen, und keiner bemerkt es, ist es dann immer noch Unrecht?

Inwieweit beeinflussen Verhaltensweisen wie Rücksicht, Freundlichkeit, Hilfsbereitschaft und Gutmütigkeit unseren Alltag? Darf man mit ihnen rechnen?

Zur effektiven Durchsetzung unserer Rechte treten wir diese an den Staat ab. Auch dies eine Form der Arbeitsteilung.

Zugleich stärkt es die Autorität der Autoritäten. Doch wenn Polizei und Richter nicht weiterwissen, können wir unsere Rechte dann zurückfordern? Unter welchen Bedingungen und mit welcher Konsequenz?

»Es gibt kein richtiges Leben im falschen«, schrieb Adorno. Was soll das heißen? Die äußeren Umstände sind so schlimm, da kommt es auf das eigene Verhalten nicht mehr an? Darauf deutet Adornos Ursprungsformulierung hin: »Es lässt sich privat nicht mehr richtig leben.«

Vielleicht bedeutet es aber auch: Gehe keine faulen Kompromisse ein.

101

Wasi sah sich in der Küche seiner Schwester um. Er zog die Schubladen heraus und durchwühlte sie. Alufolie, Plastikschüsseln, Flyer von Lieferdiensten: Ihm quoll der Überfluss Europas entgegen. In der obersten Schublade hatte er bereits zwei kleine Gemüse- und ein Spickmesser gefunden. Ausgerechnet bei dem Spickmesser war die Spitze abgebrochen.

Außerdem waren alle drei Messer stumpf.

Auf dem Küchentresen hatte ein billiges Brotmesser gelegen, mit kurzem Griff und einer dünnen Wellenschliffklinge, die sich unter Druck biegen würde. Zu gefährlich.

In der zweiten Schublade von oben lagen allerlei Küchenutensilien – Rührlöffel, Bratenwender, Dosenöffner, Korkenzieher, Strohhalme, Trichter, Gummibänder. An der Seite fand er noch ein weiteres Messer, ein Kochmesser mit einer etwa dreißig Zentimeter langen, massiven Klinge. Der Messerrücken war beinahe vier Millimeter breit.

Wasi überprüfte die Klinge mit dem Daumen. Auch sie war stumpf. Wie konnte seine Schwester mit dieser Ausstattung überhaupt kochen? Aber wie er sie kannte, hatte sie das gesamte Küchenzeug gebraucht gekauft, alles zusammen, und die Messer waren eben schon stumpf gewesen.

Er wühlte weiter in der Schublade, bis er entdeckte, wonach er suchte: einen Wetzstahl. Auch der nicht mehr im besten Zustand, aber es würde reichen.

In den übrigen Schubladen sowie hinter den Klapptüren fand er nichts Brauchbares mehr.

Vielleicht wäre es einfacher, in einem Laden neue Messer zu stehlen? Dass man ihn nachträglich auf dem Überwachungsband identifizieren würde, kümmerte ihn nicht. Hinterher wäre er nicht mehr hier. Aber er könnte erwischt werden. Das würde ihn behindern. Daher kam diese Möglichkeit nicht infrage.

Wasi setzte sich an den Küchentisch und begann einige der Messer zu schärfen. Die Tätigkeit hatte etwas Meditatives. Er arbeitete in aller Seelenruhe, sorgfältig und gründlich. Schließlich konnte er ein Blatt Papier, das er von einem Block in einer der Schubladen abgerissen hatte, mit Daumen und Zeigefinger an der oberen Schmalseite halten und frei schwebend quer durchschneiden.

Einzig die Spitze des Spickmessers konnte er nicht wiederherstellen.

Als er fertig war, musterte er sein Waffenarsenal. Drei kurze Messer, ein langes. Das Brotmesser würde er hierlassen, es war zu instabil.

Deutschland war vielleicht nicht so korrupt wie Thailand. Aber die Reichen kamen immer davon, egal wo. Wasi war klar: Wenn er das Recht nicht selbst vollstreckte, würden die Mörder ungestraft bleiben.

Diesmal nicht.

102

Michelles Handy piepste. Eine SMS von ihrer Mutter. »Hat Spaß gemacht vorhin, danke!«

Irgendwas würde sie sich einfallen lassen müssen. Auf die Dauer würde sie ihren Job nicht vor Monika geheim halten können. Und dass sie mit Paul unterwegs gewesen war und nun mit Wasi gemeinsam versuchte, Fleurs Mörder zu einem Geständnis zu bewegen, machte die Sache nicht unbedingt einfacher.

Heute musste sie noch mal ins *Pretty Woman*. Sie konnte nicht zwei Abende nacheinander wegbleiben. Zumal Gordon nach der Abschleppaktion wusste, dass sie nicht krank war. Aber sie nahm sich vor, spätestens den morgigen Abend mit ihrer Mutter zu verbringen. Sie würde zwar sowohl Monika als auch Gordon wieder anlügen müssen, um das zu erklären, aber das ließ sich nun mal nicht ändern. Gordon war mit Magen-Darm zufrieden, ihre Mutter glaubte sicher an das Abbummeln von Überstunden.

Das Komische war, sie freute sich sogar darauf, dass Monika ihr einen ganzen Abend die Ohren vollheulte mit ihren Sorgen. Raimund hier, Raimund da, aber das war wenigstens die bürgerliche deutsche Normalität. Und vor allem hatte Michelle das Gefühl, dass sie ihrer Mutter etwas Gutes tat, indem sie einfach nur zuhörte.

Das vermisste sie im Moment am meisten. Etwas tun zu können. Ergebnisse. Sie hoffte, dass Wasi und ihr etwas einfiel, um die Täter in die Falle zu locken – auch ohne das Handyvideo, an das sie ohne PIN nicht rankam. Dann würde sie Paul anrufen, und der konnte die Sache zu Ende bringen.

Davon wurde Fleur auch nicht wieder lebendig. Aber wenigstens würde ihr Gerechtigkeit widerfahren.

Und bis dahin? Ging sie schräg über die Straße ins *Pretty Woman*. Wo sollte sie sonst hin?

103

»In zwanzig Minuten beginnt unser freies Training. Zwanzig Euro pro Stunde für Gäste.«

Der Betreiber des Dojos war ein Chinese undefinierbaren Alters, dessen Haut aussah, als wäre sie versehentlich in die Fritteuse gefallen. Sein Englisch hatte einen starken Akzent.

»Kann ich auch einen Anzug leihen?«, fragte Wasi, ebenfalls auf Englisch.

Der Alte musterte ihn einen Moment lang streng. Was er sah, schien ihn zufriedenzustellen. »Komm«, entgegnete er in Thai und erhob sich.

Wasi folgte ihm in einen Umkleideraum. Der Mann schloss einen doppelt breiten Schrank auf, in dem dicht an dicht etwa zwei Dutzend frisch gewaschene und gebügelte Kampfanzüge hingen. Er fuhr mit dem Finger die Schultern entlang, warf Wasi erneut einen Blick zu, dann nahm er einen Anzug heraus.

Wieder der forschende Blick, dann griff er in einen Korb unterhalb der Anzüge und reichte Wasi einen schwarzen Gürtel. Der bestätigte die Annahme mit einem Lächeln und einer traditionellen Verbeugung.

Er zog sich um und betrat durch eine zweite Tür den Trainingsraum. Noch war eine Unterrichtsstunde im Gange. Respektvoll verneigte sich Wasi beim Betreten des Raums, dann nahm er auf einer langen Bank am Rand Platz.

Der Boden war aus polierten Dielen. Die Wände waren mit stoßabsorbierendem Material gepolstert. In der Mitte der Halle lagen grüne und rote Matten, auf denen die Jugendlichen, die gerade instruiert wurden, paarweise ihre Übungen ausführten. Die obere Hälfte der gegenüberliegenden Seite des Raums war verglast. Die Fenster zeigten Richtung Süden. Ein Kirchturm und einige Dachfirste ragten ins Sichtfeld. In der Ferne waren einige Kräne zu erahnen, die aussahen, als wären sie mit Kohlestift skizziert.

Noch nie hatte Wasi in einem so wundervollen Raum trainiert. Die Halle verfügte über eine sehr angenehme Atmosphäre. Zwischen den beiden Türen zu den Umkleiden standen auf einem Tisch frische Blumen und ein goldener Buddha. Statt des üblichen intensiven Schweißgeruchs erfüllte ein zarter Hauch von Rosenduft den Raum. Erst auf den zweiten Blick entdeckte er die rundum angebrachten Schlitze der beinahe lautlosen Klimaanlage.

Die Tür zur Damenumkleide öffnete sich. Eine junge Frau, deren dichtes schwarzes Haar ihr Gesicht halb verbarg, kam herein, legte die Hände vor der Brust aneinander und verneigte sich. Ihr Kopf war merkwürdig kantig, wie aus Bauklötzen zusammengesetzt. Breite, starke Schultern.

Sie ging an ihm vorbei, ohne ihn eines Blickes zu würdigen, und setzte sich an das andere Ende der Bank.

Die Uhr an der Schmalseite des Raums zeigte fünf Minuten vor. Der Trainer rief seine Schüler in die Mitte, fasste die Lektion zusammen, verabschiedete sich mit einer Verbeugung, die von den Kindern erwidert wurde.

Weitere Teilnehmer des freien Trainings strömten herein. Er hatte in einem Thai-Restaurant nach einem Dojo in der Nähe gefragt. Sicher war er noch nicht wieder in Bestform, aber eine Übungsfolge würde ihm helfen, seine Kraft und seine Gedanken zu fokussieren. Im Geiste ging er sein Vorhaben durch. Er würde die Mörder seiner Schwester im Folterkeller des Bordells zur Rede stellen, in dem sie gearbeitet hatte. Sie würden kommen, da war er sicher, weil sie das Video wollten oder ihr Geld.

Und er würde sie nicht wieder gehen lassen.

Die Teilnehmer machten sich warm. Er lief ein paar Runden, absolvierte einige einfache Übungsfolgen. Dann kam der alte Mann herein, der ihm den Anzug geliehen hatte. Er begrüßte die Kämpfer, die sich ehrfürchtig vor ihm aufreihten. Die meisten kannten einander. »Amira«, sagte er und deutete auf das Mädchen, das nach Wasi hereingekommen war, dann zeigte er auf ihn. Sie sollten gemeinsam trainieren.

Wasi bemühte sich, der Enttäuschung, die er verspürte, keinen Raum zu geben. Er hatte ernsthaft trainieren wollen, und nun wurde ihm ein junges Mädchen … da gab der Meister auch schon das Kommando, das Mädchen verneigte sich vor ihm und ging augenblicklich auf ihn los. Sie begann mit Wing-Tsun, mischte dann etwas Karate hinein. Ihr Gesicht verriet nichts als vollkommene Konzentration.

Wasi konterte, doch es gelang ihr, mit einem Kick seine Abwehr zu durchbrechen. Millimeter vor seinem Schulterblatt stoppte sie ab.

Er sah sie an. Sie trat einen Schritt zurück, als wäre sie kurz verunsichert, wirbelte aber sogleich um ihre eigene Achse und führte mit balletttänzerischer Sicherheit eine anspruchsvolle Schrittkombination zu ihm hin aus. Er blockte. Sie setzte nach. Nun war es an ihm, die Rolle des Angreifers zu erobern, statt sich endgültig in die Defensive drängen zu lassen. Ohne darüber nachzudenken, wählte er eine Kick-Folge aus dem Muay-Thai, dem thailändischen Kickboxen. Zu seinem Erstaunen konnte er sich damit jedoch nicht durchsetzen – seine Gegnerin folgte ihm, als führte er sie beim Tanz, und schien ihm doch stets den Bruchteil einer Sekunde voraus zu sein.

So ging es noch einmal, zweimal hin und her, dann beendete

der Meister mit einem strengen Ruf die Zweikämpfe. Unentschieden. Sie verneigten sich voreinander. Im Blick der jungen Frau lag Anerkennung. Ihr Selbstbewusstsein beeindruckte Wasi.

Die übrigen Kämpfe in wechselnden Paarungen konnten an den elektrisierenden ersten nicht heranreichen. Am Ende war er vollkommen durchgewärmt und hatte den ihm derzeit höchstmöglichen Bewegungsradius erreicht.

Die Teilnehmer traten in einer Reihe vor den Meister und verneigten sich ehrfürchtig.

Wasi legte den Kampfanzug ab, brachte ihn zum Tresen. Der Alte stand bereits wieder dahinter und lächelte zufrieden. Als Wasi bezahlen wollte, schüttelte sein Gegenüber nur den Kopf. »Ich tue etwas Gutes. Du tust etwas Gutes«, sagte er.

Wasi nickte. »Das werde ich«, sagte er.

Beide Männer verneigten sich voreinander.

104

Dorothea Hagen schaltete den Fernseher ein. Als Mädchen hatte sie davon geträumt, einen Rockstar zu verführen und mit ihm durch die Welt zu reisen. Hätte es damals schon MTV gegeben, wäre sie vermutlich süchtig danach gewesen. Heute war sie einen Buchstaben weiter: Die Politik- und Wirtschaftsmeldungen von NTV hatten die Hair Bands auf MTV ersetzt. Die zwei Tickerbänder und belanglosen Kommentare erzeugten ein weißes Rauschen, mit dessen Hilfe sie besser denken konnte.

Sie hatten den Teufel mit dem Beelzebub ausgetrieben. Das passierte, wenn sie einmal nicht plante, sondern ihren Impulsen folgte. Die eine Nutte waren sie los – jetzt erpresste sie eine zweite. Und ihr Geld hatte sie auch noch nicht wieder.

Wie konnten sie Michelle ausschalten, ohne Verdacht zu erregen? Zwei tote Huren im selben Puff innerhalb weniger Tage, da würde sogar die deutsche Staatsanwaltschaft aus dem Winterschlaf aufwachen. Okay, das *Pretty Woman* führte sicher keine Kundenlisten, aber sie durfte jetzt nicht leichtsinnig werden.

»… bei einer Explosion zwei Männer getötet. Bei einem der Toten handelt es sich aller Wahrscheinlichkeit nach um den Attentäter selbst«, hörte sie. Das klang verlockend. Sie blieb stehen. Auf dem Bildschirm erschienen Aufnahmen eines tiefen, unregelmäßigen Kraters, der die halbe Seite eines großen, lang gezogenen Gebäudes verschluckt zu haben schien. Flammen schlugen aus einigen Fenstern in den mittleren Stockwerken.

Grelle Scheinwerfer der Rettungsdienste sowie der Helikopter der TV-Sender zuckten durch die Nacht. Rauch stieg aus der Grube auf.

Rechts oben wurde das Passfoto eines Mannes eingeblendet, der freundlich und einnehmend in die Kamera schaute. Er hatte akkurat geschnittenes dunkelblondes Haar und trug ein weißes Hemd und eine blaue Krawatte.

Florian!

Es traf sie wie ein Stich ins Herz.

Aber Torben gegenüber durfte sie sich auf keinen Fall etwas anmerken lassen.

War Florian wirklich …?

Jetzt wechselte das Bild. Ein Reporter stand live am Ort des Attentats. Hinter ihm waren zahlreiche Wagen der Feuerwehr sowie der Rettungskräfte zu sehen. Blaulichter zuckten. Uniformierte Männer wuselten um das Loch in Erdreich und Hauswand herum. Schaulustige drängten sich am Straßenrand.

»Dem Anschein nach handelt es sich um einen missglückten Terroranschlag«, sagte der Reporter. In der linken Hand hielt er das Mikrofon mit dem Senderlogo, mit der freien Rechten deutete er hinter sich. »Im Schlosshotel Kronberg sollte ab übermorgen der Weltwirtschaftsgipfel stattfinden. Die Anreise der ersten Gäste wurde bereits für morgen erwartet. Aufgrund der politischen Bedeutung des Gipfels wurde ein Großteil des Hotels heute schon vollständig freigehalten, damit alle Vorbereitungen ungestört abgeschlossen werden können. Nur Dr. Karsten Hagen, der im Auftrag der Bundesregierung den Gipfel maßgeblich vorbereitete, war bereits vor Ort.«

Bei dem Namen schaute auch Torben von seinem Handy auf.

»Derzeit liegen noch keine endgültigen Informationen vor, aber die Sicherheitskräfte befürchten das Schlimmste. Mit

Sicherheit kam eine weitere Person zu Tode, es handelt sich höchstwahrscheinlich um den mutmaßlichen Attentäter Florian Bremerhaven.« Jemand reichte ihm eine Karteikarte. Der Reporter las ab: »Das Auto des mutmaßlichen Attentäters wurde verlassen zwei Kilometer entfernt auf einem Waldparkplatz aufgefunden. Bremerhaven ist an der Frankfurter Universität als Student der Rechtswissenschaften immatrikuliert und fiel in den letzten Jahren vor allem durch sein Engagement für den von ihm geleiteten Verein zur Förderung der freiheitlichen Wirtschaft auf. Der Verein plädiert für weniger Gesetze, weniger Regeln, mehr persönliche Freiheit. Sollten die Annahmen zutreffen, so handelt es sich bei diesem Vorfall um den ersten neoliberalen Anschlag in der Geschichte der Bundesrepublik.«

Torben und Dorothea starrten ungläubig auf den Fernsehbildschirm, wenn auch aus völlig unterschiedlichen Gründen.

»Wenn das stimmt …«, begann Torben.

Dorothea riss sich zusammen. Für Gefühle war später noch Zeit. Oder besser gar nicht. Torben wusste nichts von Florian. Er wusste nicht, dass sie ihren Sohn weggegeben hatte. Sie hatte ihm diesen Teil ihrer Persönlichkeit verheimlicht, weil sie nicht wollte, dass er schlecht über sie dachte. Er sollte sie nicht verurteilen, wie sie es selbst tat.

Die Sache war lange her. Verjährt sozusagen. Er musste nichts davon wissen. Und es würde ja auch nichts ändern. Wenn sie eine Zukunft mit Torben haben wollte, musste sie jetzt den Mund halten.

Obwohl sie nicht wusste, wohin mit ihren Gefühlen. Sie fühlte sich unsicher, traurig, wund. Sie hatte Florian zum zweiten Mal verloren.

»Wenn das stimmt«, setzte Torben erneut an, »dann bist du reich. Reich und frei.«

Dorothea nickte langsam. Ihre Finger kribbelten ganz eigenartig, sie wusste auch nicht, warum. Sie wollte schreien, den Fernseher zum Fenster hinauswerfen.

Aber Torben wusste ja nichts von Florian, also konnte er nur den unerwarteten Vorteil der Situation sehen.

»Ja«, sagte sie tonlos. »Ich bin frei. Ich bin reich.«

105

Wasi erkannte das Mädchen sofort. Sie trug eine weite Cargohose, Sweatshirt, Sneakers. Ihr Haar verdeckte das halbe Gesicht. Wäre er ihr auf der Straße begegnet, hätte er sie für einen Jungen gehalten.

Sie wartete geduldig an den Bestellsäulen des Fast-Food-Restaurants an der Reeperbahn, bis drei Tabletts gleichzeitig auf den Tresen geschoben wurden. Mit lässiger Selbstverständlichkeit ging sie nach vorn, griff sich das mittlere, machte sofort kehrt und verschwand die Treppe hinauf ins Obergeschoss.

Auf dem Display oberhalb der Abholzone wurden zwei Nummern angezeigt. Ein Mann und eine Frau folgten auf Amira. Der Mann schaute auf seinen Bon, hoch zu den angezeigten Nummern, dann nahm er eines der Tabletts und ging. Die Frau runzelte die Stirn. Sie wartete, bis einer der Mitarbeiter vorbeikam, und sprach ihn an. Der Pommesausteiler ließ sich ihren Bon zeigen, überprüfte das Tablett, schüttelte den Kopf, berührte einen Touchscreen und fragte die Frau etwas, die nur den Kopf schüttelte. Er nahm den Bestellbon des Tabletts auf dem Tresen in die Hand und rief: »Sechshundertsiebzehn, sechshundertsiebzehn bitte!«

Fasziniert beobachtete Wasi den Vorgang. Er selbst hatte gerade an der Säule die Bestellnummer 624 erhalten.

Ein Jugendlicher mit einem Skateboard unter dem Arm kam an den Tresen. Der Restaurantangestellte ließ sich den Bon des Jungen zeigen, nickte und zeigte auf das Tablett vor sich. Der Junge nahm es mit der freien Hand und ging.

Ein Kollege stellte das nächste Tablett ab, im Display erschien nun die Nummer 618.

Die Frau sagte etwas zu dem Mann, der mit den Schultern zuckte und den Kopf schüttelte. Dann rief er etwas in den Küchenbereich hinein und tippte erneut auf dem Touchscreen herum.

Die Frau bekam ihr Essen direkt nach Wasi.

Er trug seinen Burger, die Pommes und das Getränk die Treppe hoch ins Obergeschoss. Amira saß mit dem Rücken zu ihm in einer Ecke an einem Zweiertisch. Er ging zu ihr hinüber, griff nach der Lehne des Stuhls ihr gegenüber und stellte sein Tablett auf den Tisch.

Ihr Kopf schoss hoch, der Blick feindselig, brennend, schwarz. Dann erkannte sie ihn.

»Coole Nummer unten«, sagte er in einfachem Chinesisch.

Ihr Ausdruck gab nichts preis.

Er setzte sich und begann zu essen.

Ihr Blick, ihr ganzer Ausdruck, war jetzt anders als im Dojo. Unter der coolen Hochnäsigkeit des Straßenkids schien ein nervöses Flackern zu liegen.

»Hast du heute Nacht Zeit?«, fragte Wasi dann ganz direkt auf Englisch.

Das Mädchen lachte abschätzig.

Ihm wurde klar, wie er sich angehört haben musste.

»Kein Sex«, sagte er. »Ich habe etwas zu erledigen und könnte Verstärkung brauchen.«

Sie sah ihn an. Kaute. Fragte dann: »Wie viel? Wofür?«

Er hatte genug amerikanische Movies gesehen, um zu wissen, wie es weiterging.

»Hundert Dollar für zwei Stunden. Ich muss ein … ein Gespräch mit zwei Leuten führen. Einem Mann und einer Frau. Ein … unangenehmes Gespräch. Jedenfalls für die beiden.« Er ließ einen Moment vergehen. In ihren Augen konnte er sehen, dass sie ihn verstand. »Du könntest für Ruhe sorgen, während ich mit dem anderen … rede«, sagte er.

Das Mädchen nickte erneut. »Zweihundert«, sagte sie dann. »Hundert vorab. Wann und wo?«

»Halb zwölf, hier. An der Ecke.«

Sie nickte. »Okay.«

Er sah sich um. Niemand sonst saß hier oben.

Sicherheitskameras an der Decke, aber was würden die schon verraten. Falls jemand darauf kam, sie zu checken.

Er zog fünf Zwanziger aus der Tasche. Sie sahen abgegriffen und täuschend echt aus.

Sie steckte das Geld ein.

Stumm aßen sie weiter.

Amira verabschiedete sich mit einer angedeuteten Verbeugung von ihm.

Seine Muskeln waren warm und geschmeidig, aber seine Knochen schmerzten. Er war froh, sie getroffen zu haben. So würde er sich auf eines dieser Arschlöcher nach dem anderen konzentrieren können. Dann kam der Tod langsamer. Schmerzhafter. Bis sie ihn irgendwann ersehnten.

106

»Ganz einfach«, sagte Torben auf einmal. »Jetzt ist es ganz einfach.«

Im Fernsehen liefen Meldungen über den Anschlag in Kronberg inzwischen in Dauerschleife. Er hatte ihr Handy sofort ausgeschaltet und den Akku herausgenommen, damit der BND sie nicht orten konnte. Über eine anonymisierte VoIP-Verbindung hatte er ihre Mailbox abgehört – mehrere Ermittler hatten in immer kürzeren Abständen Bitten um Rückrufe hinterlassen. Der vierte fasste sich schließlich ein Herz und sagte: »Wir müssen Ihnen leider mitteilen, dass Ihr Mann Dr. Karsten Hagen Opfer eines Terroranschlages in Kronberg geworden ist. Mein Beileid, auch im Namen der Bundesbehörden. In Kürze wird es eine Pressemitteilung geben, und wir hätten Sie gern vorab informiert, aber dies lässt sich nun leider nicht realisieren. Wie gesagt, mein aufrichtiges Beileid. Und bitte rufen Sie mich, so bald es Ihnen möglich ist, an unter …«

Torben unterbrach die Verbindung.

Auch die Nachrichtenwebsites berichteten vom »ersten mutmaßlichen neoliberalen Terroranschlag aller Zeiten« sowie dem »tragischen Tod des stellvertretenden Fraktionsvorsitzenden«. Die Bundeskanzlerin verurteilte das Geschehen aufs Schärfste und versprach »umfangreiche Aufklärungsarbeiten«. Außerdem sprach sie »allen Angehörigen« ihr »aufrichtiges Beileid« aus.

»Du bist frei. Du bist reich. Wir hauen einfach ab. Wir machen diese verdammte Nutte fertig, und dann hauen wir ab.

Sollen sie uns doch auf Vertragserfüllung verklagen. Ich sitze hier doch keine fünf Jahre mehr ab, wenn ich mit dir zusammen sein kann.«

Und so groß die Trauer in Dorotheas Herzen auch war, langsam nahm die Vorfreude zu auf das, was möglich geworden war. Florian hatte unwissentlich das größte und schönste Opfer für sie gebracht.

Sie würde es ihm nie vergessen. Sie würde ihn immer lieben. Sie war stolz auf ihn.

»Aber ich werde noch auf den Erbschein warten müssen«, sagte sie.

Er nickte. »Aber das dauert nicht lange. Ein paar Wochen. Ich kann morgen schon weg. Und bald sehen wir uns wieder.«

Sie nickte, dann ging sie auf Torben zu, der auf dem Bett saß, und küsste ihn. »Ja«, sagte sie, »genauso machen wir's. Wir bringen sie zum Schweigen, du tauchst unter, ich kassiere und komme nach. Und dann gibt es nur noch dich und mich. Für immer.«

Sie ließ sich auf seinen Schoß sinken und rieb sich an ihm. Zufrieden spürte sie das Pochen seiner Härte. Er stöhnte leise und schloss die Augen.

Ja. Ja, sie wollte bei ihm sein, er machte sie glücklich.

Torben Krahl unterdrückte die Anzeige seiner Handynummer und rief im *Pretty Woman* an.

»Ich möchte in den Keller. Ein Mädchen. Eine Stunde. Mit Begleitung.«

Im Hintergrund konnte er einen Sportkommentator hören. »Fünfhundert«, sagte der Mann am Telefon. »Ein Mädchen, eine Stunde, zwei Kunden.«

»Okay«, sagte Krahl, ohne zu zögern. »Michelle.«

Es dauerte einen Moment, bis sein Gesprächspartner antwortete. »Michelle, äh … ist heute krank.«

Sie war schon damals nicht mitgekommen, als Fleur sie gefragt hatte. Eine Nutte, die sich zu fein fürs Grobe war. Zum Kotzen.

»Tausend«, sagte Torben ungerührt.

»Wir haben, äh …« Der Betreiber des Puffs kam ins Schwitzen. »Kennen Sie unsere Website? Wir haben viele sehr kompetente Mitarbeiterinnen. Ich bin sicher, Sie werden …«

Aber Torben schüttelte den Kopf, obwohl der andere das nicht sehen konnte. »Tausend«, sagte er. »Michelle.«

»Es ist eigentlich nicht …«, bekam er zu hören.

»Tausendfünfhundert.«

Schweigen.

Keiner sagte etwas.

Leise war der Fußballkommentar zu hören.

»Dann eben nicht«, zischte Krahl feindselig.

»Sind Sie sicher, dass Sie keine andere wollen?«, fragte der Zuhälter hektisch.

»Meine … Begleitung hat extra nach Michelle gefragt«, behauptete Krahl.

»Und wenn ich Ihnen eine andere unserer Mitarbeiterinnen schicke?« Der Kerl war richtig verzweifelt. Was ein paar Scheine so brachten. Torben Krahl kannte die Menschen.

Er wartete ungerührt.

Schließlich bekam er zu hören, was er hören wollte. »Zweitausend. Michelle.«

»Na also«, sagte Torben. Dann setzte er hinzu: »BitCoin.«

Der Mann am Telefon nannte ihm seine BitCoin-Adresse.

»Moment.« Krahl schaltete das Gespräch in die Warteschleife, schickte das Geld direkt aus der App.

Als er das Gespräch wieder übernahm, konnte er am anderen Ende das leise Klingeln des Zahlungseingangs hören.

»Sie waren schon mal bei uns?«, fragte der andere.

»Ja«, bestätigte Krahl.

»Gut. Dann kennen Sie sich ja aus.« Er nannte ihm den Zugangscode zur Hintertür, die man über den Innenhof erreichte. Das Arrangement erlaubte maximale Vertraulichkeit.

Ideal für ihr Vorhaben, einfach ideal.

107

»Wie geht es Ihnen?«, erkundigte sich Svenja Meißen. Ihr letzter Anruf des Tages.

»Schon wieder ganz gut, danke«, antwortete Benedict Schürer. »Die Ärzte sagen, die Narben würden in einem Jahr praktisch unsichtbar sein.«

»Ich wollte nur fragen, ob Sie Ihren Aussagen in der Erstvernehmung noch etwas hinzufügen möchten – sonst würde ich Ihnen einen Ausdruck zukommen lassen, den Sie bitte unterschreiben müssten.«

»Wissen Sie …« Der Junge zögerte. Sie konnte fast schon hören, wie er nachdachte. Wie viel Ärger war er bereit von wem in Kauf zu nehmen?

»Ja?«

»Ich meine, es ist ja letztlich nichts passiert.«

»Sie liegen im Krankenhaus.«

»Ja, na ja, das schon, aber … ich hatte in den letzten Tagen Zeit zum Nachdenken. Und es war in gewisser Weise ja auch meine Schuld.«

»Ich kann Ihnen nicht folgen. Im Vernehmungsprotokoll steht, dass Sie grundlos angegriffen wurden.« Meißen blätterte suchend in ihren Unterlagen.

»Na ja …«

»Möchten Sie Ihre Aussage also doch ergänzen?«

»Man kann die Dinge ja so und so sehen«, murmelte der junge Mann nun. Meißen begann ungeduldig mit ihrem Kugelschreiber auf der Schreibtischunterlage zu klopfen.

»*Grundlos*«, hörte sie ihn sagen, »ist vielleicht doch nicht ganz korrekt.«

Auf einmal dämmerte es ihr. Der Anwalt des Vaters rief alle drei Stunden bei ihrem Chef an und machte Druck.

Aber der Junge hatte den Streit … nun, vielleicht nicht direkt provoziert, aber er war ihm auch nicht aus dem Weg gegangen …

»Möchten Sie die Anzeige zurückziehen?«, fragte Meißen.

»Gibt es denn … wie sieht es aus, wenn ich die Aussage insofern korrigiere, als ich wirklich nicht ganz sicher sagen kann, wie genau derjenige aussah, der mich angegriffen hat? Wissen Sie, es war auf einmal so viel los, und wenn ich mich irre, dann klage ich ja quasi einen unschuldigen Menschen an …«

Meißen legte ihren Kuli zur Seite. »Sie müssen sich aber darüber im Klaren sein, dass es sich bei Ihrer Aussage um eine eidesstattliche Erklärung handelt. Es ist strafbar, eine falsche Aussage zu tätigen, gleichgültig, aus welchem Grund. Und vor allem: Wenn Sie erst einmal unterschrieben haben, bleibt es dabei.«

»Ja, schon, aber wissen Sie, es geht mir wirklich wieder gut, es war nur eine Kleinigkeit. Also, ich bin der Meinung, dass niemand etwas davon hat, wenn diese Sache noch weiter breitgetreten wird. Und Sie wissen das sicher noch viel besser als ich, aber oft ist es ja auch sehr schwierig, ganz klar einen eindeutigen Verantwortlichen zu benennen …«

»Okay. Ich schicke Ihnen die Aussage, Sie nehmen die entsprechenden Korrekturen vor und schicken die Unterlagen unterschrieben zurück. Einverstanden?«

Sie konnte die Erleichterung in seiner Stimme hören, als er bestätigte: »Einverstanden.«

Für ihn war es die Gelegenheit, seinem Vater Widerstand entgegenzusetzen, ohne dass jemand es würde beweisen können. Aus Meißens Sicht war er gestraft genug und schien seine Lektion gelernt zu haben. Hoffentlich. Und sonst, wenn er weitermachte wie bisher, würde er auch ohne sie noch genug Gelegenheiten dazu bekommen.

108

Michelle hatte gerade ihre Zigaretten hervorgeholt, um sich abzulenken, als das Telefon klingelte. Gordon. »Michelle, kannst du mal bitte kommen?«

»Was ist denn?«

»Komm doch bitte einfach mal runter.«

Seufzend legte sie die Zigaretten zurück in die Schublade. Sie hatte keine Lust auf die Treppe, also nahm sie den Fahrstuhl ins Erdgeschoss. Während der kurzen Fahrt musterte sie sich im Spiegel, lockerte ihr Haar mit den Fingern. Sie sah müde aus, aber nicht so schlimm, wie sie sich fühlte.

»Was ist denn so Wichtiges?«, fragte sie Gordon, der wie immer hinter dem Empfangstresen hockte und Fußball sah.

»Du sollst in den Keller«, sagte er, traute sich aber nicht, ihr dabei in die Augen zu sehen.

»Du weißt genau, dass ich …«, brauste sie auf.

Wortlos legte er einen Fünfhunderter auf den Tresen.

»Eine Stunde«, sagte er dann.

Sie zögerte. So viel war das nun auch wieder nicht.

Er legte einen Zweihunderter dazu. Jetzt endlich sah er sie an.

»Warum denn ich? Schick doch Lexi. Die ist auch blond.«

Gordon schüttelte den Kopf. »Lexi ist nicht da.«

»Frauke?«

»Brünett.«

»Chantal.«

»Kurzhaarschnitt.«

Michelle senkte den Blick. Gordon bemerkte es. »Und ich hab doch deine Kiste gesehen, vorhin.«

»Puh«, machte sie. »Trotzdem …« Sie kratzte sich am Oberschenkel.

Er legte einen weiteren Hunderter drauf.

»Wie viele davon hast du noch?«, fragte sie.

Der Hauch eines Grinsens schlich sich auf Gordons Gesicht. »Du bist echt knallhart. Fuckscheiße!«, sagte er bewundernd. »Du solltest Unternehmerin werden.«

Sie lachte auf. »Bin ich doch längst. Selbstständiger als ich kann man doch gar nicht sein.«

Er sah sich um, grinste dann breit. »Scheinselbstständig, würde ich sagen.« Dann ging ihm der Wortwitz auf, den er gerade versehentlich gemacht hatte. »*Schein*selbstständig. Echt jetzt.« Er schob die Achthundert in ihre Richtung. Wartete einen Moment, seufzte dann und machte Tausend daraus.

»Na gut«, sagte sie. »Okay.«

»Okay«, sagte er.

Michelle drückte die Tür zum Treppenhaus auf. Das Geld blieb bei Gordon.

Ein wenig mulmig war ihr schon. Aber so kam ihr Baby wenigstens in eine Vertragswerkstatt.

109

Torben hatte ein einziges Mal Loretta gegenüber angedeutet, dass man doch einen der Kellerräume ihrer Villa als Folterkeller nutzen könnte. Sie hatte schallend darüber gelacht. »Du bist wirklich immer so lustig!« Sie hatte gar nicht mehr aufhören können zu kichern.

Er war froh, dass er sie bald nicht mehr ertragen musste. Sie war eigentlich eine nette Frau, aber nicht die Richtige für ihn. Entsetzlich spießig. Hamburgerin halt.

Bereits die etwas stickige Luft des Kellers, mit einem Hauch Schimmel durchzogen, erregte ihn. Das Klacken von Dorotheas Absätzen hinter ihm noch mehr.

Von den Wänden sowie an der Decke hingen verschieden lange Ketten in unterschiedlicher Dicke. Manche hatten im Grunde nur dekorative Zwecke, aus anderen könnte man sich nicht einmal mit Gewalt befreien. Ergänzt wurde die Ausstattung durch in die Wand eingelassene Halteringe, an denen sich weitere Ketten oder Seile festmachen ließen.

In der Mitte des Raums befand sich ein Züchtigungsblock. Der Boden unterhalb des Blocks war sauber und trocken, doch man sah dem Holz an, dass es schon oft weder sauber noch trocken gewesen war. Am Fußteil des Blocks befanden sich Lederschlaufen zur Fixierung von Hand- und Fußgelenken. Zudem ließ sich ein breiter Lederriemen über den unteren Rücken spannen, um den Bewegungsradius des Hüftbereichs einzuschränken.

Neben dem Züchtigungsblock befand sich ein Ständer mit

etlichen Rohrstöcken, Gerten, gelochten Paddeln und Peitschen verschiedener Länge und Dicke.

Dahinter ragte ein auf einem Rad befestigtes Andreaskreuz auf. Das Holz wies bereits deutlich erkennbare Spuren der Nutzung auf.

Neben dem Kreuz stand ein hölzerner Pranger samt Fußschellen und Bückstück. Torben war fasziniert gewesen von der Welle der Erregung, die ihn erfasst hatte, als das Nackenstück sich von hinten über ihm schloss und seinen Kopf ebenso wie die Hände rechts und links in Position hielt.

Fleur und Dorothea hatten nur dagestanden und ihn angesehen, und er träumte heute noch davon. Später hatte Dorothea Fleur dort eingespannt und sie zuerst mit der Gerte, dann mit einer kurzen Peitsche bearbeitet, bis Blut zu fließen begann.

Neben dem Pranger befand sich ein höhenverstellbares Wooden Pony – im Grunde dieselbe Konstruktion wie ein »Pferd« aus dem Turnunterricht, nur hatte es statt des gepolsterten Mittelteils ein beidseitig abfallendes Holzdreieck, auf dem Mann oder Frau mit gespreizten Beinen schmerzhaft saß.

Vor der Wand links standen zwei Käfige mit Stahlgittern. Sie waren jeweils knapp einen Meter hoch, einen Meter breit und einen Meter lang. Man konnte darin nicht richtig knien, nicht richtig liegen, erst recht nicht stehen. Etliche Seile und Ketten waren fest mit den Stangen der Käfige verbunden und ließen sich auf vielerlei Weise einsetzen. Vor der Wand rechts befand sich eine herkömmliche Streckbank, nichts Besonderes, aber immer wieder ein effektives Mittel, um den Willen widerspenstiger Subs zu brechen. Daneben war noch Platz für einen Gynäkologenstuhl samt Leuchte und Beistelltisch, auf dem ein Spekulum sowie mehrere Metallklemmen und eine Plastikschachtel mit Stecknadeln lagen. Die Rückwand des Raums sowie zwei Meter des Bodens davor waren gefliest. In der Mitte der Bodenfläche befand sich ein Abfluss. An der Wand hing, sorgfältig aufgerollt, ein Wasserschlauch. Natürlich nur kalt.

Rechts neben der Eingangstür stand ein Tisch mit einer Tüte Wäscheklammern, weiteren Klemmen, Gewichten, Nadeln, Haken, Angelleine, Analstopfen, Vibratoren, Desinfektionsmittel in Sprühflaschen, Xylocain, Finalgon, Daumenschellen, Zangen, Einmalspritzen, Salzlösung, Pfefferspray, Latexmasken, Atemschläuchen und einem Erste-Hilfe-Koffer.

An der Wand neben dem Tisch stand ein kleiner Kühlschrank mit Eisfach, in dem sich alkoholische und nicht alkoholische Getränke sowie Gläser und Eiswürfel befanden.

In einem Schrank an der Frontseite, links neben der Tür, waren Gasmasken, Stiefel, Latexanzüge, Kittel, Uniformen und Handtücher. Seitlich am Schrank befestigt war der rote Notrufknopf.

Dorothea zog sich bereits schwarze Latexstiefel an, die fast bis an ihre Schamlippen reichten. Dann griff sie auf die Ablage des Schranks und nahm eine Maske heraus. Die Bundeskanzlerin. Sie setzte die Maske auf und sah Torben durch die Augenschlitze an.

Anschließend langte sie erneut in den Schrank und gab auch ihm eine Maske. Wladimir Putin.

110

Svenja Meißen saß endlich zu Hause auf dem Sofa, die Füße hochgelegt. Die Kinder schliefen, ihr Mann war beim Elternabend, sie las in Ruhe, da klingelte ihr Handy.

»Hallo?«

»Ich habe eine Anruferin, die darauf besteht, mit Ihnen persönlich zu sprechen. Sie sagt, es sei dringend.«

»Okay.« Sie seufzte. »Ist in Ordnung. Danke.«

Klick.

»Hallo?«

Schweigen.

»Hallo? Ist da jemand?«, fragte Meißen nun doch etwas gereizt. Bislang war es ein netter Abend gewesen.

Wieder Stille. Im letzten Moment, als sie bereits verärgert auflegen wollte, sagte jemand: »Ja. Hier ist Amira. Amira Zhao.«

»Oh«, machte Svenja Meißen, und auf einmal lag eine Sanftheit in ihrer Stimme, die sie selbst überraschte.

»Ich … Sie haben gesagt, ich kann Sie anrufen, wenn … wenn ich Rat brauche?«

»Okay …?«

Das war ja schnell gegangen. Sie hatte es ja gewusst, das Mädchen war nicht dumm.

»Ich wusste nicht … ich will lieber …« Amira war es hörbar unangenehm, mit einer Polizistin zu sprechen.

Meißen begann sich Sorgen zu machen. Was hatte die junge Frau jetzt wieder angestellt? »Was ist passiert?«, fragte sie.

»Noch nichts. Aber … da war so ein Mann. Er hat mich … er hat mir zweihundert Euro geboten. Ich weiß nicht, was er vorhat. Es ist kein Sex, falls Sie das denken. Aber es ist … Er kam mir brutal vor. Irgendwie gemein. Ich weiß, ich weiß«, setzte sie eilig hinzu. Auf einmal sprudelten die Worte aus ihr heraus, als wäre sie erleichtert, sie endlich aussprechen zu können. »Aber ich habe nachgedacht. Ich will … schon wegen May-Lin … Sie würde es nicht ertragen … *ich* würde es nicht ertragen …«

Eine Pause. Meißen schwieg. Wartete. Das fiel ihr am schwersten, vor allem am Telefon, weil man immer fürchtete, der andere würde auflegen. Aber die Psychologen in den Lehrgängen versicherten immer wieder: Wer anruft, will reden.

Also zwang sie sich zum Stillsein und gab Amira Raum.

Es funktionierte.

»Ich will das nicht machen. Ich habe sein Geld genommen, aber ich will es nicht machen. Egal, was es ist. Und ich dachte … ich dachte, wenn ich Ihnen sage, wann und wo er sich mit mir trifft, vielleicht können Sie dafür die Aufnahmen von heute Nachmittag löschen? Ich weiß nicht, ob das geht, aber … man sieht so was doch immer im Fernsehen.«

Meißen legte so viel Mitgefühl und Ruhe in ihre Stimme, wie es ihr möglich war. »Amira, das geht nicht. Beweismittel unterschlagen, das kommt nicht infrage. Aber erstens habe ich die Videos noch gar nicht gesehen. Vielleicht ist ja keiner von euch zu erkennen. Dann habe ich auch keinen Anlass, jemandem etwas zu sagen. Und zweitens … warte mal, ich habe eine Idee.« Das Gehirn war wirklich ein komisches Ding. Woher war der Gedanke aufgetaucht, ein Nebensatz am Tatort vorgestern … »Suchst du vielleicht einen Job? Das wäre für jeden Richter ein guter Grund, Bewährung anzuordnen, wenn überhaupt.«

»Aber wer nimmt denn eine wie mich?« Die immer wieder erlebte Enttäuschung machte Amiras Stimme dickflüssig wie Teer.

»Ich weiß vielleicht jemanden. Sag mir erst mal, was jetzt mit diesem Mann ist.«

Ein hörbares Zögern. Dann tat Amira den Sprung, für den sie sich gestern noch verachtet hätte. »Er ist Thailänder. Älter als ich. Vielleicht Mitte zwanzig. Stark. Kurze schwarze Haare. Er wartet um halb zwölf in der Talstraße auf mich, an der Ecke zur Reeperbahn. Wirklich, ich schwöre, ich weiß nicht, was er vorhat, aber es war, als ob er schwarze Energie ausstrahlt. Richtig unheimlich.«

Meißen fragte lieber nicht, wo und wie Amira dem Mann begegnet war. Aber die Sache mit der schwarzen Energie glaubte sie ihr sofort. Damit kannte sich das Mädchen aus.

»Okay, bleib dran, ich mache kurz einen Anruf.«

Sie schaltete Amira in die Warteschleife und suchte in den Unterlagen, die vor ihr auf dem Tisch lagen, die Nummer des *Pretty Woman*. Sie hatte immer die wichtigsten Daten aller ihrer aktuellen Fälle dabei. Hatte sich schon mehr als einmal bewährt, man wusste nie, wann man was brauchte. Welcher Geistesblitz wann einschlug. So wie jetzt.

»*Pretty Woman*, Gordon am Apparat!«

»Svenja Meißen. Sie erinnern sich vielleicht, ich bin eine der ermittelnden Beamtinnen im Fall Sutha. Wir haben uns vorgestern Nacht gesehen. Sie sagten damals, dass Sie einen Engpass beim Reinigungspersonal hätten. Ich würde Ihnen gern jemanden vermitteln. Haben Sie tatsächlich ernsthaft Interesse?«

»Ja«, sagte Gordon. »Allerdings. Je früher, desto besser. Sind aber ungewöhnliche Zeiten. Morgens zwischen fünf und acht. Eine Crew sind bei uns drei Leute – eine allein ist besser als nichts, aber wenn Sie mehr haben … und wissen Sie schon, was mit Fleur passiert ist?«

»Nein, leider nicht, aber wir gehen verschiedenen konkreten Spuren nach. Ich werde mal sehen, ob ich Ihnen vielleicht sogar mehr als einen neuen Mitarbeiter zuspielen kann. Morgen früh um fünf?«

»Genau. Die sollen klingeln und nach Eric fragen, der übernimmt ab drei.«

»Okay.«

Sie legte auf und wechselte zurück zum Gespräch mit Amira. »Noch da?«

»Klar.«

»Und immer noch Interesse an einem Job?«

»Ja.« Auch wenn es kleinlaut klang.

»Ich bin der Ansicht, du tust das Richtige. Wie gut befreundet bist du mit den beiden Jungs in deiner Gang?«

»Geht so. Ganz gut eigentlich.«

»Suchen die auch Jobs?«

Sie machte eine kurze Pause und schien nachzudenken. »Nee, eher nicht.«

Kluges Kind. Meißen nickte, obwohl ihre Gesprächspartnerin es nicht sehen konnte. »Okay. Morgen früh, fünf Uhr, Putzen im *Pretty Woman*.« Sie nannte Amira die Adresse. Dann setzte sie hinzu: »Es ist ein Bordell, aber einfache Arbeit, vernünftig bezahlt, und du kannst dabei Musik hören. Die suchen dringend jemanden. Frag nach Eric.«

»Mach ich.« Pause. Dann, fast zu leise: »Danke.«

Klick. Aufgelegt.

111

Michelle legte die flache Hand gegen die Tür zum Keller. Sie zögerte kurz, holte tief Luft, drückte die Tür auf. Wie schlimm kann es werden? Ein Tausender in sechzig Minuten, das waren Manager-Stundensätze. Luxusprobleme.

Das Licht im Flur war grell, im Keller selbst war es angemessen dämmrig. Sie trat einen Schritt vor.

Im selben Moment traf sie ein Sprühstoß Pfefferspray im Gesicht. Instinktiv riss sie die Arme hoch, um ihre Augen zu schützen, aber so weit kam sie nicht. Jemand packte ihre Hände, als diese etwa auf Schulterhöhe waren, und riss sie nach vorn, in den Keller hinein.

Scheiße!, dachte sie noch. *Scheiße, hier ist etwas schiefgegangen, das sind … ich muss …*

Ihre Augen brannten, ihre Augenlider schlossen sich krampfartig. Tränen liefen ihr über die Wangen. Sie begann zu husten und krümmte sich vornüber. Zugleich versuchte sie noch panisch, sich in Richtung des Notrufknopfes zu drehen, geriet jedoch ins Taumeln und erhielt dann einen dermaßen heftigen Schlag in den Nacken, dass ihr der Atem stockte und ihr einen Moment lang schwarz vor Augen wurde, während sie zugleich blitzende Sterne sah.

Sie hörte noch ein knisterndes Surren wie von einem Elektroschocker, dann durchfuhr ein scharfer Schmerz ihre rechte Seite und ließ sie kraftlos in sich zusammensinken.

Was blieb, war Angst. Angst um ihr Leben.

Schwärze, Dunkelheit, Schmerzen, Angst.

Ohne dass sie das Gefühl hätte benennen können, sehnte sie sich geradezu nach erlösender Bewusstlosigkeit. Am schlimmsten war das Brennen in den Augen, im Gesicht, auch der Schreck, der Schmerz, die Angst, einfach alles. Sie hatte genau gewusst, warum sie nie in den Keller ging, sie hatte es genau gewusst, und sie hatte recht gehabt. Sie war gierig geworden, gierig wie Fleur, und nun zahlte sie den Preis dafür.

Sie fragte sich, ob sie enden würde wie ihre Freundin. Sie fragte sich, wann der Schmerz aufhören würde. Sie fragte sich, wer über sie hergefallen war, und zugleich wusste sie es bereits.

Es konnte niemand anders sein.

Sie fragte sich, ob sie überleben würde. Und wünschte sich zugleich, es wäre bereits vorbei, sie wäre erlöst.

Ihr Körper war taub und stumm vor Angst, und sie fürchtete nichts mehr als den Augenblick, in dem ihre Sinne wieder einsetzten und die Welle des Horrors sie verschlang. Jemand zerrte an ihrem Arm, schleifte sie über den Betonboden; sie stieß sich stöhnend mit den Fußballen ab und half, so gut es ging, damit nicht ihre ganze linke Körperseite aufgeschürft würde. Wie pervers, sie unterstützte ihre Peiniger auch noch, und ihre Augen brannten so furchtbar, dass sie sie am liebsten aus ihrem Schädel gerissen hätte. Sie wollte sie öffnen, sie wollte sie schließen, und auf einmal vernahm sie ein Stöhnen, ein Wimmern, ein klagendes Jaulen, und dann wurde ihr klar, dass sie selbst es war, die diese elenden Geräusche von sich gab.

Stille. Sie zwang sich zur Stille.

Sie hörte jemanden schnaufen, ein tiefer Atemzug, dann ein Rascheln aus der anderen Richtung, einer stand vor ihr, einer hinter ihr, es waren zwei, sie konnte nichts sehen, aber sie wusste, wer es war. Sie war den beiden Mördern in die Falle gegangen, wie dumm von ihr, und dann auch noch hier, an ihrem Arbeitsplatz. Wie Fleur. Dorothea und Torben würden sie umbringen, wie Fleur, und wieder würden sie ungestraft davonkommen. So war das immer.

Michelles Gedanken wechselten abrupt die Richtung. Hatte sie eben noch verzweifelt versucht, dem Schmerz zu entgehen, hätte alles darum gegeben, am Leben zu bleiben, so fasste sie jetzt den Beschluss, um jeden Preis Hinweise und Spuren zu hinterlassen. Hautzellen unter den Fingernägeln, Gewebereste, Indizien.

Wenigstens das, wenigstens Gerechtigkeit für Fleur. Sie konnte nicht mehr tun, als diese beiden Irren mit ins Grab zu reißen.

Sie versuchte, sich einen Plan zu überlegen, auf jeden Fall musste es ihr gelingen, die beiden mit vorgestreckten Fingernägeln zu kratzen, sie musste nur … da verkrampfte sich ihr Rücken unvermittelt, ihr Unterbewusstsein hatte bereits auf das feine Pfeifen in der Luft reagiert. Noch bevor ihr Verstand die Informationen verarbeiten konnte, traf der Rohrstock sie am Oberarm, und vor ihren Augen explodierte auf einmal Blutrot statt Schwarz.

Michelle war noch nie in ihrem Leben geschlagen worden. Nicht von ihren Eltern, nicht von einem Lover, nicht von Kunden. Nie. Daher versetzte die Empfindung des Stockhiebs ihren ganzen Körper in einen nie da gewesenen Schockzustand. Den nächsten Hieben gegenüber, die dem ersten folgten, war ihr Nervensystem taub. Doch ihre Seele schrie.

Ohne sich dagegen wehren zu können, wurde sie auf den Rücken gedreht, sie fürchtete schon, die Schläge würden nun weitergehen. Wieso sie nackt war, konnte sie sich nicht erklären. Vor der Tür hatte sie noch ihre Sachen getragen, aber die Stockschläge hatten sie auf die blanke Haut getroffen, was war geschehen?

Sie wollte die Beine anziehen, die Arme schützend um den Körper schlingen. Sie wollte um Hilfe rufen und davonlaufen. Doch ihr fehlte die Kraft, die Entschlossenheit, alles. Sie wollte die Augen öffnen und sehen. Sie wollte …

Da spürte Michelle, wie sich jemand neben ihren Kopf kniete, ihr wurde eine Paste ins Nasenloch gespritzt, erst links, dann rechts, es roch nach Alkohol, nach Lösungsmittel, sie spürte die Düse der Tube an ihrer Nasenschleimhaut, das war Klebstoff, da packte auch schon eine grausame Hand ihre Nase und drückte die Nasenflügel fest zusammen. Augenblicklich verklebten ihre Nasenlöcher, sie riss den Mund auf und rang nach Luft, und was sie bis eben für Panik gehalten hatte, verblasste im Gegensatz zu der Angst, die sie von diesem Moment an empfand.

Trotz der brennenden Schmerzen riss sie die Augen auf.

Neben sich sah sie … die Bundeskanzlerin? Aber die hatte doch keine roten Haare? Erst nach einer Sekunde begriff sie, dass ihre Peinigerin eine Maske trug. Hinter ihr stand ein dünner Mann, ebenfalls mit Maske: Sein Gesicht war verborgen hinter den Zügen des geisteskranken russischen Diktators Wladimir Putin.

Es gab keinen Zweifel daran, wer sich hinter den Masken verbarg, und doch erschwerten die Masken ihrem Hirn die Verarbeitung der Realität. Es war, als ob sie im Treibsand um ihr Leben strampelte. Mit jeder Bewegung wuchs ihre Panik, und ihre Chancen schwanden.

»Da rüber«, sagte die Kanzlerin und deutete auf ein großes X aus Holz, das frei im Raum stand. An allen vier Enden befanden sich gepolsterte Ledergurte.

Ohne weiter nachzudenken, gehorchte Michelle. Sie rollte sich auf den Bauch und kroch auf Händen und Knien auf das Kreuz zu. Als sie dabei versehentlich einmal versuchte, durch die Nase zu atmen, und keine Luft mehr bekam, wurde ihr schwindelig, und sie zögerte. Augenblicklich traf ein Schlag ihren nackten Rücken, der sie einen verzweifelten Schrei ausstoßen ließ.

Hastig, um weitere Schläge zu vermeiden, krabbelte sie weiter, bis sie das untere Ende der gekreuzten Balken erreicht hatte.

»Hinstellen!«, befahl die Frau, von der Michelle wusste, dass es Dorothea Hagen sein musste.

»Ich …«, wimmerte sie und sah sich um.

Ohne zu zögern, kickte Hagen ihr mit der Stiefelspitze in die Rippen. »Hinstellen!«, bellte sie, lauter diesmal.

Stumm folgte Michelle der Anordnung. Sie zitterte am ganzen Leib und konnte nichts dagegen tun.

Der Mann mit dem Rohrstock trat vor und tippte von innen gegen ihre Knöchel. »Beine auseinander«, sagte Torben Krahl durch den Mundschlitz Putins.

Sie gehorchte. Er legte den Stock beiseite, ging in die Knie, schnallte ihre Knöchel fest. Flüchtig kam ihr der Gedanke, sie könnte sich wehren, ihn ins Gesicht treten, wegrennen, fliehen, doch die Vorstellung erschien unmöglich, und sie ließ den Gedanken los, ohne ihm Folge geleistet zu haben.

Krahl zog die Fesseln stramm, dann richtete er sich auf. »Arme hoch«, befahl er.

Sie streckte die Arme seitlich in die Höhe, und er befestigte nun auch ihre Handgelenke mit Ledergurten an dem Holzkreuz. Mit gespreizten Armen und Beinen stand sie da, entblößt, wehrlos, verwundbar. Auf einmal war ihre Nacktheit ihr peinlich.

Erneut setzte sie an, etwas zu sagen, vielleicht wollte sie um Gnade flehen, doch scheinbar aus dem Nichts trat Dorothea Hagen vor sie und drückte ihr einen Gegenstand in den Mund.

Michelle fürchtete, keine Luft mehr zu bekommen, panisch atmete sie durch die Nase, ihre Hände begannen zu zittern, ein harter Kunststoffball hielt von innen ihre Zähne auseinander, zwei Lederriemen führten rechts und links davon weg. Entschlossen drückte Hagen Michelles Kopf nach vorn und zog den Verschluss in ihrem Nacken zu. Instinktiv presste Michelle ihre Zunge von hinten gegen den roten Plastikball, zugleich ekelte sie sich bei der Vorstellung, dass sie sicher nicht die erste war, die dieses Ding im Mund hatte und deren Speichel über das Leder lief.

»Hrgh«, machte Michelle, aber die Kanzlerin schüttelte nur verächtlich den Kopf.

»Später«, sagte sie. »Wir reden später.«

Dann boxte sie Michelle ansatzlos in den Bauch. Der Schlag ließ sie den Atem ausstoßen. Unwillkürlich wollte sie den Mund schließen, was der Ballknebel jedoch nicht zuließ, sodass augenblicklich auch ihr Kiefer schmerzte. Sie rang nach Luft und hatte Mühe, nicht zu würgen. Aber sie wusste, das würde sie nicht überleben.

Dorothea stand ungerührt vor ihr und musterte sie durch die Augenschlitze der Maske.

Niemand sagte etwas. Zu hören war nur Michelles unregelmäßiger Atem.

Schließlich sagte Hagen langsam, geradezu genüsslich: »Ich will wissen, wo das Video ist, du Dreckstück. Was glaubst du eigentlich, mit wem du dich angelegt hast?«

»Hm-hm-hm«, machte Michelle hektisch. Ihre Gedanken rasten. Die beiden hatten sie in eine Falle gelockt. Woher wussten sie von dem Video? Aber egal, sie würde Fleurs Handy holen und es ihnen geben. Die Frage war nur: Würden Merkel und Putin – Dorothea Hagen und Torben Krahl – sie dann gehen lassen?

»Gib mir die Gummibänder«, sagte Hagen schließlich zu ihrem Lover. Der nahm vier Gummibänder von einem niedrigen Tisch, der neben einem eigenartigen Ding stand, das wie eine Kreuzung aus Turn- und Foltergerät aussah.

Beinahe liebevoll hob Dorothea Michelles Brüste, erst die eine, dann die andere, und legte jeweils erst ein Gummiband darum, dann ein zweites. Es war ein eigenartiges Gefühl, aber verglichen mit allem anderen nicht weiter schlimm.

Als Hagen zufrieden gegen Michelles Brustwarze schnipste, änderte sich das.

»Stillhalten!«, befahl die Kanzlerin.

Michelle gehorchte. Sie spürte die Wärme des Urins, der auf einmal an ihren Beinen herunterrann, sie wollte sich wehren, aber sie konnte nicht.

Putin verschwand aus ihrem Blickfeld, und einen Moment lang geschah nichts. Sie war beinahe dankbar dafür und konzentrierte sich darauf, den Schmerz zu ignorieren und möglichst ruhig zu atmen.

Krahl kehrte zu ihr zurück. In der Hand hielt er zwei Wäscheklammern. Dorothea nahm sie ihm ab, griff, ohne zu zögern, nach Michelles linker Brustwarze und rieb diese zwischen Daumen und Zeigefinger. Michelle war erstaunt, dass sie kaum noch etwas spürte. Nicht einmal, als Hagen die Brustwarze etwas in die Länge zog, war viel zu merken.

Dann biss die erste Wäscheklammer zu, und eine rote Welle riss sie mit sich fort.

Die zweite Klammer an der rechten Brustwarze war sogar noch schmerzhafter. Sie schloss die Augen, der Schmerz trug sie davon.

112

»Ich mach das, ich bin sowieso noch unterwegs«, sagte Paul Hinnerken.

Svenja Meißen hatte ihn auf dem Handy angerufen und von Amiras eigenartiger Begegnung erzählt.

In der Talstraße auf einen mysteriösen Thailänder zu warten war auch nicht schlimmer, als sich zu Hause von einem hungrigen Beo auf Spanisch vollquatschen zu lassen.

Er hatte seinen eigenen Wagen genommen, keinen Streifenwagen. Streifenwagen machten diejenigen, die etwas Ungesetzliches vorhatten, erfahrungsgemäß ein wenig nervös.

Vier Häuser von der Ecke zur Reeperbahn entfernt fand Hinnerken einen Parkplatz, ein großes Glück. Normalerweise hätte er den Wagen ins Parkhaus in der Seilerstraße stellen müssen, um dann möglichst unauffällig die Talstraße auf und ab zu schlendern. Da er noch nicht mal rauchte, tendierte seine Erfolgsquote bei diesem Vorgehen gen null. Nur die Überstunden konnte er natürlich schön aufschreiben.

Es war stickig und warm im Wagen, und da er auf der rechten Seite geparkt hatte und wie alle anderen in Fahrtrichtung stand, um nicht aufzufallen, hatte er die Wahl, sich absurd den Hals zu verrenken und zwischen den Sitzen hindurch nach hinten zu starren, oder er ließ den Blick über die beiden Außenspiegel und den Rückspiegel flackern und hoffte, dabei nichts Wichtiges zu übersehen.

Er lehnte sich über den Sitz und kurbelte das Fenster auf der Beifahrerseite halb herunter. Den Wagen hatten Carmen und er noch gemeinsam ausgesucht. Jeden Tag, wenn er einstieg, hatte er Mühe, nicht auf eine kleine Zeitreise zu gehen. Blick in den rechten Außenspiegel, Rückspiegel, linken Außenspiegel. Ein Auto kam in seine Richtung die Straße herunter, dahinter überquerten ein paar junge Leute die Fahrbahn, ohne nach links und rechts zu schauen. Rückspiegel, Außenspiegel rechts. Eine alte Dame zog ihren Schlüssel aus der Handtasche, mühte sich dann mit dem Haustürschloss ab.

Aus einem Club irgendwo in der Nähe drang ein Schwall Musik, als die Tür geöffnet wurde. Sie wurde wieder schwächer, als die Tür langsam zufiel.

Der Rückspiegel nützte am wenigsten. Er konnte nur die Dächer der hinter ihm geparkten Autos sehen. Und ein paar Lichtblitze von der Reeperbahn aus, das übliche Neonflackern.

Ein weiteres Auto. Dann eines aus der Gegenrichtung. Er versuchte, einen Blick auf den Fahrer zu werfen. Vielleicht kam der Thai ja mit dem Auto, um Amira mitzunehmen. Wohin auch immer.

Die ganze Sache kam Paul sowieso weit hergeholt vor. Er konnte verstehen, dass die junge Frau nach den Ereignissen der letzten zwei Tage auf die Idee kam, ihren Lebenskurs zu korrigieren. Und er fand es höchst anständig von Svenja, sie dabei zu unterstützen.

Aber wahrscheinlich war der Typ nur auf eine schnelle Nummer aus. Egal, was er sagte. Vermutlich hatte Amira ihm einfach gefallen.

Für den Betrag, den Amira genannt hatte, wollte der Kerl sicher mehr als nur normal mit Gummi. Na ja, Paul würde ihn sich zur Brust nehmen, wenn er auftauchte. Das änderte zwar nichts, aber wenigstens würde er abzwitschern und zum Problem von jemand anderem werden.

Die grünen Digitalziffern zeigten 23:35. Zwei Mädchen in

kurzen Röcken. Auf der gegenüberliegenden Straßenseite vier oder fünf Jungs, angetrunken, unsicher auf den Beinen, aber harmlos. Sie pfiffen den Mädchen hinterher, klar.

Fünf Minuten gab er dem Typen noch, dann gute Nacht, Marie.

113

Torben Krahl war schon kurz davor abzuspritzen. Der Cocktail aus Pillen, Red Bull, Doros geiler Unterwäsche und der letzten halben Stunde hier im Keller hatte ihn dermaßen scharf gemacht.

Er stand am Pranger, Hände und Hals fixiert, zwischen den Fußgelenken eine Spreizstange. Sein Glied pochte und wippte vor Erregung.

Der Ring fehlte ihm. Das Gewicht, die Reibung. Dank der Pillen spürte er den Schmerz des gerissenen Kanals gar nicht. Aber wenn er geheilt war, würde er einen neuen stechen lassen, vielleicht ja schon in Thailand.

Sein Haar war schweißnass, die Spitzen klebten ihm auf den Schultern.

Direkt in seinem Blickfeld stand der Käfig, in den sie die bewusstlose Michelle gestopft hatten. Sie lag, eng zusammengekrümmt, auf der Seite. Speichel rann aus ihrem Mund.

»Streck deinen Arsch raus«, schnauzte Dorothea von hinten.

Sie hatten die Masken abgelegt. Er tat, was sie befahl. Er rechnete mit einem Hieb der Reitgerte, die sie so liebte, aber stattdessen schob sie ihm einen Eiswürfel in den Arsch. Ah! Verdammt, wieso tat das so weh? Seine Enddarmmuskulatur verkrampfte sich. Das Brennen breitete sich in seinem gesamten unteren Bauch aus, zog durch das Becken bis in die Beine, sogar bis in die Füße hinein. Unglaublich. Schrecklich und wunderbar zugleich. Er wusste, der Eiswürfel würde schnell schmelzen, das Gefühl abflauen, also versuchte er, den eisigen Schmerz zu genießen.

Dorothea kam um ihn herum. In der Hand hielt sie eine Salbentube und eine Sprühflasche. Finalgon und Xylocain.

Sie trug Handschuhe, drückte eine walnussgroße Menge der Wärmecreme aus der Tube und griff nach seinen glatt rasierten Hoden. Zuerst spürte er die Kühle des Gels, danach gar nichts, dann breitete sich langsam eine anfangs angenehme Wärme aus.

In einer halben Stunde würde er das Gefühl haben, seine Eier hingen in kochendem Wasser und würden zugleich mit Brennnesseln gepeitscht. Er musste unbedingt vorher kommen, wegen der Berührungsempfindlichkeit.

Er hoffte darauf, dass sie sich vor ihn kniete und ihm einen blies. Sie wusste, wie schwer es für ihn war, so erregt zu sein wie jetzt, und er hoffte, dass sie …

Doch Dorothea tat ihm den Gefallen nicht. Sie zeigte ihm, wer die Herrin in der Beziehung war. Dafür liebte und hasste er sie, aber er liebte sie mehr, als er sie hasste.

Sie kniete sich vor ihn hin, sie hielt seine Hoffnung am Leben, sie näherte sich seinem steifen Glied, das von der Hitze, die von seinen Hoden aufzusteigen begann, umgeben wurde. Dann aber hob sie den Pumpzerstäuber mit Xylocain, einem lokalen Betäubungsmittel.

Pfft, pfft, machte die Flasche, und Sekunden später konnte er seinen Schwanz schon nicht mehr spüren, wohl aber das zunehmende Brennen der dünnen Haut seines Hodensacks, das sich auf eine perverse Weise mischte mit der anhaltenden tauben Kälte seines Polochs.

Er liebte und er hasste sie.

Michelle kam zu sich. Ihre Lider flatterten. In ihren Augen stand Angst. Instinktiv stemmte sie sich gegen die Gitterstäbe ihres Käfigs, den sie so eng gestellt hatten, dass ihr kein Spielraum mehr blieb.

Es war zu viel, er konnte nichts dagegen tun. Ohne sich einen Millimeter zu bewegen, ohne seinen Penis zu berühren oder auch nur irgendetwas zu spüren, schoss Torben seine Ladung heraus und der überraschten Dorothea geradewegs ins Gesicht.

114

Es war eng, atemberaubend eng, sie konnte sich nicht rühren und glaubte zu ersticken. Auf einmal wurde ihr bewusst, dass ihre Nase immer noch verklebt war und sie nur mühsam um den Knebel herum atmen konnte. Sie wollte schreien, aber auch das ging nicht, nur ein schrilles Quieken kam dabei heraus. Es dauerte einen Moment, bis sie begriff, wo sie war, was sie sah, dass sie nicht mehr gefesselt am Kreuz hing, sondern zusammengequetscht in einem Käfig lag. Ihr ganzer Körper schmerzte, ihr Rücken, ihre Schultern, die Brüste.

Eine Stunde hatten diese Dreckschweine gebucht, und sie hatte keine Ahnung, wie viel Zeit vergangen war, aber Gordon würde sicher eher später als früher kommen, wenn jemand dermaßen viel Geld auf den Tisch legte. Jetzt wusste sie auch, warum. Die beiden hatten sie in die Falle bestellt. Und sie war brav hineingetappt. Im Nachhinein konnte sie sich überhaupt nicht erklären, wieso sie nicht darauf gekommen war.

Die Frau kniete vor dem Mann, der am Pranger stand. Jetzt wirbelte sie zu ihr herum. Ihr Gesicht war voller Sperma, es tropfte ihr vom Kinn, sie wischte sich die Augen frei, ansonsten schien es sie nicht zu stören. Ihr Blick schien elektrisch aufgeladen. Eine Hand steckte unter dem Kittel in ihrem Höschen.

Sie stand auf und kam einen Schritt auf Michelle zu.

Dorothea Hagen und Torben Krahl hatten ihre Masken abgelegt. Als Michelle das auffiel, wurde ihr klar, dass sie den Keller nicht lebend verlassen sollte.

Nichts hatte sich in der Sekunde dieser Erkenntnis verändert und doch alles. Ihr war eiskalt geworden. Jeder Schmerz war verschwunden, ersetzt durch die absolute Entschlossenheit, am Leben zu bleiben.

»Du Fotze!«, zischte Dorothea Hagen. »Du verdammte Fotze!« Sie trat gegen den Käfig. Hätte Michelle gekonnt, wäre sie zusammengezuckt, aber selbst dafür war zu wenig Raum. Sperma und Speichel spritzten von den Lippen der Frau.

»Wo ist das Video?«

Das Video, das Fleur von den beiden hier aufgenommen hatte. Das Video auf ihrem Handy. Das Video, das sicherlich das Leben ihrer Freundin hatte retten sollen.

Aber etwas stimmte nicht an diesem Gedanken.

Wenn Fleur mit dem Video gedroht hatte, hätten Hagen und Krahl sie nicht umgebracht, ohne es in die Finger zu bekommen. Also konnte sie nichts davon gesagt haben.

Warum hatte sie ihren Trumpf nicht ausgespielt?

Vielleicht, weil ihr klar geworden war, mit welchen Teufeln sie sich eingelassen hatte, und weil sie sichergehen wollte, dass die beiden bestraft wurden. Vielleicht … vielleicht war auch alles so schnell gegangen, dass sie keine Gelegenheit gehabt hatte. Vielleicht …

Sie würde es nie erfahren. Aber wenn Fleur nichts von dem Video gesagt hatte – woher wussten Dorothea und Torben dann von dessen Existenz?

Und, wichtiger noch, wie konnte sie bluffen, um ihr Leben zu retten?

Alle diese Gedanken kollidierten in ihrem Kopf. Dorothea Hagen war außer sich vor Wut und Erregung. Sie griff nach einem Wasserschlauch, der aufgerollt an der Wand hing, und drehte den Hahn auf. Dann richtete sie den eisigen Strahl auf Michelle.

Es war schlimm genug, als das kalte Wasser sie auf dem Rücken traf.

Aber nichts gegen den Horror, als Dorothea den Strahl auf ihren Kopf richtete und sie zu ertrinken glaubte.

Schließlich, als Michelle würgte und hustete und dermaßen atemlos nach Luft rang, dass ihr bereits Galle aus dem Mundwinkel troff, drehte Dorothea das Wasser ab.

»Wo ist das Video?«, fragte sie erneut, wobei sie jedes einzelne Wort betonte, als spräche sie mit einem halb tauben, geistig minderbemittelten Kind.

Ihren Lover, der mit hängendem Schwanz und schmerzverzerrtem Gesicht hinter ihr an den Pranger gefesselt stand, schien sie ganz vergessen zu haben.

»Rargh«, machte Michelle, die aufgrund des Knebels nicht reden konnte, und riss die Augen auf.

»Verdammte Drecksnutte!« Ein weiterer Tritt gegen den Käfig. Dann wirbelte Dorothea herum und befreite Torben Krahl. Ohne Vorwarnung riss sie ihm das Klebeband aus dem Gesicht. Sein Schrei gellte durch das Verlies.

»Hol sie da raus. Sie soll da rüber«, sagte Hagen und deutete auf den weiß gefliesten Bereich des Kellers.

Torben kam nackt und etwas breitbeinig auf Michelle zu. Mit Mühe öffnete er die Verriegelung des Käfigs und packte sie am Oberarm. Erst jetzt, wo sie mehr Spielraum hatte, wurde ihr klar, dass ihre Hände hinter dem Rücken gefesselt waren. Dadurch waren ihre Arme in einem schmerzhaften Winkel nach hinten gebogen. Sie hatte Mühe, sich auf den Beinen zu halten.

Torben zerrte sie hinter sich her, bis sie den kalten, glatten Fliesenboden unter sich spürte.

Mittlerweile war sie jenseits der Angst. »Argnh«, machte sie und ließ den Kopf kreisen. Wie sollte sie sagen, wo das Video war, solange sie den Knebel trug? Es schien fast, als hätte Dorothea ein größeres Interesse daran, sie zu quälen, als ihr Ziel zu erreichen. Vielleicht war es auch bei Fleur so gelaufen, und sie hatte zwar das Video erwähnt, aber es hatte seinen Zweck nicht mehr erfüllt.

Endlich trat Dorothea hinter sie und nestelte an ihrem Hinterkopf herum. Schließlich lockerte sich der Druck des Ballknebels, und Michelle konnte ihn mit der Zunge aus ihrem Mund drücken. Allerdings gelang es ihr nicht auf Anhieb, den Mund zu schließen, derart verspannt waren ihre Kiefergelenke.

Ein Gertenschlag auf die Pobacken ließ sie zusammenzucken. Es folgten weitere Hiebe, die ihr den Atem raubten. »Ich sag's doch, ich sag's doch!«, kreischte sie, aber Dorothea war nicht zu stoppen. Sie prügelte auf sie ein, voller Hass und Machtgeilheit, während Torben ihr gegenüberstand und gedankenverloren seinen schlaffen Schwanz in der Hand hielt.

»Ich … ich …«, stammelte Michelle. »Ich weiß, wo das Video ist! Ich sag's euch. Ich …«

»Dann los!«, schnauzte Torben, den sie ganz vergessen hatte. »Sag schon.«

»Ich … es … auf Fleurs Handy«, stotterte Michelle panisch. Dorothea umrundete sie langsam. Sie klopfte mit der Gerte langsam in ihre Hand.

»Und wo ist das Handy?«, fragte Torben.

»In …« *In meiner Wohnung*, hatte sie sagen wollen. Aber dann wurde ihr klar, dass dort ihre Mutter war. Selbst wenn sie hier nicht lebend herauskam – sie musste ihre Mutter schützen. »Die Polizei hat es!«, stöhnte sie trotzig.

»Du lügst!«, schrie Dorothea und schlug erneut zu. »Lüg mich nicht an, du verdammtes Stück Fickfleisch!«

115

Das Mädchen kam nicht. Er stand im zweiten Stock eines Treppenhauses in der Talstraße und konnte die Ecke sehen. Sie hatte sein Geld genommen, aber kam nicht. Er wartete zehn Minuten.

Keine Ehre.

Wasi Sutha ging in den Keller, dann zur Hintertür hinaus. Jetzt stand er im Innenhof zwischen zwei seelenlosen Kastenbauten aus den Siebzigern. Das gierige Blinken und Leuchten der Reeperbahn drang kaum über die hohen Mauern hinweg. Ein einsamer Mann in Boxershorts starrte von einem Balkon weit oben in die Nacht.

Er war jetzt so kurz vor dem Ziel. Er würde es eben allein zu Ende bringen. Wasi verspürte ein elektrisierendes Kribbeln, das sogar seine Knochen zu befallen schien.

Sämtliche Fenster des Hauses vor ihm waren vergittert. Bordelle waren alle gleich, weltweit. Wasi hatte sich von hinten an das *Pretty Woman* angeschlichen, um möglichst unauffällig Position beziehen zu können. Er war zuversichtlich, dass seine Opfer in die Falle gingen. Sie würden versuchen, mit ihm zu verhandeln, um sich zu retten.

Es war Viertel vor zwölf. Showdown.

Wie sollte er in das Gebäude hineinkommen? Die Fenster fielen aus. Oder? Er kniff die Augen zusammen und sah genauer hin. Vor den Fenstern in den oberen Stockwerken befanden sich im Mauerwerk verankerte Gitter. Der Puff war nichts anderes als ein bezahlter Knast. Wobei die Gitter nicht angebracht wurden, um die Frauen an der Flucht zu hindern – hier in Deutschland mussten sie ja nur einfach am nächsten Tag nicht wiederkommen.

Die Gitter waren zu ihrem Schutz da, damit kein durchgedrehter Freier sie aus dem Fenster werfen konnte. Und auch, damit keiner von außen einstieg und sich kostenlos Befriedigung verschaffte. Oder sich jemand gar über die Hintertür etwas schwarz dazuverdiente.

Als Fleur ihm davon erzählte, hatte er es erst für einen Scherz gehalten. In Thailand würde kein Mädchen so etwas wagen.

Die Fenster zum Souterrain jedoch waren nicht gesichert. Dort befanden sich vermutlich keine Arbeitsräume, sondern nur Lager, vielleicht Umkleiden, Heizung. Wasi musterte die Scheiben. Vor den Fenstern waren etwa einen halben Meter tiefe Gruben angelegt worden, damit überhaupt Licht und Luft hereinkamen. Die Rahmen waren quadratisch, etwa achtzig Zentimeter hoch und achtzig Zentimeter breit. Das würde reichen.

Er trat näher, ließ den Strahl seiner Taschenlampe über den Boden auf das Fenster zukriechen. Zweifachverglasung. Mist! Die Scheiben knallten, wenn man sie einschlug, und das Vakuum entwich.

Er ging die Reihe der Fenster entlang. Das letzte war milchig-blind. Luft war durch eine gerissene Versiegelung eingedrungen. Bei einem Kellerfenster egal, wozu es reparieren? Für ihn der ideale Einstieg, denn ohne Vakuum kein Knall, nur leises Klirren.

Er zog einen Schraubenzieher aus der Tasche und drückte ihn entschlossen über den brüchigen Fensterkitt. Das Zeug rieselte einfach auf den Boden. Wasi wiederholte das Vorgehen an den übrigen drei Seiten des Rahmens. Mit der flachen Hand drückte er vorsichtig an der linken unteren Ecke gegen die Scheibe und spürte ein wenig Spiel.

In dem hinter der Scheibe liegenden Kellerraum war es stockfinster. Er leuchtete mit der Taschenlampe hinein. Kisten. Stapel irgendwelcher Dinge. Ein paar Regale. Kein Mensch weit und breit.

Er packte den Schraubenzieher am vorderen Ende und schwang den Griff dort gegen die Ecke der Scheibe, wo er sie eben abgetastet hatte. Mit einem leisen Krachen brach das Glas, ein Spinnennetz aus Rissen breitete sich aus. Ein weiterer vorsichtiger Schlag, und die ersten Splitter fielen aus dem Rahmen. Es sah so aus, als wäre die innere Scheibe noch intakt.

Wasi achtete darauf, sich nicht an den Splittern zu schneiden. Er hätte Handschuhe mitbringen sollen.

Nachdem er ein etwa zwanzig Zentimeter großes Loch in die äußere Scheibe gebrochen hatte, zerschlug er mit dem Griff des Schraubenziehers die innere Scheibe, nahm dann wieder den Griff in die Hand und stieß, so gut es ging, die Bruchstücke aus dem Rahmen. Es klirrte, als innen im Keller Scherben auf dem Boden landeten. Wasi lauschte, ob jemand kam, entweder aus dem Flur oder über den Innenhof. Sein Blick huschte an der Häuserwand empor. Der Boxershortsträger war verschwunden, alle Balkone waren menschenleer. Nur noch in drei Wohnungen brannte Licht.

Kurz schaltete er wieder seine Taschenlampe ein, um zu ermitteln, wie weit der Fußboden entfernt war. Etwas über einen Meter. Wasi duckte sich, faltete seinen Körper zusammen, sprang.

Er schaffte es unverletzt durch das Fenster und landete auf dem Boden. Ein stechender Schmerz in seinem Schienbein ließ ihn beinahe stürzen, reflexartig schoss seine rechte Hand nach vorn, und er hielt sich an einer Regalwand fest. In dem Regal lagen Hunderte gefalteter weißer Handtücher und Bettlaken. Drei Meter weiter gab es zwei große Waschbecken, von denen eines nur etwa dreißig Zentimeter über dem Boden hing, sodass man gut Wischwasser darin entsorgen konnte. Etliche Kanister mit Reinigungsmitteln standen an einer Wand aufgereiht, daneben Eimer, Wischmops, Staubsauger.

Wasi biss die Zähne aufeinander und konzentrierte sich. Er zwang sich, nicht mehr an den Schmerz in seinem Bein zu denken. Unwichtig.

116

»No hay sábado que pase ni puta que se case«, behauptete Joaquin, als Paul das Tuch über den Käfig deckte.

»Du mich auch«, knurrte er liebevoll. »Und süße Träume.«

Ein letztes Mal überprüfte er seine Mails. Eine informierte ihn darüber, dass die Ermittlungsakte SUTHA aktualisiert worden war. Er sah auf die Uhr. Na gut, das konnte er sich ja schnell noch angucken, und dann …

Er loggte sich in das Netz der Kripo Hamburg ein und rief die elektronische Akte auf. Insgesamt gab es sogar drei Aktualisierungen. Die erste war enttäuschend. »Das DNA-Profil der eingesandten Spermaprobe lässt sich leider keiner registrierten Person zuordnen. Auffällig ist, dass keine Samenzellen festgestellt werden konnten. Es ist davon auszugehen, dass die Person unfruchtbar ist oder einer Sterilisation unterzogen wurde.«

Er klickte sich weiter. »Die eingesandte Spermaprobe lässt sich mit Hilfe des DNA-Matchings mit einer Sicherheit von 99,98 Prozent zuordnen. Weitere Informationen entnehmen Sie bitte dem beigefügten Dokument.« Hinnerken öffnete den Anhang. Thomas Dietrich, 27 Jahre, Hamburg. Gentest war zur Feststellung einer Vaterschaft gerichtlich angeordnet worden und positiv ausgefallen. Mittlerweile lief der Unterhaltsprozess. Keine weiteren Einträge im Strafregister.

Hm. Er druckte das Dokument aus. Den würde er sich morgen vornehmen.

Wieder sah er auf die Uhr. Sollte er wirklich noch weiterlesen? Andererseits, er war schon eingeloggt, das System zählte die Zeit als Arbeitszeit.

Der dritte neue Eintrag beschäftigte sich mit dem Penis-Piercing, das bei der Obduktion in Fleurs Speiseröhre gefunden worden war. »Ring ist handgefertigt aus Titan, eine auf zehn Stück limitierte Edition von Juwelier Wempe«, hatte der Kollege notiert, den Meißen damit beauftragt hatte. »Kein Hamburger Piercingstudio kann sich erinnern, einen eingesetzt zu haben. Daraufhin Ausweitung der Recherche auf Vororte sowie Hannover und Kiel. Immer noch nichts. Ausweitung auf Berlin. Studio *Stich den Alex* ist spezialisiert auf teuren Intimschmuck. Inhaber Kurt Dembrowski erinnert sich an einen solchen Ring. Wurde vor ein bis zwei Jahren von einem Kunden bestellt und bar bezahlt. Name unbekannt. Kunde war schlank, helle Haut, schulterlange, dunkle Haare. Phantomzeichner angefordert.«

Aber Paul Hinnerken brauchte kein Phantombild des Mannes, der sich in Berlin ein Penis-Piercing aus Titan hatte setzen lassen.

Berlin – Hamburg. Die Achse des Bösen.

Er hatte Michelle bereits ein Foto des Mannes geschickt. Torben Krahl.

Sie hatte ihn schon als einen von Fleurs Kunden identifiziert. Seine Bank arbeitete eng mit Dorothea Hagens Versicherung zusammen. Dorothea Hagen war mit Krahl bei Fleur gewesen. Fleur hatte Geld an Hagens unehelichen Sohn überwiesen.

Hab ich dich, dachte Hinnerken mit einer gewissen Zufriedenheit.

Er zog sein Handy heraus und wählte Michelles Nummer.

117

Unter der einzigen Tür schimmerte ein schwacher Lichtschein hindurch, als hinge in dem Flur davor nur eine armselige Funzel an der Decke.

Die Scharniere der Tür lagen innen. Wasi drückte die Klinke hinunter. Die Tür war verschlossen. Er zögerte nicht, sondern steckte den Schraubenzieher in das Schlüsselloch und brach mit einem Ruck den Schließriegel aus dem Türblatt.

An der Decke des Flurs hingen drei alte Neonröhren, von denen nur noch die mittlere einen gelblichen Schein verströmte. Der Boden war weiß gefliest, Wände und Decke waren ebenfalls weiß. Der Flur war etwa einen Meter breit und drei Meter lang, dann gabelte er sich.

Wasi trat zwei Schritte vor, blieb stehen, lauschte.

Kein Laut zu hören, nur sein eigener Atem.

Weiter.

Langsam, Schritt für Schritt. Wenn ihn jetzt jemand sah, war alles vorbei.

Langsam …

Er erreichte das Ende des kurzen Flurs. Vorsichtig streckte er den Kopf vor. Schaute nach rechts, dann nach links.

Rechts gab es am Ende des Ganges eine weitere weiße Tür.

Links konnte man das untere Ende einer Treppe sehen. Gegenüber der Treppe ein roter Vorhang, hinter dem sich wohl eine Tür verbarg.

Links sah es vielversprechender aus.

Drei Schritte, vier, fünf. Ein Blick die Treppe hoch. Niemand.

Hinter der Tür, hinter dem Vorhang ... Geräusche? Möglich.

Scheiße, daran hatte er nicht gedacht! Was, wenn der Keller belegt war? Wenn irgendwelche gelangweilten Bürohengste sich von Dominas auspeitschen ließen oder Sklavenmädchen herumkommandierten?

Er brauchte den Raum. Den Keller.

Dorthin hatte er Dorothea und Torben bestellt.

Langsam, lautlos, schob er sich hinter den Vorhang. Der verbarg nicht nur eine Tür, sondern auch einen in die Wand eingelassenen Bildschirm.

Er sah einen nackten, dünnen Mann, eine echte Hühnerbrust, mit schulterlangem dunklem Haar.

Eine Frau in einem weißen Kittel mit hohen schwarzen Stiefeln. Sie hatte helleres Haar als der Mann, die Farbe konnte er nicht erkennen, das Bild war schwarz-weiß.

Die beiden schnallten gerade eine nackte Frau an eine eigenartige Apparatur. Da hob diese für den Bruchteil einer Sekunde den Kopf, und Wasi konnte ihr Gesicht sehen. Es war geschwollen und ausdruckslos, aber er war sicher, dass es sich um Michelle handelte.

Dann waren die beiden anderen ... wie hatte es ... da begriff er auch schon: Er hatte sie für Mitternacht herbestellt, um sie reinzulegen, sie waren früher gekommen, um ihn reinzulegen. Oder, schlimmer noch, sie gingen davon aus, dass Michelle die Nachricht geschickt hatte, und wollten sie ...

Diese Schweine. Schade nur, dass er sie über das hinaus, was er ihnen wegen Fleur antun würde, nicht noch mehr bestrafen konnte. Michelles wegen musste er schnell handeln. Aber es gab keine Türklinke, nur eine Metallplatte und ein kleines weißes Kästchen an der Wand. Ließ man die Tür von innen zufallen, so war sie von außen nur mit Hilfe eines elektrischen Transponders zu öffnen.

Wasi zögerte. Er folgte einer Wahrnehmung, die er nicht hätte benennen können, und trat noch einmal unter dem Vorhang heraus zurück in den Flur. Genau. Sein Unterbewusstsein hatte es registriert: In einem roten Kasten hing hinter einer dünnen Glasscheibe eine Feuerwehraxt.

Wasi scherte sich nicht weiter um die Scherben. In einer fließenden Bewegung durchschlug er die Scheibe, riss die Axt aus ihrer Halterung, wirbelte auf dem Fußballen herum, zog mit der linken Hand den Vorhang beiseite und wollte die Axt schon auf die Stelle niedergehen lassen, wo er den Schließmechanismus vermutete, da kam ihm eine Idee. Er hielt inne, zog eines der kurzen Küchenmesser aus der Umhängetasche, die er bei Fleur gefunden hatte, und ging vor der Kellertür auf die Knie. Er presste seine Augen an den Türspalt. Wunderbar, es gab nur einen Riegel. Vorsichtig schob er das Messer von außen in den Spalt, gegen den Schnapper, erhöhte den Druck.

Klick … was mit Kreditkarten geht, kann ein Messer schon lange.

Wasi betrat den Folterkeller des Bordells, in dem seine Schwester ermordet worden war.

Torben Krahl und Dorothea Hagen schauten überrascht auf. Michelle drehte langsam und wie in Trance den Kopf in seine Richtung, schien ihn aber nicht zu erkennen. Ihre Nase war eigenartig deformiert, sie wirkte wie eingedrückt. Im Keller hing ein eigenartiger Geruch nach Asche.

Aus einer Wunde an Michelles Oberschenkel floss Blut.

Wasi setzte einen Fuß vor den anderen.

Torben Krahls Gesicht wurde bleich, aber er hob eine Hand, in der er einen Elektroschocker hielt. »Wer sind Sie?«, fragte er mit fiepsiger Stimme.

Noch einen Schritt, dann schwang Wasi die Axt in die Höhe, und bevor der nackte Mann ihm gegenüber noch einen Gedanken fassen oder den Knopf des Elektroschockers drücken konnte, traf die Klinge der Axt seine Schädeldecke und spaltete seinen Kopf. Das Gesicht zerriss in der Mitte wie feuchtes Pergament, Blut und Hirnmasse spritzten auf die Umstehenden, seine Zunge hing über die aufgeplatzten Lippen. Mit einer derartigen Wut und Wucht hatte Wasi zugeschlagen, dass die Axt vollständig durch den nur wenige Millimeter dicken Knochen des Hinterkopfs fuhr, bis sie im obersten Halswirbel stecken blieb.

Obwohl Krahls Hirn unwiderruflich zerstört war, dauerte es doch noch mehrere Sekunden, bis sein Körper das realisierte. Seine Augen schienen ein letztes Mal in Richtung seiner Geliebten wandern zu wollen. Das rechte Bein knickte ein, das linke blieb steif. Ein beißender Gestank breitete sich aus, als sich sein Darm unvermittelt entleerte und Fäkalien über die Rückseite seiner Oberschenkel quollen.

Die Arme sackten kraftlos nach unten, die Finger erschlafften. Ein eigenartiger Laut, vielleicht eine Art Röcheln oder ein letzter Atemzug, entwich seiner Luftröhre.

Als Wasi den Stiel der Axt losließ, kippte der Tote nach hinten weg wie ein vom Blitz gefällter Baum. Blut rann über sein Haar und breitete sich auf dem Boden aus.

Ohne zu zögern, wirbelte Wasi zu Dorothea Hagen herum, die nur eine Reitgerte in der Hand hielt. Sie schlug damit nach ihm und traf seinen rechten Unterarm.

Es brannte, hielt ihn aber nicht auf, Wasi schnaufte nur irritiert.

Michelle, die beinahe zwischen den beiden stand, ließ sich fallen, zerrte an ihren Fußfesseln und versuchte, sich zu befreien. Sie rief etwas, aber er konnte sie nicht verstehen.

Dorothea trat hinter Michelle, schlang ihr den Arm um den Hals und riss sie wieder hoch. Sie hielt die nackte Geisel im

Würgegriff. Michelles Blick sprang von Wasi zu Torben, dann wieder zurück zu Wasi, zugleich hob sie die Hände und kratzte mit den Fingerspitzen über den Unterarm ihrer Peinigerin. Dennoch schien sie nicht wirklich zu begreifen, was geschah, ihr Blick war wie aus einer fernen Galaxie. Zudem zeigte der Luftmangel schnell Wirkung, und ihre Gegenwehr erlahmte.

Wasi griff hinter sich in seine Umhängetasche. Als er die Hand wieder vor den Körper brachte, hielt sie ein dreißig Zentimeter langes Messer.

Er sah Dorothea Hagen in die Augen.

Sie starrte das Messer an.

»Ich bin Fleurs Bruder«, beantwortete er die Frage ihres toten Lovers.

118

Dorothea Hagen realisierte erst viel zu spät, dass alles vorbei war. Sonst hätte sie vielleicht noch eine Chance gehabt zu verhandeln.

Der Mann mit der dunklen Haut und dem Messer in der Hand kam auf sie und Michelle zu. Sie hielt den Hals der Nutte fest umklammert.

Alles war so überraschend, dass sie keine Gelegenheit mehr hatte, an Torben zu denken. Der Mann, der behauptete, Fleurs Bruder zu sein, machte einen Hechtsprung auf sie zu. Dabei hielt er das Messer vorgestreckt und hätte sie beinahe am Arm verletzt. Sie hatte die Reitgerte in die Linke gewechselt und schlug damit nach ihm, verfehlte ihn jedoch.

Er griff sie erneut an. Ihr blieb keine andere Wahl mehr, als Michelle loszulassen und ihm auszuweichen. Sie tastete nach den anderen Peitschen, dem Rohrstock, irgendetwas, geriet auf den hohen Hacken ins Stolpern, fing sich aber wieder.

Mit einem Knurren, das tief aus seinem Brustkorb zu dringen schien, stürzte er sich auf sie.

Dorotheas Blick blieb auf die Messerhand fixiert, doch der Mann verfolgte einen anderen Plan. Er warf sich mit voller Wucht gegen ihren Unterleib und brachte sie zu Fall. Dabei verlor er das Messer; sie konnte hören, wie es über den Boden schlitterte, und wähnte sich bereits im Vorteil. Doch dann vollführte er eine eigenartige Sprungbewegung, fast wie eine Kröte, und auf einmal befand sich sein Gesicht direkt über ihrem. Für den Bruchteil eines Augenblicks sahen sie einander in die Augen, dann packte er sie auf einmal mit beiden Händen an den Schultern und wirbelte sie herum, sodass sie auf dem Bauch zu liegen kam. Noch immer trug sie nur ihre Unterwäsche, Latexstiefel, einen Kittel. Panisch versuchte sie, nach ihm zu treten, doch es gelang ihr nicht.

Sie hörte ihn schnaufen. Er saß auf ihrem Rücken. Auf einmal ließ der Druck nach, er streckte sich zur Seite. Hastig versuchte sie, sich unter ihm herauszuwinden. Da sank er schon wieder auf sie zurück. Er legte eine Hand auf ihren Hinterkopf und presste ihn zu Boden. Dabei wendete er zwar eine hohe Kraft auf, dennoch war die Bewegung ruhig und präzise ausgeführt. Ihr Wange schabte über den Beton. Ihre Lippe begann zu bluten.

Noch ein Atemzug, dann erstarrte sie plötzlich. Sie spürte eine eisige Kälte in ihrem Rücken. Es war nur ein winziger Punkt, klein wie ein Stecknadelkopf.

Er drückte ihren Kopf mit der linken Hand hinunter. Mit den Schenkeln hielt er ihre Hüfte in Position. Mit der Rechten hatte er ihr die Spitze des Messers auf den Rücken gesetzt, links, sodass er ihr von hinten ins Herz …

Noch während sie es dachte, stach Fleurs Bruder zu. Eine Schmerzwelle breitete sich kreisförmig in Dorothea aus, bis sie ihren ganzen Körper erfüllte. Ekelhafte, klebrige Wärme auf ihrem Rücken. Es war das Letzte, was sie spürte. Danach war es, als existierte ihr Körper nicht mehr, sie konnte ihn nicht mehr fühlen.

Der Mann erhob sich langsam, ließ sie auf dem Boden liegen. Einen ewig langen Moment starrte Dorothea Hagen schräg nach oben, direkt in Michelles Gesicht, die ebenso entsetzt zurückstarrte.

So langsam, dass sie nicht sicher war, ob sie es sich einbildete, verdunkelte sich ihr Blickfeld. Es war, als liefe ihr vom Rand her schwarze Tinte in die Augen. Michelle verschwamm, dann war sie fort.

Plötzlich bemerkte Dorothea, dass sie keine Luft mehr bekam. Ihre Lippen standen offen, Speichel sickerte ihr aus dem Mund, aber sie konnte nicht mehr atmen. Sie versuchte, sich auf den Rücken zu drehen, irgendetwas zu tun, um sich zu retten, aber sie hatte keinerlei Kontrolle mehr über ihren Körper.

Sie hörte Schritte, die sich entfernten.

Geräusche. Noch mehr Schritte. Eine Tür.

Dann nichts mehr.

Die Ironie, dass Fleur fast auf die Minute genau vor achtundvierzig Stunden ihren letzten Atemzug getan hatte, entging Dorothea Hagen ganz und gar.

Sie lag auf dem Boden und starrte gegen die Wand. Sie wusste, sie war tot. Aber noch nicht. Ihr Atem ging pfeifend. Blutbläschen traten auf ihre Lippen.

119

Michelle begriff nichts mehr. Zu viel Blut. Zu viel Entsetzen. Eine merkwürdige Verkrustung auf ihren Lippen. Sie war nackt, es war ihr egal, sie spürte ihren Körper nicht mehr. Sie war am Leben, aber etwas in ihr war gestorben, für immer bei Fleur. Wasi zog sie hinter sich her durch den Kellerflur, er wollte nach rechts, sie blieb stehen, da war etwas, sie bekam den Gedanken nicht zu fassen, dann doch. Sie ließ seine Hand los, ging wieder zurück. Ohne wirklich zu verstehen, was sie tat, betrat sie den Keller erneut, sie sah ihre Peiniger nicht an, nahm nur den Haufen mit ihren Kleidungsstücken mit.

Im Gehen sah sie sich im Spiegel. Ein Gesicht wie aus einem Horrorfilm. Geschwollen, blutunterlaufen. Das Schlimmste aber war ihr Blick. Denn in ihren Augen lag mehr Leben als je zuvor. Sie hatte den Tod erwartet und war davongekommen.

Michelle zog sich an, dann folgte sie Wasi, ohne zu zögern oder auch nur ernsthaft darüber nachzudenken, was sie taten. Er half ihr, durch ein eingeschlagenes Fenster nach draußen zu klettern. Sie durchquerten den Innenhof.

Stiller als jetzt wurde es in der Großstadt nie.

Michelle warf unwillkürlich einen Blick dorthin, wo ihr 928 sonst parkte. Aus dem Nichts sah sie das Gesicht ihres Vaters vor sich – deutlich wie auf einem Foto. So nah war sie ihm seit Jahren nicht gewesen. Ihre Augen brannten, aber es kamen keine Tränen. Sie war stolz auf sich.

»Moment«, sagte sie leise zu Wasi. »Eines noch.«

Er folgte ihr zur St.-Joseph-Kirche. Vor dem Haupteingang lagen kreuz und quer die Schnapsleichen und wärmten einander im Schlaf. Der Seiteneingang war unverschlossen. Michelle ließ Wasi die schwere Tür aufdrücken. Es dauerte einen Moment, bis sich ihre Augen an das schwache Licht im Inneren der Kirche gewöhnt hatten.

Langsam ging sie zum Seitenaltar der Heiligen Maria von Ägypten – der Beschützerin gefallener Frauen. »Hast du Geld?«, flüsterte sie.

Wasi schüttelte den Kopf.

Michelle zuckte mit den Schultern und nahm trotzdem eine Kerze. Eine Minute oder zwei stand sie nur da, das kleine Teelicht in Händen. Ihre Erinnerung an Fleur war alles, was blieb.

Fleur war auf ihrem Weg so viel weiter gewesen als Michelle. Sie hatte sich als Phönix aus der Asche erhoben, als sie aus Thailand nach Deutschland floh. Und sie hatte aktiv an ihrem Ausstieg gearbeitet. *Außerdem* hatte sie ihrem Bruder das Leben gerettet – und dafür mit ihrem eigenen bezahlt.

Und Michelle? Log ihre Mutter an und traute sich nicht, Paul zu sagen, was sie für ihn empfand. Sie traute sich noch nicht mal, es sich selbst einzugestehen.

Fleur war mutig gewesen. Michelle war feige.

Sie wusste, sie würde ihr Leben ändern müssen. Schließlich trug sie das Zeichen des Phönix.

Aber jetzt und hier musste sie sich sogar zwingen, die Kerze zu entzünden. Loszulassen. Sie glaubte nicht an diesen Gott, aber sie hoffte inständig, dass er an sie glaubte.

120

Paul Hinnerken stellte seinen Wagen in der Schmuckstraße ins Halteverbot, klatschte den Parkausweis der Polizei Hamburg aufs Armaturenbrett. Wo sollte sie schon sein, um diese Zeit? Bei der Arbeit natürlich. Logisch, dass er sie dann nicht erreichen konnte. Aber er musste sie warnen. Sie war in Gefahr.

Kurz hatte er überlegt, eine Streife vorbeizuschicken. Aber er musste es ihr selber sagen. Wenn er in Zivil ins *Pretty Woman* ging und nach Michelle fragte, war das völlig normal und unauffällig.

Hinnerken hastete die Straße entlang, vorbei an der Konzerthalle, zwei Bars, ein paar Rauchern hinter einer Disco. Auf einmal blieb er stehen. Stutzte.

Er ging zwei, drei Schritte zurück, mischte sich unter die Raucher am Straßenrand. Beobachtete.

Auf den Stufen der St.-Joseph-Kirche hatten die Obdachlosen bereits ihre Pappen und Schlafsäcke ausgebreitet. Doch aus einer schmalen Gasse neben der Kirche kamen zwei Gestalten. Und eine davon kam ihm seltsam vertraut vor.

Ohne aufzusehen, gingen die beiden an den Pennern vorbei. Sie kamen direkt auf ihn zu, waren vielleicht dreißig Meter von ihm entfernt. Die Frau hatte langes blondes Haar. Sie hinkte und hatte einen Arm um die Schultern des Mannes gelegt.

Der hatte rabenschwarzes Haar, kurz geschnitten, wirkte drahtig und ausgesprochen durchtrainiert. Aber er trug eine Jeans und ein Hemd – die üblichen Kiezschläger kamen in Jogginghose und Tanktop.

Etwas am Gang der Frau … und wie sie den Kopf hielt … kam ihm bekannt vor. Und doch auch wieder nicht. Eine Sekunde hatte er sie für Michelle gehalten, aber wahrscheinlich sah er nur Gespenster. Bloß zwei Betrunkene, die Zigaretten holen waren und langsam ihren Weg nach Hause suchten.

Hinnerken löste sich aus der Gruppe und ging mit schnellen Schritten zur Straßenecke. Als er in die Große Freiheit einbiegen wollte, traten der Mann und die Frau ihm gegenüber vom Bürgersteig auf die Fahrbahn – und die Frau sah auf.

Erneut blieb Paul wie vom Blitz getroffen stehen. Es war doch Michelle. Ihr Gesicht war aufgedunsen, ihr Haar schimmerte feucht und schmutzig. Ein Knie schien sie nicht richtig belasten zu können, sodass sie auf die Hilfe des Mannes neben sich angewiesen war. Schultern und Oberkörper hielt sie merkwürdig steif.

Wer war der Mann? Ganz automatisch tastete Pauls Hand nach seiner Waffe, aber er hatte sie zu Hause gelassen.

Irgendetwas war nicht in Ordnung mit Michelles Augen, sie zwinkerte heftig und betastete zudem mit der freien Hand ihren Hinterkopf oberhalb des Ohrs, als hätte sie Kopfschmerzen.

Er spürte den schmerzhaften Stich seiner Sorge um sie, gepaart mit einer überraschend hässlichen Eifersucht auf den Mann, der ihr beim Gehen half. »Michelle!«, rief Paul.

Jetzt erst schien sie ihn zu bemerken. Einen scheinbar unendlichen Moment lang starrte sie ihn bloß ausdruckslos an, während die gedämpften Beats des Kaiserkellers über sie hinwegbrandeten. Dann, noch langsamer, breitete sich ein Lächeln auf ihrem Gesicht aus, ein Ausdruck der Erleichterung, und als Paul klar wurde, dass sie froh war, ihn zu sehen, konnte er endlich zwei, drei, vier Schritte auf sie zugehen, seinen Arm um sie legen und fragen: »Michelle, was ist passiert?«

Doch ohne ihre Antwort abzuwarten, sprach er weiter: »Wir haben jetzt genug für einen Haftbefehl. Beantrage ich gleich morgen. Ich wollte dich warnen, und …«

Sie unterbrach ihn mit leiser Stimme. Paul musste sich vorbeugen, um sie zu verstehen. »Es ist vorbei. Alles vorbei. Geh nicht in den Keller. Am besten, du bist gar nicht hier.« Michelle neigte den Kopf in Richtung des Mannes auf ihrer anderen Seite. »Das ist Wasi, Fleurs Bruder. Er … wir …«

Ihre Stimme brach.

Paul sah Wasi in die Augen. Der hielt seinem Blick stand. Auf seinem Hemd waren kleine dunkle Flecken zu sehen, die alles Mögliche sein konnten, auch Blut. Schließlich sagte der Thailänder: »Fleur kann nun in Frieden ruhen.«

Hinnerken zog die Augenbrauen hoch.

Wasi nickte.

Mehr war nicht zu sagen.

Hinnerken wurde nun auch klar, wer Michelle so zugerichtet hatte. Eine unbändige Wut loderte in seinem Inneren auf.

Er wusste, er durfte nicht so denken. Aber er war froh, dass Wasi die Angelegenheit in die Hand genommen hatte. Es gab Leute, für die reichten Strafgesetze nicht aus, für die war Gefängnis nicht genug.

Drei junge Leute gingen an ihnen vorbei, jeder einen Becher mit Bier in der Hand. »Hey, nehmt euch 'n Zimmer!«, rief einer von ihnen den drei Erwachsenen zu. Die anderen johlten.

Als keiner reagierte, gingen sie davon.

»Ich fahr dich nach Hause«, sagte Paul leise zu Michelle.

Die nickte dankbar. Sie sah müde aus, unendlich müde. Traurig. Erschöpft. Aber nicht unglücklich.

Wasi fragte: »Gibt es einen Nachtzug nach Frankfurt?«

»Natürlich. Wollen Sie … willst du zum Bahnhof?«

Wasi nickte.

»Michelle?«

»Kein Problem. Erst zum Bahnhof, dann zu mir. Danke.« Sie zögerte, dann nahm sie den Arm von Wasis Schulter und umfasste Paul mit dem anderen. »Schön, dass du hier bist. Es ist so schön, dass du hier bist.«

Sie schmiegte sich an ihn, und obwohl er befürchten musste, dass etwas Schreckliches geschehen war, hatte er sich seit Langem nicht so wohl gefühlt.

121

Es mag ein großes Glück sein, jemanden gekannt zu haben, von dem sich zu verabschieden so schwerfällt.

Aber es fühlt sich zum Kotzen an.

122

Der Fernseher lief und hielt Monika Müller halb wach, halb lullte er sie in den Schlaf. Sie lag auf Michelles Couch und versuchte zu schlafen, während sie zugleich darauf wartete, endlich die Wohnungstür hinter ihrer Tochter ins Schloss fallen zu hören. Manche Dinge ändern sich nie.

Den ganzen Abend schon gab es Sondersendungen und Liveberichte von dem Attentat im Taunus. Monika rieb sich die Oberarme. Sie war müde, ihr war kalt. Irgendwo trauerte jetzt eine Mutter um ihren Sohn. Die Welt wurde ein immer schlimmerer Ort.

Warum konnten die Menschen nicht mehr miteinander reden, um ihre Probleme zu lösen? Warum mussten sie immer gleich zu Gewalt greifen, als wäre Gewalt eine Möglichkeit, Konflikte zu lösen, statt sie nur zu verschärfen?

Sie wechselte den Sender. Homeshopping, ein Schmuckset, das war besser.

Da endlich hörte sie die Tür. Leise Schritte, kein Licht. Flüstern.

»Ich bin hier, ich bin noch wach«, rief sie.

»Oh!« Michelles Stimme. »Warte.«

Wieder Flüstern. Schritte. Die Tür. Sie hatte jemanden mit nach Hause gebracht und sicher gehofft, dass ihre Mutter schon schliefe. Vielleicht sogar diesen netten Polizisten von neulich? Obwohl, wie sollte sie den wiedergetroffen haben, mitten in der Nacht?

Monika bekam ein schlechtes Gewissen. Sollte sie doch wieder nach Hause zurückgehen und ihrer Tochter nicht weiter zur Last fallen?

Die Siamkatze, die Michelle ihr quasi vor die Tür gestellt hatte, sprang aufs Sofa. Ihr schien es zu gefallen, dass mitten in der Nacht Leben in die Bude kam. Sie rieb ihren Kopf an Monikas Oberschenkel, und ohne weiter darüber nachzudenken, begann sie das Tier zu kraulen.

Fische waren sowieso ziemlich langweilig. Und es war ohnehin an der Zeit, den Schritt in ein neues Leben zu tun.

Vielleicht … Sie traute sich kaum, es zu denken, aber in den letzten Tagen hatte sie sich ein paarmal gefragt, wie es wäre, erst einmal hierzubleiben. Bei Michelle. Ganz unverbindlich, als WG, nur für eine Weile. Dann wäre sie nicht ganz allein, müsste sich aber auch nicht mit einer Fremden arrangieren. Vor allem, sie kannte sich, wäre sie nicht vom ersten Tag an auf der Suche nach einem neuen Lebensgefährten, um der Einsamkeit zu entgehen.

Sie konnte sich um die vielen Pflanzen kümmern und auch mal was kochen. Das Mädchen war viel zu dünn. So ging das, wenn man jung und ehrgeizig war.

»Komm ruhig rein«, rief sie in Richtung Flur.

»Ja, gleich.« Sie konnte hören, wie Michelle ihre Schuhe auszog, etwas abstellte. Dann kam sie durchs Dunkel. Sie schien zu hinken, aber vielleicht bildete Monika sich das auch nur ein.

Als Michelle neben ihr aufs Sofa sank, sprang die Katze in einem großen Satz zu Boden und floh. Michelle stieß einen langen Seufzer aus, dann lehnte sie sich an ihre Mutter. Monika nahm sie in den Arm. Michelle wirkte müde, erschöpft, verspannt. Sie roch verschwitzt und … na ja, nicht gut. Aber das wollte sie jetzt sicher nicht hören.

Monika beneidete ihre Tochter nicht um ihren Job. Das Berufsleben wurde von Tag zu Tag härter. Und Typen wie dieser

Florian Dingsbums, die für noch weniger gesetzlichen Schutz des Einzelnen waren, machten die Sache nur schlimmer. Obwohl sie ehrlich glaubten, nicht nur sich, sondern der Allgemeinheit einen Gefallen zu tun.

»Ich bin froh, dass du hier bist«, flüsterte Michelle und vergrub ihren Kopf an der Schulter ihrer Mutter. Und zum ersten Mal seit langer Zeit hatte Monika das Gefühl, dass jemand froh war, dass es sie gab.

123

Um Viertel nach zwei fiel Gordon ein, dass er Michelle schon eine Weile nicht gesehen hatte. Das war nicht ungewöhnlich, schließlich musste er ständig irgendwo im Haus nach dem Rechten sehen. Aber trotzdem. Der komische Typ, der vorhin angerufen hatte, sollte längst wieder weg sein und Michelle wieder oben.

Kurz überlegte er, einfach sitzen zu bleiben und so zu tun, als hätte er nicht daran gedacht. Aber dann stemmte er sich doch hoch. Im Fernsehen lief sowieso gerade Werbung.

Die Treppe nach unten könnte auch mal wieder gewischt werden. Er war froh, dass am nächsten Morgen eine zusätzliche Reinigungskraft kam. In den letzten Wochen hatten sie sich gerade so über Wasser gehalten, indem er nur die sichtbarsten Bereiche sauber halten ließ. Aber selbst in einem Puff gab es Untergrenzen. Und vor allem konnte auch jederzeit jemand von der Gesundheitsbehörde kommen. Gut, da ließ sich immer mal was drehen. Wer darauf gekommen war, männliche Beamte die hygienischen Auflagen in Bordellen überprüfen zu lassen, gehörte gefeuert. Aber ihm sollte es recht sein.

Schnaufend erreichte er das Treppenende. Aus dem Umkleideraum am Ende des Gangs hörte er Stimmen, dann ein Kichern. Er war stolz darauf, dass die Atmosphäre im *Pretty Woman* besser war als bei der Konkurrenz. Kollegial, man könnte beinahe sagen, freundschaftlich. Wie Michelle und Fleur zum Beispiel, die hatten sich richtig gemocht.

Er schob den dunkelroten Vorhang zur Seite.

Die Tür zum Keller stand einen Spaltbreit offen.

Jemand hatte das Licht angelassen. Genervt schüttelte Gordon den Kopf. Er würde Michelle noch einmal sagen müssen, dass es diese Kleinigkeiten waren, mit denen man Geld verdiente. Dabei hatte das Mädchen doch wirklich was in der Birne.

Er drückte die Tür auf und streckte den Arm aus, um das Licht zu löschen. Seine Hand hatte den Schalter schon fast erreicht, da sah er das Blut. Gordon trat einen Schritt vor, dann wie in Trance noch einen und noch einen.

Ein Mann – der, der ihm vor wenigen Stunden zwei Riesen geschickt hatte? – lag auf den Fliesen am Ende des Raums. Sein Kopf war … in dem, was von seinem Kopf noch übrig war, steckte eine Axt. Das untere Ende des Griffs war rot lackiert.

Auf dem Boden neben der Untersuchungsliege befand sich die Leiche einer Frau. Ihre Augen standen blicklos offen. Überall war Blut.

Er sah sich um. Von Michelle keine Spur.

Fuckscheiße. Verdammte Fuckscheiße!

Gordon schüttelte den Kopf. So eine elende Fuckscheiße. Unfassbar.

Das war jetzt noch schlimmer als Fleur. Das durfte auf keinen Fall rauskommen, sonst konnten sie den Laden dichtmachen. Also diesmal keine Bullen.

Überhaupt, diese beiden sahen nicht aus, als würde sie jemand vermissen. Wie die meisten Kunden.

Und in ein paar Stunden kam die neue Reinigungskraft. Dann hatte die gleich ordentlich was zu tun. Er kannte zwar jemanden, der die Leichen mitnehmen würde – ein unangenehmer Kerl und nicht billig –, aber putzen würde der nicht. Und wo steckte eigentlich Michelle?

Kopfschüttelnd verließ Gordon den Keller, um zu telefonieren. Fuckscheiße!

Kristin Adler

Im Staub sollst du kriechen

Thriller

In die Unterwelt wirst du hinabgeworfen!

Der Frankfurter Museumsdirektor Nicholas Roth fällt einem grausamen Mord zum Opfer. Die Polizei tappt im Dunkeln – bis die Kunstexpertin Clara Mohr einen entscheidenden Hinweis gibt. Offenbar hat der Mörder sich bei der Tat vom Gemälde eines alten italienischen Meisters inspirieren lassen. Clara muss so schnell wie möglich die Botschaft des Gemäldes entschlüsseln, um weitere Morde zu verhindern.

»Düster, intelligent und atemlos spannend. Ein Genuss für Thrillerfans.«
Arno Strobel

Band 1 der Serie
352 Seiten, kartoniert mit Klappe
€ 9,99 [D]
ISBN 978-3-8025-9618-6

www.egmont-lyx.de

LYX
EGMONT

Saskia Berwein

Todeszeichen

Ein Fall für Leitner und Grohmann

Thriller

Der »Künstler« tötet ohne Skrupel

Mitten im Lemanshainer Wald werden in einem Schlammloch die Überreste einer zerstückelten Frauenleiche gefunden. Bald schon ist klar: Sie ist ein Opfer des »Künstlers« – ein Serienmörder, der Frauen tagelang gefangen hält, sie quält und ihnen bei lebendigem Leibe Bilder in die Haut schneidet, bevor er sie schließlich tötet. Kommissarin Jennifer Leitner und Staatsanwalt Oliver Grohmann ermitteln fieberhaft, um dem grausamen Treiben ein Ende zu setzen …

352 Seiten, kartoniert mit Klappe
€ 9,99 [D]
ISBN 978-3-8025-8981-2

Band 2: Herzenskälte
416 Seiten, kartoniert mit Klappe
€ 9,99 [D]
ISBN 978-3-8025-8982-9

www.egmont-lyx.de

LYX
EGMONT